ハヤカワ・ミステリ

MO HAYDER

喪　失

GONE

モー・ヘイダー

北野寿美枝訳

TOKYO HAYAKAWA BOOKS

A HAYAKAWA
POCKET MYSTERY BOOK

GONE
by
MO HAYDER

Translated by
SUMIE KITANO
First published 2012 in Japan by
HAYAKAWA PUBLISHING, INC.
This book is published in Japan by
arrangement with
CLARE DUNKEL
c/o GREGORY & COMPANY AUTHORS' AGENTS
through TUTTLE-MORI AGENCY, INC., TOKYO.

装幀／水戸部 功

喪失

おもな登場人物

ジャック・キャフェリー…………………重大犯罪捜査隊の警部
パルッツィ（ロラパルーザ）……………同部長刑事
ターナー……………………………………同部長刑事
プロディ……………………………………同刑事
フリー・マーリー…………………………潜水捜索隊隊長の巡査部長
ウェラード…………………………………同副隊長
トム…………………………………………フリーの弟
ジョナサン・ブラッドリー………………教区牧師
ローズ………………………………………ジョナサンの妻
フィリッパ…………………………………同長女
マーサ………………………………………同次女
ダミエン・グレアム………………………セールスマン
ローナ………………………………………ダミエンの妻
アリーシャ…………………………………同長女
ニール・ブラント…………………………市民相談局員
シモーン……………………………………ニールの妻
クレオ………………………………………同長女
コーリー・コステロ………………………マーケティング・コンサルタント
ジャニス……………………………………コーリーの妻
エミリー……………………………………同長女
ニック・ホリス……………………………家族連絡担当官。刑事
ミスティ・キットスン……………………行方不明の女性
ウォーキングマン…………………………ホームレス

1

ブリストルの重大犯罪捜査隊に所属するジャック・キャフェリー警部は、フルーム中心部の事件発生現場の検分に十分ほどを費やした。道路封鎖ブロック、明滅している青色灯、立ち入り禁止テープ、ブラシや証拠品袋を持った鑑識官たちの姿をひと目見ようと土曜の午後の買い物袋を手に何カ所かにかたまって様子をうかがっている野次馬の横を通り過ぎ、すべてが起きた場所、オイル漏れの跡や放置されたショッピングカートがいくつもある地下駐車場に立って、現場の様子を頭に取り込み、この事件がどの程度の懸念を要するかの判断を下そうとした。その後、コートを着ているのに早くも冷えた体で、地元署の連中と鑑識官たちが小さなカラーモニターで防犯カメラの映像を見ている上階の狭い店長室へ行った。

彼らは自動販売機のコーヒーを手に半円状に並んでいた。何人かはまだフードを下ろした不織布の防護服のままだ。キャフェリーが入っていくと全員が顔を上げたが、彼が首を振って両手を広げ、新たな情報がなにもないことを示すと、みな苦く深刻な面持ちでモニターに視線を戻した。

いかにも低性能の防犯カメラ・システムらしく画質は粗いものの、カメラは駐車場のスロープ状の進入口に向けられていた。タイムカウントの半透明な文字が黒から白に変わり、また黒に戻った。モニターにはペイントで塗りわけられた各区画に並んだ車と、その向こうの進入口から射し込む、投光器の光のようにまばゆい冬の陽光が映っている。一台の車――トヨタ・ヤリス――の後部で、ひとりの女性がカメラに背を向けてショッピングカートの食料品を積み込んでいる。ジャック・キャフェリーはもっともハードな警察活動において――この国においてはもっとも過酷な都心部にある警察の殺人捜査課で――十八年も指揮を執っていた警部だ。そんな彼でも、このあとなにが起きるかを知っているせいで、この映像の発する寒々とした恐怖を抑えることはできなかった。

地元署の取った供述調書から、キャフェリーはすでに多くの事実を知っている。この女性の名前はローズ・ブラッドリー。英国国教会の牧師の妻で、年齢は四十代後半だが、映像ではもっと上に見える。分厚そうな素材の――シェニール織りだろうか――丈の短い暗色のジャケット、ミディ丈のツイードのスカート、ローヒールのパンプスといういでたちだ。髪は短く、きちんと整えている。雨の日には傘を持つか頭にスカーフを巻く分別がありそうなタイプだが、寒くても晴れている今日は髪がむき出しだった。ローズはこの午後、フルームの中心部でブティックをはしごしたあと、このスーパーマーケットで家族の一週間分の食料品の買い出しを終えたところだった。カートの買い物袋を積み込む前に、彼女はキーと駐車券をヤリスの運転席に置いていた。

画面の奥の陽射しが揺らめき、顔を上げた彼女は、進入口を駆け下りてくる男の姿を目に留めた。男は背丈も肩幅もあり、ジーンズとダウンジャケットを着ていた。顔はゴム製のマスクで覆われている。サンタクロースのマスクだ。キャフェリーにとってはもっとも身の毛のよだつのがこの場面――ローズをめがけて走ってくる男のゴムマスクが上下に揺れる場面だった。男が彼女に近づくあいだ、マスクの笑みは変わることも消えることもなかった。

「男が発したのはほんの一言だけだ」地元署の警部が――制服を着た長身のきまじめな男は、鼻孔が赤いことから察するに、やはり寒いなかに立っていたにちがいない――顎でモニターを指した。「ここだ――彼女のそばに達した瞬間。〝くたばれ、くそばばあ〟と言っている。彼女は男の声に聞き覚えはなく、どなり声だったのでどこかの訛りがあったのかどうかもわからないそうだ」

男は彼女の腕をつかんで車のそばから押しのけた。彼女の右腕が跳ね上がり、ネックレスの糸が切れて飛び散った真珠玉が日の光を受けた。隣の車に尻がぶつかり、そのはずみで、まるでゴム人形のように上半身が横向きに車体に倒れ込んだ。髪が逆立った。肘がルーフにあたると体は鞭のようにしなって跳ね返り、車体から落ちるようにして床に両膝をついた。このときには、マスクの男はヤリスの運転席に座っていた。男の意図を見て取ったローズは、なんとか立ち上がった。窓に近づいて必死でドアを引っぱるあいだに、男はイグニションにキーを差した。ハンドブレーキが下ろされると車体が小さく揺れ、車は急にバックした。その動きに合わせてローズの体が傾き、倒れて引きずられそうになるや、男が急ブレーキをかけてギアチェンジをしたので、車体は前方へ揺れた。この動きでドアに取りすがっていた手が離れて彼女はぶざまに転び、両腕両脚をカニのように不格好に広げたまま一回転して止まった。我に返って頭を上げたときには、車はスピードを上げて出口へ向かっていた。

「このあとは？」キャフェリーはたずねた。

「特になにも。別のカメラが男をとらえている」地元署の警部はリモコンをDVRに向け、チャンネルを切り換えて別のカメラの映像を映した。「ああ、これだ――駐車場を出るところ。彼女の駐車券を使って出ている。しかし、こっちのカメラは角度が悪い」

モニターには後部からとらえたヤリスが映っていた。遮断バーの手前でスピードをゆるめたのでブレーキランプがついた。運転席側の窓が開き、男の手が出てきてスロットに駐車券を差し入れた。一瞬の間があったのち、遮断バーが開いた。ブレーキランプが消え、ヤリスが走りだした。

「あの駐車券回収機から指紋は出ない」地元署の警部が言った。「犯人は手袋をはめている。見えるだろう？」

「凍えそうに寒いからな」キャフェリーは言った。

警部が映像を止めた。キャフェリーは腰をかがめてモニターに顔を近づけ、首を傾けて発光式ナンバープレートの上方、リアウィンドーに目を凝らした。この事件で重大犯罪捜査隊に出動要請があったとき、隊長でもある警視は――検挙率を上げるためなら、情報を持っている老婦人を床にねじ伏せることも辞さない情け容赦のないろくでなしだ――まずはこの届け出が本物かどうかを確認しろと言いやがった。キャフェリーはリアウィンドーに人影かその反射を探した。後部座席になにか見える。淡い色のぼんやりとしたなにか。

「これか？」

「ああ」

「確かなのか？」

地元署の警部は向き直り、試されているとでも思ったか、キャフェリーをまじまじと見た。「確かだ」おもむろに答えた。「なぜそんな質問を？」

キャフェリーは答えなかった。うちの警視がでっちあげではないかと疑っていると、口に出して言うつもりはない。これまで、カージャックに遭い、警察が盗難車捜索の緊急度を上げてくれると考えて、後部座席に子どもが乗っていたと嘘を言った不届き者がごまんといるのだ。その手の作り話に振りまわされることはある。だが、どうやらローズ・ブラッドリーにそんな魂胆はなさそうだ。

「娘を見せてくれ。事件発生前の」

警部がリモコンをモニターに向け、メニューを操作してさっきのビデオに戻り、ローズが襲われる九十秒前の画像を映しだした。駐車場に人影はない。進入口からの陽射しと並んだ車が映っているだけだ。タイムカウントが4：31に変わった瞬間、店舗に通じるドアが開いて、ローズ・ブラッドリーがショッピングカートを押しながら出てきた。横には茶色のダッフルコートを着た少女。青白い顔、前髪を下ろしたブロンドの髪、パステルカラーのメリージェーン靴、ピンクのタイツで、両手をコートのポケットに突っ込んで歩いている。ローズがヤリスのドアロックを解くと、少女は後部ドアを開けて乗り込んだ。ローズはドアを閉めてやり、キーと駐車券を運転席に置いてトランクへ行った。

「よし。もう止めていい」

警部は映像を止め、背筋を伸ばした。「これは重大犯罪だ。どっちが捜査を担当することになる？　おたくか？　うちか？」

「どっちも担当しない」キャフェリーはポケットから自分の車のキーを取り出した。「捜査することにはならないからだ」

警部は片眉を上げた。「だれがそう言ってる？」

「統計だ。この犯人はミスを犯した——娘が車に乗っているのを知らなかったんだ。早い機会に娘を車から放り出すさ。おそらくもう降ろしてるだろうから、そろそろ通報が入るころだ」

「すでに三時間近く経っている」

キャフェリーは彼の目を見すえた。この警部の言うとおりだ——三時間は統計外の数字であり、どうも気に入らない。だが、これだけ長く刑事をやっていると、ときには統計上の数字に大きな誤差が生じることもあると考えるようになる。不測の事態や想定外のできごとに見舞われることもある。そうとも。三時間という時間に疑問を感じなくもないが、なにかしかるべき理由があるのだろう。犯人は現場から遠く離れようとしているのかもしれない。人目に触れることなく娘を車から降ろせる場所を探しているのかもしれない。

「娘は戻ってくる。保証する」

「断言できるのか？」

「できる」

　キャフェリーは店長室を出ながらコートのボタンを留め、ポケットから車のキーを取り出した。あと三十分で勤務を終えるはずだった。この夜の過ごしかたに関して、ふたつの選択肢で迷っていた——スティプル・ヒルのバーで開かれる警察親睦会のクイズ大会か、本部から近い〈コーチ・アンド・ホーシズ〉で行なわれるミート・ラッフル（肉を景品にしたくじ引き大会）か。いっそ、家へ帰ってひとりで過ごそうか。気の重い選択だ。だが、いまやるべきことのほうが気が重い。これからブラッドリー夫妻を訪ねて話を聴かなければならない。統計上の違和感は別として、夫妻の次女マーサがまだ返されていない理由がほかにあるのかどうかを確かめるのだ。

2

　キャフェリーがメンディップ・ヒルズにあるオークヒルという小さな村のはずれに建つ家に着いたのは午後六時三十分だった。二十年ほど前に造成されたにちがいないしゃれた高級住宅地は、道路幅が広くて袋小路はなく、月桂樹やイチイの木で囲まれた広い宅地が丘の斜面に広がっている。この家は、彼が思っていた牧師の住まいとはまるでちがった。てっきり、藤の木と庭のある一戸建てで、石造りの門柱に〝牧師館〟と彫ってあるものと思っていた。ところが実際は、ウッドチップ舗装の私道、模造煙突、ポリ塩化ビニール窓のある一棟二軒の家だった。キャフェリーは家の前の道路に車を停め、エンジンを切った。刑事の職務のなかでも身がすくむ任務だ――被害者との対面は。一瞬、玄関へ向かうのをやめようかと考えた。ドアをノックするのはやめよう。このまま背を向けて立ち去ろう。

ブラッドリー家の担当になった家族連絡担当官が玄関ドアを開けた。三十代の長身の女性で、つやのある黒髪をボブカットにしている。背が高いことを自分でも意識しているのか、幅広のスラックスをはいた足もとはフラットシューズだ。天井が低すぎるとでもいうように、背を丸めて立っていた。

「ご家族には、警部がどちらの所属か話してあります」彼女は一歩下がり、キャフェリーをなかへ入れた。「怖がらせたくなかったのですが、警察が真剣に対処していると知ってもらう必要があったので。新しい情報をお持ちじゃないことも伝えてあります。警部はさらにいくつか質問をしたいだけだと」

「家族の様子は?」

「どうだと思います?」

彼は肩をすくめた。「そうだな。ばかなことを訊いた」

彼女は玄関ドアを閉め、じっくりと見定めるようにキャフェリーを見た。「名前は存じあげていました。噂を聞いたので」

家のなかは暖かく、キャフェリーはコートを脱いだ。彼のなにを知っているのか、いい噂なのか悪い噂なのか、家族連絡担当官にたずねなかった。ある種の女性の用心深さには慣れている。どういうわけか、かつてロンドンの職で得た評判をはるばるここ西部地方まで引きずってきたようだ。ひとつにはそのせいで彼は孤独をかこっている。ミート・ラッフルやパブでのクイズ大会といった愚にもつかない行事で夜を過ごすことを余儀なくさせられている。

「家族はどこにいる?」

「キッチンです」彼女は足を使ってすきま風よけを玄関ドアの底部に押しつけた。外は寒い。凍えるほどの寒さだ。「ですが、こちらへどうぞ。まずは写真を見てもらいたいんです」

家族連絡担当官は、カーテンを半分ほど閉じた横手の部屋へ彼を案内した。家具調度類は良品ながらも古びていた。一方の壁にぴたりと押しつけられたダークウッドのアップライトピアノ、テレビを収めた寄せ木細工のキャビネット、ナバホ織りの古いブランケットを二枚縫い合わせたと言っても通用しそうなカバーをかけた使い古しのソファが二台。すべてが――カーペットも壁も家具調度類も――子らや動物たちの長年の存在により汚れていた。一方のソファに二匹の犬が寝ていた――白黒のコリーとスパニエルだ。二匹とも頭を上げてキャフェリーに目を注いだ。こいつらも見定めようとしている。彼がいったいなにをするつもりか知りたがっている。

彼は二十枚ほどの写真が広げられたローテーブルの前で足を止めた。アルバムから引き抜かれたもの――家族が急ぐあまり、のり付きのマウントコーナーごとアルバムからはがした写真だ。マーサは小柄で青白く、細いホワイトブロンドの髪は前髪を下ろしている。眼鏡――これは、この子がいじめの対象になるタイプのものだ。捜査関係者のあいだでは、行方不明になった子どもを探し出すためにもっとも重要とされる能力は適切な公開写真を選ぶ目だというのが通説になっている。ひと目でその子だと確認できる必要がある一方で、愛らしい子どもに見える写真でなければならない。キャフェリーは一本の指で写真をずらしながら見ていった。学籍簿用のもの、休日に撮ったもの、誕生日に撮ったもの。一枚の写真で手を止めた。マーサはメロンピンクのTシャツを着て、三つ編みの髪を顔の両側に垂らしている。背景の空は青く、遠くの丘は夏らしく木立がこんもりしている。風景から察するに、この家の庭で撮った写真にちがいない。彼は家族連絡担当官に見えるように写真の向きを変えた。「きみが選んだのはこれか？」

彼女はうなずいた。「広報にはメールで送りました。その写真でよかったでしょうか？」

「私が選ぶとしてもこの写真だ」

「では、家族に会いますか？」

キャフェリーはため息を漏らした。彼女が指さしているドアにちらりと目をやった。これからやらねばならないことがいやでたまらない。彼にとっては、ライオンの巣の入口に立つに等しい苦行だ。被害者と同席したときに、刑事としてのプロ意識と同情している自分の感情とのバランスをどうすればうまく取れるのかが、いまだにわからない。「よし、行こう。すませてしまおう」

キッチンに入っていくと、ブラッドリー家の三人がすぐさま手を止めて顔を上げ、期待に満ちた目を彼に向けた。「なにもありません」彼は両手を上げた。「新しい情報はまだなにもないんです」

三人はそろえたように息を吐き、ふたたび、うちひしがれた様子で背中を丸めた。キャフェリーは頭のなかで、事前にフルーム署からもらった情報と三人を照らし合わせた。奥のシンクの前にいるのがジョナサン・ブラッドリー牧師。五十代半ば、長身、ウェーブのかかった色の濃いふさふさの金髪、広い額。鼻筋の通った大きな鼻も、ブドウ色のスウェットシャツとジーンズというでたちでは、首輪をした犬の鼻ほどの威厳しかなかった。スウェットシャツの胸には、ハープの絵の下に〝IONA〟というバンド名が刺繍されている。

ブラッドリー夫妻の長女フィリッパはテーブルに向かって座っていた。テレビドラマに出てくる反抗的な十代そのままに、鼻ピアスをつけ、髪を黒く染めている。現実の世界では、部屋の一角に置かれたソファで片脚を肘掛けに載せ、指をくわえて、ぼんやりとテレビを見ていてしかるべきだ。だが、そうではなかった。

青白い顔に怯えた表情を浮かべて、両手を膝にはさみ、背中を丸めて座っていた。

残すひとり、ローズもテーブルに向かって座っていた。今朝この家を出たときは、真珠のネックレス、セットした髪で、教会評議会の会合に向かう女性に見えたにちがいない。だが、人間の顔はほんの数時間で、もとに戻せないほど変わってしまうことがある。キャフェリーは身をもってそれを知っている。形のくずれたカーディガンにポリエステルのドレスを身にまとった、いまのローズ・ブラッドリーは、正気を失いかけているように見えた。薄くなりつつあるブロンドの髪は油じみて頭に張りつき、目もとは赤く腫れ、片方の頬には病院でガーゼを貼ってもらっている。薬も投与されていた。口が不自然に垂れているからわかる。残念だ。頭の冴えた状態でいてもらいたかった。

「よく来てくれた」ジョナサン・ブラッドリーが笑みを浮かべようとした。近づいてきてキャフェリーの腕に手をかけた。「どうぞ座って。紅茶を淹れよう――ポットの用意ができているので」

ほかの部屋と同じく使い古され色あせてはいるが、キッチンは暖かかった。シンクの上方の窓台にバースデーカードが並べてあった。ドアの近くの小さな棚にはプレゼントが置いてある。網台にのせられたケーキがアイシングで飾りつけられるのを待っている。テーブルの中央に携帯電話が三台――どれか一台が鳴って新しい情報を知らせてくれるのをいまかいまかと期待して、三人が並べて置いているのだ。キャフェリーはマーサがこの部屋にいると思わせるようなものや場所に気づいたが、それに目を引かれたことを家族に気取らせなかった。ローズの向かいの椅子を選んで腰を下ろし、軽くほほ笑みかけた。彼女は口もとを引きつらせるような笑みを返した。ほんの一瞬のことだった。泣きすぎで毛細血管が破裂した赤い点が頬じゅうに広がり、目はうつろで、赤く腫れたまぶたの縁が白目にかかっている――頭部に外傷を負った患者にときおり見られる目だ。鎮静剤がどこで手に入るか、忘れずに家族連絡担当官に確認しなければ。ローズが薬品戸棚で緊急薬を調達しないように、すぐに連絡のつく医師がいることを確認しよう。

「明日があの子の誕生日なの」ローズがぼそりと口にした。「誕生日にはあの子を取り戻してくれる？」

「ミセス・ブラッドリー」彼は切りだした。「私がここへ来た理由を説明させてください。あなたがたに不安を与えずに説明したい。あなたの車を奪った瞬間、犯人はミスに――後部座席にマーサがいることに――気づき、マーサを解放する手はずを整えようとしているものと、私は固く信じています。いいですか、犯人も怯えているんです。あの車が欲しかっただけで、車輛窃盗罪に加えて誘拐罪まで負いたくはない。こういった事件では毎回、子どもは返されます。私のオフィスにそういう内容の小説があります。ここへ来る前に読んでいたんです。よければ一冊さしあげますよ。ただし――」

「なに？　ただし、なんなの？」

「重大犯罪捜査隊はこれを誘拐事件として扱います。それが理にかなっているので。完全に通常の措置であり、警察が事態を危惧しているということではありません」説明するあいだ、キャフェリーは家族連絡担当官の視線を感じていた。粗暴犯罪の被害に遭った家族に応対する際、家族連絡担当官たちが要注意としている語がいくつかあることは知っていたから、〝誘拐〟という語をゆっくりと明るい声で口にした。そこには、親の世代が〝癌〟という語を口にするときに帯びていたであろうトーンはほとんどなかった。「全ANPR班に警戒態勢をとらせています。ああ、ナンバープレート自動認識データ傍受班のことです――すべての幹線道路でカメラがあなたの車を探しています。犯人が監視区域内の主要ルートのどれかを通れば、見つけることができる。捜査員を増員して聞き込みにまわらせています。マスコミ発表もしたので、地元紙、そしておそらく全国紙に記事が出るのはまずまちがいないでしょう。いや、テレビをつければニュース速報が流れていますよ。技術部門の人間をよこします。ご家族の電話を傍受させてもらう必要があるので」

「犯人が電話をかけてきた場合にそなえて？」ローズがすがるような目で彼を見た。「そういう意味でしょう――犯人が電話をかけてくる可能性があるの？　さっきから、あの子がほんとうに誘拐されたと思ってるような口ぶりだわ」

「いいえ、ミセス・ブラッドリー、さっき言ったとおりです。完全に形式的な措置です。完全に。なにか裏があるとか、警察がなんらかの見解を持っているなどと思わないでください。ほんとうになにもありませんから。いつまでも重大犯罪捜査隊が担当することになるなど、私はまったく考えていません。マーサは無事に戻り、明日の誕生日を迎えられますよ。それでも、いくつか質問させてもらわなければなりません」彼は内ポケットから小型のＭＰ３レコーダーを取り出し、並べられた携帯電話の横に置いた。赤ランプが点滅している。「ここからは録音させてもらいます。いままでと同じです。かまいませんか？」

「ええ。べつに……」ローズの声が小さくなって消えた。短い沈黙のあと、キャフェリーに向けて一瞬だけ詫びるような笑みを浮かべた。まるで、彼が何者かということのみならず、なぜこの家にいて、いっしょにテーブルを囲んでいるのかまでもすでに忘れてしまったかのように。「つまり、ええ――かまいません」

ジョナサン・ブラッドリーが紅茶の入ったマグカップをキャフェリーの前に置き、ローズの隣に腰を下ろした。「なぜ連絡がないのか、みんなで話し合い、考えてみたんだ」

「結論を出すのはまだ早いですよ」

「でも、わたしたち、推理してみたの」ローズが言った。「事件が起きたとき、マーサは後部座席で膝立ちになっていたんだわ」

ジョナサンがうなずいた。「やめろと、口が酸っぱくなるほど注意したんだが、あの子はいつもやるんだ。車に乗り込んだとたん、前のシート越しに身をのりだしてカーラジオをいじる。自分の好きな番組にチャンネルを合わせようとしてね。犯人が車を出すときに急発進したから、はずみであの子はうしろへ飛ばされたんじゃないかと、私たちは考えている——後部座席の足もとに落ちて頭をぶつけたのかもしれない。あの子がいることに犯人は気づいてもいないんじゃないか——あの子は意識を失って倒れたまま、犯人はまだ車を走らせているのかもしれない。犯人はとうに車を乗り捨て、あの子は意識を失ったまま車内に取り残されているのかもしれない」

「ガソリンは満タンよ。バースの手前で入れたから。だから、犯人は遠くへ行ったのかもしれない。うんと遠くへ」

「そんな話、聞いてらんない」フィリッパが椅子をうしろへ押しやり、ソファへ行って、デニムジャケットのポケットを探りはじめた。「ママ、パパ」彼女はベンソン&ヘッジスのパックを取り出して両親に振り示した。「いま言うときでも場所でもないってわかってるけど、わたし、煙草を吸うの。もう何ヵ月も前からよ。ごめん」

ローズとジョナサンは裏口へ向かう娘を見送った。両親がなにも言わないので、彼女は裏口のドアを開け放ち、慣れない手でライターに火をつけた。冷たい夜気に彼女の息が白く見え、彼女の向こうには星空をさえぎるように雲がいくつか浮かんでいた。かなたのエイボン・バレー地域で明かりが瞬いている。十一月にしては寒いとキャフェリーは思った。寒すぎる。あの地域の凍えるような寒さは楽観できない。マーサが遺棄される可能性のある道路は何百もあるという現実がのしかかった。ヤリスは比較的大きなガソリンタンクをそなえた小型の長距離走行車だが——五百マイルは走れるかもしれないが——キャフェリーは、カージャック犯が一方向にのみ向かうとは考えていない。犯人は土地の者だ——街路監視カメラの設置場所を正確に知っているにちがいない。不安だろうから土地勘のある地域から出ないはずだ。犯人はまだ近くにいる。自分のよく知っている場所に。おそらく、マーサを解放するために人気《ひとけ》のない場所を探しているだろう。それにちがいないと確信してはいるが、どうしても経過時間が頭に引っかかる。三時間半。もうすぐ四時間だ。

彼は紅茶をかき混ぜた。スプーンを見たのは、壁の時計に目が向いたのを家族に悟られないためだ。

「ところで、ミスタ・ブラッドリー」と口にした。

「教区牧師だそうですね」

「ああ。以前はある学校で校長をしていたが、三年前に教区牧師に叙任されたんだ」

「仲のいいご家族のようですね」

「そう、仲はいい」

「生活は収入の範囲内で？　ぶしつけな質問かもしれませんが」

ジョナサンは冷ややかな笑みをかすかに浮かべた。

「おかげさまで、収入の範囲内で生活させてもらってるよ。負債はない。私はこっそりギャンブルもしてないし、麻薬中毒者でもない。それに、私たちはだれの恨みも買っていない。次はそれを訊くんだろう？」

「パパ」フィリッパが小声でたしなめた。「そんな失礼な態度はやめて」

彼は娘の言葉を無視した。「その線で捜査を進めるつもりなら、むだ骨だ。それだけは言っておくぞ、ミスタ・キャフェリー。だれかが私たちからマーサを奪い取りたがるような理由はひとつもない。ひとつもだ。私たちは人に恨まれるような人間じゃない」

「お腹立ちはわかります。私はただ、事情をもっとくわしく把握したいだけです」

「事情などない。あるものか。娘が連れ去られ、私たちは警察がなんらかの手を打ってくれるのを待って——」自分ががなりたてていることに不意に気づいたのか、途中で言葉を切った。椅子に背を預け、荒い息をついた。顔が真っ赤だ。「悪かった」片手で髪をかき上げた。疲れて見えた。打ちのめされている。「申し訳ない——ほんとうに。あんたに八つ当たりするつもりはなかった。ただ、家族がどんな気持ちでいるか、あんたには想像もつかんだろう」

数年前、まだ若く頭に血がのぼりやすかったころなら、こういう発言は——家族がどんな気持ちでいるかわかるはずがないという思い込みは——キャフェリーの怒りに火をつけたものだが、年齢を重ねたおかげで平静を保つことができた。ジョナサン・ブラッドリーは、自分でなにを言っているかわかっていない。これっぽっちもわかっていない——わかるはずがない。キャフェリーはテーブルに両手を置いた。ぴたりと押しあてるように。自分がまったく動じていないことを示すために。ちゃんと自制を保っていることを。「いいですか、ミスタ・ブラッドリー、ミセス・ブラッドリー。人間だれしも百パーセントの確信なんて持てないし、私に未来を予言する能力はありません。しかし、危険を冒すのを覚悟で言うと、予感が——強い予感が——あります。この事件はハッピーエンドを迎えますよ」

「うれしい」ローズの頬を涙が伝った。「本気でそう思う？　ほんとうに？」

「本気でそう思います。それどころか……」彼は安心させるようにほほ笑んだ——そのあと、生まれてこのかたもっとも愚かな一言を口にした。「実際のところ、マーサがバースデーケーキのロウソクの火を吹き消す写真を楽しみにしています。うちの壁に飾りたいので、一枚送ってください」

3

メンディップ・ヒルズにあるセメント工場群は十六年も稼働しておらず、オーナーたちは、水没した石切場の周囲で車を乗りまわす侵入者を阻止するべく防犯ゲートを設置していた。フリー・マーリーは、その防犯ゲートから百ヤードほど離れた道端にあるハリエニシダの木立のなかに車を残してきた。すぐそばの枝を二、三本折り、それを使って、幹線道路から見えないように車を隠した。こんなところまでやって来た人間はこれまでひとりもいないが、用心するに越したことはない。

今日は一日じゅう寒かった。大西洋から流れ込んだ灰色の雲が空を覆っている。風も強いので、フリーは防寒コートを着てビーニーキャップをかぶっていた。チョークバッグ、クライミング用のカムの束、膝パッド、肘パッドは背中のリュックサックに入っている。ポリエールの〝スティッキー〟な靴底のクライミングシューズは、一見しただけだとハイキングシューズに見える。だれかと出くわしても、散策路《フットパス》をはずれたウォーカーだと思ってもらえる。

境界のフェンスのすき間を無理やり通り抜けて小径《こみち》を進んだ。空模様があやしくなってきた。水ぎわに達するころには雨風が吹きつけているだろう。天蓋のような白い雲の下を、それよりは小さく黒い雲が整然と並んだ戦隊のように進んでいく。いくつもの鳥の群れが飛び立つような速さで。こんな日にこんな場所へやって来る人間などいるはずがない。それでも、彼女は顔を伏せて足早に歩いた。

岩壁は、石切場から見えない奥にある。フリーは岩壁の基部で足を止め、最後にもう一度、だれもいないことを肩越しに確認したあと、岩かげに身を潜めた。目あての場所を見つけると、リュックサックを下ろして必要なものを取り出した。大切なのはスピードと固い意志。考えずに、とにかく行動。さっさとすませるのよ。

石灰岩の壁に最初のカムを打ち込んだ。ずっと前に亡くなった彼女の父は万能冒険者だった。《ボーイズ・オウン・ペーパー》誌のヒーロー——ダイバーで、洞窟探検家で、ロッククライマーだった。父の冒険精神を引き継いだフリーだが、ロッククライミングだけはいまだに不得手だった。指二本で懸垂ができるようなロッククライマーとはちがう。ここの石灰岩は縦横に切れ目が入っているからのぼりやすいはずなのに、フリーにとっては難壁だし——決まって、まずい場所に手をかけてしまう——いまでは、これまでに使ったクライミングチョークが岩の切れ目にこびりついている。のぼりながら、数フィートごとに動きを止めて、切れ目にたまった泥状の白いかたまりをかき出した。経路をはずれるとのぼれない。絶対に。

フリーは小柄だが、体はサル並みに丈夫だ。すぐ先になにが待ち受けているかわからないような人生を送っていれば、つねに体を張ることになるので、毎日、鍛えている。一日に最低二時間。ジョギングとウェートトレーニングをしている。てっぺんに着いた。クライミング技術はつたなくても、この岩壁をのぼるのに十分もかからない。てっぺんに達したとき、息もはずんでいなかった。

ここまでのぼってくると、風がうなり、防寒コートが体に張りつく。しなった髪が目を打つ。フリーは両手を固定し、首をめぐらせて、雨の降りしきるエイボン・バレーを見下ろした。この一カ所をのぞいて、岩壁の大半は人の目から隠れている。つまり、ほんとうに運がつきれば、車で通りがかった人間に見とがめられる可能性があるということだ。だが、道路はがらがらだ。ヘッドライトをつけワイパーを動かしている車が一、二台走っているだけだった。それでも、フリーは体をぴたりと岩に押しつけ、せいぜい輪郭くらいしか見られないようにした。

つま先を固定して上体をわずかに左へ移し、やがて目あての場所を見つけると、ハリエニシダの茂みの根もとを両手でつかんでかき分けた。気が進まず、一瞬だけ躊躇した。すぐに顔を突っ込んだ。空気を深く吸い込む。息を止める。においを確かめる。

長く耳ざわりな咳とともに空気を吐き出し、根のかたまりから手を放して顔をそむけ、手の甲を鼻に押しあてた。胸が波打っている。

死体はまだある。においがした。吐き気を誘う鼻をつく腐敗臭が、知りたいことをすべて教えてくれた。強烈なにおいだが、前より薄くなっている。においが弱まっているのは、死体が自然の経過をたどっているということだ。夏のあいだ、においはひどかった。ほんとうにひどかった。ここへ来て、下のフットパスでにおいを、たまたま通りがかった散策者でも嗅ぎとれそうな悪臭をとらえる日もあった。いまは、においもましになった。うんとましだ。つまり、あの女性の死体の分解が進んでいるということだ。

フリーが鼻を押しあてた小さなすき間はある割れ目に通じていて、その割れ目がくねるように岩壁の奥へと下っている。ずっと奥、彼女の八メートル近く下方に、洞窟がある。洞窟の入口はひとつだけ、それも水中からの入口しかない。そこまでのルートを見つけるのは、プロ用の潜水器具と、さらにはこの石切場の形状に関する百科全書的知識がなければ、実質的に不可能だ。フリーはそれをやってのけた。あの洞窟に死体があるこの半年のあいだに二度、だれにも発見されていないことを確かめるためだけに潜って洞窟に入った。いまあの洞窟は石で覆われ、床に開いた穴のようになっている。あそこに死体があることは、だれにも知られていないはずだ。フリーがやったことの唯一の証は、あの洞窟の天然の換気装置が働き、目に見えない亀裂を通ってはるか上方の岩壁のてっぺんから排気される、まぎれもない腐敗臭だけだ。

石切場の向こうから大きな音が聞こえた。防犯ゲートが開けられる音だ。両腕両脚を広げてすばやく滑り下りたせいでフリーは膝をすりむき、防水コートの前面に赤茶色の土による長い線がついた。結局は、両手を出し、耳を旧石切場に向けて岩壁の基部にかがんでいた。雨風のなかでは確信が持てないが、車の音が聞こえた気がした。

足音をしのばせて、じわじわと岩の端まで行った。岩かげから頭を出してみた。すぐに引っ込めた。

車だ。ヘッドライトがついている。雨のなかを、防犯ゲートから悠々と進んでくる。それだけではない。ぬれた岩肌に押しあてた頭をめぐらせて、もう一度のぞいてみる。まちがいない。パトカーだ。

おやおや。さあて、どうする、お利口さん？

フリーは急いで膝パッドとチョークバッグ、手袋をはずした。岩壁の高いところに打ち込んだカムには手が届かない――だが、手近なものは急いで引き抜いた。それらを、はずしたパッドやなんかといっしょに足もとに、ハリエニシダの下のすき間に突っ込んだ。しゃがんで、ハリエニシダの茂みを盾にして横ばいに進み、岩かげから出た。次の岩に達すると、ようやく立ち上がって様子をうかがうことができた。

パトカーは石切場の反対端、セメント会社が廃棄用のストリップ材料を積み上げている場所に停まっていた。ヘッドライトに泥はねがついている。巡査が小用を足すために停めたのかもしれない。あるいは電話を一本かけるため。あるいはサンドイッチを食べるために。巡査はエンジンを切り、窓を開けて頭を突き出し、雨のなかに目を凝らしたあと、助手席に身をのりだした。なにかを探していた。

サンドイッチ？　どうかサンドイッチであって。電話？

ちがう。懐中電灯だった。くそっ。

巡査がドアを開けた。雨と雲が陽射しを弱めていたので、懐中電灯の光は雨粒をとらえるほど強かった。巡査が立ってレインコートを着るあいだパトカーから光を放っていた。小径の端の木立を通して、明滅しているように見えた。巡査はドアを閉め、水ぎわへ行って懐中電灯で水面を照らした。たたきつける雨で水が跳ね、煮立った湯のように見える水面を見つめた。ゲートの外、小径の先では、フリーが車を隠すのに使った枝が取り払われている。ここに入り込んだ人間がいることを、あの巡査は知っている。

万事休すなんて、いかにもわたしらしい、とフリーは思った。

物音を聞きつけたかのごとく不意に巡査が向き直り、彼女の立っている場所に懐中電灯を向けた。彼女は身を縮め、横向きになって岩かげに隠れた。風のせいで涙が出た。心臓が早鐘を打っている。巡査が歩を進め、砂利を踏む音をたてた。一歩、二歩、三歩、四歩。目標を定めた。五歩、六歩、七歩。こっちへ向かっている。

フリーは深呼吸をひとつして防寒コートのフードを下ろし、光のなかへ出ていった。巡査は数フィート向こうで足を止め、懐中電灯を突き出した。レインコートのフードから雨がしたたり落ちている。「こんばんは」巡査が言った。

「こんばんは」

巡査は懐中電灯でフリーの頭のてっぺんから足の先まで照らした。「ここが私有地だということは知ってますか？　セメント会社の所有地なんですよ」

「知ってる」

「あなたは石切工ですか？」

彼女は淡い笑みを向けた。「まだ日が浅い、そうでしょう？　警察官になったばかりね？」

「では、教えてください」巡査は切り返した。「あなたにとって〝私有地〟とはどういう意味ですか？〝私有地〟ですよ」

「立ち入るべからずという意味でしょう？　許可なしには」

巡査は感心したように眉を上げた。「おみごと。ちゃんと理解してますね」懐中電灯を小径に向けた。「あれはあなたの車ですか？　あの小径の先に停めてあるのは？」

「そう」

「隠そうとしたわけじゃないんですよね？　木の枝をかけてありましたが？」

彼女は声をあげて笑った。「まさか。もちろんちがうわ。わたしがなぜ隠そうとしたりするの？」

「あなたは車の前に枝を置かなかったと？」

彼女は片手を目の上にあてて雨をよけ、車を眺めるふりをした。「風が吹き寄せたにちがいないわ。でも、わかるわ、あなたの言いたいことは。あれじゃ、だれかが隠そうとしたように見えるもの、そうでしょう？」

巡査は懐中電灯をまた彼女に向け、防寒コートをしげしげと見た。〝スティッキー〟な靴底に気づいたのだとしても、深く考えはしなかった。二歩ばかり彼女に近づいた。

彼女はコートの内ポケットに手をやろうとした。巡査の反応は速かった。一秒とおかず、懐中電灯を脇にはさんでいた。右手を無線機に、左手をホルスターの催涙ガス缶にかけていた。

「大丈夫よ」彼女は手を下ろし、防寒コートのジッパーを下ろして、裏地が見えるように前を開けた。「ここ」内ポケットを指さした。「このなか。ここへ立ち入る権限を証明するものが入ってるの。わたしが出してもいい？」

「権限？」巡査は内ポケットから目を離さなかった。

「どんな権限です？」

「ほら」彼女は一歩前に出て、コートを巡査に向けた。「あなたが出して。そのほうが安心なら」

巡査は唇を舐めた。右手を無線機から離して伸ばした。内ポケットの口で手を止めた。

「鋭利な刃物は入ってないでしょうね？　手を切りそうなものは？」

「入ってない」

「正直に話したほうがいいですよ」

「そうしてるわ」

巡査はゆっくりと内ポケットに手を入れ、なかのものに触れた。指先を走らせた。渋い表情が顔をよぎった。目的のものを引き出して仔細に見た。

警察官の身分証明書。規格品の黒革のケースに入っている。

「警察官？」巡査はゆっくりと言った。ケースを開け、氏名を確認した。「マーリー巡査部長？　名前は耳にしたことがあります」

「あら、そう。潜水捜索隊の隊長よ」

巡査は身分証を返した。「ここでいったいなにをしてるんですか？」

「来週、この石切場で訓練をしようかと考えてるの。今日は予備調査」彼女は思案顔で雲を見上げた。「この天候じゃ、地上で凍えるくらいなら水に潜ったほうがましかしらね」

巡査は懐中電灯を消し、肩をすぼめるようにして、コートを心持ちしっかりと体に巻きつけた。「ＵＳＵ？」

「そう。潜水捜索隊」

「あなたの隊についてはあれこれ噂を聞いています。不祥事があった――そうですよね？」

彼女は答えなかったが、隊の不祥事について言及されるや頭の後部でスイッチの入る硬く冷たい音が鳴ったのがわかった。

「警視正の視察が入ったと聞きました。警察倫理委員会が調査中。そうですよね？」

フリーは作り笑いを浮かべた。愛想いい笑顔を。身分証のケースを折り、内ポケットに戻し入れた。「過去のあやまちをくよくよ考えてるわけにいかない。わたしたちにはやるべき仕事があるもの。あなたもそうでしょう」

巡査はうなずいた。なにか言いかけたように見えたが、思い直したにちがいない。敬礼代わりに帽子に指をかけると、向き直ってゆっくりとパトカーへ戻った。乗り込んで十ヤードほどバックさせたあと、何度か切り返してゲートから出ていった。茂みに隠したフリーの車のそばを通るとき、わずかにスピードをゆるめた。とくと見たあと、アクセルを踏み込んで走り去った。

身じろぎもせずに立ちつくすフリーに、雨が降り注いだ。

〝あなたの隊についてはあれこれ噂を聞いています……不祥事があった——そうですよね？〟

彼女は身震いし、コートのジッパーを上げて、だれもいない石切場を見まわした。雨が涙のように頬を伝う。面と向かって潜水捜索隊の不祥事について口にした人間はひとりもいなかった。これまでは。いざそうされたいまの気持ちを分析し、真実に気づいて驚いた。隊が苦境に立たされたことはこたえている。胸の奥の固いなにかが少しくずれた。あの洞窟に死体を隠した瞬間から胸に宿ったなにかが。ひとつ息をついて、それを立て直した。しっかりと抑え込んだ。ゆっくり確かな呼吸を続けるうち、弱気は消え失せた。

4

その夜八時半になっても、依然としてマーサの姿はどこにもなかった。だが、捜査はいくらか進展があった。手がかりがひとつ得られたのだ。フルームに住むある女性が、カージャック事件を報じるローカル・ニュース番組を見て、警察に知らせるべき情報があることに思いあたった。女性は地元署で供述を行ない、そこから重大犯罪捜査隊に伝えられた。

キャフェリーは、田舎道を通ったほうが早いし、退屈している交通隊員に追跡されることもないと承知していたので、脇道を使って情報提供者の家へ向かった。雨はやんでいたが、まだ強い風が吹いていた。風が弱まってやみそうになるたび、どこからともなくまた突風が吹きつけて通りを駆け、木々に残った雨粒を振り落とすため、水滴が弧を描いてヘッドライトの前を横切った。女性の家にはセントラルヒーティングがそなえられていたが、キャフェリーはそこでくつろぐわけにはいかなかった。紅茶を断わり、十分ほど話を聴いたあと、ガソリンスタンドに寄って持ち帰りのカプチーノを買うと、それを持って女性の家のある通りへ戻り、冷たい風を阻むようにコートのボタンを留めて、家の前でコーヒーを飲んだ。この通り、この地区の雰囲気をつかみたかったのだ。

今日の昼、ローズ・ブラッドリーが襲われる一時間ほど前に、ひとりの男がダークブルーの車をここに停めた。情報提供者の女性は自宅にいて、男がそわそわした様子だったので窓からずっと見ていた。襟を立てていたから顔は見えなかったが、白人で黒髪だったのはまずまちがいない。黒いダウンジャケットを着て、左手になにか持っていた。そのときはなにかわからなかったが、いま思えばなんらかのゴムマスクだったかもしれない。男が車を降りたのはわかったが、そのときかかってきた電話に気を取られてしまい、窓辺へ戻ったときには男の姿はなかった。だが、車はあった。一日じゅう。あのニュースを見て窓の外へ目をやって初めて、車がなくなっていることに気づいた。夕方のうちに車を回収したにちがいない。

車がボクスホールだったのはまずまちがいない――車のブランドにはくわしくないが、ドラゴンのマークがついていたのは確かだ――と言うので、キャフェリーが外へ連れ出し、何軒か先の街灯の下に停まっているボクスホールを見つけてやると、女性は車のマークを見てうなずいた。そう、これと同じ車。ダークブルー。あまりきれいじゃなかった。プレートナンバーの最後が〝WW〟だった気がするけど、断言はしたくない。協力したいのはやまやまだけど、あとはなにも思い出せない。

キャフェリーは車が停められていた場所に立ち、状況を頭に描きながら、女性のほかに見ていた可能性のある人間をつきとめようとした。暗い吹きさらしのこの通りのはずれで、一軒のコンビニエンスストアが夜陰に煌々と明かりを放っている。窓の上方のプラスティック看板、窓ガラスに貼られた宣伝ポスター、金網の下で地元紙のポスターがはためいている古紙回収容器。彼はコーヒーを飲み干しながら通りを横切り、カップをごみ容器に放り込んでコンビニの店内に入った。

「こんばんは」レジに立っているアジア系の女性に身分証を示しながら言った。「店長さんはいますか？」

「わたしよ」女性店長は身分証を横目で見た。「あなたの名前は？」

「キャフェリー——ファーストネームで呼び合うのがよければジャック」

「で、なに？　刑事？」

「ま、そういう言いかたもできます」彼は顎をしゃくってレジの上方の防犯カメラを指した。「あれはまわしてるんですか？」

女性店長は防犯カメラをちらりと見上げた。「メモリーチップを返してくれるの？」

「はあ？」

「強盗事件の捜査でしょ？」

「強盗事件のことは知りません。私は集権的組織の所属でね。その手の情報は耳に入らないんです。で、強盗というのは？」

レジ待ちの客が並んでいた。女性店長は、商品の棚出しをしている若い男性店員にレジを代わってくれと合図した。自分のレジ・キーを抜き、ピンクのコイル状チェーンにつけて首から下げると、キャフェリーについてくるよう合図した。インスタントくじ売り場と、ブラインドの下ろされたふたつの郵便局ブースの横を通って、店舗の裏手にあたる商品倉庫に入った。ウォーカーズのクリスプスの箱や、返却できるようにひもで縛った売れ残りの雑誌類に囲まれて立った。

「先週、強盗が来てナイフを抜いたの。二人組。ほら、不良少年たちよ。わたしは店にいなかったんだけど。犯人は四十ポンドほど奪っただけ」

「だが、少年だった。成人男性ではなく？」

「そう。犯人の察しはついてるの。ただ、警察がなかなか信じてくれなくて。まだ防犯カメラの映像を確認してるのよ」

倉庫の片隅に置かれた白黒のモニターが、スピードくじを換金している店員の後頭部と、その向こうに何列も並んだ菓子の棚、さらにその向こうに外の通りと暗がりで風に舞っているごみを映していた。キャフェリーは画面を食い入るように見た。左下の隅、ポスターと雑誌類と駐車場に並んだ車のずっと向こうに見えるのが、ダークブルーのボクスホールが停まっていたとあの女性が言った場所だ。「今朝カージャック事件が起きました」

「知ってる」女性店長は首を振った。「街の中心部でよね。あの少女のことも。ぞっとするわ。とにかく、ひどい。みんな、その話でもちきりよ。あなたはその捜査でここへ？」

「事情を聴きたい人間がここに車を停めていた可能性があるんです」彼は画面を指で打った。「車は今日一日この場所にあった。録画ビデオを見せてもらえますか？」

女性店長はピンクのコイルチェーンにつけてあるキーのひとつを使って、壁に埋め込まれた収納棚の錠を開けた。扉が開き、ビデオレコーダーが現われた。店長はキーを抜き、あるボタンを押した。怪訝《けげん》な顔になり、別のボタンを押した。画面に〝メディアカードをセットしてください〟というメッセージが表示された。店長は小声で悪態をつき、さらに別のボタンを押した。メッセージは一秒か二秒消えたあと、また表示された。

〝メディアカードをセットしてください〟。店長はむっつりと黙り込んだ。キャフェリーに背中を向けて立ったまま、しばらく動かなかった。向き直ったとき、店長の表情は一変していた。

「なんです?」キャフェリーはたずねた。「どうしました?」

「撮れてないわ」

「撮れてないとはどういう意味です?」

「スイッチが入ってないの」

「なぜ?」

「わからない。いえ、ちがう」いまの言葉を取り消すように店長は片手を振った。「それは嘘。ほんとうはわかってる。警察がメモリーチップを押収したときなんだけどね」

「それが?」

「別のメディアカードをセットしてスイッチを入れておくって言ったの。わたしは確認しなかった。カードはセットされていない。この収納棚のキーを持ってるのはわたしだけ。つまり、警察が強盗事件の映像を取りに来た月曜日以降、メディアカードはセットされてなかったってわけ」

キャフェリーは倉庫のドアを開けて、売り場の先、雑誌や安物のボトルワインを持って並んでいる客たちの向こうの通りを、街灯の明かりだまりに停まっている何台もの車を見やった。

「ひとつ言えることがあるわ」店長が横へ来て通りに目を向けた。「車をあそこに停めて歩いて街へ出たんだとすれば、犯人はバックランドから来たのよ」

「バックランド? 私はこの地域に不案内でね。バックランドはどの方角ですか?」

「ラドストック方面よ。ミッドサマー・ノートンは? わかる?」

「さっぱりわからない」

「とにかく、犯人はそっちから来たの。ラドストック、ミッドサマー・ノートンのほうから」店長は首に下げたコイルチェーンのキーホルダーをいじった。彼女は花の香水のにおいがする——さわやかで夏向きだが安物のにおい。街角の薬局で手に入るたぐいの香水だろう。キャフェリーの父は人種差別主義者だった。あの時代の多くの人がそうであったように、悪気のない、ごく日常的な会話において。無関心で、深い考えはなかった。父親は息子たちに、〝パキども〟は問題ないし働き者だがカレーくさい、と言った。それだけだ。カレーとタマネギのにおいがする、と。キャフェリーはいま、父の言葉は正しいといまだに思いたがっている自分がいることを、頭のどこかで自覚した。しかも、もうひとりの自分は、父の言葉がまちがっていればいまだに驚くのだ。このことからも、親の教えが子の心に深く浸透することがわかると思った。子どもの心がまっさらで無垢であることの証左だ。

「質問してもいい？」店長が顔をすぼめた。口と鼻が小さな点になりそうなほど近づいたように見える。

「ひとつだけ」

「どうぞ」

「あの少女だけど。マーサのこと。犯人はあの子をどうするつもりだと思う？　犯人はあの子にどんなひどいことをする？」

キャフェリーは長い深呼吸をひとつして、冷静な笑みを満面に浮かべた。「なにも。犯人はなにもしない。どこかで車から降ろしますよ——あの子が発見されそうな安全な場所で。そのあと見つからない場所へ逃げ込むつもりでしょう」

5

底意地が悪く永遠に続きそうな夜が更けていった。キャフェリーはブラッドリー家をふたたび訪ねる必要はないと判断した。伝える情報はひとつもなく、どのみち、家族連絡担当官によれば、一家を支えようという人たちがつめかけているらしい——隣近所の住民や友人、教会の信徒たちが花やケーキ、ボトルワインを持ってきて一家を励ましつづけているそうだ。キャフェリーは、ボクスホールの詳細をナンバープレート自動認識カメラの配置ポイントすべてに電話で伝えるよう取りはからったあと、かたづけなければならない書類仕事がどっさりあるので、タコを寝かせたような形に広がるブリストル郊外の北東の端、キングスウッドにある警察署の裏手に押し込まれている重大犯罪捜査隊の本部へ戻った。

　電子ゲートの前で車を停め、セキュリティライトの強烈な光のなかへ出ると、シャツの袖をまくって、手首の内側にペンで走り書きした番号に目を凝らした。三週間前にこの駐車場で盗難事件が発生した——警察車輌が一台、重大犯罪捜査隊の鼻先で忽然と消え失せたのだ。この面目丸つぶれの大失態を受け、全捜査員に新しいアクセスコードが割りあてられたのだが、キャフェリーはそのコード番号をまだ覚えられずにいた。手首の数字を半分ほど打ち込んだところで、だれかの視線を感じた。

　手を止め、その手をキーパッドに置いて向き直った。フリー・マーリー巡査部長だった。運転席側のドアを開け放ち、車の脇に立っていた。ドアを閉めて彼に向かって歩きだした。セキュリティライトがタイムアウトになって消えた。彼女にまずいところを見られた気がして、キャフェリーは手を下ろし、袖を引き下ろした。

　四十近い彼は長年、自分が女性になにを求めているかを承知しているつもりだった。がっかりさせられることが多いため、女性に対する厳しく実利的な目が養われた。だが、通りを横切って近づいてくる女のせいで、自分が持っているのは女性を見る目などではなく孤独に疲れて凝り固まった心なのではないかと考えはじめるようになった。半年前、その問題の解決に近づきつつあった矢先、彼女が自分の想像していた人間とはまるでちがうということを意味するある行為を目撃した瞬間、彼女について知っていると思い込んでいたすべてが爆弾となって落ちてきた。たまたま知りえた事実が嵐のように全身を駆け抜けて、彼女に対して抱いていると思っていた感情を根こそぎ運び去り、あとには混乱ととまどいとわだかまりだけが残された。わだかまりと一種の落胆は、成人期ではなく幼少期に抱くものだ。パキどもがカレーくさく、いろんなことが心に深く残る時期に。たとえば、サッカーの試合で自分のチームが負けたこと。あるいは、欲しかった自転車をクリスマスにもらえなかったこと。あのあと、フリーとは仕事で一、二度顔を合わせた。自分が目にしたことについて彼女に話すべきだとわかっているが、まだ口にしていない。彼女がなぜあんなことをしたのか、頭のなかでいまだに答えが出ないからだ。

　彼女は数ヤード向こうで足を止めた。身につけているのは、捜査支援部隊の冬の標準装備——黒のカーゴパンツ、スウェットシャツ、防水コートだ。ふだんはうしろで束ねているぼさぼさのブロンドの髪は肩まで垂らしている。ほんとうに、支援部隊の巡査部長は、あんなことをする人間にはとても見えない。「ジャック」彼女が呼びかけた。

　キャフェリーは手を伸ばしてモンデオのドアを閉めた。肩をいくぶんそびやかした。いかめしい顔をした。

目は欲しているのに、彼女を見つめすぎないように意識した。

「やあ」さらに近づいてくる彼女に向かって言った。「ひさしぶりだな」

6

フリーは、石切場での一件でまだ気が動転し、神経が張りつめていた。そこへ、夜になって、警察内に漏れ広がったカージャックのニュースが、まもなく勤務を終えようとしていた遠方の彼女の隊に届き、彼女の頭のなかでピンとくるものがあった。それについて話せる相手は、現実にはひとりしかいない。キャフェリー警部だ。遅番勤務を終えると、フリーは車でまっすぐキングスウッドの重大犯罪捜査隊本部へ来た。

キャフェリー警部はゲート前に停めた車のそばにいた。背後の建物の窓から放たれて水たまりに反射した黄色い光だまりのなかに立っていた。厚手のコートを着ていて、彼女が近づいくのを身じろぎもせずに見ていた。黒い髪、中背で、コートに包まれた体は引き締まっている。それに、たとえ彼のことを個人的に知らないとしても——フリーは知っているが——あの立ちかたを見れば、彼が自分の面倒を見られる人間だということがわかる。腕利きの刑事、切れ者だと言う人もいるだろうが、みんなが彼の噂をしている。彼にはどこか型にはまらないところがあるから。危険で孤独なところが。それは彼の目を見ればわかる。

キャフェリー警部はフリーに会ってうれしそうではなかった。これっぽっちも。フリーは迷った。心もとない笑みを送ってみた。

彼は番号を打ち込んでいたキーパッドから手を下ろした。「元気か?」

「元気です」彼の表情に少しばかりとまどったままうなずいた。何カ月か前には、まったくちがう表情を見せてくれた時期があった——男が女に向けるであろう目で見てくれた。一度か二度。いまはちがう。いまは、彼女が幻滅を与えたかのような目で見る。「そっちは?」

「ああ、知ってのとおり——毎日同じことの繰り返しだ。きみの隊で問題があったそうだな」

この警察では噂はすぐに広がる。潜水捜索隊はこのところ失態つづきだった——ブリッジウォーターである川に潜って自殺者の死体を捜索するという任務にあたりながら、当の死体を見逃した。加えて、ブリストル港の海底で千ポンド相当の潜水器具を失くすというつまらないミスもあった。それだけではない——そうした些細なミスや失態が原因で、実績を上げることができない潜水捜索隊は能力給の賃上げが保留され、崩壊寸前だというぶざまな真実が、隊長である巡査部長ひとりの責任とされていた。そのことをわざわざ口に出して指摘されたのは、今日これで二度目だ。

「そのせりふにはうんざり」彼女は答えた。「たしかに問題はあったけど、隊は危機を脱しました。わたしはそう確信しています」

キャフェリーは釈然としない顔でうなずき、ふたりがまだそこに立っているしかるべき理由を見つけようとするかのように通りを見やった。「で？　なにを悩んでいるんだ、巡査部長？」

フリーは息を吸い込んだ。そのまま止めた。一瞬、彼がこんなに気乗りのしないつまらなそうな応対をするのだから話さずにおこうかと考えた。彼はまるで世界じゅうの幻滅を集めてわたしの肩に積み上げたみたいだ。息を吐き出した。「じゃあ、言います。ニュースでカージャック事件のことを聞きました」

「それで？」

「あなたも知っておいたほうがいいと思って。犯人は前にもやっています」

「やってるって、なにを？」

「ヤリスを奪った犯人。前にもやってるんです。それに、たんなるカージャック犯じゃありません」

「なんの話だ？」

「男でしょう？　サンタのマスクをしてた？　あっという間に車を奪った。車内に子どもがいたんでしょう？　なら、三度目の犯行です」

「おい、落ち着け。ちょっと待ってくれ」

「ねえ、わたしから聞いたことは内緒にしてください。最初の事件のときに大目玉をくったんです。首を突っ込みすぎて、結局、うちの警部に止められました――余計なまねをするな、ブライドウェル署をうろつくのはやめろって。だれも殺されたりなんかしなかったし、実際、わたしは自分の時間をむだにしていただけ。この話はわたしから聞いたんじゃない。いいですね？」

「了解した」

「二年前、あなたがロンドンから転任してくる前、ある一家がドックの近くにいた。男がいきなり襲いかかり、キーを取って車を奪った。次は今年の春。わたしが〝エルフの洞窟〟にある石切場で犬の死骸を見つけたのを覚えてますか？　あの女性の飼い犬。殺された犬を？」

「覚えてるよ」

「でも、そもそもどうしてうちの隊があの石切場に潜ったのかわかりますか？」

「いや。そんなことは……」言葉が尻すぼみに消えた。「ああ、わかった。カージャック事件だ。きみは犯人があの石切場に車を捨てたと考えた。そうだろう？」

「高速道路の公衆電話から通報が入ったんです。あそこへ入っていく車を見たって。ブルートン近辺だかどこだかで奪われたレクサスを。結局、電話をかけてきたのは目撃者じゃなかったことがわかった。カージャック犯本人だった。あの石切場に車なんてなかった」

キャフェリーはしばし無言だった。この情報を頭のなかで整理しているのか、目は焦点を結んでいない。

「で、きみが今回も同一人物による犯行だと考える理由は……」

「後部座席に子どもが乗っていたから」

「子ども？」

「そう。車を奪ったどちらの事件でも、犯人は子どもを連れ去っています。二件とも、犯人は怖じ気づいて子どもを捨てた。同一犯だと思うのは、子どもたちがほぼ同じ年齢だから。二件とも女の子。ふたりとも十歳未満」

「マーサは十一歳だ」キャフェリーが放心したような口調で言った。

フリーは急にだるさを感じた——体が重く、寒い。キャフェリーを誘導しようとしていると思うと、自己嫌悪に近いものを覚えた。彼にとってはビンタをくらうに等しいことだとわかっている。だれにも増して小児性愛者を唾棄する理由が、彼にはある。三十年近く前、ある小児性愛者の手にかかって彼の兄が姿を消した。死体はまだ発見されていない。「とにかく」フリーは心持ち穏やかな口調で続けた。「三件に共通点があるんじゃないかと思って。犯人の狙いは車じゃなく、女の子たちです。幼い少女たち」

返事はなかった。キャフェリーは言葉を発せず、身動きもせず、無表情で彼女を見つめるだけだった。車が一台通りがかり、ふたりの顔を照らし出した。雨滴がいくつか落ちてきた。

「以上です」彼女は片手を上げた。「伝えたいことは言いました。この推理に乗るかどうかはあなたが決めてください」

彼に答える気があるのか見きわめようと、間を置いた。彼が返事をしないので、フリーは自分の車へ戻って乗り込み、街灯と背後の駐車場の明かりを浴びている彼をしばらく見ていた。石のように動かない。わたしをじろじろと眺めまわした彼の視線を思い出した。まるで、どういうわけかわたしが彼を幻滅させたような感じ。以前あの目に宿っていた感情は跡形もなく消え失せていた。半年前、もう少しでわたしの心を開かせ、自分をつまらない人間だと思わせると同時に温かい気持ちにもさせた、あの目が。

一日待とうと考えながらエンジンをかけた。このカージャック犯に関して彼が明日の夜までなんの手も打たなければ、彼の上司である警視にかけあおう。

7

その夜、どのニュース番組でもマーサに関するニュースが報じられた。一晩じゅう毎時のニュースで。マーサの捜索にあたっている市民ネットワークは州を越え、全国に広がった。ナンバープレート自動認識カメラの配置ポイントでは、交通隊員たちが不眠でモニター画面を監視しつづけ、通行するすべてのダークブルーのボクスホールをデータベースと照合していた。それ以外の警察官は、電話がかかってきた場合にそなえて携帯電話の音量を大にして、そこかしこで二、三時間の仮眠をとった。ニュースを聞いて関心を寄せた市民は、コートを着込んで靴を履き、自宅の納屋やガレージの扉を開けるために外へ出た。自宅周辺の水路や、近くの道路の路肩を確認した。頭にある考えを口に出す者はひとりもなかった——マーサはもう死んでいるかもしれない。こんなに寒い夜だ。Tシャツにカーディガン、レインコートを着ただけの幼い少女。靴も、あれではだめだ。警察の写真班がマーサの履いていた靴の写真を配布していた。ストラップとバックルのついたプリント柄の小さな靴。凍えそうに寒い冬の夜に外へ履いて出るたぐいの靴ではなかった。

なんの情報もないまま時間が過ぎていった。夜が明けて、新たな一日を迎えた。風の強い雨模様の一日。日曜日。マーサ・ブラッドリーは今日、どんなケーキのロウソクも吹き消すことはなさそうだ。オークヒルではジョナサン・ブラッドリーが誕生日パーティを中止にした。合同牧師会を通して代理で礼拝を行なってくれる牧師を見つけたので、一家は家で、自宅のキッチンで、新たな情報を待っていた。ブリストル市の反対端、キングスウッドの各通りでは、この天候をものともせず地元の教会の礼拝に出席する人たちがいた。彼らは一晩じゅう吹きやまなかった冷たい風に対抗するべくスカーフや帽子をしっかりとかぶって、重大犯罪捜査隊本部の前を小走りで通り過ぎた。

　重大犯罪捜査隊本部の建物のなかは状況がちがった。みながシャツ一枚で各オフィスを行き来していた。どの窓も結露していた。捜査員であふれていた。おのおのの休暇は延期され、警部より下の階級の者は全員、嬉々として超過勤務手当を稼いでいた。捜査本部はロンドン金融街《シティ》の立会場さながらで、捜査員が立ったまま電話をかけたり、部屋の端からどなったりしていた。重大犯罪捜査隊が取り組んでいるその他のすべての事件に加え、このカージャック事件は聖書規模の頭痛をもたらし、だれもがあまり眠っていなかった。この朝は緊急会議が続き、キャフェリーはこの事件の捜査責任者に指名された。まずまずの人数を確保できることになり、人選も任されたので、希望リストを作成した。コンピュータ室から内務省重大犯罪捜査システム《HOLMES》の操作者を何人かと、刑事を五人使える権利。そのあと、専従チームのメンバーを選んだ。男ふたりと女ひとり。これで、彼が必要と考える人材をおおよそ網羅できた。

　まずはプロディ刑事。大柄で身なりのきちんとした三十代、刑事になって日の浅い新顔だ。交通警察隊で四年間、巡査として勤務していた。だれも本人に面と向かって言わないだろうが、その経歴は、警察内の信用度の順位という食物連鎖では底辺にあたる。だが、キャフェリーは彼にチャンスを与えてやるつもりだった。第一印象で、プロディが地道な刑事になりそうな予感がした。加えて、交通隊員だったという経歴。それが、車の絡んだ事件でキャフェリーが求める要素に合致した。次がパルッツィ部長刑事。チームの面々がかげで自分を〝別嬪さん《ロラパルーザ》〟などと呼ぶつもりなら、隠れてこそこそ言うよりは面と向かってそう呼んでよ、といつも言っている。だから、みなそう呼んでいる。

ロラパルーザは小麦色の肌、眠そうな目をして、ハイヒールを履くことにこだわりを持つ美人だ。毎日、口紅のように赤いフォードＫａで出勤してくる。それをときどき、警視を怒らせるためだけに、暗黙の了解で警視用とされている駐車場所に停めるという無礼を働く。ロラパルーザは本来ならチームの分裂を招く存在だが、堅実な仕事をするし、フリー・マーリーのにらんだとおり小児性愛者による犯行だった場合にそなえて、女性刑事が必要だった。

リストの最後はターナー部長刑事だ。ベテランの彼は、刑事としていい面と悪い面を併せ持っている。彼にはギアがふたつある――ひとつは〝興味ある仕事のギア〟で、その場合の彼は一睡もせず神経を研ぎ澄まして超過勤務手当を稼ぐ。もうひとつは〝興味のわかない仕事のギア〟で、その場合の彼は、ベッドから出てこいと懲罰委員から脅されるほど怠惰になる。ターナーは二児の父だ。本件で彼のギアがどっちに入るか、キャフェリーにはわかっていた。午前十時には、ターナーはこの事件の捜査に精を出していた。早々に過去のカージャック事件の被害者ふたりを見つけ出して重大犯罪捜査隊本部へ連れてきたので、キャフェリーがあとを引き取った。おそらく個別に事情を聴くべきなのだろうが、キャフェリーは、数時間の節約になるなら、さっさとすませるつもりだった。彼らを、この建物で唯一、若干の防音性をそなえていることがわかっている部屋へ通した――一階の廊下のつきあたりにある小部屋だ。

「うるさくて申し訳ありません」キャフェリーは足でドアを閉めて騒音をシャットアウトし、ちらつく蛍光灯のスイッチを押すと、重ねた書類をＭＰ３レコーダーといっしょにデスクに置いた。「座ってください。座り心地はよくありませんが」

ふたりはそれぞれ席を選んで腰を下ろした。

「ダミエン？」キャフェリーは、右側の若い黒人に片手を差し出した。「時間を割いていただき、感謝します」

「心配なく」彼は腰を浮かせてキャフェリーの手を握った。「よろしく」

ダミエン・グレアムはプロサッカー選手のような体格で、赤紫色の革のジャケットを着て、太い脚はデザイナージーンズに包まれていた。お手本はすべて〈ジャック・ザ・ラッド〉。座りかたと、ずっしりしたロレックスの腕時計が見える分だけさりげなく袖口を引き上げている腕を見ればわかる。膝は、自制できていることを示す間隔を開けている。隣に座っているシモーン・ブラントはまるで正反対だ。白人、三十代なかば、ブロンドのクールビューティ、超一流のキャリアウーマンらしいいでたち。広襟のシャツ、黒いストッキングに包まれたみごとな脚、スカート丈の短いスーツはセクシーすぎず、きちんとしている。男がちょっかいを出せない完璧なキャリアウーマンだ。

「そして、ミセス・ブラント」

「あら――シモーンで結構よ」彼女は身をのりだしてキャフェリーと握手した。「初めまして」

「クレオとごいっしょでなくてかまわなかったでしょうね。子どもに聞かせるのはどうかと思ったもので。よければ、あとでご本人とも話をしたいのですが？」

シモーンの十歳の娘はロラパルーザが別室で相手をしていた。「CAPITの担当者が来て同席してくれるのを待ちましょう。その者がお嬢さんにどう話せばいいか心得ていますから。ああ、CAPITというのは――」

「知ってるわ。事件のあと、彼らが娘の事情聴取をしたから。児童虐待保護なんとかでしょう」

「保護および捜査チーム。いま、こっちへ向かっています」キャフェリーは椅子の向きを変えて腰を下ろし、デスクに肘をついた。「ところで、ミスタ・ターナーはあなたがたに、こちらへ来ていただく理由を告げましたか？」

ダミエンがうなずいた。「ゆうべの少女の件だろう」少女《ガール》の発音で――〝ゲー・オール〟――ロンドンっ子だとわかる。サウスロンドン、それも、キャフェリーのかつての担当地区、ロンドン南東部の出身かもしれない。「ニュースでやってた」

「マーサ・ブラッドリー」シモーンが言った。「警察はまだ、あの子を見つけていないってことね」

キャフェリーは頭を少しだけ彼女のほうへ傾けた。

「ええ、まだ。あなたがたの遭った事件と関連があるのかどうかもわかりません。ですが、よければ、あなたがたの事件をもう少し掘り下げてみたい」彼はスイッチを押したあと、MP3レコーダーをまわして、マイクがふたりに向くようにした。「ダミエン？　始めてもらえますか？」

ダミエンは袖口を引き上げた。警察で、隣に上品で魅力的な女性が座っていると緊張するものだが、それを見せまいとしている。「いいとも。ええっと、もう何年か前のことだ」

「二〇〇六年です」

「そう――アリーシャは当時、まだ六歳だった」

「ターナーは、時間が合えば本人から話を聴く機会をいただきたいとお願いしましたか？」

「そいつはひと苦労だぞ。おれはもう二年も娘に会ってない」

キャフェリーは問いかけるように眉を上げた。

「行ってしまったんだ。母国へ帰っちまったんだよ。べらべらしゃべってばかりいる、くそったれの母親といっしょに。おっと、失礼」彼は、シャツを整え、顎を引き、両手を襟に置いて小指を立て、居住まいを正すまねをした。「ほんとうに申し訳ない。とにかく、娘はいま海外にいる。たぶんジャマイカじゃないかな。おしゃべり好きの母親ローナといっしょに」

「離婚ですか？」

「これまでおれがやったなかで、いちばんいいことだ」

「ターナーは――」キャフェリーは体をまわして、当のターナーがマニーペニーのメモ帳とペンを手に立っているかのようにドアロを見た。向き直った。「ターナーには私から伝えましょう。奥さんの電話番号を教えてもらえるのであれば」

「知らないんだ。あいつをどうやって探したものか見当もつかない。娘もだ。ローナは……」彼は人差し指で引用符を打つまねをした。「……〝自分探し〟をしてるんだよ。貸しボート屋をやってるプリンスとかいう名前の変人とな」頭をかしげ、またしても精いっぱい黒人らしい話しかたをした。おそらくシモーンの手前だろう。「観光客につきまとってワニどもを見せんだよ。おれの言ってってこと、わかるか?」

「向こうに奥さんの家族は?」

「いない。まあ、がんばって探し出してくれとしか言えないな。で、見つけたら、おれが娘の写真を欲しがってると伝えてくれ」

「わかりました。そうします。では――二〇〇六年に話を戻しましょう。事件のことに」

ダミエンは両の人差し指をこめかみにあてたあと、外へ向かって振った。あの事件で頭がおかしくなったと言いたげに。「ぞっとする事件だった。正直言うと、ぞっとするタイミングだった。うちに押し込みが入って、おれもローナもアリーシャも震え上がってたし、おまけに夫婦仲もうまくいかなくなってて、仕事でもちょっとした問題を抱えてたんだ。わかるか? とにかく、なにもかもおかしくなったところへ、ある日突然、あれが起きた。おれたちは駐車場にいて――」

「劇場の前の」

「そう、ヒッポドローム劇場。おれたちは車を降りるところだった。アリーシャのくそったれ母親はいつものとおり、さっさと外に出て、車のそばで化粧直しだかなんだかくだらないことをやってた。でも、娘はまだ後部座席にいて、おれはカーナビを解除かなんかしてた。突然どこからともなく、あいつが——あのマスクをかぶった男が現われた。いま思えばショックのせいだ。なにしろ、あんなたわごとに我慢するなんて、おれらしくない——そんな性分じゃないんだ、わかるか？　でも、あのときは言われっぱなしだった。体が固まっちまってた。すると、男は車に乗り込み、気がついたときには、おれはタールマック舗装の駐車場に立ってた。これが見えるか？」彼はシモーンに見えるように片手を上げた。キャフェリーに見せた。「手首を折りやがったんだ、あのくそ野郎」

「男は車を奪った？」

「おれの鼻先で奪いやがった。おれもとんだお利口さんだよな？　けど、相手はすばやかった——あっという間のできごとで、男はおれの車をクリフトン方面へ向けてた。ちょっと走ったところで娘が後部座席からわめき散らしたもんだから、男はあきらめた」

「捜査資料によると、半マイルほど先です」

「そう——大学のそばだ」

「犯人は車を停めた？」

「道路脇で。歩道に乗り上げてタイヤが破裂かなんかしたんだが、新しいラジアルタイヤの評判はなんなんだよ？　あとはお決まりのとおり」ダミエンは手を押し出すように窓に向けた。「男は走って逃げた」

「アリーシャを置き去りにして？」

「そう。けど、娘は大丈夫。なにしろ、ほら、頭のいい子だから。おしゃまというか」彼は自分の額を軽くたたいた。「利口なんだ。あのときだって、まるで毎日起きてることのように対処した。車を降りて、その場に立ったまま、集まってきた野次馬に〝なに見てるの？〟、〝警察に知らせるかなんかすれば？〟と言ってたよ」

シモーンがかすかな笑みを向けた。「しっかりしたお嬢さんみたいね」

ダミエンはうなずき、ほほ笑み返した。「おそろしいほどにね。ほんとうさ」

「車を見ましたか？」

「どんな車を？　だって、そこらじゅう車だらけだったんだぞ。駐車場なんだから」

「ダークブルーのボクスホールです」

「ボクスホール」ダミエンが向き直って問いかけるように眉を上げると、シモーンは首を振って肩をすくめた。キャフェリーは気づいた——この無言の協議に。つまり、彼自身は車を奪ったのが同一犯だとまだ断定していないのに、このふたりはそう判断したということだ。ローズ・ブラッドリーに起きたこととの詳細をまったく知らないまま、ふたりは、自分たちの車を奪ったのは同じ男で、マーサを連れ去ったのもおそらくその男だと結論づけた。だが、キャフェリーにとっては思い込みは禁物だ。事件当初のダミエンとシモーンの供述調書をざっと読んだかぎり、ふたつの襲撃事件には共通点がいくつかある。犯行は暴力を伴って速やかに行なわれており、犯人の服装もほぼ同じ。スキーマスク——サンタのマスクではないが、どちらの事件でもなんらかの黒いジャケットに、ループやバックルがついたローライズのジーンズ。〝たぶんファッションなんでしょうね〟と供述調書のなかでシモーンは言っている。〝でも、車を盗むというより、エベレストに登るつもりのように見えたわ〟。ローズ・ブラッドリーの供述でも、犯人は〝小さなポケットとストラップがいくつかついたジーンズをはいていた〟という。だがキャフェリーは、そういったひと握りの状況証拠を集めても決め手にはならないことを承知していた。

「ダミエン？　ダークブルーのボクスホールは？」

「四年以上も前の話だ。申し訳ない。おれは探偵じゃないんでね」

「シモーン？」

「ごめんなさい。どこを見ても車だらけだったもの。ほんとうに思い出せない」

キャフェリーがMP3レコーダーを軽く突くと、指向性マイクが彼女に向いた。「学校へ送っていったときでしたね？　ブルートンの」

彼女はうなずき、レコーダーに目を注いで身をのりだした。片方の腕を胸の前に渡し、手を軽く肩に載せた。もう片方の手はふくらはぎのあたりまで下ろしていた。「そうよ。あなたがどこまでご存知か知らないけど、あのときクレオは九歳だった。あのあと十歳になったの。あの子が無事だと聞くまで二時間」彼女はダミエンに共感を求める淡い笑みを向けた。「わたしの人生で最悪の二時間だった」

ダミエンの口がぽかんと開いた。「二時間も？　知らなかった。その事件のことは聞いたこともなかった。まったく知らなかった」

「地元紙には出たけど、それで終わり。たぶん、子どもが無事に戻れば報道されないんでしょうね。どのみち、あのサッカー選手の奥さんが行方不明になったころだったし。ほら、ミスティ・キットスン？　わたしたちの遭った事件なんて、だれも関心なかったのよ」

「ミセス・ブラント？」キャフェリーはすぐさま話の腰を折った。本筋からそれてキットスン事件を話題にしてほしくなかった。彼なりの理由があって。「あの朝、車に乗っていたのは？」

「わたしとクレオだけよ」

「ご主人はどちらに？」

「あの日、ニールは早朝会議があって――夫は市民相談局に勤めていて、子どもの親権問題やなんかの相談に応じているの。残念ながら、収入はわたしのほうが多い――いまだに食うか食われるかの世界にいるし。悪銭を稼いでるわ」

ものは言いようだとキャフェリーは思った。クレオが通っているのはブルートンのキングス・スクール。

おそろしく学費のかかる学校だ。

「事件が起きたのは学校の前ですね？」

「すぐ前じゃない。正確には、学校の近くのハイ・ストリートよ。買うものがあって、学校へ行く途中で店の前に車を停めたの。車に戻ろうとすると、男が……現われた。どこからともなく。走ってきた」

「男はなにか言いましたか？　なにか覚えていますか？」

「覚えてる。〝くたばれ、くそばばあ〟と言ったわ」

キャフェリーはメモを取る手を止め、顔を上げて彼女を見た。「いま、なんと？」

「男は〝くたばれ、くそばばあ〟と言ったの」

「おれたちを襲った男もそんなようなことを言ったな」ダミエンが口を出した。「おれに向かって〝くたばれ、くそ野郎〟と言ったし、女房をくそ女呼ばわりした。女房に、とっととどきやがれと言った」

「どうしてそんな質問を？」シモーンがいぶかしげにたずねた。「大事なことなの？」

「わかりません」キャフェリーはシモーンの顔から目を離さなかった。フルームの犯人もローズに向かってまったく同じ言葉を言っている。思考の奥深くでなにかが噛み合いはじめた気がした。咳払いをひとつして視線を落とし、メモ帳に〝ののしり語〟と書いた。クエスチョン・マークをつける。丸で囲む。そのあと、自信に満ちた笑みを向けた。ダミエンとシモーンは真剣な面持ちで彼を見返した。

「もしも同一犯だとしたら」シモーンが言った。「ちょっとした共通点があるんじゃない？　三件とも車種はちがうでしょう？　なのに、三件とも幼い娘が乗っていたのよね？　つまり」彼女は声を落として続けた。「犯人の狙いが車じゃなくて少女だという線は考えてる？　犯人がマーサになにをやりそうか、考えてないの？」

キャフェリーはその言葉を聞かなかったふりをした。

笑みを満面に広げて、万事うまくいくという絶対の確信でふたりを包み込んだ。まったくなんの問題もない。

「おふたりとも、時間を割いていただき、ありがとうございました」ＭＰ３レコーダーのスイッチを切り、身ぶりでドアを指し示した。「ＣＡＰＩＴの担当者がもう着いたか見に行きましょうか？」

8

キャフェリーのオフィスは隅でうなっている小さなラジエーターによって暖められていたが、クレオ・ブラントから事情聴取を行なうために四人もの人間が入り込んでいるため人いきれで窓がくもっていた。キャフェリーは隅に立って腕を組んでいた。質問表を手に彼のデスクについているのは、淡いブルーのニットスーツを着た五十代の小柄な女性。ＣＡＰＩＴ所属の巡査部長だ。向かいの回転椅子にシモーンと十歳のクレオがそれぞれ座っている。クレオは茶色のプルオーバーにコーデュロイ・パンツ、ピンクのキッカーズといういでたちで、ブロンドの髪を左右でまとめていた。ロラパルーザが給湯室でこしらえたホットチョコレートを思案顔でかきまわしている。キャフェリーは、隣に座っている裕福な母親を見るまでもなく、この子が私立学校とポニー・クラブの一員という身分を生まれながらに持っていることがわかった。この落ち着いた態度を見れば、だれにもわかるはずだ。それでいて、かわいらしさもそなえている。鼻持ちならない少女ではない。

「さてと」CAPITの巡査部長が切りだした。「ここへ来てもらった理由はもう聞いてるわね、クレオ？その話をして大丈夫？」

クレオがうなずいた。「大丈夫」

「よかった。じゃあ、男のこと、お母さんの車を奪った男のことだけど」

「そのあと車を返さなかった」

「そのあと車を返さなかった男。前にも一度、その男のことを話してもらったのは知ってるわ。あのとき、あなたにいろんな質問をした婦人警察官に聞いたら、とても感心したって言ってた。あなたはとても記憶力がいいって。質問をよく考えて、答えがわからないときに作り話をしたりしない。すごく正直だって言ってたわ」

クレオはかすかにほほ笑んだ。

「だけど、あなたにまたいくつか質問をしなければならないの。あのときとまったく同じ質問もあるわ。またかと思うかもしれないけど、とても大事なことなの」

「大事なことだってわかってる。あの男がまただれかを連れていったんでしょう？　別の女の子を」

「よくわからないの。そうなのかもしれない。だから、あなたにまた協力をお願いしなければならない。疲れちゃったらそう言ってね。おしまいにするから」

巡査部長の指が、事前にキャフェリーの用意した質問表に置かれた。あらかじめ簡単な説明を受けて、彼女はキャフェリーの要望をすばやく飲み込んでいた。

「前に話を聴いた婦人警察官に、男がだれかに似てると言ってるわね。それは、物語の登場人物？」

「顔は見てない。マスクをしてたから」

「でも、男の声について言ってるわ。ちょっと似てるって……」

「ああ、質問の意味がわかりました」クレオは気まずそうな顔で笑みを浮かべた。つい半年前には九歳だった少女の口からそんな言葉が飛び出すとどうもしっくりしない。「『ハリー・ポッター』に出てくるアーガス・フィルチみたいだって言ったの。猫のミセス・ノリスを飼ってる人。声が似てた」

「じゃあ、あの男を〝フィルチ〟と呼びましょうか？」

クレオは肩をすくめた。「そうしたければどうぞ。でも、あの男はアーガス・フィルチより悪者だった。もっと悪党」

「わかった。じゃあ——そうねえ——〝管理人〟と呼ぶのはどう？　アーガス・フィルチはホグワーツ魔法学校の管理人でしょう？」キャフェリーは体を押し出すようにして壁から離れた。ドアまで行き、向き直って引き返した。CAPITの担当官には踏むべき手順があると承知しているが、急いでもらいたかった。窓ぎわで折り返し、ふたたび部屋を横切った。巡査部長はぐいと顎を上げ、彼に冷ややかな視線を向けたあと、クレオの聴取に戻った。「そうよ、そうしましょう。あの男を〝管理人〟と呼びましょう」

「そうね。それでいいわ」

「クレオ、ちょっとお願いがあるの。いま、あの朝のあの車の後部座席にいると想像してみてほしいの。〝管理人〟が車に乗り込んできた朝よ。まだ事件が起きる前。いい？　あなたはお母さんと学校へ向かっている。思い浮かべてみてくれる？」

「わかった」クレオは軽く目を閉じた。

「どんな気分？」

「楽しい気分。一限目が体育で——あのころ好きだった授業で——お初のジムTシャツを着るつもりだったから」

キャフェリーは巡査部長の顔をうかがった。彼女のやろうとしていることは知っている。最近、多くの警察が用いている認知面接法だ。質問者は対象者を事件が起きたときの気持ちに引き戻す。それによってチャンネルが開き、事実が表に出てくるのだ。

「あら」巡査部長が言った。「じゃあ、そのジムTシャツはまだ着てないのね」

「うん。サマードレスを着てる。その上にカーディガン。Tシャツはトランクのなか。あれ、戻ってこなかった。そうよね、ママ?」

「そうね」

「クレオ、むずかしいと思うけど、いま〝管理人〟が車を運転しているところだと想像してみて」

クレオはひとつ深呼吸をした。目を少しきつく閉じて、両手を胸もとまで上げた。そこにそっと置いた。

「それでいいわ。じゃあ、男のジーンズを思い出して。お母さんは、あなたが男のジーンズを特によく覚えていると言ってるの——ループがいくつもついてるジーンズよ。男が運転しているときに見えたの?」

「全部が見えたわけじゃない。男は座ってたから」

「あなたの前のシートに座っていた。いつもはお父さんが座るところに?」

「はい。お父さんが座ってるときも、脚は全部は見えない」

「はい」

「手はどう? 男の手は見えた?」

「手のことでなにを覚えてる?」

「その変な手袋をしてた」

「あの変な手袋……」シモーンがあやまりを正した。

「あの変な手袋。歯医者さんがしてるみたいな」

巡査部長は目を上げて、まだ歩きまわっているキャフェリーをちらりと見た。彼は手袋について考えていた。ブラント夫妻の車についての鑑識報告書に、DNAは検出されなかったと記されていた。それに、出口の遮断バーの映像では、犯人は手袋をはめていた。となると、犯人は科学捜査に精通している。最高だ。

「ほかにはなにか？　手は大きかった？　小さかった？」

「普通。お父さんの手くらい」

「次は、とても大切な質問をするわね」巡査部長はゆっくりした口調で続けた。「男の手がどこにあったか覚えてる？」

「ハンドルに置いてた」

「ずっとハンドルに？」

「はい」

「一度もハンドルから離れなかった？」

「うーん……」クレオは目を開けた。「はい。車を停めてわたしを降ろすまでずっとハンドルに置いてた」

「男はあなたの横のドアへ身をのりだして、車のなかから開けたの？」

「ちがう。開けようとしたけど、チャイルドロックがかかってたから。降りてうしろへまわらないといけなかったの。ママとパパがわたしを車から降ろすときみたいに」

「つまり、一度はあなたのほうへ身をのりだしてドアを開けようとしたのね？　そのとき、あなたの体に触った？」

「特には。ちょっと腕をかすめたくらい」

「じゃあ、あなたは、男が車を降りたときにジーンズを見たの？」

クレオは妙な目で巡査部長を見た。そのあと、〝これじゃ頭がおかしくなっちゃう。この話はもうすんだと思ってたのに〟と言いたげな視線を母親に送った。

「はい」改めて記憶力を試されているかのように、慎重に答えた。「ループがいくつもついてた。クライミング用のジーンズだった」

「ジーンズに、普通とちがうところはなかった？　トイレに行きたいとかそんな感じでジッパーを下ろしたりはしてなかった？」

クレオはわけがわからない様子で眉根を寄せた。

「はい。トイレで停まったんじゃないから」

「じゃあ、男はうしろへまわってきて、ドアを開けてあなたを降ろしたのね？」

「はい。そのあと車で行っちゃった」

時間がどんどん過ぎていた。一日が逃げるように終わろうとしている。キャフェリーは一時間経つごとに背中にレンガを積み上げられていく気がしていた。移動してクレオの背後に立ち、CAPITの巡査部長の目をとらえて、指先で空《くう》に円を描いてみせた。「次へ進め」と口の形だけで伝えた。「男の通ったルートを訊け」

彼女はそらとぼけて眉を上げ、愛想笑いを浮かべたあと、平然とクレオに目を戻した。「事件が起きたときに話を戻しましょう。〝管理人〟がお母さんを押しのけた直後、あなたが車のなかにいるところを想像して」

クレオはふたたび目を閉じた。指先を額に押しあてた。「オーケー」

「外が暖かいから、あなたはサマードレスを着ている」

「暑かったわ」

「花がたくさん咲いてる。見える？」

「はい――草地に咲いてる。あの赤い花が見えるわ。なんていう花だったっけ、ママ？」

「ポピー？」

「そう、ポピー。それに、生け垣の白い花も見える。ふんわりした花で、茎がひょろ長いの。長い柄に白いパフを載せたみたい。それから、トランペットみたいな形の白い花も」

「車が走ってるあいだずっと花や生け垣が見えてるの？　それとも、なにかほかのもののそばを通った？」

「うーん……」クレオは額にしわを寄せた。「家が並んでた。また草地があって、あのなんとかいうシカ」

「なんとかいうシカ？」

「ほら。バンビよ」

「バンビというのは？」キャフェリーがたずねた。

「シェプトン・マレットにあるバルマーの工場だわ」シモーンが答えた。「表に子ジカのベビーチャムが置いてあるの。この子はあれが大好きで。グラスファイバーで作った大きな像よ」

　CAPITの巡査部長がたずねた。「そのあとどうなったの？」

「いろんな道路を通った。何度も曲がった。また家が並んでた。それと、あの男が約束したパンケーキ屋さん」

　一瞬、沈黙が広がった。次の瞬間に気づいた——この子は最初の事情聴取で話さなかったことを口にしたのだ。全員が同時に顔を上げた。

「パンケーキ屋？」キャフェリーが口にした。「前はそのことを言わなかったね」

　クレオは目を開けて、みんなが自分を見ているのに気づいた。顔がくもった。「忘れてたんだもん」弁解がましい口調だった。「言い忘れた、それだけよ」

「気にしなくていい」キャフェリーは片手を上げた。「大丈夫。きみが言わなかったのは問題じゃない」

「前に言わなかったのはうっかりミスよ」

「もちろん」CAPITの巡査部長はキャフェリーに冷淡な笑みを向けた。「まだ覚えてるなんて、あなたってほんとうに賢いのね。わたしよりうんと記憶力が優れてるわ」

「ほんとう？」自信なげに言いながら、クレオは巡査部長からキャフェリーへ、そしてまた巡査部長へとせわしなく視線を動かした。

「ほんとうよ！　うんとうんと優れてる。あなたがパンケーキを食べられなかったのは残念。いま言えるのはそれだけよ」

「そうでしょ。約束したのに」

クレオの目がキャフェリーに注がれた。敵意のこもった目。彼は腕を組み、無理に笑みを浮かべてみせた。子どもの扱いは昔から苦手だ。たいてい見透かされているという気がする。大人にはおおむね隠しておくことのできる大きな穴を、子どもには見つけられたという気が。

「じゃあ、あまり感じよくなかったのね、〝管理人〟は？」巡査部長が言った。「パンケーキを約束してたんだものね。どこでパンケーキを食べるはずだったの？」

「〈リトル・クック〉。少し先に〈リトル・クック〉があるって言ったの。でも、店の前に来たら、そのまま通り過ぎちゃった」

「〈リトル・クック〉？」キャフェリーはぼそりと口にした。

「〈リトル・クック〉ってどんな姿をしてる、クレオ？」

「〈リトル・クック〉？　赤いの。それに白い。トレイを持ってる」

「〈リトル・シェフ〉だ」キャフェリーが口を出した。

「それを言いたかったの。〈リトル・シェフ〉」

シモーンが怪訝な顔になった。「この近辺に〈リトル・シェフ〉は一軒もないわ」

「ありますよ」巡査部長が言った。「ファーリントン・ガーニーに」

キャフェリーはデスクに歩み寄り、地図を広げた。シェプトン・マレット。ファーリントン・ガーニー。メンディップ・ヒルズの中心部だ。ブルートンからシェプトン・マレットまで長い距離ではないのに、クレオは四十分も車内にいた。カージャック犯はジグザグ状に彼女を連れまわったのだ。まず北上し、そのあと車首をめぐらせて南西へ。途中で、ミッドサマー・ノートンへ通じる道を通り過ぎる。コンビニの店長が言っていた町だ。犯人に通じる手がかりがほかになにもなければ、とりあえずミッドサマー・ノートンとラドストック近辺にピンを立ててみるのもいい。その地域に捜査を集中させるのだ。

「ワッフルがあるの」巡査部長がクレオにほほ笑みかけた。「ときどき、あの店で朝食をとるのよ」

キャフェリーはじっとしていられなかった。地図を押しのけ、デスクに向いて腰を下ろした。「クレオ、いっしょにいるあいだに〝管理人〟はきみに話しかけた？　なにか言ったかい？」

「はい。何度もママとパパのことを訊いたわ。仕事はなにをしてるのかって」

「きみはなんて答えたの？」

「ほんとうのことを。ママは金融アナリストで、うちのお金は全部ママが稼いでて、パパは、えっと、お父さんとお母さんが離婚した小さな子たちを助ける仕事をしてるのって」

「〝管理人〟がそのほかにはなにも言わなかったのはまちがいない？　ほかに思い出せることはなにもない？」

「たぶん」クレオは関心がなさそうに答えた。「〝それじゃうまくいきそうにない〟って言ったかな」

「〝それじゃうまくいきそうにない〟？」キャフェリーはクレオを見つめた。「いつ、そう言ったんだい？」

「車を停める前。〝それじゃうまくいきそうにない、降りろ〟って言った。だから、車を降りて道の端へ寄ったの。Tシャツの入ってるバッグを返してくれると思ったのに、返してくれなかった。車が戻ってこなかったから、ママはわたしに新しいTシャツを買わないといけなかったの、そうよね、ママ？　学校の購買部で買ったのよ。イニシャルを入れてもらって……」

キャフェリーはもう聞いていなかった。虚空の一点を見つめて、〝それじゃうまくいきそうにない〟という言葉について考えていた。失敗したという意味。犯人は怖じ気づいた。

だが、クレオの場合はそうでも、マーサの場合はそうではない。今回はちがう。今回、犯人は怖じ気づかなかった。今回はうまくいきそうなのだ。

9

三時には空一面を覆っていた雲がところどころでとぎれ、低い太陽がサマセット州北部の片隅にある草地に斜めに射し込んだ。フリーは午後のジョギングのために反射ストリップ付きジャケットを着ていた。〝ノミ《フリー》〟というろくでもないニックネームは、見る前に跳ぶ子だからと言われて、子どものころにつけられた。それと、救いがたいほどエネルギッシュでうざいせいで。本名はフィービー。長年、自分の性格の〝フリー〟の部分を直そうと努力しているが、いまだに、みずからのエネルギーで自分の立っている地面に穴が開くのではないかと思う日がある。フリーにはそういう日に気を鎮めるための秘策がある。それがジョギングだ。

　自宅の近くを縫うように走る路地を利用している。全身が汗だくになり、足にマメができるまで走る。踏み越し段を越え、眠っているような牛たちや石造りのコテージのそばを通り、自宅近くにある国防省の基地からあふれ出てくる軍服姿の将校たちの横を走り過ぎる。ときには夜遅くまで走ることもあった。懸念や不安が振り落とされて頭が空《から》になり、眠りたいという欲望しか感じなくなるまで。

　ひとつには、体調維持のため。またひとつには、心の深奥部まで健康を保ち、コントロールするためだ。ジョギングコースの最終区間の角を曲がったとき、タイヤをきしらせてフルームの駐車場から出ていくブラッドリー夫妻のヤリスが目に浮かんだ。後部座席に座っているマーサ・ブラッドリーのことが頭から離れなかった。フルーム署に知り合いがいるので、ローズの供述調書を読ませてもらった。それによると、車が出るときにマーサはラジオのチャンネルを合わせようと後部座席から身をのりだしていたという。つまり、シートベルトをしていなかったということだ。カージャック犯が急発進したときに体を投げ出されたのだろうか？　犯人は彼女のシートベルトを締めるために車を停めはしないだろう。

　ジャック・キャフェリーに話をしてから二十時間近く経っていた。警察内の情報網を通して離れた部署間でメッセージをやりとりするのに時間がかかるとはいえ、彼がフリーの見立てを採用したのなら、そろそろなにかが耳に入ってくるはずだ。悲鳴のように頭のなかで響きつづけているのは、事件に共通点があるという自分の確信を押し通す機会がこれまでに二度もあったという事実だ。上司である警部をはばからなければどうなっていただろう、自分の直感に従って行動すればどうなっていただろう、と考えた。何カ月も前にカージャック犯を逮捕していれば、昨日マーサがスーパーマーケットの駐車場で拉致されることはなかった。

父と母の古いダイビング用具や洞窟探検《ケイビング》用具でいっぱいのガレージから家へ入った。絶対によそへ移すことも捨てることもしない用具類だ。二階でストレッチをしてシャワーを浴びた。だだっ広く古い家のなかは暖房がついているが、外は命にかかわるほどの寒さだ。マーサはなにを考えているだろう？　男には車を停めて自分を降ろしてくれる気はないと、いつ察しただろう。あどけない顔で大人の世界に足を踏み入れてしまったと、いつ気づいただろう。泣いているだろうか？　母親に会いたがっているだろうか？　母親にも父親にも二度と会えないかもしれないと思っているだろうか？　幼い少女がそんなことを自問自答せざるをえないなんて、まちがっている。すべてに答えを見出せるほどマーサの頭脳は成熟していない。大人とちがって、自分の思考のなかに安全な隠れ場所を作れるだけの時間をまだ生きていない。こんなのは不当だ。


子どものころ、フリーはほかのなにより両親が大好きだった。きしんだ音をたてる古いこの家、四人の職人のコテージをつないで一軒にしたこの家が、彼女の家庭だった。ここで育ち、うなるほどの金があるわけではなかったにせよ、不自由のない暮らしをしていた。日が長く拘束の少ない夏には、家から離れるにつれて段状に下っていくだだっ広い庭でサッカーやかくれんぼをして遊んだ。

なにより、フリーは愛されていた。深い愛情を注がれていた。あのころ、マーサのように家族と切り離されてしまったら、死んでいたにちがいない。

でも、昔は昔、いまはいま。なにもかもが昔とはちがう。母も父も亡くなり、弟のトムは言うに耐えないことをしでかしたため、以前のような姉弟関係に戻るすべは決して見つけられないだろう。この先、一生。トムはある女性を死なせてしまった。若い女性。しかも美人――美しさゆえに有名になった女性を。美貌はたいして役に立たなかった。その女性はいま、閉鎖された石切場の隣にある、容易に近づくことのできない洞窟のなかで石塚の下に眠っている。愚かにもすべてを隠蔽しようとして、フリーがそこに埋めたのだ。いま思えば、どうかしていた。自分ともあろう者が――正常で、給与を得てローンを返済している人間が――取るべき行動ではなかった。握り固めた怒りをつねに抱えているのも当然だ。最近、目が死んでいるのも、なんら驚くことではない。

着がえるころには日没が近づいていた。一階に下り、冷蔵庫を開けて中身に目を凝らした。レンジ食品。ひとり分のものばかり。あとは二リットルの紙パック牛乳。飲む人間がひとりだけなので品質保持期限が過ぎている。思いがけず超過勤務になれば、まったく口をつけないままになる。冷蔵庫の扉を閉め、頭をもたせた。なぜこんなことに――子もなく、ペットもおらず、もはや友人もなく、ひとりきりに？　二十九歳にしてハイミスのような生活をしている。

冷凍庫にタンカレーのボトルと、週末にスライスしておいたレモンのパックがあった。背の高いタンブラーに一杯作った。父がよくやっていたように、かちかちに凍らせたレモンをちょうど四枚、角氷を四個、少量のトニックを加えて。フリースを着てグラスを持ち、敷地内の私道へ出た。そこに立って、エイボン・バレーの底部、かなたのバースの旧市街に明かりが灯っていくのを見ながら一杯飲むのが好きだった。寒い日であっても。マーリー家の人間をここから追い出すことは絶対にできない。戦闘も辞さないかぎり。

太陽が地平線までの最後の道のりをゆっくりと進み、オレンジ色の光がいくつもの大きなかけらと化して空を横切った。フリーは片手を目の上にあて、目を細めてその光景を見た。庭の西端にポプラの木が三本ある。ある夏、そのポプラに関して気づいたことが、いつまでも父を楽しませた。夏至と冬至には、沈む夕日が外側の二本のうちの一方とぴったり重なり、春分と秋分には太陽はまん中の木の向こうへ沈む。「完璧な配列だ。だれかが百年前に、そうなるように植えたにちがいないよ」父は古人の叡智に驚嘆し、笑い声をあげた。「いかにもビクトリア時代の人間が好みそうなことだ。ほら、あのブルネルやなんかが」

いま太陽は、まん中の木と一方の外側の木とのちょうど中間にある。フリーは長らく眺めていた。そのうち腕時計を見た。十一月二十七日。死体をあの洞窟に隠した日からちょうど六カ月。

キャフェリーの顔に浮かんだ幻滅の表情について考えた。ゆうべの彼の目の暗さについて。ジンを飲み干した。腕をさすって鳥肌を消そうとした。こんなことがいつまで続くんだろう？　いつまで、想像を超える手に負えない事件が起きるたびに心を遮断することになるんだろう？

六カ月。それが答えだ。六カ月は充分長い。長すぎる。もう大丈夫。あの死体は見つからない。いまは。いまはほかのことを考えるときなのだから、あのことはすべて頭の奥底にしまい込まないと。いまは、これまでと変わらない巡査部長だと証明すべきときだ。やれる。みんなの目から失望の色を消し去ってやる。そうすれば、この目のなかの壁が崩れるかもしれない。冷蔵庫に酸っぱくなった牛乳や冷凍庫にひとり分のレンジ食品だけが入っていることのない日が来るかもしれない。それに、もしかすると、あくまでも仮定の話だけど、砂利敷きの私道に立ってタンカレーを飲みながら明かりの灯った街に夜のとばりが下りるのをいっしょに見る相手のいる日が来るかもしれない。

10

キャフェリーの頭は鉛が詰まったようだった。〝それじゃうまくいきそうにない〟と刻まれた冷たくみすぼらしいボールのようだった。廊下へ出て各オフィスのドアを開け、仕事を指示した。ロラパルーザにはフルーム地区の性犯罪前科者の洗い出しを、ターナーには過去二件のカージャック事件についてさらなる証言の引き出しを命じた。ターナーはひどいありさまだった。無精ひげを生やし、週末につけていたダイヤのスタッド・ピアスをはずすのも忘れている。それとハイライトを入れたスパイキーヘアとが相まって熱心なクラバーのような風采になり、警視に罵声の発作を起こさせる。キャフェリーは、ターナーのオフィスを出る前に指摘しておいた。ドア口に立って「えー、ターナー？」と言い、自分の耳を上下に動かしてヒントを示した。ターナーがあわててピアスをはずしてポケットにしまうと、キャフェリーは、この隊ではだれも警察官らしく見せることなど気にもしていないと考えながら廊下を進んだ。ピアスをつけたターナー、超ハイヒールを履いたロラパルーザ。唯一、新顔の元交通隊員プロディ刑事だけが、今日の朝、家を出る前に鏡で身なりを確認したようだ。

キャフェリーが入っていくと、彼はこざっぱりした様子で、小型の電気スタンドをつけただけのデスクについていた。マウスパッドの上でマウスを小刻みに動かしながら、険しい顔で画面を見つめている。彼の背後で、脚立に載った作業員が、天井に取りつけられた蛍光灯のプラスティック・カバーをていねいにはずしていた。

「ここのコンピュータはタイムアウトするものと思っ

てました」プロディが言った。

「するよ」キャフェリーは椅子をうしろへ引いた。

「五分で」

「これはしませんよ。私が部屋を出て、戻ったときもまだやる気満々みたいで」

「技術部の番号は壁に貼ってある」

「内線表ですね」プロディは表をはずして目の前に置いた。まっすぐに直す。両手をデスクに置き、整然としたデスクに満足しているかのように入念に見た。タトーナーやロラパルーザに比べると、じつに几帳面な男なのだ。壁にダークブルーのジムバッグがかかっている。プロディの体格を見れば、だれも違和感を持たないはずだ。長身で肩幅もあり、がっちりしている。もみあげに白いものが混じりはじめた髪はきちんと整えている。J・F・ケネディのように大きく均整のとれた顎、かすかに日焼けした肌。唯一、彼の容貌を損ねているのが、十代のころのニキビ跡だ。プロディを見ているうち、自分がこの男によい面ばかりを期待していることに気づいて、一瞬驚いた。「毎日少しずつ進歩しています。いつまでも新顔じゃありません。ようやく照明をつけてくれるし」プロディは作業員を顎で指し示した。「私を気に入ってるにちがいない」

キャフェリーは作業員に向かって片手を上げた。「きみ、しばらくはずしてくれないか？　十分でいい」

作業員は無言で脚立から下りた。ねじまわしを道具箱にしまい、ふたを閉めて部屋を出ていった。キャフェリーは腰を下ろした。「なにか新しい情報はあるか？」

「これといってなにも。ナンバープレート自動認識カメラは当たりなし――フルームではあのヤリスも、ボクスホールのナンバーの一部も引っかかっていません」

「前の二件とまちがいなく同一犯だ。今回は逃がさんぞ」キャフェリーは陸地測量局作成の地図をプロディとのあいだに広げた。「ここへ来る前、きみは交通警察隊にいた」

「罪ほろぼしのために」

「ウェルズ、ファーリントン・ガーニー、ラドストックにくわしいか?」

「ファーリントン・ガーニー?」プロディは声をあげて笑った。「ほんの少し知ってますよ。じつは、そこに十年も住んでたんです。なぜそんな質問を?」

「警視が地理的プロファイラーを呼び寄せようと言っている。だが私は、心理学者などよりも、長時間その近辺の道路に出ていた人間のほうが地理に精通していると考えている」

「それに報酬が半分ですむ。私に任せてください」プロディは電気スタンドを引き寄せ、地図に覆いかぶさるように身をのりだした。「わかってることは?」

「わかってるのはくそったれな状況だけだ、ポール。汚い言葉を使ってすまない。ま、それは聞き流してもらって、なにをすべきかを考えよう。これを見てくれ。最初の犯行はものの数分でかたづいてるが、二件目はもっとかかっている。それに、妙なルートを使ってるんだ」

「どう妙なんです?」

「犯人はA三七号線に出て北へ向かい、そのまま走りつづける。バインガーを抜け、ファーリントン・ガーニーを通過する。そのあと、ひとりで引き返している」

「道に迷ったんでしょうか?」

「ちがう。断じてちがう。犯人はこの道路を熟知している。そこへ着くよりずっと前に、この先に〈リトル・シェフ〉があると少女に言ってるんだ。犯人は車の走っている場所を把握していた。そこが腑《ふ》に落ちない。あのあたりにくわしいなら、なぜあんなルートをとったのか? あのルートに犯人が惹きつけられるものがあったのか?」

　プロディはA三七号線──ブリストルから南下してメンディップ・ヒルズへと続く道路──を指でたどった。ファーリントン・ガーニーを過ぎると、カージャック犯がやったとおり折り返して南下する。シェプトン・マレットの北で指を止め、一、二秒黙って考えていた。

「なんだ?」キャフェリーはたずねた。

「犯人はこの道路の南行きにはくわしいけど北行きはよく知らなかったのかもしれません。南行き車線をひんぱんに使ってるとすれば、こっちがウェルズへ向かう道だとわかるが、南から来るとその道がわからなかったのかも。つまり、このA三七号線をどんな用途で──通勤だか友人を訪ねるためだかなんだかで──使っていたにせよ、くわしいのはこの地点までだけなのかもしれません。だから、このあたり、ファーリントンの南、シェプトンの北でこのルートをはずれた。それに、昨日カージャックが起きたのはここです。フルーム」

「だが、例のボクスホールはラドストックから来たにちがいないという証言がある。ラドストックはフルームから見てファーリントンの方角にあたる。したがって、おおよそこの地域がなぜか犯人にとって重要だとしておこう」

「こっちの道路網にもナンバープレート自動認識カメラを配置すればいいでしょう。フルーム周辺に投入しすぎてなければ」

「車輛犯罪捜査班の人間をだれか知ってるか?」

「この二年、あの連中から逃れようとしてたんです。任せてください」

　キャフェリーはサイドデスクに置かれた一冊のファイルに気づいた。プロディの言葉も耳に入らず、ファイルの背に書かれたタイトルに目を凝らした。一瞬ののち、両手を椅子の肘掛けに置いて体を押し出すようにして立ち上がった。サイドデスクへ行き、さりげなくファイルに目をやった。

「ミスティ・キットスン事件？」

「ええ」ナンバープレート自動認識カメラを配置する格好の場所を検討していたプロディは、見ている地図から目を上げなかった。

「このファイルはどこから持ってきた？」

「検証班にありました。ざっと目を通そうと思って」

「〝ざっと目を通そう〟と思っただと？」

プロディは地図の検討をやめ、目を上げてキャフェリーを見た。「はい。たんに——えー、なにか目に飛び込んでこないかと」

「なぜ？」

「なぜ、ですか？」プロディは用心しながら答えた。まるでそれが引っかけ問題かのように。キャフェリーが〝なあ、ポール、きみはなぜ呼吸してるんだ？〟といったわかりきったことをたずねたかのように。「うーん——興味をそそられるから？　彼女の身になにが起きたのかに。だって、二日間アルコール依存症の治療施設にいた女性が、ある午後ふらりと施設を出ていき、気がついたときには、なんと、忽然と姿を消していたんですよ。ただ……」彼は肩をすくめた。いささかばつが悪いようだ。「興味を引かれたんです」

キャフェリーは彼をじろじろと眺めまわした。半年前、ミスティ・キットスン事件は重大犯罪捜査隊の深刻な頭痛の種だった。当初は一種の興奮をもたらした。ミスティ・キットスンはサッカー選手の妻で超美人という二流の有名人だった。マスコミがハイエナのごとく群がった。それで捜査チームの刑事の多くが張りきった。だが、三カ月後、捜査員が手ぶらで戻る日が続くうち、当初の輝きがくもりはじめた。屈辱感が蔓延した。もはや、あの事件は棚上げされている。検証班が預かり、そのことでいまも重大犯罪捜査隊を批判し、ことあるごとに意見書を送りつけてくる。名声を得たがる警察官がときおり現われることは言うまでもなく、マスコミもまだ関心を持っている。だが、重大犯罪捜査隊の大半はミスティ・キットスンの名前を耳にしたことすら、忘れられるものなら忘れたいと思っているはずだ。キャフェリーは驚いていた――プロディが自分の意思で検証班へ行ったことに。二週間ではなく何年もここにいるかのように、自分で行動計画を立てたことに。

「ひとつはっきりさせておこう、ポール」キャフェリーはファイルを手に取った。まるで指の骨に挑むように、持つ手を引き下ろそうとするほどの重さを感じた。ー「ミスティ・キットスンの身になにが起きたか知りたいだけならマスコミ連中と変わらない。だが、きみはマスコミの人間じゃないだろう?」

「えっ、なんと言いました?」

「きみはマスコミの人間じゃないだろう、と言ったんだ」

「はい。いえ、私は――」

「きみは警察官だ。公式には〝まだ捜査を続行中〟という立場でいいだろうが、実際ここでは」キャフェリーはこめかみを指で軽くたたいた。「見切りをつけた事件だ。重大犯罪捜査隊はキットスン事件にふたをした。終わったんだ。捜査は終了した」

「しかし――」

「しかし、なんだ?」

「正直なところ、どうなんです? 興味はないんですか?」

キャフェリーは興味を持つ必要がなかった。ミスティ・キットスンの所在なら正確に知っている。治療施設を出た彼女がたどったおおよそのルートも、自分の足で歩いてみたので、把握している。彼女を死なせたのがだれかも知っている。どうやって死なせたのかも。

「ないさ」淡々と答えた。「むろん、興味などない」

「これっぽっちも?」

「これっぽっちも。いまはカージャックという重大事件の捜査にあたっている。総力をあげて取り組む必要がある。部下には、ふらふらと検証班へ行って古い事件記録に〝ざっと目を通そう〟などと考えてもらいたくない。いまは」彼はファイルをプロディのデスクに放った。「自分で返しにいくか、それとも私が行こうか？」

プロディは無言でファイルを見つめていた。長い間があったので、プロディが言い返すまいとしているのだと感じた。ようやく彼が唾を飲み込んだ。「はい、そういうことなら。自分で返しにいきます」

「それで結構」

キャフェリーはいらだちと腹立ちを覚えながらプロディのオフィスを出た。ドアをたたきつけたい衝動を抑えて、そっと閉めた。ターナーが自身のオフィスの外に立ち、廊下を歩いてくるキャフェリーを待っていた。「警部？」彼は片手に一枚の書類を持っていた。

キャフェリーはその場で足を止め、ターナーの顔をまじまじと見つめた。「その分じゃ、きみがしようとしている話は私の気に入らない内容らしいな」

「おそらく」

彼は書類を差し出した。キャフェリーは親指と人差し指でつまんだ。だが、その書類をターナーの手から取るのを、なにかが押しとどめた。「説明しろ」

「ウィルトシャー州警察から電話がありました。ブラッドリー夫妻のヤリスを見つけたそうです」

書類をつまんだキャフェリーの指に力が入った。それでもまだ、ターナーの手から引き抜こうとしない。

「どこで？」

「使用されていない農地で」

「マーサは車内にいなかった。そういうことか？」

ターナーは返事をしなかった。

「車内にいないからといって」キャフェリーの口調は冷静だった。「彼女が姿を現わさないとは決まっていない」

ターナーは困った様子で咳払いをした。「えー――まずは読んでください。ウィルトシャーの連中がファクスで送ってきました。原物《オリジナル》は向こうの現場鑑識官が車でじかに届けに来ます」

「なんだ？」

「手紙です。彼女の衣類にくるんでダッシュボードに置いてあったそうです」

「衣類？」

「えー」ターナーが長いため息を漏らした。

「なんだ？」

「下着です」

キャフェリーは書類をにらみつけた。指先が燃えるようだ。「で、なんと書いてある？」

「勘弁してください。さっき言ったとおり、まずは自分で読んだほうがいい」

11

その男は野宿地の端でかがんでいた。たき火の炎が汚れた顔とひげを赤く照らし、その男を、女からではなく火山から生まれた者のように見せている。キャフェリーは数フィート離れた場所に座って、無言でその男を見ていた。日が暮れてからすでに四時間が経っているが、男は凍った大地にせっせと球根を植えていた。

「その昔、ひとりの子どもがいた」男がスコップで地面を掘りながら言った。「その子は名前をクロークスといった。金髪の少女だ。紫色のドレスとリボンを身につけるのが大好きだった」

キャフェリーは黙って男の話に耳を傾けた。地元の連中が〝ウォーキングマン〟と呼んでいるこのホームレスと知り合ってまだ短いが、彼に質問をするのではなく彼の話を聴くことを学んでいた。ウォーキングマンとの関係においては、自分が生徒で向こうが先生だと考えるようになっていた——なにを話すか、いつどこで会うかといった接触の要件の大半を決めるのは向こうだ、と。前にいっしょに腰を下ろしてから六カ月も経つが、その間キャフェリーは彼を探し求めた。今夜が二十回目にもなるだろうか。運転席で身を起こし首を伸ばして生け垣の向こうをのぞきながら時速五マイルで車を走らせての捜索は、長く孤独な夜となった。今夜は、捜索を始めるとほぼ同時に、合図のように草地にたき火が現われた。まるで、ウォーキングマンはずっとそこにいてキャフェリーの奔走ぶりをおもしろがって見ていたかのようだった。会うタイミングを見計らって。

「ある日」ウォーキングマンが続けた。「クロークスは魔女に連れ去られ、両親が話しかけることも姿を見ることもできない雲のなかで暮らさなければならなくなった。クロークスが生きているのかどうか、両親はいまも知らないが、毎年、春になると、娘の誕生日に空を見上げて、今年こそ娘が帰ってきますようにと祈っている」彼は球根のまわりの土を軽く押さえ、ペットボトルの水を少しかけた。「それが信念の証なんだ、娘がまだ生きていると信じつづけるための。絶対的な信念の。娘の身になにが起きたかがはっきりわからず、両親がどんな思いでいるか、あんたに想像できるか？娘の生死もはっきりわからないことが？」

「娘さんの遺体は見つかっていないんだ」キャフェリーは言った。「あんたにはわかるだろう」

「あんたの兄さんの遺体も。だから、おれたちは同類だ」彼はほほ笑んだ。月の光が、黒ずんだ顔のなかで、歯並びがよく清潔で健康な歯をとらえた。「おれたちはそっくりなんだよ」

そっくり？ ふたりは似ても似つかない。眠ることのできない孤独な警察官と、一日じゅう歩きつづけて決して同じ場所で眠ることのないみすぼらしいホームレス。だが、いくつか共通点があるのも事実だ。ふたりは同じ目をしている。ウォーキングマンを見つめたときに、自分と同じ目がこっちを見つめ返しているのに気づいてキャフェリーは驚いた。それ以上に重要なことに、ふたりは同じような過去を持つ。兄ユーアンがロンドンの家の裏庭から忽然と消えたとき、キャフェリーは八歳だった。線路の向こう側に住んでいた年老いた小児性愛者アイヴァン・ペンデレッキの犯行だとキャフェリーは確信しているが、ペンデレッキが起訴されることも有罪判決を受けることもなかった。ウォーキングマンの娘は、保護観察中で住所不定の前科者クレイグ・エヴァンズによって五回もレイプされたのち殺害された。

クレイグ・エヴァンズはペンデレッキほどついていなかった。当時は成功した実業家だったウォーキングマンが復讐を果たした。いまエヴァンズはウスターシャーの自宅近くにある長期医療介護施設で車椅子生活を送っている。ウォーキングマンは損傷を与えるべき箇所を正確に知っていた。エヴァンズにはもはや、子どもたちを見る目も、レイプするペニスもない。

「あのせいで、あんたは人とはちがうのか？」キャフェリーはたずねた。「あんたには見えるようになったのか？」

「見えるように？　どういう意味だ？」

「意味はわかるだろう。あんたは見えるんだ。ほかの人よりもものごとが見える」

「超能力か」ウォーキングマンは鼻で笑った。「たわごとはよせ。おれは動物のように野外で暮らし、この大地に生きさせてもらってる。そこに存在し、吸収する。人より大きく目を開けてるから人より多く光を取り込める。だが、だからといって予言者だってことにはならない」

「あんたは私の知らないことを知っている」

「それがなんだ？　あんた、自分をなにさまだと思ってるんだ？　警察官だって超人じゃない。あんたがどう思ってようとな」

ウォーキングマンはたき火のそばへ戻った。薪を何本か手にとってくべた。火のそばの地面に突き立てた細い枝に、ウォーキング用ソックスを広げて乾かしている。上等のソックスだ。金で買えるもっとも高い品。アルパカ製。ウォーキングマンにはそれを買う金がある。どこかの銀行に何百万ポンドも貯め込んでいるのだ。

「小児性愛者」キャフェリーはリンゴ酒をひと口飲んだ。のどの奥を刺激し、冷たさが胃に居すわるが、夜が明けるまでにこのマグカップを空け、さらに飲むことになるのはわかっていた。「私の専門だ。見ず知らずの人間による誘拐。結末はたいてい同じ。すごく運がよければ、犯行後すぐに子どもは戻ってくる。運が悪ければ、子どもは事件発生から二十四時間以内に殺される」マーサが連れ去られてから三十時間近く経っている。キャフェリーはマグカップを下ろした。「いや、考えてみると、それは運がいい場合かもしれない」

「最初の二十四時間で子どもが殺された場合、運がいいというのか？　なんだ、それ？　警察の理屈か？」

「それ以上長く生かされた子どもより、結末としてはましかもしれないという意味だ」

ウォーキングマンは言い返さなかった。ふたりの男は長らく無言のまま、それについて考えていた。キャフェリーは目を上げて、月にかかる雲を見た。雲は孤独で威厳があると思った。金髪の少女が雲間から地上をのぞき、両親を見守っている光景を思い浮かべた。森のどこかで子ギツネが鳴いている。マーサもこの広い夜のどこかにいる。キャフェリーは上着のポケットに手を入れた。マーサの下着にくるまれていた手紙のコピーを引っぱり出し、差し出した。ウォーキングマンは舌打ちをした。身をのりだして受け取った。手紙を広げ、たき火の火明かりを受けるように前に傾けて読みだした。キャフェリーは彼の表情を見ていた。筆跡鑑定家がすでに、カージャック犯は筆跡を偽ろうとしているとの鑑定結果を出していた。ブラッドリー夫妻の車が科学捜査班によってくわしく調べられているあいだ、キャフェリーはオフィスで長い時間、この手紙を読みふけっていた。いまでは一語たがわず文面を暗記している。

マーサのママへ

マーサはきっと、おれからあんたに連絡してもらいたがる。あの子がそう言ったとかじゃないけどな。あの子はいまはあんまりおしゃべりしねえ。バレエと犬が好きだって言ってたけど、あの年の女の子がしょっちゅう嘘をつくってことは、あんたもおれもいやってほど知ってるからなあ。あいつらは嘘つきさ。おれが思うに、あの子が好きなのはほかのもんだって、おれは思うのさ。そりゃ、あんたには言わないだろうけどな。あの子は、おれがきのうの夜にしてやったことが大好きなんだ。あの顔、あんたに見せてやりたいよ。

なのに、おれに嘘を言いやがった。あの子が嘘をつくときの顔、あんたも見ればいい。みにくいなんてもんじゃねえ。ありがたいことに、そのへんは矯正できた。いまはましな顔になった。けど、頼むよ、マーサのママ。どうか、おれの頼みを聞く気になってくれないかなあ？　なっ、お願いだからよ。どうせ止めることなんてできないんだから、おれにかまわないでくれって、警察のばかどもに言ってもらえるか？　走りだしちまったんだから、急に止まるはずがねえ。そうだろ？

そうだろ？

ウォーキングマンが読み終えた。顔を上げた。

「どうだ？」

「こんなものを読ませるな」彼はキャフェリーに手紙を押しつけた。目つきが変わっている。血走り、殺意を秘めた目だ。

キャフェリーは手紙をポケットに戻した。繰り返したずねた。「どうだ？」

「おれがほんとうに予言者か透視能力者なら、今回ばかりは子どもの居所をあんたに教えるよ。いますぐあんたに教えて、持てる力をすべて使い、あんたの命や職にどんな犠牲を払ってでも子どもを取り戻せと言う。なにしろ、その男は」彼は手紙の入っているポケットに指を突きつけた。「あんたがこれまでおれのところへ持ち込んだどんな人間よりも頭がいいからだ」

「頭がいい？」

「そう。犯人はあんたをあざ笑ってる。警棒を持って帽子をかぶったしがない警察官のあんたが自分を出し抜くことができると思ってることをあざ笑ってるんだ。この男は、受ける印象以上にはるかに頭がいい」

「どういう意味だ？」

「さあな」彼は巻かれた携帯寝具を広げて置いた。寝袋の用意を始めた。顔は険しい。「これ以上、質問するな――あんたの時間をむだにするな。ほんとうに、おれは霊能者じゃない。ただの人間だ」

キャフェリーはリンゴ酒をぐいと飲み、手の甲で口もとをぬぐった。寝る準備をしているウォーキングマンの顔をうかがった。〝どんな人間よりも頭がいい〟。カージャック犯が手紙に書いていたことについて考えた――〝走りだしちまったんだから、急に止まるはずがねえ。そうだろ？〟。意味はわかる――犯人はまたやるつもりだ。無作為に次の車を選ぶつもりだ。どんな車でも、どんなドライバーでもかまわない。重要なのは、後部座席に子どもが乗っていることだけだろう。

女の子。十二歳未満。その子どもを奪い去るつもりだ。それなのにキャフェリーは、十中八九ミッドサマー・ノートンの半径十マイル以内で起きるはずだ、と言いつづけるしかない。

火明かりの端の闇を長らく見つめたあと、キャフェリーはウレタンのマットレスを手に取って広げた。寝袋を取り出してあおむけになり、寒さを防ぐべく寝袋にくるまった。ウォーキングマンもひと声うなって同様にした。キャフェリーはしばらく彼を見ていた。今夜はもう口をきく気がないのはわかっている。あれで会話は終わり、あれきりひと言たりとも発せられることはない。ウォーキングマンの言うとおりだ。ふたりはそれぞれ寝袋に収まって、それぞれの空の断片を見つめ、自分の世界に思いをはせ、人生が次の二十四時間にもたらす苦難をどう戦って乗り越えようかと考えていた。

ウォーキングマンが先に眠りについた。キャフェリーはその後も何時間か起きていて、夜のしじまに耳をすましながら、ウォーキングマンがまちがっていることを祈った。透視能力や超能力がほんとうに存在し、夜の声を聞いてマーサ・ブラッドリーがどうなったのか知ることができるようにと願った。

12

　冷えきった体の痛みを覚えてキャフェリーが目を覚ましたとき、ウォーキングマンはいなかった。闇のなかで目を覚まして着がえたにちがいなく、たき火の黒い跡と、キャフェリーの携帯寝具の横にベーコン・サンドイッチをふたつ載せた皿だけを残していった。靄《もや》のかかった日。今日も寒い。大気は北極の息吹を含んでいた。頭がすっきりするまで数分待って、キャフェリーは身を起こした。草地に立ってサンドイッチを食べ、思案顔で嚙みながら、ウォーキングマンが球根を植えた大地の一画を見下ろした。草で皿をぬぐい、携帯寝具をまとめると、それを脇に抱えて立ち上がり、この地の地形を観察した。この季節なのでくすんで生気のない草地が、生け垣に縦横に分断されつつ、かなたまで延びている。キャフェリーはウォーキングマンの行動についてほとんど知らないが、彼がわずかばかりの身の回り品を──次にそこを通るときに使うものを──保管できる安全な場所が近くにかならずひとつあるということは知っていた。保管場所が野宿地から半マイルも離れていることもあった。

　ヒントは草にあった。灰色に枯れ、霜が降りてかちかちになった草に。ウォーキングマンの足跡は黒く、明らかに野宿地から誘導している。キャフェリーはふっと笑みをこぼした。足跡をたどらせる気がなければ、こうもくっきり残っていないはずだ。ウォーキングマンはなにごとにも抜かりがない。キャフェリーは歩きだした。足跡に自分の足を重ねて置き、大きさがまったく同じことに驚いた。

　足跡は三分の一マイルほど先、隣の草地の遠端で終わり、そこの生け垣に、ポリエチレンで覆ったさまざまな日用品が目立たぬように隠してあった。缶詰、深鍋、リンゴ酒の大きな瓶。キャフェリーは携帯寝具と皿を突っ込み、すべてをポリエチレンでくるんだ。腰を伸ばして立ち去ろうとした瞬間、あることに気づいた。生け垣沿いに一ヤードほど、サンザシの根もとあたりの土が乱れている。かがんで土をそっとどけてみると、傷ついたクロッカスの球根の柔らかい頭が見えた。

　この世のだれにも習慣はある――同日の午前、六マイル離れたグロスターシャーのパブの駐車場に車を入れながらキャフェリーは思った――食べたエンドウ豆の数や手を触れた電気のスイッチの数をかぞえなければ気のすまない強迫神経症の人間から、目的もめざす方向もなさそうなのにいつだって火をたいて眠るのにうってつけの場所を見つけることのできるホームレスまで、だれにも。程度はちがえど人間だれしも行動パターンを持っている。本人の目にさえほとんど見えないものかもしれないが、行動パターンはたしかに存在する。ウォーキングマンの場合は、立ち寄った場所にクロッカスを植えることだと、キャフェリーにも徐々にわかってきた。では、カージャック犯の行動パターンは？　キャフェリーはエンジンを切ってドアを開け、並んだ警察車輛に目を向けた――科学捜査班のバンに、捜索隊のスプリンターが四台。そう、カージャック犯にも行動パターンはある。それが解き明かされるはずだ。いずれは。

「警部？」ジョン・レノンがかけていたような小さくすっきりした眼鏡をした捜索調整官《POLSA》が車の脇に現われた。「説明します」

　キャフェリーは彼について駐車場を横切り、低い石造りのドア口を通って、店主が警察に用意した部屋へ入った。ゲーム室は饐《す》えたビールと漂白剤のにおいがした。ビリヤード台が壁に押しつけられ、代わりに椅子が何列も並べられていた。ダーツ盤は、何枚もの写真を載せたフリップチャート板の裏に隠れていた。

「ブリーフィングは十時から——厄介ですよ。土壌分析官が指定したこの地域は——広大です」

ブラッドリー夫妻のヤリスに対し、ありとあらゆる科学検査が行なわれた。後部座席にもみあった形跡があった——シートの生地が裂け、窓ゴムにマーサのホワイトブロンドの髪が何本かついていたが、車内からむろん、犯人はラテックスの手袋をはめていただろう。ブラッドリー家の家族以外の指紋は検出されなかった。血液も精液も検出されていない。だが、タイヤの溝に土が詰まっており、科学捜査班の土壌分析専門技官が徹夜で試料の分析作業にあたった。その結果と、推定した走行距離とを考え合わせて、その成分の土が付着したと考えられる唯一の場所を割り出した。ウィルトシャー州内で乗り捨てる前に、カージャック犯はここコッツウォルズのどこか、このパブから半径十キロ以内のどこかで車を停めたのだ。パブの駐車場にあった車輛の数から察するに、警察官の半数がこの地域へ押しかけたようだ。

「網を広くすることになるのは覚悟していた」キャフェリーは言った。「土壌分析官には時間が足りなかった——徹夜をさせたんだが」

「土壌分析官に指定された地域内で、捜索の必要があると私が判断した建物は約百五十あります」

「くそ。全部を捜索するには六チームほど要るぞ」

「グロスターシャー州警察が人員を出そうと言っています。向こうの担当区なので」

「共同捜査か？　よくそんな交渉をまとめたな。私は生まれてこのかた、その手の交渉をうまくできた試しがないんだ。人員や装備の確保が厄介だ。捜索範囲は絞り込む必要がある」

「絞り込んだ数字ですよ。百五十というのは、車を格納できる建物だけです。三割はガレージで、大半は民家につながっているので捜索は容易ですが、土地登記所へ行って所有者を調べる必要のある家屋もあります。しかも、ここはコッツウォルズ、特別自然美観地域です。半数は別荘——ロンドンで売春組織を運営しているロシア人どもがチャールズ皇太子の別荘の近くに所有したがったくせに、わざわざ訪れることのない別荘だ。裕福な不在所有者か、手もとに単発ショットガンを置いてる過激な農場経営者のどちらかです。現に、その手の事件があったでしょう」彼は自分の後頭部を軽くたたいた。「逃げようとすれば頭を撃つ。至福の田舎暮らしへようこそ。それでも、明るい面を挙げると、昨日は雨だった。今日は捜索にもってこいです。犯人がこの地域に車を停めたのであれば、目視できるタイヤ痕がまだ残っているはずなので」

　キャフェリーはフリップチャート板の写真を見ようと近づいた。タイヤ痕の写真ばかり。ヤリスのタイヤの石膏型を使って昨夜、鑑識が撮ったものだ。

「土には別のものも含まれていたそうだな。木くずだって？」

「ええ。だから、製材所かもしれない。ステンレスの削りくずとチタン片も検出されています。チタン片は小さすぎて混入経路をつきとめられないため、現時点ではおそらく無関係でしょうが、ステンレスの削りくずが混入していたということは、なんらかの機械工場かもしれない。捜索地域内に七つあります。製材所は二カ所。捜索チームを分けます——半数は建物をしらみつぶしにあたらせ、残りの半数にタイヤ痕を探させる」

　キャフェリーはうなずいた。落胆していることを隠そうとした。半径十キロ。百五十もの建物、私道や路地の数にいたっては見当もつかない。干し草の山のなかから針を一本探すようなものだ。グロスターシャー州警察の援軍があったところで、令状の申請や書類仕事は永遠にかかるだろう。それに——〝走りだしちまったんだから、急に止まるはずがねえ〟という犯人の言葉を思い出した——捜査陣が唯一欠いているのは時間だ。

13

フリーの隊が潜水に費やすのは、稼働時間の二割だけだ。それ以外の時間は、特殊作戦や、閉鎖空間での捜索、ロープアクセス技術を用いた捜索を行なっている。ときどき、今回のコッツウォルズの広範囲捜索のような一般支援グループの作業を行なうことがある。

彼らは不快なにおいのするゲーム室に座って捜索調整官のブリーフィングを受けた。フリーのチームはタイヤ痕捜索の任務をあてがわれた。道路の六マイル分ほどを赤線で囲った地図を渡され、おおよその方向を指示されたが、ブリーフィングが終わるや、フリーは部下たちとともにスプリンターバンに乗り込み、駐車場を出ると、左折して指示された地域へ向かう代わりに右へ曲がった。

「どこへ行くんです?」副隊長のウェラードはフリーの真うしろに座っていた。彼はシートのなかで身をのりだした。「方向が逆ですよ」

フリーは細い道に小さな待避所を見つけるとバンをそこに入れて停め、エンジンを切った。運転席の背もたれに肘を引っかけて、六人の部下を真顔でじっくりと眺めた。

「なんです?」ひとりがたずねた。「なにごとですか?」

「なにごとですか?」フリーはおうむ返しに答えた。「なにごとかって? たったいま十分間のブリーフィングを受けた。短いわ。だれも居眠りする間もないくらいにね。ありがたくブリーフィング終了。十一歳の少女が行方不明になってて、その子を見つけ出せる可能性があるのよ。みんながみんな、あんなブリーフィングからそそくさと出てくる場合じゃないでしょう。わたしなら、有無を言わせず全員に口輪をはめるけどね」

全員が口を開け、どんよりしたうつろな目で彼女を見つめ返した。彼らはどうしてしまったのだろう? この前、六カ月前に考えたとき、彼らは健康的な若者で、全員が職務に没頭し、熱意をみせていた。いまの彼らにはなにもない。活気も熱意も。ひとりふたりは体重が増えたようにすら見える。筋肉がたるみはじめている。わたしの目の前で、なぜこんなことに? わたしはなにを見逃したんだろう?

「いまの自分たちを見てみなさい。ぴくりとも反応しない。これが」彼女は片手を水平に持ち上げてぴたりと止めた。「あなたたちの脳波パターンよ。平ら。波形じゃない。いったいどうしちゃったの、みんな?」

だれも答えなかった。ひとりふたりは目を伏せた。ウェラードは腕を組み、窓外のなにかに目を凝らそうとした。口を結んで、いまにも――

「口笛？　口笛なんて吹いたら承知しないわよ、ウェラード。わたしは鈍くなんかない。なにが起きてるかは承知してる」

彼はフリーに視線を戻し、問いかけるように眉を上げた。「そうですか？」

フリーはため息をついた。髪に手ぐしを通した。しぼんだ風船のようにシートに身を沈めて、フロントガラスの向こう、趣のない冬の並木を見やった。「あたりまえよ」低い声で吐き出した。「なにが起きてるかは承知してる。あなたの言いたいことはわかってる」

「まるで、あなたがもうここにいないみたいなんですよ、巡査部長」ウェラードが言った。何人かが小声で同意を示した。「すっかり目が死んでいる。ここにいるのは形だけ。おれたちが負け犬だって言うけど、トップが上の空じゃ、やる気の出るはずがない。それに、金がすべてじゃないが、クリスマスに能力給をもらえそうにないなんて初めてだ」

フリーはふたたび向き直ってウェラードを見すえた。彼女はウェラードに好感を寄せている。もう何年も副隊長を務め、彼女が知るかぎりもっとも優秀な捜索員のひとりだ。弟のトム以上に大切に思っている。トムに向ける百倍の愛情を抱いている。ウェラードに真実を突かれるとこたえた。

「わかった」彼女はシートに膝をついて背もたれに両手を置いた。「あなたの言うとおり。わたしはこのところベストな状態じゃなかった。でも、あなたたちは――」彼女は部下たちに指を突きつけた。「――あなたたちは負け犬なんかじゃない。まだ巻き返せる」

「えっ？」

「いい、捜索調整官の言ったことを思い出して。タイヤの溝から検出されたものは？」

ひとりが肩をすくめた。「木くず。チタン片とステンレスの削りくず。なにかの製造工場みたいですね」

「それよ」フリーはおだてるようにうなずいた。「チタンはどう？　なにかピンとこない？」

彼らはフリーを見つめ返した。飲み込めないのだ。

「ねえ、しっかりして」フリーはじりじりしながら言った。「思い出して。四、五年前？　全員この隊にいたんだから忘れたはずがない。貯水タンク。凍えるほど寒い日。刺殺死体。ウェラード、あなたが潜って、わたしは地上にいた。森から出てきて何度もわたしの脚に乗ろうとする犬がいた。あなた、あの犬がすごく興奮してると思ってた。覚えてない？」

「バサースト・エステートの近く？」ウェラードが渋い顔をフリーに向けた。「ハッチに銃を投げ捨てた男？　おれたちは十分ほどで銃を見つけた」

「そう。それで？」

彼は肩をすくめた。

フリーは期待に満ちた目でひとりひとりの顔を見た。

「あきれた。ヒントをあげるしかないわね。あの場所を思い出して——閉鎖された工場だったでしょう？

廃工場だから捜索調整官の地図に入ってない。でも、操業してたときはなにを作る工場だったか覚えてる？」

「軍用機器だ」スプリンターバンの後部でだれかが言った。「チャレンジャー巡航戦車の部品かなんか」

「ね？　灰色の脳細胞が働きだしたでしょ？」

「あれって、たしか、チタンで作る部品がありますね？　それにステンレスの部品も？」

「そのとおり。もしかして、あの貯水タンクへ行くのにどこを通ったか思い出した？」

「まさか、そんな」ウェラードがはっと気づいた顔になり、消えそうな声でつぶやいた。「製材所だ。あれはこっちの方角——あなたが向かおうとしている方角です」

「ね、わかった？」フリーはエンジンをかけ、バックミラーに映る部下たちを見た。「まだ巻き返せるって言ったでしょ」

14

木々のにおいが立ちこめ、音の通らない松林を貫く小径に、キャフェリーはひとりで立っていた。右手百ヤード先には閉鎖された兵器工場、左手には下見板張りのおんぼろの物置小屋に囲まれた製材所。雨により色が深まって杏色になったおがくずが、錆びの浮いた大きなホッパーの下に山を築いていた。

キャフェリーは呼吸をゆっくりと静かに保ち、脇に下ろした両手をわずかに広げ、空《くう》を見つめていた。彼は正体不明のなにかをつかまえようとしていた。雰囲気とでもいおうか。まるで木々が記憶を明かしてくれるかのように。午後二時。マーリー巡査部長率いるチームが捜索調整官の指示を無視してこの場所に向かったのが四時間前。捜索に長時間かけるまでもなく、わずか三十分後にはチームのひとりが驚くほど鮮明なタイヤ痕を見つけ、それがヤリスのものとぴたりと合致した。昨夜ここでなにかが起きた。カージャック犯がこの場所にいて、なにか重要なことが起きたのだ。

キャフェリーの背後、この小径のはるか後方には、現場鑑識官たち、捜索チーム、警察犬係の警察官たちがひしめいていた。もっとも鮮明なタイヤ痕を中心に半径五十ヤードの区域が立ち入り禁止テープにより封鎖されている。靴跡はいたるところで見つかっていた。トレーニングシューズを履いた男の残した大きく深い跡だ。分析用の石膏型を採取しやすいはずだが、カージャック犯はわざと靴跡を損ねていた。先が長く尖った道具を使って泥が縦横に押しつぶされていた。子どもの靴跡はどこにもなかったが、犯罪現場捜査班によれば、男の靴跡のなかに特に深いものがあるという。カージャック犯はマーサを車内で制圧あるいは殺害したあと、周囲の森のどこかへ運んで始末したのかもしれない。問題は、犯人がマーサを運んだとしたら彼女のにおいが地面に残らないという点だった。警察犬チームにとって、この天候は最悪だ――たとえにおいが残っていたにせよ、この風と雨では消えてしまう。到着時、犬たちはリードを引きちぎらんばかりに興奮し、よだれを垂らしていたが、結局はぶつかり合ったり円を描いたりしながらむだな努力に二時間も費やした。製材所と、キャフェリーの右手にある廃工場の捜索は終わっていた。そこでもなにも発見できなかった――近くにマーサがいたという手がかりはひとつもなかった。使用されなくなった貯水タンクさえ、いまではひびが入って水が枯れ、吐き出す手がかりひとつ残されていなかった。

キャフェリーがため息をつき、その目がふたたび焦点を結んだ。木々もなにひとつ情報を与えてくれない。そうする気がないかのように。この場所は死んだも同然だ。臨時本部を設けた製材所のほうから、鑑識監督官が小径をやって来た。つなぎの鑑識衣を着てフードを肩に垂らしている。

「どうだ？」キャフェリーはたずねた。「なにか出たか？」

「犯人の残した靴跡の石膏型を採った。見るか？」

「そうだな」

ふたりは製材所へ戻った。森がふたりの靴跡も話し声もかき消した。

「足跡は七つ」立ち入り禁止テープが張られた区域を迂回しながら、鑑識監督官が手で地面を振り示した。「入り乱れて見えるが、実際には七つだ。あちらこちらへ向いているものの、どれも森の端で終わっている。それ以上先へ続いているものはひとつもない。行く先はどこだってありえる――草地に踏み入ったか、工場を抜けたか、道路へ出たか。各チームが全力をつくしているが、捜索範囲が広すぎる。犯人は警察を煙に巻いている。こざかしい野郎だ」

歩きながら森の奥に目を凝らし、そのとおりだとキャフェリーは思った。しかも、こうして警察がかっかしているのをおもしろがっているだろう。キャフェリーにはわからなかった。カージャック犯がマーサを車から降ろしたのはほんとうにこの場所なのか、それともどこか別の場所なのか？　警察の専門家たちがこの森に押しかけてこつこつ捜索をするとわかったうえで、犯人はマーサを何マイルも離れたどこかへ連れ去ってむごい所行を働いているのだろうか？　この捜査に携わって以来、欺かれていると感じるのは初めてではなかった。

立ち入り禁止テープが張られた区域を過ぎて製材所に入ると、各捜索チームが鑑識衣を着た幽霊のように動きまわりながらまだ作業をしていた。おがくずの発する甘酸っぱい樹液のにおいが空中に漂っている。この製材所で作って塗装を施された鳩小屋を積み上げた物置小屋の横に仮設の架台式テーブルが組まれ、そこで捜索チームの集めた証拠物件がすべて検分されていた。廃工場は捜索場所として最悪だった——不法投棄された家庭ごみがあふれている。朽ちかけた古いソファに冷蔵庫、子ども用三輪車、使用済み紙おむつの入った買い物袋まであった。鑑識監督官と証拠物件係には、どれを捨ててどれにタグをつけて証拠品袋に収めるかを判断するという仕事がある。彼らはかっかしながら紙おむつを検分したのだった。

「困ったよ」鑑識監督官が、くるんであったビニールから石膏型を出してキャフェリーの前に置いた。「犯人がなにを使ったのかがわからないんだ」

何人かが見ようと集まってきた。キャフェリーは腰をかがめ、目の高さを石膏型に合わせてしげしげと見た。底層が靴跡なのだが、カージャック犯が押しつぶした箇所は、先の尖った道具が開けた穴の奥まで石膏が流れ込んで、反転型の石膏にさまざまな形のとげができていた。

「こんな穴をつけるのに犯人がなにを使ったか、見当は？　この形状にピンとこないのか？」

鑑識監督官は肩をすくめた。「私にもわからん。先の尖ったものだが、刃物ではない。長くて細いもの。長さは十インチ――一フィート？　うまいもんだ。これでは分析可能な靴跡は採取できない」

「ちょっといいですか？」フリー・マーリー巡査部長がコーヒーの入ったポリスチレンカップを手に人垣から進み出た。捜索のあとでみすぼらしいありさまだ――髪はぼさぼさで、黒いコートはジッパーを開けて汗染みのできた警察官用のTシャツが見えている。一昨日の夜、本部の前で会ったときとはまるでちがう顔だ、とキャフェリーは思った。あのときよりもいくぶん冷静だ。今朝、彼女のチームはめずらしく運がよかった。実際、彼女のために喜んでもいい。「見せてもらえますか」

鑑識監督官がニトリルの手袋を差し出した。「はめるか？」

彼女はコーヒーを置き、手袋をはめて石膏型を一方に傾けた。目を細くして見た。

「どうだ？」キャフェリーはたずねた。

「わかりません」彼女はおずおずと口にした。「わからない」石膏型の向きをあれこれ変えて見た。考え込むような顔でとげの先端に指を置いた。「変わった形ですね」鑑識監督官に石膏型を返し、向き直って架台テーブルの前を進み、今回の捜索で集めたさまざまながらくたを――ティッシュ、コークの缶、注射器、ブルーのナイロンロープ――科学捜査班へ持ち込むために証拠物件係がせっせと袋に入れたりタグをつけたりしているところへ行った。どうやらここはシンナー遊びをする地元の連中のたまり場らしく、大量のビニール袋が見つかった。大半は草地に捨てられていた――百本以上のリンゴ酒のペットボトルといっしょに。フリーは腕を組んで立ち、証拠物件に目を走らせた。

キャフェリーはフリーのそばへ行った。「なにかわかったか?」

彼女は長さ六インチの釘状のものを裏返した。プラスティックの古いハンガー。もとに戻した。唇を噛んで振り向き、鑑識監督官が石膏型をくるんでいるのを見た。

「どうした?」

「なんでもありません」彼女は首を振った。「あの形に見覚えのある気がしたんです。でも、思い出せない」

「警部?」ターナー部長刑事が幹線道路の方角から現われ、駐車車輛のあいだを歩いてきた。首に小ぶりのタータンチェックのスカーフを巻いてレインコートを着た彼は、不思議と良家の出に見えた。

「ターナー? 本部へ戻るはずだろう」

「ええ、申し訳ありません。プロディと電話を終えたところです。何度も警部にかけてたとか——通信圏外なんでしょう。警部のブラックベリーにPDFファイルを送ったそうですよ」

新しい携帯電話に変えたので、キャフェリーはどこにいてもメールの添付書類を受け取ることができる。ウォーキングマンなら、絶対に仕事を休まない方法をまた見つけるなんていかにもあんたらしい、と言うにちがいない。キャフェリーはポケットの携帯電話を探した。メールのアイコンが光っていた。

「一時間前にオフィスに届いたそうです」ターナーが言った。「目を通して、そのまま警部に転送したらしい」彼はすべて自分のせいだとでもいうように、申し訳なさそうに肩をすくめた。「新たな手紙です。車に置いてあったのと同じ。筆跡も紙も同じ。切手は貼ってあったが消印はない。国内郵便なので、出所をつきとめようとしていますが——いまのところ、どこで投函されたものか、どうやって届けられたものか、つかめていません」
「うむ、わかった」キャフェリーは携帯電話を出した。こめかみの血管が脈打っているのがわかる。「本部へ戻れ、ターナー。捜索調整官が請求する捜索令状の取次をきみにやってもらいたい」
キャフェリーは小径をさらに進んで、だれにも見られない場所、製材所のはずれで足を止めた。トウヒの丸太を積み上げた、側面の開いている物置小屋のかげだ。メールの添付書類を開いた。ダウンロードするのに一、二分かかったが、画面に文面が表われるや、カージャック犯からの手紙だとわかった。いたずらではないとわかった。

マーサがよろしくと言ってる。あたしはがんばってるとママとパパに伝えてってさ。でも、あの子もこの寒さはあんまり好きじゃない。それに、あんまりしゃべらねえ。いまはもう。おれは会話をしようとしたけど、あの子はろくにしゃべろうとしねえんだ。ああ、ひとつだけ言ってる。ママはくそばばあだと教えてやってって、何回か言ってた。あの子の言うとおりかもな！　かもしんないだろ！　ひとつ確かなことがある。あの子のママはデブ女だ。デブ女で、そのうえ、くそばばあ。まったく、おてんとさまも不公平だよな。デブのくそばばあ。マーサみたいな子を見ると、大人になってママみたいなデブのくそばばあになるなんてとんだ悲劇だって思うよ。ママはどう思う？　娘が大人になるのは残念だって思うか？　たぶん、娘が家からいなくなったらどうなるかって怯えてるんだろうな。だって、マーサがいなくなったらパパはだれと乳繰り合うのさ？　また、おっぱいのでかいママに乗らなきゃならないんだぜ。

キャフェリーは自分が息を詰めていたことにようや

く気づいた。一気に息を吐き出した。画面をスクロールし、手紙の頭からもう一度読んだ。すぐに、ポルノ雑誌かなにかを読んでいる現場を見とがめられたかのように、電話をポケットに突っ込んであたりを見まわした。こめかみがずきずきした。製材所の向こう端では、マーリー巡査部長がバンのエンジンをかけ、バックで細い道路へ出ようとしていた。キャフェリーはこめかみに指をあて、押さえたまま十かぞえた。そのあと自分の車へ戻った。

15

この住宅地に車で近づけば、ブラッドリー夫妻の家はすぐにわかる。道路をはさんだ向かい側にマスコミが群れ集い、夫妻の家の前庭には支援者たちの置いていった花や贈り物が山をなしていた。キャフェリーは人目につかない入口を知っていた。この住宅地のいちばん高いところに車を停めて敷地内に入り、音をたてる落ち葉のカーペットの上を弧を描くように進んで、裏口から家へ入るのだ。庭の柵に設けられた扉を、マスコミはまだ見つけていなかった。警察とブラッドリー夫妻のあいだで話がついていた——一日に二度か三度、家族のだれかが玄関から顔を出してマスコミ連中をなんとか満足させる。そのとき以外は庭を抜ける裏口を使う、と。午後三時三十分、あたりはほぼ暗くなっており、キャフェリーはマスコミに気づかれることなく庭へ入った。

裏口の踏み段に、有名な料理研究家デリア・スミスの本から抜き出したようなギンガム・チェックの麻布をかけたバスケットがひとつ置いてあった。家族連絡担当官がドアを開けると、キャフェリーはバスケットを指さした。彼女はバスケットを手に取り、キャフェリーをなかに入れた。「近所の女性です」ドアを閉めながら小声で言った。「差し入れが必要だと思ってるんですよ。やむなく捨てています——だれもなにも口にしないので。さあ、こちらへ」

キッチンは、古びてはいるものの暖かく清潔だった。ブラッドリー一家にとってはここが居心地いいのだとわかる——どうやら彼らはこの三日の大半をここで過ごしたようだ。がたのきたポータブルテレビが持ち込まれ、隅のテーブルに載せられている。二十四時間ニュースが映っていた。経済と中国政府に関するニュースだ。ジョナサン・ブラッドリーはシンク前におり、テレビに背を向けて、疲れた様子でうつむいている。皿洗いに没頭していた。ジーンズをはいていて、室内履きの色が左右で異なることにキャフェリーは気づいた。ピンクの部屋着姿のローズは、口をつけていない紅茶のカップを前に、キッチンテーブルからテレビを見ていた。まだ薬を飲んでいるらしく、目は生気がなく焦点を結んでいない。がっちりした体型だが、どう見てもデブ女ではないし、コート類を着ていればそれと気づかないはずだとキャフェリーは思った。カージャック犯はあてずっぽうで書いたか、彼お得意のたんなるのしり語だったのだろう。あるいは、この連れ去り事件より前に、コートを着ていないローズを見たのか。

「キャフェリー刑事です」家族連絡担当官が、バスケットをテーブルに置きながら一家に告げた。「お通ししてかまわなかったでしょうね」

ジョナサンだけが反応を示した。皿を洗う手を止めてうなずいた。布巾をつかんで手を拭いた。「もちろん」硬い笑みを浮かべ、片手を差し出した。「こんにちは、ミスタ・キャフェリー」

「ミスタ・ブラッドリー。ジョナサン」

ふたりは握手を交わした。ジョナサンは椅子をテーブルへ引っぱっていった。「さあ。ここに座って。紅茶を淹れよう」

キャフェリーは腰を下ろした。製材所は寒かったため、両手両足がこわばって重く感じられた。だれだってタイヤ痕の発見が打開の糸口になると思うはずだ。ところが実際は、捜査はまったく進展していない。各チームはまだあの一帯の家を一軒一軒ノックして、家主や農場経営者をわずらわせている。キャフェリーは携帯電話の画面に捜索調整官の番号が表示されるのを待ちつづけている。電話はかかってきてほしいが、いまはだめだ、家族の前では鳴らないでくれ、と思った。

「紅茶が残ってるぞ」ジョナサンが妻の肩に両手を置き、腰をかがめて身を寄せた。「淹れなおそう」彼はカップとバスケットをサイドテーブルへ移した。「ほら、ミセス・フォッシーがまた差し入れをしてくれたよ」まるでここが老人ホームでローズが認知症の末期患者ででもあるかのように、不自然なほど声を大きくした。「親切な人だな。こういうご近所さんこそ必要だ」バスケットの麻布をめくり、隣人の差し入れを仕分けた。サンドイッチ、パイ、フルーツ。カード、ラベルに〝有機《オーガニック》〟と印刷された赤ワインが一本。キャフェリーはボトルワインを見つめた。勧められたら断わるつもりはない。だがジョナサンは、パイを電子レンジに入れると、ワインは栓も抜かずにサイドテーブルに置いたまま、ティーポットにお湯を注ぎはじめた。

「今日は申し訳ありません」紅茶の入ったカップと温めたアップルパイがそれぞれの前に置かれると、キャフェリーは口を開いた。ジョナサンはテーブルを整えて食べ物を供することによって、いまがまったく正常な日常だという空想を持ちつづけようと決意しているように見えた。「こんなふうにお邪魔して」

「気にしないで」ローズの口調は抑揚がなかった。目はキャフェリーにも食べ物にも向けず、テレビに注ぎつづけている。「あの子をまだ見つけてないんでしょう。その人が話してくれた」ローズは、向かい側に腰を下ろして会話を書き留めるべく大きなファイルを開いている家族連絡担当官を身ぶりで指し示した。「なんの進展もないって。そうなんでしょう？　まだなにもわからないのよね？」

「そうです」

「車のことは聞いた。車内に衣類があったって。マーサの衣類。そっちの用が済んだら返してちょうだい」

「ローズ」家族連絡担当官が言った。「その話はもうすんだでしょう」

「あの子の服を返して、お願い」ローズが目をテレビから離してキャフェリーに向けた。赤く腫れた目。「頼みはそれだけよ。娘のものをすぐに返して」

「申し訳ありません」キャフェリーは言った。「それは無理です。いまはまだ。証拠物件なので」

「なんのために必要なの？　どうして警察が持ちつづける必要があるのよ」

　下着は警察本部の科学捜査研究所にある。そこでは、技官たちが懸命に各種検査を行なっている。いまのところカージャック犯の精液は検出されていない。車内と同様に。それがキャフェリーには気になった。犯人はひじょうに抑制のきいた人間だ。「申し訳ありません、ローズ。ほんとうに。お気持ち、お察しします。ですが、またいくつか質問しなければなりません」

「謝ることはない」ジョナサンがクリームポットをテーブルに置いて、デザートスプーンを配った。「話をするのは役に立つ。話題にできないよりはできるほうがいい。そうだろう、ローズ？」

ローズはぼんやりとうなずいた。口がかすかに開いている。

「彼女は新聞をすべて見たんだろう？」キャフェリーは家族連絡担当官にたずねた。「マーサが一面に出てるやつは見せたか？」

家族連絡担当官が席を立ち、サイドボードから新聞を取ってキャフェリーの前に置いた。《サン》だ。土曜日の朝ブラッドリー母娘が立ち寄ったブティックの一軒が、連れ去り事件の三十分前にショーウィンドーのそばを歩いているローズとマーサの映像を新聞社に売ったのだ。《サン》はその映像の一コマをタイムスタンプごと載せて、次のような見出しを掲げていた。


これが最後の一枚か？　非道な犯人に連れ去られるわずか三十分前に母親と楽しげに買い物をするマーサ（十一歳）

ローズが言った。「どうしてこんなことを書く必要があるの？　どうして〝最後の一枚〟なんて。これじゃまるで……」額の髪をかき上げた。「これじゃまるで――わかるでしょ。すべて終わったみたいだわ」

キャフェリーは首を振った。「なにも終わっていません」

「ほんとう？」

「はい。彼女を無事に家へ連れ戻せるように、われわれはまさに全力をつくしています」

「それは前にも聞いた。あなたは前にもそう言った。あの子が誕生日パーティを迎えられるって言ったわ」

「ローズ」ジョナサンが穏やかな口調でいさめた。「ミスタ・キャフェリーは助けようとしているだけだ。さあ、食べなさい」彼はクリームを妻の皿に注ぎ、続いて自分の皿にも注いだ。妻の手にスプーンを握らせると、自分もスプーンを手に取り、アップルパイをすくって口へ運び、妻の目を見ながらゆっくりと口を動かした。それに倣わせようと、促すようにローズの皿を顎で指した。

「彼女はなにも口にしていないんです」家族連絡担当官が小声で言った。「事件発生以来ずっと」

「パパらしいわ」フィリッパがソファから言った。

「食べ物がなんでも癒やすなんて考えて」

「ママには元気が必要なんだ。ほんとうに」

キャフェリーはクリームポットを取って自分のパイにクリームをかけた。ひと口食べて、勧めるような笑みをローズに向けた。彼女はうつろな目でテーブルの新聞を見ている。「どうしてこんなことを書く必要があるの？」と繰り返した。

「記者連中は、新聞を売るためならなんだって書くんです」キャフェリーは言った。「それについては、いま打てる手はあまりありません。しかし、その店から残りの映像を押収し、目を通しました」

「どうして？　どうしてそんなことをする必要があるの？」

キャフェリーはパイをスプーンで大きくすくった——おもむろに、時間をかけて。「ねえ、ローズ。すでに話してもらっているのは承知しています——つらいとは思いますが、もう一度あの朝のことをお訊きしたい。特に、あなたとマーサが入った店のことを」

「入った店？　どうして？」

「食料品の買い出しは最後にしたと言いましたね？」

「ええ」

「たしか、カーディガンを探していたとか？　それはあなたの、それともマーサの？」

「わたしの。マーサはタイツを欲しがってた。まず〈ラウンダバウト〉へ行ってタイツを買ってやった。あの子が気に入ったのはハートの……」ローズはいったん言葉を切った。手で喉もとを押さえて、取り乱すまいと努めた。「ハートの模様のだった」消え入りそうな声で続けた。「赤いハート模様。それを買ったあと、〈ココス〉へ行った。好みのカーディガンを見つけたわ」

「試着しましたか?」

「試着したかだって?」ジョナサンが口を出した。「家内が試着したかどうかが重要なのか? こう言っちゃなんだが、そんなことがなんの関係があるんだ?」

「あの朝の状況をもう少しはっきりさせようとしているだけです。ローズ、あなたは上着を脱いでカーディガンを試着しましたか?」

「〝あの朝の状況をもう少しはっきりさせよう〟としてるんじゃない」フィリッパがソファからキャフェリーをにらみつけた。「それが目的じゃない。なんでそんなことを訊くのかわかってる。犯人がふたりを見てたって考えてるからよ。駐車場に近づく前から犯人がふたりを尾けてたって考えてる。そうでしょ?」

キャフェリーはフィリッパの目を見すえたまま、またスプーンでパイをすくい、口へ運んで噛んだ。

「図星でしょ? 顔を見ればわかる。犯人がふたりのあとを尾けてたって考えてるんだ」

「それも捜査のひとつの線にすぎません。私の経験からいって、行きずりの犯行が実際に行きずりであることはめったにないので」

「つまり、さらになんらかの証拠が出てきたということか?」ジョナサンがたずねた。「犯人がまた警察に接触してきたということか?」

口に入れたパイに小さく固いものが混じっていた。キャフェリーは質問に答えずに、それを口の前方へまわし、舌で押すようにして紙ナプキンに吐き出した。パイにまみれた歯のかけら。この手の事件のさなか、歯医者へ行く時間もないときに、歯が欠けるとは。

「ミスタ・キャフェリー? また接触があったのか?」

「言ったとおりです。私はただ、もう少しはっきりさせようと……」

声が尻すぼみになり、怪訝な顔でナプキンを見た。かけらなんかじゃない。完全な一本の歯だ。だが、キャフェリーの歯ではない。口のなかを舌で探った。すき間はない。だいいち、この歯は小さすぎる。大人の歯にしては小さすぎる。

「なんだ？」ジョナサンが、キャフェリーの手にしている紙ナプキンに目を凝らした。「なにを持ってるんだ？」

「わかりません」わけがわからず、キャフェリーは歯を紙ナプキンでぬぐって仔細に観察した。小さな乳歯。

「マーサのだわ」ローズがはっとなって椅子のなかで身を硬くした。顔は蒼白で、両手はテーブルの端をつかんでいる。「そうよ」唇が真っ青だ。「ねえ見て、ジョナサン、あの子の歯よ。あの子がいつもロケットに入れてた乳歯だわ」

フィリッパがはじかれたように立ち上がり、つかつかとテーブルへ来て腰をかがめ、キャフェリーが持っているものをまじまじと見た。「ママ？　ほんとだ、ママ。これ、あの子の歯よ」

「やっぱり」

キャフェリーはおそるおそる、その歯を皿から十インチほど離してテーブルの上に置いた。

「どうしてそれが警部の口のなかに？」彼の隣で発せられた家族連絡担当官の声は低く落ち着いていた。

キャフェリーはアップルパイとクリームの載った自分の皿に目を落とした。家族連絡担当官は自分の皿を見た。ふたりは目配せを交わし、ジョナサンを見た。彼は顔色を失い、自分の皿を見つめていた。

「このパイはどこで？」

ジョナサンの瞳はピンで開けた穴のようだった。

「ご近所さんから」消え入りそうな声で答えた。「ミセス・フォッシーだ」

「事件発生当初から差し入れを持ってきている女性です」家族連絡担当官は音をたててスプーンを置いた。「力になろうとしているんです」

キャフェリーは歯から目を離さずに、皿を押しやり、無意識のうちにポケットの携帯電話に手を伸ばしていた。「彼女はどこに住んでいますか？　番地は？」

ジョナサンは答えなかった。前かがみになって口のなかのパイを自分の深皿に吐き出し、赤く涙ぐんだ目で詫びるように妻をちらりと見た。立ち上がろうというのか、床をする音をたてて椅子をうしろへ押した。だが、立ち上がらずに、また皿のほうへ前かがみになった。今度は口を開くと嘔吐物が勢いよく出てきて、テーブルに唾液とクリームの白い跡が点々とついた。

布巾で口もとをぬぐい、テーブルの汚れを拭きとる彼を、全員が見つめた。だれもなにも言わなかった。だれも言葉を発する勇気がないらしく、テーブルの周囲に長く冷ややかな沈黙が広がった。キャフェリーまでが無言で、歯を、しょんぼりとテーブルを拭いているジョナサンを、見つめていた。やがて、なにか建設的なことをするため、布巾を取ってきて手伝うために立ち上がりかけた瞬間、ローズ・ブラッドリーが我に返った。「この人でなし！」彼女は、大きな音をたてて椅子をうしろへ押しやると同時に立ち上がり、夫に指を突きつけた。「いやしい食いしん坊。なにもかも正常だってふりをすれば、いやなことはすべて消えると思ってる」彼女はテーブル越しに手を伸ばすと、そのまま一気にジョナサンの皿を払いのけ、コンロにぶつけて粉々にした。「パイに紅茶、山ほどのケーキであの子が戻ってくると思ってる。そうよ。そう思ってるのよ」

ローズは乳歯をひっつかむと、この場を収めようと両手を上げて椅子から立ちかけた家族連絡担当官を無視し、キッチンを出て、たたきつけるようにドアを閉めた。一瞬遅れてフィリッパが父親に険悪な視線を放って母親のあとを追い、やはりたたきつけるようにドアを閉めた。ふたりの足音が階段に響いたあと、どこかで別のドアが大きな音をたてて閉まった。鈍い音がして、すぐにくぐもった泣き声が聞こえた。

キッチンではだれも言葉を発しなかった。三人とも無言で座ったまま自分の足を見つめていた。

16

ブラッドリー家から十マイルほど南、ミアという小さな町のはずれのある通りで、一人娘を持つ三十六歳のジャニス・コステロがアウディを停めてエンジンを切った。後部座席に向き直ると、パジャマとハロー・キティの室内履き、湯たんぽで寝る準備のできた四歳の娘がチャイルドシートにベルトで固定されていた。娘はキルトケットにくるまっている。

「エミリー？　寒くなあい？」

エミリーはあくびをして、眠そうな目で窓の外を見た。「ここどこ、ママ？」

「どこかな？　いまね……」ジャニスは唇を嚙み、頭を低くして窓の外を見た。「お店の近くよ。ママは二分だけ行ってくるね。二分だけよ、わかった？」

「ジャスパーがいるもん」エミリーはおもちゃのウサギを振り動かした。「抱っこしてる」

「いい子ね」ジャニスが身をのりだして顎の下をくすぐると、エミリーは顎を引いて楽しそうに身をよじった。

「やめて！　やめて！」

ジャニスは頬をゆるめた。「いい子ね。ジャスパーを暖かくしてあげるのよ。ママはすぐに戻るから」

ジャニスはシートベルトをはずして車から出ると、セントラルロックをかけた。もう一度エミリーをちらりと見たあと、背筋を伸ばして街灯の下に立ち、そわそわと道路の左右を見やった。エミリーには嘘をついていた。このあたりに店など一軒もない。そこの角を曲がったところにあるのは国民医療サービスの診療所だ。そこがグループカウンセリングの会場になっている。メンバーは男三人、女三人。毎週月曜日に集まり、終わって出てくるのが――ジャニスは腕時計を見た――そろそろだ。ジャニスは角まで行って壁に背中をつけて立ち、診療所が見えるように首を伸ばした。出入口の電気がついていて、通りに面したふたつの窓は――たぶんセッションはその部屋で行なわれているのだろう――ブラインドがぴたりと閉じられていた。

ジャニス・コステロは夫のコーリーが浮気をしているとほぼ確信していた。コーリーはこのグループセラピーに三年も通っており、女性メンバーのひとりと〝友情〟を深めたのはまずまちがいない。最初は打ち消すことのできない疑い、ちょっとした違和感にすぎなかった――ジャニスの寝ているベッドになかなか入ってこないとか、車を取りにいったまましばらく無断でいなくなり、〝考えごとをしながら車を走らせてただけだ〟と言い訳をするといった、夫が距離を作ろうとしているという印象に。つまらないことで思いもよらない言い争いになることが何度もあった――ジャニスの電話の応対のしかた、夕食の野菜の盛りつけかた、果てはジャニスの選んだマスタードについてまで。ばかみたい。練り辛子《イングリッシュ・マスタード》が〝すごく偏狭だ。そんなこともわからないのか？〟という理由で粒マスタードがいいと、ひとりでわめき散らすなんて。

だが、ピンときたのはコーリーが何度も不用意に〝クレア〟の名前を出すからだ。クレアがこう言ってる、クレアがああ言ってる、と。ジャニスがたずねると、コーリーはなんの話かわからないという顔をした。

「クレア」ジャニスは念押しに繰り返した。「さっきから二十回はその名前を口にしてる。クレアって？」

「ああ、クレアね。グループセラピーのメンバーだよ。彼女がどうかした？」

ジャニスはそれ以上は問いつめなかったが、その夜、コーリーがテレビの前で眠り込んだあと、彼のポケットから携帯電話をさりげなく抜き取り、〝クレア・P〟からの二件の着信履歴を見つけた。そしていま、確かめたい段階に達していた。簡単なはずだ。コーリーが女といるところを見るだけでいい。彼の表情や物腰ですぐにわかる。

窓の奥の明かりが消えて廊下の明かりがついた。セッションが終わったのだ。心臓がどきどきしはじめた。いまにもだれかがドア口に現われる。ポケットで携帯電話が鳴りだした。しまった、電源を切るのを忘れていた。引っぱり出して電源を切ろうとしたが、発信者がだれかわかった瞬間、赤い〝切〟ボタンから指を離して、どうしたものかわからずに画面を見つめていた。

コーリー。かけてきたのはコーリーだ。いまはたった十ヤードしか離れていない建物のなかにいるが、出入口のドアが開いた瞬間、この冷気を通してジャニスの電話の呼び出し音が彼の耳に届くはずだ。指が〝切〟ボタンに戻り、一瞬迷ったのち緑色の〝通話〟ボタンへ動いてそれを押した。

「もしもし」明るい声が出た。首を引っ込めて壁を向いて立ち、空いているほうの耳を指で押さえた。「どんな具合?」

「ああ、わかるだろう」コーリーは疲れた不機嫌な声だった。「いつもと同じさ。どこにいるんだい?」

「わたし? いま……家よ、もちろん。どうして?」

「家? いま家の電話にかけたんだけどな。聞こえなかった?」

「うん――ああ、あの、キッチンにいたから。食事のしたくで忙しくて」

　一瞬の間があった。「携帯料金がもったいないから、かけ直そうか?」

「だめ! いえ――つまり……かけ直さないで。エミリーが起きちゃう」

「寝てるのか? まだ六時にもならないのに」

「そうなんだけど、ほら――明日は学校だし――」みなまで言わなかった。エミリーは入学準備《レセプション》クラスに通っている。その時間は家にいなかったとコーリーに話せる年齢だ。ジャニスは自分の嘘にはまり込んでいた。泥沼だ。唾を飲み込んだ。「もう帰ってくる?」

　長い間があった。やがてコーリーが言った。「ジャニス? ほんとうに家にいるのか? どこか外にいるみたいだけど?」

「もちろん家にいるわよ。あたりまえでしょ」脈が速くなっていた。アドレナリンのせいで指がちくちくする。「もう切るわ、コーリー。エミリーが泣いてるの。行ってやらないと」

　赤いボタンを指で押し、荒い息をしながら倒れるように壁に寄りかかった。体が震えていた。考えることが山ほどある。とても手に負えない。なにかが――牛乳かコーヒーかなにかが――足りないことに気がついて、エミリーを連れて買いに行く必要があったと、作り話をしなければならない。それに、それを裏づけるためになにか買って帰らないと。それとも、エミリーが泣きやみそうになかったから、夜泣きをしていたころがそうだったように、それで気が落ち着くかと思って車に乗せてしばらくそのあたりを走っていた、と言おうか。とにかく、まっすぐ家へ帰って、うまく取りつくろわなければ——自分のつく嘘につじつまを合わせなければ。でも、はるばるここまで来て空手で帰るわけにはいかない。クレアをひと目見ないことには。

ジャニスは覚悟を決め、改めて建物の角から頭を突き出した。あわてて引っ込める。出入口のドアが開いていた。ドアが開いていて、なかに何人か立っていた。明かりが歩道に漏れ、話し声がした。ジャニスはキルティングジャケットのフードをかぶり、縁を目のあたりまで引き下ろして、もう一度おそるおそるのぞいてみた。女がひとり出てきて——白い髪を大胆に短くして丈の長いタータンチェックのコートを着ている——続いて、ベルトを締めた茶色いコートの女が出てきた。ジャニスは、どっちもクレアじゃないと思った。年をとりすぎている。見た目が男っぽすぎる。

そのとき、ドアがさらに大きく開いて、コーリーが上着のジッパーを閉めながら出てきた。いささか横歩きのような感じで建物のなかを振り向き、淡い色のストレートヘアをした痩せて背の高い女に向かってなにか言った。丈の長いレザーコート、ハイヒールのブーツ。少しゆがんだ尖った鼻。コーリーの言葉を聞いて笑い声をあげている。診療所の階段で足を止め、マフラーを巻いた。コーリーは歩道で止まって彼女を見上げた。うしろからひとりかふたり出てきて、ふたりをよけて通った。女がなにか言い、コーリーは肩をすくめた。鼻をこすった。そのあと、思案顔で通りの左右に目を走らせた。

「なんなの？」女の声が空気を伝ってはっきりと聞こえた。「どうかした？」

コーリーは首を振った。「なんでもない」まるで頭のなかでなにかをめくるように、彼はまた通りの左右を見た。二段のぼって女の肘に手を添え、下を向いて女に小声でなにか告げた。

女は渋い顔になり、目を上げてコーリーを見た。彼がまたなにか言うと、女は指を四本立てた手を上げた。そのまま陽気にその手を振った。「なんでもいいけど」女は笑顔で言った。「とにかく、また来週ね」

コーリーはまだ肩越しに用心深く背後を確認しながらその場を離れた。片手をポケットに突っ込み、車のキーを出すと、すたすたと診療所から歩きだした。パニックがジャニスの体を貫いた。もぞもぞとキーを探りながら、できるかぎり速くアウディに駆け戻った。

近づくにつれて、車の異変に気づいた。心臓が低く激しい音で打っている。アウディは二十フィートほど前方、街灯の下に停まっている。だが、エミリーがいない。「エミリー?」ジャニスは口のなかでつぶやいた。「エミリー?」

もはや、だれに見られることも気にせずに、全速力で走りだしていた。マフラーがほどけて飛んでいった。キーを落としそうになった。車に達すると両手で窓をたたき、ガラスに顔を押しつけた。

後部座席の足もとにしゃがみ込んでいたエミリーは、母親の怯えた顔を見て驚いた。エミリーはチャイルドシートのバックルを自分ではずし、座席の足もとに入り込んでジャスパーと遊んでいた。まるで会話でも交わしていたように、ジャスパーは腕を伸ばしたくらいの位置でエミリーのほうを向いていた。

ジャニスは心臓の上に手をあてて、くずれるように車に寄りかかった。

「ママ!」エミリーが窓ガラスに向かって叫んだ。後部シートで飛び跳ねている。「ねえママ、聞いて」

ジャニスは深呼吸をひとつして車の前方へ行き、運転席について娘に向き直った。「なあに? なにを聞かせてくれるの?」

「ジャスパーがうんちをしたよ。ズボンのなかに。お店でジャスパーのおむつを買った?」

「お店は閉まってたの」ジャニスは作り笑いを浮かべた。「おむつは買ってないわ。お店が閉まってたからおむつはなし――ごめんね。さあ、チャイルドシートのベルトを締めて。おうちに帰るわよ」

17

キャフェリーは例のワインを勧められなかったことにほっとしていた。においを嗅いでもいたら、口からあの歯が出てきたあと、とても事態の収拾をつけることなどできなかっただろう。

室内履きをはき、ニットのセーター二枚を重ね着したお節介で鳥のような女性、〝ご近所さん〟のミセス・フォッシーは、なにも隠していなかった。キャフェリーは二十分ばかり話を聴いてそう確信した。彼女はパイを作り、ほかのものといっしょに午後一時に裏口の踏み段に置いた。ノックをしたくなかったのは、なんと言葉をかければいいかわからず気が引けたからだ。ささやかな贈り物が自分の気持ちを正しく伝えてくれることを願っていた。つまり、その後二時間のあいだにカージャック犯があの庭に入り、あの歯をパイに押し込んだということだ。ミセス・フォッシーがナイフで二カ所に入れた蒸気抜きの切り込みから嬉々として突っ込んだにちがいない。

ウォーキングマンの言ったとおりだと思った。この犯人は、これまでキャフェリーが相手にしてきたどんな犯罪者よりも頭がいい。ブラッドリー一家にはできるだけ早く牧師館を出てもらうことにした。

「あんたなんか嫌い。ほんとうに大嫌い」家事室でフィリッパがキャフェリーをにらみつけた。顔は血の気が引き、両手はこぶしに固めていた。裏口が開いており、警察犬係の警察官が、精いっぱいこのいざこざに巻き込まれないように努めながら、ブラッドリー家の飼い犬二匹のリードを持って踏み段で待機していた。

「こんなことをするなんて、信じらんない」

キャフェリーはため息をついた。まずは一家の移動許可を得るため、次にその移動先を見つけるために、二時間以上を要し、関係各所へ十本もの電話をかける必要があった。結局、オランダから交換研修で訪れている上級捜査官一行が、警察本部の訓練施設内にある特別室——警察本部長たちのために予約されていた——から追い出されることになった。かくしてブラッドリー一家は、荷物を持ち、コートを着て、いつでもこの家を出られる状態になっていた。「フィリッパ」キャフェリーは言った。「約束する——犬たちは大丈夫だよ」

「知らない人に預けるなんてできない」フィリッパは目に涙を浮かべていた。「こんなときに」

「いいかい」キャフェリーは言葉を選んだ。ほんとうに慎重に話す必要がある——ヒステリックになったティーンにこの計画を台なしにされるのだけはごめんだ。マスコミから見えない住宅地のはずれで待機していた二台のパトカーにはすでに連絡をした。いまにも到着するはずだし、いざ来たら、なにが起きているのかと記者連中が不審に思う間もなく、家族全員を乗せて走り去りたい。広報課長がブリスリントンのダーツゲームから引きずり出され、主要新聞数紙と大急ぎで交渉を行なった。カージャック犯はこの家を出入りする家族をとらえた新聞写真を見てこの家の場所をつきとめた。われわれは共生関係であり、今後も警察の協力を得たいのであれば、マスコミはブラッドリー一家に関するこれ以上の報道をやめるべきだ。

「犬たちを連れていくわけにいかないんだ、フィリッパ。セーフハウスで動物を飼うことはできない。二匹の面倒は警察犬係が見てくれる。それにきみも、ことの重大さを理解してくれないと。きみの妹にこんなまねを働いた男は……」

「なんなの？」

キャフェリーは指先で額をこすった。〝これまで私が相手にしてきたどんな犯罪者よりも頭がいい。頭がよく、二倍、いや三倍も凶悪だ〟と言いたいのか？

「一匹は連れていっていい。一匹だけだ。もう一匹は警察犬係に預ける。それでいいね？　とにかく、この事態を深刻に受け止めなければいけないよ、フィリッパ。そうすると約束してくれるかい？　ご両親のために。マーサのために」

彼女はふてくされた様子でキャフェリーを見た。黒く染めた髪が顔の上半分にかかっている。下唇がそれとわからないほどかすかに動き、キャフェリーは一瞬、彼女がわめきだすつもりかと思った。あるいは、家事室のものを蹴って暴れだすつもりだろうか。だが、そうではなかった。かろうじて聞き取れるほどの小声で「そうする」と言った。

「どっちを連れていく？」

フィリッパは犬たちを見やった。二匹が見返した。スパニエルは、この人間たちの話し合いが散歩の入念な打ち合わせだとでも思っているのか、しっぽでおずおずと床を打っていた。二匹を並べて見ると、スパニエルに比べてコリーがひどく年老いて弱っていることにキャフェリーは気づいた。

「ソフィー」

自分の名前を聞いて、スパニエルはいそいそと立ち上がり、メトロノームのように正確なリズムでしっぽを左右に振った。

「スパニエル?」

「すごく優秀な番犬なんだもん」フィリッパは弁解がましく言い、警察犬係からリードを受け取った。「わたしたちを守ってくれるわ」

コリーは、ソフィーがフィリッパの横につくのを見ていた。

「そっちの一匹はどうするんだ?」キャフェリーは警察犬係にたずねた。

「たぶん警察内で聞いてまわることになります」彼が見下ろすと、コリーは頭を上げて、この警察犬係が新たな担当者だと早くも承知しているかのように彼を見上げた。「たいていどこかの隊に、一日二日なら預かってくれる気のいい間抜けがいるんですよ。で、事件がすっかりかたづくまで押しつけてやるんです」

キャフェリーはため息をついた。「しかたないな」彼はポケットに手を入れて車のキーを探した。「ほら」警察犬係にキーを放った。「私の車に乗せておけ」コリーは頭を一方に傾けてキャフェリーを見上げた。キャフェリーはため息を漏らした。「いいんだ――騒ぎ立てないでくれ」

キャフェリーがフィリッパとソフィーを廊下へ連れていくと、あわててまとめた荷物に囲まれてブラッドリー夫妻と家族連絡担当官が待っていた。キャフェリーは窓辺に立ってカーテンのすき間から外をのぞいた。パトカーには青色灯とサイレンを使うなと指示してある。みすみす記者連中に気取られるような愚を犯したくはなかった。「さて、段取りはわかっていますね。

広報官は、家を出るときに顔を隠さないでほしい、と言っている。フラッシュがたかれるでしょう――無視してください。乗せられないように。できるだけ速やかに粛々と進めます。火災避難訓練だと思ってください。決してパニックにならず、立ち止まらずに進むのみ。いいですね?」

家族全員がうなずいた。キャフェリーは窓の外をうかがい、静まりかえった住宅地を見渡した。パトカーはまだ見えない。携帯電話を出そうとポケットに手を伸ばしかけた瞬間、キッチンのドアが開いて、裏庭とバスケット、パイ皿の鑑識作業のために来ていた現場鑑識官のひとりが廊下へ出てきた。

「なんだ?」キャフェリーは窓から向き直った。「どうした?」

十代を脱したばかりらしくまだ顎ににきびの残る若者は気まずそうな面持ちでローズ・ブラッドリーを見た。「ミセス・ブラッドリー?」

ローズは両手を脇の下にしっかりとはさんで壁ぎわへあとずさりした。

「どうしたんだ?」キャフェリーは問いただした。

「申し訳ありません、警部。鑑定にまわせとおっしゃった歯ですが」

「鑑定なんて必要ないわ」ローズの泣きはらした目に涙がこみ上げた。「そんな必要ない」

「必要なんですよ、ローズ」家族連絡担当官がなだめた。「ほんとうに。必要なの」

「いいえ。わたしの言うことを信じて。これはあの子の歯よ。初めて抜けた乳歯だから、あの子、絶対に手放したくないって。だからロケットに入れてやったの。まちがいない――どこで見てもわかるんだから」

外ではパトカーが私道に入ってくるところだった。キャフェリーはため息をついた。最悪のタイミングだ。「ローズ、どうか彼にその歯を渡してください」キャフェリーは窓外をちらりと見た。いまさらパトカーを止められない。そんなことをすれば、作戦を一からやり直さなければならなくなる。「それを彼に渡してくれなければマーサを助け出すことはできません」

「いや！　渡さない。わたしを信じて。これはあの子の歯なの」彼女の目から涙が落ちた。ローズは顎を下げてブラウスの肩口で涙をぬぐおうとした。「あの子の歯よ。わたしが断言する」

「断言はできません。ほかの人の歯かもしれない。いたずらかもしれない――なんだって考えられます」

「いたずらだと思うなら、どうしてわたしたちをよそへ移そうとするの？　わたしの言うことを信じてるんでしょう。それならどうして、これを渡さなければいけないの？」

「いいかげんにしてくれ」キャフェリーは我慢できなくなって嚙みついた。作戦は崩壊しつつあった。「大人になれと娘に言い聞かせ、こんどはその母親にも同じことを言い聞かせなければならないのか」

「そんな必要はありません」家族連絡担当官が言った。

「くそっ」キャフェリーは両手で髪をかき上げた。外でパトカーが停まった。エンジンをかけたままだ。

「とにかく――お願いです、ローズ。その若者に歯を渡してください」

「ママ」フィリッパが母親の背後に近づき、その肩に両手を置いてキャフェリーの目を見すえた。フィリッパの目には敬意のかけらもなく、母娘は一心同体であり、今回のことが自分たちにとってどんな意味を持つのかなんてだれにもわかりっこない、と書いてあった。「ママ、この人の言うとおりにして。この人、あきらめる気はないと思う」

ローズは答えなかった。そのうち、長女の肩に顔をうずめた。声のない嗚咽に身を震わせた。しばらくすると右手を脇の下から出してゆっくりと開いた。手のひらに載った歯を差し出した。現場鑑識官はキャフェリーに一瞥を投げたあと、一歩前に出て、壊れものでも扱うように歯を受け取った。

「ありがとう」キャフェリーはうなじの髪の生えぎわに汗が噴き出し、襟のうしろへゆっくりと流れていくのを感じた。それで初めて、自分が緊張していることに気づいた。「では、出発していいですか?」

18

同日午後六時、警部がオフィスに入ってきて、フリーのデスクに片手をついて身をのりだし、フリーの顔をひたと見すえた。

フリーは視線をかわそうと首をすくめた。「えっ? なんです?」

「なんでもない。ただ、どうやら警視はきみをお気に召しているらしい。警察倫理委員会から電話があった」

「ほんとうですか?」

「ほんとうだ。能力給の審査の件だが? あれは中止になった」

「つまり、隊員たちにボーナスが支給されるということですか？」

「楽しいクリスマスを迎えるといい」

　警部が出ていったあと、フリーは、長年のあいだになじんできたものたちに囲まれたオフィスにしばし無言で座っていた。どの壁にも現場で撮った隊員たちの写真がピンで留められ、ホワイトボードには予算予測が書きつけられている。どのロッカーの扉にもくだらないポストカードが張りつけてある。一枚など、シュノーケルとフィンをつけた男の写真に〝スティーヴはダイビング用具をすべて身につけている。あとは、友人たちがつねづね話してくれる、女が持っているという神秘の穴を見つけるだけだ〟と書かれている。そして壁には、〝アトリウム（エイボン・アンド・サマセット警察が設置した麻薬撲滅チームの名称）――二〇〇一年以来、われわれは一日ひとりを逮捕しています。それをふたりにするために手を貸してください〟と書かれた警察の麻薬撲滅作戦のポスター。隊員のだれかがマーカーペンで〝一日〟の文字を消していた。こんなものが上層部の目に触れれば大目玉をくらうことになるが、フリーは隊員たちを好きにさせていた。彼らのユーモアのセンスが気に入っている。たがいに気がねなくつきあっているのがいい。これで彼らは能力給をもらえる。自分にＸボックス、子どもにＷｉｉ、マイカーのアルミホイール、ありとあらゆる男の持ち物を買って、正真正銘のクリスマスを迎えることができる。

　建物の玄関ドアが開き、外から寒風とガソリンのにおいが勢いよく流れ込んだ。だれかが廊下をこちらへやって来る。バッグを抱えて汚染除去室へ向かうウェラードだ。フリーはドア口で彼を呼び止めた。「ねえ」

　彼はオフィスに頭だけのぞかせた。「なんです？」

「ボーナスが支給されることになった。警部がいま教えてくれたわ」

　彼は頭を傾けた。騎士のような軽い会釈。「それはありがとうございます、おやさしいレイディ。障害のある不憫なわが子たちも、このクリスマスには、短く悲惨な人生で初めて笑顔を見せてくれることでしょう。あの子たちも満ち足りた思いができましょう。ええ、満足しますとも。これまでで最高のクリスマスになりましょうぞ」

「ポリオのお子さんにかならずiPod Touchを買ってあげて」

「あなたは自分の望む見せかけとちがって、性悪女じゃありませんよ、ボス。そう、全然、性悪なんかじゃない」

「ウェラード？」

彼は半分ほど開いているドアロで躊躇した。「なんですか？」

「まじめな話。今朝のことよ」

「今朝？」

「あなた、現場鑑識官の作った石膏型を見たでしょう。カージャック犯が靴跡を損ねるのになにを使ったのかわからなかった」

「ええ。なぜそんなことを？」

「さあ、なぜかしら」冷たくおぼろげななにかが頭の奥底でなにかを告げている。捜索した森のぼやけた光景。森の両側に広がる農地。今朝の捜索のあいだ、カージャック犯がよこした手紙の内容についていくつか噂が流れていた。重大犯罪捜査隊の外部の人間には知らされないはずが、噂はほかのチームにも広まり、今朝の捜索にあたった者は全員、犯人がマーサになにをしたのか漠然とした不安な考えで頭がいっぱいだった。「ただ……あの場所になにか感じるの。はっきり言えないなにかを」

「勘ですか？」

フリーは彼に冷徹な視線を向けた。「わたしは自分の〝勘〟を信じることを学ぼうとしているのよ、ウェラード。あなたが考えてるほどわたしは頭が空っぽじゃないってことをね。とにかく、感じるのよ、あの場所の……」フリーは適切な言葉を探した。「……〝雰囲気〟に、重要ななにかを。言いたいことがわかる？」

「知ってるでしょう、巡査部長。私は一介の現場作業員です。鍛えた肉体を使ってささやかな金を得ている。頭脳労働はしない」ウェラードはウインクをしてオフィスを出ていき、足音が廊下の先へ消えた。フリーはさびしい笑みを浮かべて遠ざかる足音を聞いていた。外では雨が降りはじめていた。ゆっくりと落ちてくる大きく白っぽい雨粒は、雪と言ってもよさそうだ。冬がそこまで来ていた。

19

午後六時十五分、暗色のアウディS6が、曲がり角のたびにエンジンをうならせながらタイヤをきしらせてミアの狭い通りを駆けていた。ジャニス・コステロは夫より先に家へ帰り着こうと車を飛ばしていた。ハンドルを握る両手が汗で滑る。ラジオがついていた――コメンテーターを務めているある精神科医が、先日フルームで幼い少女を連れ去ったカージャック犯について自身の見解を述べていた。いわく、犯人はおそらく三十代の白人男性。だれかの夫、だれかの父親かもしれない。ジャニスは身震いしてラジオを消した。エミリーを車にひとりで残していく前に、なぜこの犯人のことを考えなかったんだろう？　フルームはここからそう遠くない。なにも起きなくて、ほんとうに運がよかった。あんな危険を冒すなんて頭がどうかしている。気がおかしくなりかけている。

クレア。すべて、あの女のせい。クレア、クレア、クレア。クレアという名前がなににも増してジャニスをいらだたせた。ミレーンとかカイリー、カースティといった若い娘の名前だったら、もっと気が楽だったのに。ストレートパーマをかけたブロンド、〝BENCH〟の文字が入ったボトム、胸の大きなティーンを想像していたくらいだったのに。それが、クレア？　クレアなんて、同級生にいそうな名前。だいいち、診療所にいた青白い顔の女はセクシーでも気が強そうでもなければ、世間知らずでもなかった。まともな会話ができそうな相手に見えた。いかにもクレアという名前の女に見えた。

コーリーの浮気はこれが初めてではない。六年前にもあった。ある〝ビューティ・セラピスト〟と。ジャニスは一度も会わなかったが、年じゅう日焼けしていて、高価な下着をつけた女だと想像していた。もしかするとブラジリアンワックス脱毛もしていたかもしれない。ジャニスが浮気に気づき、夫婦でセラピーを受けた。コーリーがひどく後悔し、自分の犯したあやまちを恥じていたから、ジャニスはとりあえず許したようなものだった。その後、別の要素が入り込んできた。それでジャニスは気を変えて、コーリーにもう一度チャンスを与えようとみずからに言い聞かせた。妊娠に気づいたのだ。

エミリーは冬に早産で生まれ、娘に対する思いもよらなかった愛情に驚いたジャニスは、もう何年も、夫婦関係になにが起きているかなど気にもかけていなかった。コーリーはセラピーを受けており、ブリストルのある印刷会社で〝持続可能な製品開発に関するマーケティング・コンサルタント〟という新たな職を得た。ジャニスは笑ってしまった。自分の二酸化炭素排出量をひたすら無視するコーリーにそんな肩書きがつくなんて。とはいえ、彼が充分な収入を得てくれるおかげで、ジャニスは会社を辞めて、いまはフリーでちょっとした編集の仕事を受けている。報酬はささやかだが、編集の腕が鈍らないように維持できた。しばらくは人生が穏やかに過ぎていた。いままでは。クレアが登場するまでは。いまやすべてがクレアに対する妄執に集約されていた——コーリーがいびきをかいて寝ている横で、まんじりともせずに天井を見つめる夜。こっそり行なう携帯電話のチェック、クリーニングに出す服のポケットのチェック、質問攻め。すべてが今夜につながっている——かわいそうなエミリーを車の後部で寝かせ、暗い町を車で疾走している今夜に。

アウディをかしがせて住宅街を進んだ。ビクトリア様式の一棟二軒の家の私道に、タイヤをきしらせてアウディを停めた。コーリーはまだ帰っていない。後部座席を振り向くと、ありがたいことにエミリーは、自宅までのレースに怯えて青い顔で座ってなどおらず、ほんとうに眠っていた。疲れた様子で空港を行き交う人たちがしっかり抱えている首枕のように、顎と肩のあいだにジャスパーをはさんでいた。

「さあ、エミリー」ジャニスは小さな声で言った。「ママがベッドへ運んであげるね」

エミリーを起こさなくても、抱き上げて車から二段ベッドへ運ぶことができた。指に歯磨き粉をつけて、眠っているエミリーの歯を手早くこすり——いまはそれでよしとせざるをえない——額にキスをしてやってから、大急ぎでキルティングジャケットと靴を脱いでワードローブに放り込んだ。キッチンへ行き、残っていた牛乳をシンクに空けているとコーリーの車が表に停まった。急いで紙パック容器をすすぎ、それをリサイクル用ごみ回収容器に放り込むために玄関へ持っていった。

鍵束を手に疑わしそうな顔をしたコーリーとドアロ

で鉢合わせた。「ただいま」彼はジャニスを眺めまわして、外履きの靴に気づいた。

「牛乳が切れちゃって」ジャニスは空の紙パックを振ってみせた。「買いに出たんだけど、店がもう閉まってたの」

「家を空けたのか？　エミリーはどうした？」

「置いていったわよ、もちろん。暖かいお風呂に入れたあと、おもちゃ代わりにカミソリを何枚か持たせてね。まったく、わたしをなんだと思ってるの、コーリー？　連れていったに決まってるでしょ」

「エミリーは寝てるって言っただろう」

「目を覚ましたって言ったの。ちゃんと聞いてよね」

ジャニスは紙パックをごみ容器に入れ、腕組みをして夫をしげしげと観察した。コーリーはハンサムだ。それは変わらない。だが、最近は顎に肉がついて女性的と言ってもいいような顔になった。それに頭のてっぺんに円形ハゲができかけている。このあいだの夜、ベッドのなかで気がついた。わたしは気にならないけどクレアはどう思うだろう、と考えた。コーリーに教えてやる価値があるだろうか――膨れ上がったプライドに穴を開けるためだけに？　それとも、クレアに気づかせたほうがいいだろうか？

「セッションはどうだった？」

「言っただろ。いつもと同じさ」

「クレアは？」

「えっ？」

「クレアよ。このあいだ、あなたが話してくれた女性。覚えてるでしょう？」

「なぜ彼女のことを知りたいんだい？」

「興味があるだけ。別れたご主人とまだ争ってるの？」

「亭主？　そう――くそ野郎だよ。あいつが彼女や子どもたちにやったことは常軌を逸してる」

余分な敵意が加味されている。〝くそ野郎〟？　夫が下品な言葉を使うのは初めて聞いた。クレアから学んだのかもしれない。

「とにかく――グループカウンセリングを抜けようと思ってるんだ」彼はコートのボタンをはずしながらジャニスを押しのけてなかへ入った。「時間をとられすぎるし。職場の状況が変わりだしてさ――勤務時間を増やしてくれって」

ジャニスはあとについてキッチンに入り、冷蔵庫を開けてビールを探すコーリーを見ていた。「勤務時間を増やす？　じゃあ、帰りが遅くなるのね」

「そういうこと。引き受けないわけにいかないよ。こう不景気じゃあね。取締役たちから、明日の午後の重要会議に出てくれって言われた。そのときに話し合おうって。四時からなんだ」

四時。ジャニスの脳裏に、不意にクレアの顔が浮かんだ。あの女は手を上げていた。指を四本立てて。あれは四時という意味だった。コーリーとクレアは四時に会うつもりだ。コーリーは〝会議〟の最中だからジャニスからの電話には出ない。すると、ジャニスの疑念を完全に裏づけるように、コーリーがさりげない口調でたずねた。「明日はなにしてる？　なにか予定はあるのか？」

ジャニスはしばらく返事をしなかった。心臓はどきどきしているのに、平静を装った顔でコーリーについて考えた。愛していないと思った。ほんとうに、あなたを愛してないわ、コーリー。それがなんだかすごくうれしい。

「どうした？」彼がたずねた。「なぜそんな目でぼくを見てる？」

「なんでもない」そっけなく言うと、ジャニスは彼に背を向け、食洗機の食器類を出しはじめた。それは彼の分担のはずだが、いつもジャニスがやっている。今日だけ例外にすることもない。「明日？　そうね、エミリーを学校へ迎えに行って、その足でお母さんの家へ行くわ」

「車で一時間だぞ」彼が眉をつり上げた。「きみがそうやってゆっくりする時間を持ててよかったよ、ジャニス。ぼくもうれしい」

「わかってる」ジャニスはほほ笑んだ。コーリーは、ジャニスが自分とちがって正規の職に就かず、あちらこちらでフリーの仕事をして気ままな生活を送っていると、ことあるごとに指摘する。だがジャニスは聞き流すことにしている。「あのウェブサイトのプロジェクトが終わったから、次の仕事にかかる前にゆっくりする時間をとろうと思ったの。お母さんの家に泊まるかも——お母さんと夕食をすませるかもしれない」ジャニスはいったん間を置き、手のなかの、自分の顔がぼんやりと映っているカトラリー類を見つめて、ゆっくりと繰り返した。「そうよ。明日、わたしはこの町にいないわ、コーリー。午後はずっと」

20

七時には、深夜かというくらい、あたりはすっかり寒く暗くなっていた。月も星もなく、明かりは細い道路のつきあたりにある製材所の防犯灯が放つものだけだった。フリーは車を停めて降り、フリースと防水衣のなかで肩をすぼめた。防水防寒用のシンサレート手袋をはめ、ウールのビーニーキャップをかぶった。ふだんは寒さに強い——仕事がら、いやでも強くなる——が、今年の秋は、どんな人間にもこたえるような悪意を感じるほどに天候が厳しい。フリーは、この道路を封鎖しているパトカーのなかの眠そうな巡査に身分証を見せたあと、懐中電灯をつけた。松林を抜ける小径は、懐中電灯の光を受けてほの白く、蛍光黄色に近い色に見えた。ヤリスのタイヤ痕の周囲にはだらりと垂れ下がった警察のテープが張られ、地面には鑑識標識の小旗が所狭しと置かれている。フリーはそれらの横を素通りし、製材所のハロゲンライトの光だまりを抜けて、いまは音もたてず影に包まれたコンベアベルトや製材機械、伐木機などのそばを通り過ぎた。そのまま小径を進んで廃工場の敷地内に入った。

一度は家へ帰った。ジョギングをしてシャワーを浴び、夕食をとり、ラジオを聴き、本を読んだ。神経を休めることはできなかった。どうしても思考の奥底に収まろうとしない捜索に関する気がかりはなんだろう、と考えるのをやめられなかった。父が生きていれば、〝頭にとげが刺さってるんだよ。放っておいて毒がまわるのを待つよりは抜いたほうがいい〟と言ったにちがいない。

フリーはいま、木立がとぎれて草地に変わる地点、今朝ウェラードが立っていた場所まで来ていた。捜索が行なわれてきれいになった一帯と廃棄物の散らばった一帯の境界は、さながら引き潮の残したがらくたによる境界線のようだ。懐中電灯をワイドビームとスポットビームの中間にした。それで廃棄物の散乱する一帯を照らして、今朝の光景を頭のなかから引っぱり出そうと努めた。

なにが引っかかっているにせよ、貯水タンクを捜索したあとで頭に浮かんだことだ。フリーはあの貯水タンクの脇に立って、別の隊の巡査部長と、勤務シフトが何時に終わるか、超過勤務が必要となった場合に何人くらい割けそうかという話をしていた。まわりではまだ捜索が続けられていた。ウェラードはここ、草地の端に立っていた。話しながらぼんやりとウェラードを見ていたのを覚えている。彼は草のなかからなにかを見つけ、鑑識監督官に報告していた。フリーは横に立っている巡査部長の話に意識を集中していたので、見るともなしに見ていた。ウェラードと鑑識監督官。

だが、いまはっきりとあのときの光景が頭に浮かんだ。彼が鑑識監督官に差し出したものまで見えた。ロープの断片だ。ブルー、ナイロン製、長さ約一フィート。あのロープに用はない——あのあと証拠物件台に置いてあるのを見たし、ロープ自体はなんの変哲もないものだった——が、あれを見て働いた特殊な連想が重要だ。

あのとき立っていた古い貯水タンクの脇へ行き、懐中電灯を消した。静寂のなかでしばし待った。モンスターのような形をした冬の木々に囲まれ、その向こうには、死んだように眠っている耕地が果てなく広がっている。右手遠方から、グレート・ウェスタン・ユニオン鉄道の線路を走る列車、闇のなかを飛ぶように走る列車の轟音が聞こえた。自宅のデスクトップコンピュータは電話が鳴る数秒前にひび割れのようなかすかな音をたててフリーをいらいらさせる。音が鳴る原理はわかっている——電磁電流がスピーカーのワイヤに相乗《ピギーバック》りしてアンテナ代わりにしようとするからだ——が、フリーにはいつも、コンピュータが予知能力を持ち、先のことを敏感に感じ取っているように思える。こんなことを言えばウェラードは笑い飛ばすにちがいないが、フリーは自分にもそれと似た電磁波警告システムがそなわっているのではないかと思うことがある——考えやひらめきがぴたりと収まる数秒前に生物学的警報ブザーが鳴って腕の毛を逆立てるからだ。凍った草地に立っているいま、それが起きるのを感じた。電流が皮膚を走る。数秒後には、情報が頭のなかできちんと整理される。

水。あのロープを見て、ボート、マリーナ、水を連想した。

今朝はそれが、浮かんだと同じ早さで頭から消えた——別の隊の巡査部長と話をしていたし、どのみち付近に水がないので、そのひらめきが消えるに任せた。だが、こうしてじっくり考えその連想をしりぞけた。だが、こうしてじっくり考える時間ができてみると、自分の思いちがいだったことに気づいた。この近辺には水がある。そう遠くないところに。

　ゆっくりと体をめぐらせて西を、町だか高速道路だかの明かりを受けてかすかにオレンジ色を帯びている低い雲に覆われた方角を見た。フリーは歩きだした。まるでゾンビですよ、巡査部長——ウェラードがいまの彼女を見ればそう茶化すだろう。胸骨になにかを引っかけてゆっくりと引っぱられてでもいるように、ろくに足もとも見ず、凍った草でトレーニングブーツをぐしょ濡れにしながら草地をまっすぐ横切った。密集して葉ずれの音をたてている木立のあいだの空き地を抜け、踏み越し段をふたつ越えて、懐中電灯の明かりが拡散して銀色に見える砂利敷きの短い道へ出た。十分歩いて足を止めた。

　彼女の立っている小径は幅が狭い。右はのぼり勾配。左はタール状になった水路まで急な下り勾配だ。使われなくなった運河。テムズ・アンド・セバーン運河。セバーン川の河口から石炭を運搬するために造られた十八世紀の工学技術《エンジニアリング》の奇跡——やがて不要になると、レジャー用運河として使われるようになった。いまはほぼ干上がって、底に残っている水も黒い有害ヘドロのようになっている。フリーはこの運河を知っている。起点も終点も。東はレックレードまで二十六マイル、西はストラウドまで八マイル。過去の遺物が散乱していた。かつての石炭輸送船やプレジャーボートの壊れたり朽ちた船体が数百ヤードおきに並んでいる。いま見える短い範囲だけでも二艘あった。

　引き船道を数ヤード進んで腰を下ろし、いちばん近い船の甲板に足を載せた。淀んで腐敗した水のにおいは強烈だった。バクテリアと苔のにおい。甲板に片手をついて身をのりだし、懐中電灯で船内を照らした。これは、この運河で初めて用いられた鉄製の石炭艀《バージ》ではない。もっと新しい木造の帆走バージで、おそらくマストをはずしてエンジンを取りつけたものだ。運河《カナル》船《クルーザー》としてこの地へ持ち込まれたのだろう。長年放置されていたために木が腐っていまでは一部が浸水し、船内にたまった悪臭を放つ黒い水には運河のごみが浮かんでいた。ほかに見るものはない。フリーは膝立ちになって船尾側の操舵区域を探った。ビール缶や、くらげのように浮いているビニール袋を蹴ってどけた。甲板じゅうを手で探ったがなにも見つからなかった。体を引きずるようにしてバージ船から降り、また引き船道を進んで次のバージ船を見つけた。こっちのほうが古く、実際に作業用だったのかもしれない。運河から出ている部分が高く、船体内の水は膝までの高さしかなかった。そこへ降りると、凍えるように冷たい真っ黒な水がジーンズにしみ込んだ。少し歩を進め、トレーニングブーツを履いた足で船体内をすみずみまで探った。リベット、はずれた木片。

なにかが音をたてた。足もとで一インチか二インチほど転がった。腕まくりをして腰を折り、冷たい水に手を突っ込んだ。泥のなかを手探りした。目あてのものを見つけて引き上げた。

舫《もや》い釘だ。フリーは腰を伸ばし、舫い釘に懐中電灯の光をあてた。長さ約一フィート、テント用ペグを太く長くしたような形状で、長年、舫い綱を結ぶためにハンマーで土手に打ち込まれてきたためてっぺんが斜めになってしまっている。刃物よりも厚く、のみよりも尖っていて、これなら、あの石膏型にあったようなとげが簡単にできる。カージャック犯はこれを使って自分の靴跡を損ねたのかもしれない。

バージ船から出て引き船道に立ち、体から水が流れ落ちた。ほのかに光っている運河を見渡した。どのバージ船もこれと似たような舫い釘を使うはずだ。この運河にいくつもあるにちがいない。いま手にしている舫い釘を見た。格好の武器だ。だれだって、こんなものを持っている相手と口論したくはないはずだ。そう。

逆らうはずがない。まだほんの十一歳であればなおさら。

21

犬の名前はマートルといった。関節炎で足がほとんどきかなくなった老いた雌犬だ。白黒のしっぽは骨ばった背中の端からしおれた旗のように垂れている。それでも、足を引きずりながらキャフェリーのあとを律儀についてきて、見るからに痛いとわかるのに不満げな顔も見せずに車の後部に乗り降りしていた。例の乳歯とマーサのDNAの照合検査をごり押ししようとしてキャフェリーが技官たちと押し問答をしているあいだ、ポーティスヘッドの警察本部にある科学捜査研究所の外で辛抱強く待ちもした。科捜研での用がすむころには、キャフェリーはこの老犬に同情を覚えていた。スマイルストアに寄り、両腕に抱えるほどのドッグフードを買った。犬用玩具《チユートイ》は用なしかとも思ったが、とりあえず買って後部座席に置いてやった。

重大犯罪捜査隊の本部へ戻ったのは夜遅く、十時を過ぎていた。そこではまだ大勢が忙しく仕事をしていた。彼は足を引きずるマートルを連れて、難所である廊下を進んだ。自分のオフィスから顔を出して彼に話しかけたり報告書やメッセージを手渡そうとする連中がいるからだが、大半はマートルをなでるか、マートルについて憎まれ口をたたいた――〝ジャック、あんたの犬はおれの気持ちの表われだよ〟、〝おい、そいつは毛皮をまとったヨーダか〟、〝やっぱり、毛皮に包まれたヨーダだ〟。

ターナーも残っており、よれっとしていささか眠そうだが、少なくともピアスはつけていなかった。ボクスホールの捜索に関する最新情報――まだ実を結んでいない――を手短に伝え、牧師館の張り込み許可を出してくれた警視の詳細な連絡先を教えた。そのあと、しゃがみ込んで、それより長い時間マートルに向かって愚にもつかないことを話していた。マートルは一度か二度、大儀そうにしっぽを持ち上げて、聞こえていることを示した。ロラパルーザが入ってきた。化粧はまだ完璧だが、少しばかり気をゆるめていた。いつものハイヒールを脱ぎ、袖をまくり上げて腕の細く黒い毛を見せていた。性犯罪者の線は不調だったと言った。条件に合致するとCAPITが判断した前科者のリストは短く、徹夜で確認作業を行なった。とにかく、彼女がキャフェリーに断言できるのは、犬の関節炎にはコンドロイチンが有効だということだけだった。それかグルコサミンが。ああ、それから、かわいそうなこの子の餌から穀類をすべて抜くことです。文字どおり〝すべて〟。すべての穀類を。

ロラパルーザが出ていくと、キャフェリーはドッグフード缶を開け、重大犯罪捜査隊の調理場から取ってきたひびの入った皿にべとべとした中身を出した。マートルは頭を一方に傾けて左顎をかばいながらゆっくりと食べた。ドッグフードはいやなにおいがした。十時半にプロディがドアロから顔だけのぞかせたとき、まだにおいが残っていた。彼は顔をしかめた。「くさっ」

キャフェリーは立ち上がって窓へ行き、ほんの少し開けた。冷たく湿った夜気が酔っ払いと持ち帰り料理のにおいを伴って流れ込んできた。通りの向かいに並んだ店の一軒はショーウィンドーにクリスマス電飾を施していた。クリスマスは公式には十一月から始まるのだから当然だ。「それで？」キャフェリーはぐったりと椅子に座り込んだ。腕をだらりと垂らした。まだ仕事は終わっていない。「なにがわかった？」

「広報官と五分ほど話をしたところです」プロディが入ってきて腰を下ろした。マートルは前脚に顎を載せて床に寝そべり、餌を消化していた。頭を上げ、疲れ切ってぼんやりした目に興味の色を浮かべてプロディを見た。さすがのプロディも消耗していた。まるで自宅のソファで二時間ばかり連続ドラマでも観てきたかのように、上着はしわだらけで、ネクタイは首に巻いたまま結び目をゆるめていた。「全国紙、地方紙、テレビ全局がブラッドリー宅の写真を流しました。ドアの番地番号がかなりはっきりと映ったし、〝牧師館〟の標示もです。切り抜き代行社がまだ調査中ですが、いまのところ見つけたのは〝オークヒルのブラッドリー宅〟という文言だけです。それ以外に具体的な説明はありません。通りの名前もなし。歯についての言及もなし。これでは埒が明かない」

「じゃあ、犯人がやったんだな」

「どうもそのようです」

「それはよかった」

「よかった？」プロディはキャフェリーをひたと見すえた。

「そうだ。犯人がオークヒル地域を知っているということになる――A三七号線にくわしいということに。最高だ」

「そうですか？」

キャフェリーは両手をデスクに投げだした。「いや。重要ではあるが、〝最高〟なんてとんでもない。犯人があの地域になじみがあることはすでにわかっていた。したがって、新たに加えられる情報はなにか？　あの地域の住民が車で通勤する際に通る住宅地を犯人が知っているということだ」

ふたりは壁の地図を見やった。色つきの小さなピンがいくつか刺してある。ピンクのピンはキャフェリーの個人的な情報――ウォーキングマンがいたとわかっている場所だ。こっちは、あるパターンがはっきり表われている。ウォーキングマンがかつて住んでいたシェプトン・マレットから北へ向かって広い幅で長く延びているのだ。だが、黒いピン――六本ある――のほうは、これといったパターンを見出すことができない。三本はカージャック犯の襲撃場所、あとの三本はなんらかの関係がある場所――犯人が乳歯を置いていったオークヒルの牧師館、ブラッドリー夫妻のヤリスがしばらく停められていたテットベリーの近郊地域、ヤリスが遺棄されていたウィルトシャー州エイボンクリフの近くの三カ所だ。

「犯人が車を遺棄した場所の近くに鉄道駅がある」キャフェリーは目を細くして黒いピンを見た。「よく見れば鉄道線路が通っている」

プロディが地図のところへ行き、上体を斜めに傾けてピンの刺さっている箇所をじっくりと確かめた。

「ブリストルを出てバースとウェストベリーを通る線ですね」

「ウェセックス線だ。バースを出たあとはどこを通っている？」

「フレッシュフォード、フルーム」プロディが肩越しにキャフェリーを見た。「マーサはフルームで連れ去られた」

「クレオはブルートンで連れ去られている。同じ路線だ」

「犯人が鉄道を使っていると考えてるんですか？」

「その可能性はある。今日ブラッドリー宅へ車で行ったのはまちがいない。それに、ブルートンを出るときも車を使ったにちがいない――おそらくボクスホールを。だが、だれかの車を奪えば、いずれボクスホールを取りに戻らなければならない」

「だから犯人はこの路線のどこかの駅の近くに住んでいると？」

キャフェリーは肩をすくめた。「まあ、仮説ではあるが、その線で捜査を進めよう。ほかの可能性が出てこないかぎり。明日の朝、レールトラック社へ行って監視カメラの映像を借りてきてもらいたい。手順はわかってるだろう？」

「ええまあ」

「それに、プロディ？」

「なんですか？」

「ターナーは午後六時を過ぎればロック・フェスティバルの観客みたいになるし、ロラパルーザは裸足で歩きまわるのをクールだと思ってるし、私がオフィスでラブラドールを飼ってるからといって、きみまでルーズにならなくていい」

プロディはうなずいた。ネクタイの結び目を上げた。

「そいつはコリーですよ、警部」

「コリー。そう言っただろう」

「そうですね」プロディはドアを開けて出ていきかけたところで、ふとなにかを思い出した。足を止め、なかへ戻ってドアを閉めた。

「どうした？」

「あのファイルは返しました。言われたとおり、昨夜のうちに。私が持ってることにだれも気づいていませんでしたよ」

キャフェリーは一瞬、彼がなにを言っているのかわからなかった。すぐに思い出した。ミスティ・キットスンだ。

「そうか。指示どおりにしたんだな」

「警部をいささか怒らせてしまったと思いました」

「いや、昨日はいらいらしていたんだ。深刻に考えないでくれ」キャフェリーはキーボードを手前に引き寄せた。メール・チェックをする必要がある。「お疲れさん」

だがプロディは出ていかなかった。ドアロでぐずぐずしている。「警部はつらかったでしょう。あんな形で捜査に幕を引くのは」

キャフェリーは目を上げて彼を見つめた。信じられない。キーボードを押しやり、全神経をプロディに集中させた。昨日、あの件は忘れろと言ったのに、この男はなぜ蒸し返したがる？　「隊として捜査から手を引かざるをえないのはつらかった」キャフェリーは電気スタンドを消した。デスクに両肘をついた。できるかぎり平静な顔を装った。「きみに嘘はつけないな。たしかに幕を引くのはつらかった。だからこそ、検証班からファイルを持ち出すのは感心しない」

「警部の情報提供者ですが？」

「それがどうした？」

「警部は最後まで正体を明かしていない」

「書類には残していない。それがたれ込み屋を使う際に肝心な点だ。彼らにはプライバシーが重要だ」

「一度も、たれ込み屋が嘘をついていると思わなかったんですか？　あの医者――ミスティを殺したとたれ込み屋が言った医者――の庭を掘り返しても死体は出なかった。あの医者と彼女を結びつけるものはほかになにもなかった。だから私は――たれ込み屋が嘘をついて捜査を攪乱したんじゃないかと考えました」

キャフェリーはプロディをしげしげと観察し、彼が表面をひっかいているすぐそばにある真相についてなにか――なにか少しでも――気づいている徴《しるし》を見出そうとした。情報提供者などいなかった。もともといなかったのだ。庭の掘り返しは、キャットスン事件でキャフェリーが捜査を誤導するための手のひとつにすぎなかった。フリーのためになぜそんなことをしたのか、自分でもよくわからない。姿を見るたびにフリーが彼の心のどこかを麻痺させなければ、これがフリーでなければ、たとえばプロディあるいはターナーであれば、おそらく自分の知りえたことをもとにすぐさま検挙していただろう。「敗北に終わった事件だ」落ち着いた口調でプロディに言った。「もしもやり直せるなら、ちがう方針で行くさ。だがそれは不可能だし、いまは人員が足りず、捜査は行きづまっている。だから、昨日も言ったとおり、きみには、マーサ・ブラッドリーになにが起きたか、犯人が彼女をどうしたのかに全精力を注いでもらいたい。そこで……」キャフェリーは片手を上げ、感じよく頭を傾けた。「……監視カメラの映像だが？」

今回はプロディも意を察した。硬い笑みを浮かべた。

「ええ。わかりました。いまからやります」

ドアが閉まるとキャフェリーはぐったりと椅子に背を預け、長いあいだぼんやりと天井を見上げていた。

プロディがうっとうしくなってきた。時間がもったいない。マーサが連れ去られてから少なくとも七十時間が経つ。魔法のように生還を果たせる二十四時間はとうに過ぎ去り、正直に言うなら、いよいよロンドン警視庁に要請して死体捜索犬を派遣してもらう段階だ。すべての職域でむだな人員を切るのもキャフェリーの役目だが、プロディを切るわけにいかない。新たな人員に状況を理解させるには時間がかかりすぎるし、そもそも、プロディを別の捜査にまわした場合、彼の言い分がちょっとした問題になるかもしれない。まずまちがいなくキャットスン事件に言及するだろう。したがって、当面は我慢するしかない。そしてプロディに気をつける。彼をなにかに集中させておくことだ。

携帯電話が鳴っていた。ポケットから引っぱり出した。表示画面に〝フリー・マーリー〟と出ている。キャフェリーはドアへ行き、廊下をのぞいて、このオフィスへ向かってくる者がいないことを確認した。フリーはこのように彼を秘密主義にさせる。ひとりきりであることを確かめると、デスクに戻った。電話に出る彼をマートルが目で追っていた。

「はい」つっけんどんな声だった。「どうした？」

一瞬の間があった。「ごめんなさい。いま、都合悪いですか？」

キャフェリーは息を吐き出し、椅子の背にもたれた。

「いや。いま――大丈夫だ」

「テムズ・アンド・セバーン運河にいます」

「ほんとう？　それはいいな。初めて聞く場所だが」

「そりゃそうでしょう。長年使われてませんから。じつは、鑑識監督官に報告したいんだけど、こんな時間に支援部隊の巡査部長からの電話に出てはくれないでしょう。警部から報告してもらえますか？」

「事情を話してくれれば」

「カージャック犯が靴跡を損ねるために使ったものがわかりました。舫い釘です。バージ船に使うやつ。いま、手もとに一本あります――この運河にたぶん何百本もあるでしょう。廃船になったバージ船だらけだから。それに、ヤリスのタイヤ痕があった場所からほんの一マイルです」

「昨日、捜索しなかったのか？」

「そう。捜索調整官が決めた捜索範囲のすぐ外なんです。ねえ、どう思います？　鑑識監督官に見てもらえるようにしてくれますか？」

キャフェリーは指先でデスクをたたいた。これまで、よその部署からの意見をあっさり受け入れたことがない。それにより頭が混乱し、追う線が多くなりすぎるおそれがあるからだ。しかもフリーは、突如として、自分の隊が捜査を担当しているかのごとくふるまいだした。この事件を利用して自分の名を上げる方法を模索しているのかもしれない。それと、潜水捜索隊の名を。

それはともかく、舫い釘だって？ 石膏型に合う？

「わかった」と答えた。「私に任せてくれ」

携帯電話を置き、見つめていた。犬がしっぽで軽く床を打った。どんな内容であれフリー・マーリーと言葉を交わすことがキャフェリーにどんな影響を与えるかお見通しだというように。

「そうとも」彼は不機嫌な声で言った。鑑識監督官の電話番号を調べるために連絡先リストに手を伸ばした。

「そんな目で見るな。余計なお世話だ」

22

翌早朝、鑑識監督官は改めて靴跡の石膏型をためつすがめつし、フリーの意見を受け入れた——この跡はたしかに舫い釘でつけられた可能性がありそうだ。夜明けとともにお出ましになった捜索調整官が、この運河を捜索対象に指定した。各捜索チームは防水長靴《ウェーダー》をあてがわれ、ヤリスが停められた地点から双方向へ二マイルずつの区域の捜索を命じられた。だが、テムズ・アンド・セバーン運河のある特徴は、標準装備の捜索隊の手に負えるものではなかった。この運河には、二マイルにわたってまったくだれの目にも触れず気づかれることなく農地と森の地下深くを通るトンネル区域がある。サパートン・トンネル。長年放置されており、地盤がひじょうに不安定。長さ二マイルの死の空間。そのひと言につきる。そんな場所の捜索を行なう訓練をしている隊はひとつしかなかった。

八時にはサパートン・トンネルの西側入口に四十人以上が集まっていた。入口の上方、銃眼の設けられた胸壁に、下で行なわれることをひと目なりとも見ようと、二十人ほどの記者と重大犯罪捜査隊の私服組が何人か立っていた。その全員が、太ももまでの深さのある悪臭を放つ黒い水のなかでゾディアック社の小型ゴムボートを準備し、水のしたたるトンネル内で必要なもの――ボックス型無線機とエアシリンダー――を積み込んでいるフリーとウェラードを見下ろしていた。

潜水捜索隊はすでに、このトンネルについて若干の知識を持っていた。何年か前、閉鎖空間における捜索活動訓練の一環としてここを使ったのだ。運河を所有しているトラストが構造に関する情報をくれた。このトンネルの地盤はほんとうに不安定だ――ゴールデン・バレー鉄道の線路から危険なほど近いため、列車が通るたびに、トンネルの天井を形成しているフラー土や石灰石の厚板が揺れる。トラスト側は、トンネル内部でなにが起こるか保証はできないという立場を――あまりに危険なので、きちんと調査を行なっていないのだ――明確にした。彼らが断言できるのは、大規模な落石によりトンネルの少なくとも四分の一マイルが通行不可能になっているということだけだった。地上からは木の密集したクレーターが長く連なる姿がぼんやりと見えるこの落石は、東側の入口からすぐのところからトンネルの奥へ向かって長々と横たわっている。フリーの部下ふたりがヘルメットをかぶって落石の東端まで水のなかを二百ヤードほど歩き、西側の入口から来るチームに届くことをかすかに期待して探査棒を通したところまでは比較的簡単だった。だが次は、西側入口からトンネル内を捜索しながら、落石に行きあたるまで一・二五マイルも地下を進まなくてはならない。しかもその間、不安定な岩が振動でひとつも落ちてこないことを祈りながら。

「確かなのか？」キャフェリーは半信半疑だった。ノースフェイス社製のダウンジャケットを着て両手をポケットに突っ込んだ彼は、ふたりの先の暗がりをのぞき込んだ。黒い水面に浮かんでいるごみや木片を。

「ほんとうに衛生安全委員会事務局《HSE》は了承しているのか？」

フリーは彼と目を合わせずにうなずいた。じつのところ、彼女の意図を知ればHSEは猛抗議するにちがいない。だが、HSEにばれるのはマスコミ連中がニュースを流してからだし、そのころにはもう捜索は終わっているはずだ。マーサを見つけ出しているはずだ。

「ええ、ほんとうです」

フリーは彼の口もとを見ながら話した。目を合わせれば、自分が言葉で説明できないもの――勘――に頼ろうとしていることを悟られてしまう。制約から逃れようとしていることも。マーサを見つけたい理由は、もはや、潜水捜索隊の手柄になるからというだけではなくなっている。フリーにとってはそれ以上の理由があった。これまで自分が強くなれなかったことへの償いの意味もあるのだ。

「どうかな」キャフェリーは首を振った。「石膏型との一致の可能性だけだろう？　こんな捜索をさせるには、いささか根拠が薄い」

「大丈夫。ふたりのどちらかを危険にさらすようなまねはしません」

「その言葉を信じるよ」

「よかった。信じてもらえるとうれしいわ」

トンネルへの進入はゆっくり行なわれた。障害物や壊れたバージ船をかわしながら、ゴムボートをそろそろと押していった。いくつものショッピングカートが泥から骸骨のように突き出ている箇所があった。彼女とウェラードは、急流での救助時に使用するドライスーツを着て赤いヘルメットをかぶり、先芯とすね当てが鋼板になっている安全長靴を履いていた。それぞれが小型のエスケープセットを――危険なガスポケットに入り込んだときに清浄な空気を三十分は提供してくれるリブリーザーを――胸に装着している。ヘッドランプの明かりを使ってトンネルの両壁と床に目を配りながら、ふたりは黙々と進んだ。

このトンネルは、運河を利用する船頭たちがバージ船を〝脚で操る〟――あおむけに寝て足でトンネルの屋根を押しながら、長さ二マイルもの暗闇のなか、何トンもの石炭や材木、鉄を運ぶ――ために設計されたものだ。当時、トンネルの天井は圧迫感を覚えるほど水面に近く、引き船道もなかったはずだ。いまフリーとウェラードが腰を伸ばして歩くことができるのは、運河の水位がひどく下がったおかげで片側に幅の狭い岩棚のようなものが姿を現わしたからだ。

トンネルのなかは暖かかった――地上の身を刺すような寒さはこんな奥にまで届かない。水も凍っていなかった。水が浅すぎて足首までの深さのヘドロの層にすぎない箇所がところどころにあった。

「フラー土」五百ヤードほど進んだところでフリーが言った。「猫のトイレ砂の原料よ」

ウェラードはゴムボートを押す手を止め、ヘッドランプで天井を照らした。「猫のトイレ砂なもんですか、巡査部長。すごい圧力を受けてる。亀裂が見えますか？　この層は厚い。ものすごく厚い。こんなものが一枚でも落ちてきたら、猫砂どころじゃない。フォード・トランジットが一台、体にのしかかってくるようなもんです。命にかかわる深刻な事態になりかねない」

「まさか、文句があるんじゃないでしょうね？」

「ありません」

「嘘よ」フリーは横目で彼を見た。「言いなさい。ほんとうにないの？」

「なんなんです?」彼の声は尖っていた。「もちろんありません。衛生安全委員会事務局はおれに厳罰を科してませんからね。いまのところはまだ」

「厳罰を科さないという保証はないわ」

「保証なんて大嫌いだ。おれがなぜドライスーツを着てると思います?」

フリーが彼に硬い笑みを見せ、ふたりが手袋をはめた手をゴムボートの取っ手に通して船体に体を預けると、やがてその場に止まっていたゴムボートが動きだした。前へ飛び出し、黒い水の上で左右に揺れた。あいだにはさんだゴムボートが安定すると、ふたりはまたゆっくりとトンネルの奥へ進んだ。聞こえるのは、水を踏む長靴の音、自分たちの呼吸音、ストラップで胸に固定しているガス検知器のピーッという小さな音――空気がきれいであることを示す安心の音――だけだった。

天井はところどころがレンガ張りで、それ以外はむき出しのままだった。ヘッドランプの光が、岩の割れ目から伸びている奇妙な植物をとらえた。ときどき、落下した粘土やフラー土を踏み越えて進まなければならなかった。数百ヤードごとに通風用の立坑があった――空気を取り入れるため、幅六フィートの穴が地表から百フィート以上の深さまで掘り下げられていた。まず遠くに妖しげな銀色の光が見え、立坑に近づいたことがわかる。ゆっくりと歩を進めるうちに光は明るさを増し、最後は、ヘッドランプを消して穴の下に立って上を向けば、立坑の壁にしがみついている植物を突き通して射し込む白い陽光を顔に浴びることができるほどだ。

基部に錆びかけた危険防止用の大きな格子が設けられていなければ、立坑を使ってトンネル内に下りて捜索をするほうが簡単だろう。ごみは格子を抜けて落ちていた。どの立坑の下にも、古く朽ちかけた木の葉や小枝、がらくたが大きな山をなしていた。ある立坑など、牧畜農家が死骸捨て場として使っていた。死骸の重さで格子が破れて、腐臭を放つ動物の骨の小さな山ができていた。フリーはその横で足を止めた。

「くさっ」ウェラードは鼻と口を覆った。「ここで立ち止まる必要があるんですか？」

　フリーは水面を照らした。骨、肉、一部が蝕まれた動物の顔を見た。カージャック犯の手紙を思い出した――〝そのへんは矯正できた……〟。鋼板の入った靴先で死骸の山をそろりと動かした。岩と古いブリキ缶にあたった。なにか大きなものがある。手を入れて引っぱり出した。古びた鋤の刃。おそらく、もう何年もここにある。彼女は刃を放り捨てた。

「かわいそうなあの子を、こんなもののなかから見つけることになりませんように」フリーは手袋をはめた手をゴムボートの側面でぬぐってべたつく汚れをとり、前方の闇に目を凝らした。マーサがどうしているだろうかと考えると、一昨日と同じ、悲しみと恐怖がゆっくりと血を流すのを感じた。「私ならこんなことに耐えたくない。十一歳で。何歳でも。とにかく、こんなことはまちがってる」

　彼女はガス検知器のメーターを確認した。空気はきれいだ。もっと大きなライトをつけても大丈夫。ゴムボートから大型の高輝度放電《HID》ライトを引っぱり出してスイッチを押した。大きなうなりがしてHIDライトがつき、すぐにひび割れたような音をたてながら、光があっという間にどんどん強くなった。青白色の光があふれたトンネル内は不気味さを増し、HIDライトを安定させようとすると影が飛びまわった。隣では、目の前にあるものに気づいたウェラードが青ざめた沈鬱な顔をしていた。

「あれですか？」

　HIDライトはふたりが立っているところから奥へ延びている運河を照らした。水と壁面、五十メートルほど先の通り抜けられない壁以外、なにもなかった。

大量のフラー土が天井からはがれて運河に落ちたせいで、床面が天井に達する高さになり、トンネルをふさいでいる。

「あれが問題の落石ですか？」ウェラードがたずねた。

「もう着いたんですか？」

「さあ」彼女は巻き尺をつかんで目盛りを見た。トラストの技師は、落石は東側入口から約四分の一マイルに及ぶと言っていた。歩いた距離はいささか短いが、あれが落石の西端なのかもしれない。彼女は寄りかかるようにしてゴムボートを押し、粘度のある水のなかを進んだ。がれ場の前に来ると、石の山が天井と接しているあたりをＨＩＤライトで照らした。境目に沿って光を動かす。

「探査棒が届いてないわ」

「それがなんです？　たぶん届かないと覚悟してたでしょう。ここが西端だと思いますよ。行きましょう」

彼はもと来たほうへ向かってゴムボートを押しはじめた。数歩進んだところで、フリーがついてきていないことに気づいた。フリーはＨＩＤライトを握ったまま根が生えたようにさっきの場所に立ち、落石のてっぺんを見つめている。

彼は大きなため息をついた。「冗談じゃないですよ、巡査部長。なにを考えてるか知りませんが、さっさとここから出ましょう」

「なに言ってるの。試してみる価値はあるわ。そうでしょう？」

「いいえ。ここが落石の西端です。この石山の向こう側にはなにもありません。さっ、とにかく――」

「いいじゃない」彼女はウェラードに向かってウインクした。「たしか、衛生安全委員会事務局は厳罰を科してないって言ったわ。ね、最後にちょっとだけ。わたしの気のすむようにさせて」

「だめです、巡査部長。ここが西端だ。おれはここで降りる」

フリーは大きく息を吸い込んだ。長いため息とともに吐き出した。しばらくその場に立ったままHIDライトを落石に遊ばせながら、横目でウェラードを観察した。

「ねえ」小声で言った。「いまの音はなに？」

「はあ？」ウェラードが彼女をにらんだ。「なにが聞こえたんです？」

「しーっ」彼女は指を立てて唇にあてた。

「巡査部長？」ボックス型無線機が目を覚ました。トンネルの出入口に陣取っている隊員の声だ。「大丈夫ですか？」

「しーっ」彼女は指を立てて唇にあてた。「みんな、静かに」

だれも口をきかなかった。彼女は数歩前に進んだ。HIDライトの明かりが虚空を舞い、水のしたたる壁と、まるで水面から突き出た動物の背中のこぶのように奇妙な丸みを帯びた崩落土をとらえた。彼女は足を止めて体を横向きにし、耳をすまそうとするかのように頭をうしろへそらした。ウェラードはボートを離れ、長靴が音をたてないように気をつけながら水のなかをゆっくりと近づいてきた。「どうしました？」声を出さずに口だけを動かしてたずねた。「なにか聞こえたんですか？」

「聞こえなかった？」彼女も声を出さずにたずねた。

「ええ。でも、ほら……」彼は指を振って片方の耳を指し示した。潜水捜索隊では、水圧により鼓膜が損なわれていないか確認するため、定期的に聴力検査を行なっている。ウェラードの片耳の聴力が五パーセント落ちたことは、隊の全員が知っている。「おれはあなたほど耳がよくない」

彼女は自分の左耳に指を入れて、もう一度聞くふりをした。だがウェラードは愚かではないので、今回はその芝居も通用しなかった。「まったく」彼はため息をついた。「もっともらしい嘘ひとつつけないんだから」

　彼女は手を下ろしてウェラードをにらみつけ、なにか言いかけたが、トンネル内の異変に気づいてやめた。ふたりの膝の周囲で水がかすかに動いている。頭上から遠雷のような音が聞こえた。

「聞こえる」ウェラードがぼそりと言った。「たしかに聞こえる」

　どちらも身動きしなかった。目を天井に向けた。

　音はどんどん大きくなった。数秒とたたないうちに耳をつんざくほどの轟音になった。地面そのものが揺れているかのごとく、壁が震えた。まるで、トンネルが咆哮し、ふたりの周囲で水がのたうって、大型ライトの動きまわる光を反射して送り返してくるようだった。すぐ先の闇のなかで岩が水に落ちて跳ねる音がした。

「くっそう」ウェラードが首をかがめて悪態をついた。

「こりゃやばい」

　と、始まったときと同じく唐突に、それは終わった。長らくどちらも身動きしなかった。やがて、ウェラードがおずおずと上体を起こすと、ふたりは肩を触れ合って立ち、荒い息を吐きながら天井を見上げて、残っていた岩が前方の闇のなかでひとつふたつ落ちる音を聞いていた。

「引き返せ」ボックス型無線機から声がした。フリーにはジャック・キャフェリーの声に聞こえた。「戻れと伝えろ」

「聞こえましたか、巡査部長？」通信担当が言った。「捜査責任者《SIO》が引き返せと言っています」

　フリーはヘルメットを押し上げ、両手をゴムボートの船べりに引っかけて身をかがめ、ボックス型無線機に向かって話しかけた。「キャフェリー警部にノーと伝えて」

「はあ？」ウェラードが噛みついた。「頭がどうかしちまったんですか?」

「探査棒はここまで届いていない。なにより、この落石の向こうでなにか音がするんです、警部」早くも彼女は必要な器具をゴムボートから引っぱり出しはじめていた。シャベルとフェイスマスクを。「なんの音なのか、確かめなければ気がすまない。この箇所の落石と本体とのあいだに空間があるのかもしれない」

キャフェリーがエコーのかかった声で通信担当になにか言っているのが聞こえた。通信担当に指示を与えるためトンネルへ入ってきたにちがいない。

「巡査部長?」通信担当が言った。「その話はブリーフィング時にすんでいるとSIOが言っています。あの子がこのトンネル内にいるという確かな証拠はひとつもなく、だれの命も危険にさらすつもりはない、と。申し訳ありませんが、巡査部長、言われたとおりに伝えています」

「気にしないで。言ったとおりに伝えてくれるんなら、まあ警部も聞いてるのはわかってるけど、わたしはプロよ、自分の職務を果たす、だれの命も危険にさらすつもりはない、と伝えて。それに――」

彼女は言葉を切った。ウェラードがボックス型無線機のリード線を引き抜いてしまっていた。トンネル内は静寂に包まれた。ウェラードはぎらつく目で彼女を見つめていた。

「ウェラード。いったいなんのつもり?」

「こんなまねはさせませんよ」

「この落石の向こうになにかあるかもしれないのよ。すぐ向こうに」

「いいえ――この落石は長いあいだここにあるんです」

「ねえ――予感があるの――」

「勘ですか? 勘が働く。そうなんでしょう?」

「ふざけてるつもり?」

「ちがう。ふざけてるのはそっちです、巡査部長。おれには家に妻と子どもたちがいる。あなたにはなんの権利もない――なんの権利も――」彼は途中で口をつぐんでその場に立ちつくし、肩で息をしながらフリーをねめつけていた。「どうしちゃったんです？　この六カ月、あなたのふるまいは、隊のことなんて少しも気にしてないようだった。潜水捜索隊が死んだも同然だったのに、これっぽっちも気にしていなかった。それなのに、今度はいきなりやる気に燃えちゃって、へたすればふたりそろって死ぬことになる」

フリーは返す言葉もなかった。ウェラードとは七年越しのつきあいだ。彼の娘の名づけ親にもなった。彼の結婚式でスピーチをしたし、彼がヘルニアの手術を受けたときには病院へ見舞いにも行った。チームワークよくやっている。彼はこれまでフリーに逆らったことがなかった。ただの一度も。

「じゃあ、いっしょに行かないのね？」

「申し訳ない。ものごとには限度があります」

フリーは口を引き結んで肩越しに落石による壁を見ると、彼に視線を戻し、目を合わせずに肩をすくめた。「わかった」彼の手からリード線を取ってボックス型無線機に挿した。

「……すぐに出てこい」キャフェリーの声が聞こえた。「このままでは潜水捜索隊の警部をここへ呼ぶことになる」

「SIOが出てこいと言っています」通信担当が淡々と繰り返した。「いますぐに。このままではうちの警部を――」

「ありがとう」フリーはボックス型無線機に顔を近づけ、はっきりした声で続けた。「聞こえたわ。キャフェリー警部には、ひとり出ていくと伝えて。ボートは彼が持って出る。それから」彼女はドライスーツのジッパー式ポケットから小型の咽喉マイクを出して首にかけた。「VOXに切り換える。わかった？　ボックス型無線機は送受信できなくなるかもしれない」

「きみはいったいなにを考えてるんだ？」キャフェリーがどなった。

フリーはハミングをして彼の声を遮断した。この落石のすき間に潜り込んで、ほんとうにこれが小さな落石ではなく大規模落石の西端だと確認できれば、首尾よくマーサに近づく手がかりを見つけることができれば、彼も文句は言うまい。感謝すらしてくれるかもしれない。

「まさか」彼女は小声でひとりごちた。「感謝してくれるって？　おとぎ話じゃあるまいし」

「なんと言った？」

「なんでもありません。咽喉マイクのテストです」

キャフェリーの返事はなかった。彼がなにをしているのか想像がつく。〝私自身は分別ある人間なのに、私のなにが、この世の頭のおかしい連中すべてを引き寄せるんだ？〟とでも言いたげに、やるせなく首を振っているはずだ。

ウェラードは青い顔でゴムボートの準備をしていた。フリーは努めて彼と目を合わせないようにしながら、事前に用意した溝掘り用具を伸縮バンドから引き抜いた。この瞬間のことはおたがい二度と口にしないという気がした。シャベルと溝掘り用具を持って向き直り、落石に近づいていった。がれをのぼりはじめると、彼女の体重を受けたフラー土がぼろぼろと崩れ、一歩ごとに足がめり込んだ。落下地点にとどまるように願って道具類を前方へ放るしかなかった。石の斜面を這ったりよじのぼったりしながら天井に達するのに三分かかり、てっぺんに着いたときには息が切れていた。それでも彼女はやめなかった。シャベルで重粘土をかき出すように掘りはじめ、それが背後に転がり落ちて水に跳ねる音を聞いた。

五分ほど掘りつづけたところで、ウェラードが横に現われた。「もう途中まで引き返してるはずでしょう」彼女が身をよじって背後を見ると、ゴムボートはまだ黒い水面に浮かんでいた。「なにをしてるの？」

「なにをしてるように見えます？」

「いっしょに行かないんでしょう？」

「はい。でも掘るのはやってもいい。それぐらいは手伝いますよ」

フリーは彼がシャベルを取るのをすんなりと受け入れ、彼が掘るのを数分ばかり座って見ていた。さっきの彼の言葉を思い出した――〝おれには家に妻と子どもたちがいる。あなたにはなんの権利もない、なんの権利も……〟。疲労を感じた。すごく疲れた。

「オーケー」フリーは彼の腕に手をかけた、「もうやめていい。やめなさい」

ふたりは座って彼の開けた穴を見た。

「あまり大きくないですよ」ウェラードが言った。

「これで充分よ」

フリーはドライスーツのホルスターから小型マグライトをはずし、腹ばいで穴に入って懐中電灯を前方へ押し出した。

「やっぱり」目にしたものに納得するや、小声でつぶやいた。「よかった。ほんとうによかった」

「なにが？」

フリーは低い口笛を漏らした。「思ったとおりだった」穴から這い戻った。「この向こうも空間になってる」彼女は懐中電灯をホルスターに戻し、ヘルメット、ヘッドランプ、ガス検知器をはずした。

ウェラードは彼女をまじまじと見た。「絶対に装備をはずしてはならないと、おれたちに教えたでしょう」

「じゃあ、いまは逆のことを教える。装備をしたままだと通り抜けられないの」ドレーゲル社製のリブリーザーをつかんだ。

「それはだめです。それははずさせませんよ」

彼女はリブリーザーをウェラードの手に押し込んだ。

「あ、そう？　わたしには妻も子どももいない。

わたしの身になにかあったところで、泣く人間はいない」

「それはちがう。そんなことは——」

「しーっ、ウェラード。黙って預かってて」

彼は無言で斜面の平らな場所にリブリーザーを置いた。

「ほら。これをつけて」フリーは彼にクライミング用のセミスタティックロープを渡し、背中のハーネスに留めてくれるのを待った。彼はフリーの腰に膝をあてて、試しにハーネスをぐいと引っぱった。

「オーケー」抑揚のない声だった。「準備完了」

フリーは体を前方に押し出すようにして、暗いすき間に頭と肩を突っ込んだ。穴の天井からはみ出した木の根が、まるで人間の指のように首と背中をくすぐった。フリーは肘を使って数フィート進んだ。

「押して」

一瞬の間があった。すぐに彼が両足をつかんで精いっぱいの力で押してくれるのを感じた。なにも起きない。彼が何度も繰り返すうち、まるでワインボトルのコルクが抜けるみたいな大きな音とともにフリーは泥まみれで向こう側へ飛び出していた。赤ん坊のハイハイとも転がるともつかない格好で斜面を転がり、最後の数フィートは落下して向こう側の水中に着地した。

「くそっ」唾を吐き、咳をしながら上体を起こした。フリーが落下した衝撃で、黒く淀んだ水が体のまわりで大儀そうに揺れた。小山のてっぺんから、彼女を追うようになにかが落ちてきた。水に落ちて跳ねをあげ、水底に収まる音がした。バシャではなくチャリンという音なので、水深が足りないようだ。身をのりだして泥のなかを手探りした。ヘッドランプだった。「気がきくじゃない」ウェラードに向かって叫んだ。「さすがね」

「声はするけど、なにを言ってるかわかりませんよ、巡査部長」

「ほんと、耳が悪いんだから」

「そうこなくちゃ」

フリーがヘッドランプをつけて立ち上がると、悪臭を放つ水が体から流れ落ちた。周囲を照らしてみた。レンガの壁、天井には幾層もの土砂が崩落した箇所に大きな傷跡、いつ崩れ落ちてもおかしくないような断層面、まだ揺れている水面――そして前方、わずか三十フィート先にまた落石があった。

「なにか見えますか？」

フリーは答えなかった。この空間にはなにもなく、奥の土の山になかほどまで埋もれた古びた石炭バージの船尾が見えるだけだった。水は浅いので、子どもがいれば――あるいは子どもの死体があれば――たとえ運河に横たわっているとしても見えるはずだ。フリーはバージ船に近づいて腰を折り、ヘッドランプで照らしてなかをのぞいた。泥がいっぱいで、水面に木片が浮いている。ほかになにもなかった。


身を起こして甲板に両肘をつき、両手に顔をうずめた。このトンネルを、可能なかぎり奥まで進んできた。ここにはなにもない。思いちがいだったのだ。時間とエネルギーのむだ使いもいいところだ。正直なところ、座り込んで泣きたい気持ちだった。

「巡査部長？　大丈夫ですか？」

「いいえ、ウェラード」彼女は感情を殺した声で答えた。「大丈夫じゃない。いま出るわ。ここにはなにもない」

23

キャフェリーは潜水捜索隊のバンから防水長靴《ウェーダー》を借りていた。サイズが大きすぎて、昼の陽射しのなかへ出るときには履き口が股に食い込んだ。彼がトンネルに入っていたわずかのあいだに、外の人だかりはさらに大きくなっていた。マスコミ連中と野次馬に加えて、重大犯罪捜査隊の半数もつめかけていた。彼らは四十ヤードほど離れたところに固まって立ち、トンネルの入口に目を凝らしていた。キャフェリーが命じた捜索のことを耳にして、結果を見守ろうと押しかけたのだ。

キャフェリーは彼らを無視し、凝った装飾の施された胸壁から首を伸ばしてのぞき込んでいる――何人かは飾りのためのアルコーブでカメラを構えている――記者どもを無視した。引き船道まで来ると、凍った地面に腰を下ろしてウェーダーを引っぱって脱いだ。その間ずっと顔を伏せていた――憤怒の形相を写真に撮られたくなかったのだ。

靴を履き、ひもを結んだ。トンネルの入口に、黒い泥の跡を幾筋もつけたフリー・マーリーとその部下が姿を現わして、陽射しに目をしばたたいた。キャフェリーは立ち上がり、引き船道を進んで彼女のすぐ上に立った。「いま、きみに対して猛烈に腹が立っている」彼は怒りを吐き出した。

フリーは冷然と彼を見た。疲労困憊したように、目の下が腫れてくまができていた。「まさかこんな結果になるとは思ってもみなかったんです」

「なぜ私が命じたときに出てこなかった？」

彼女は答えなかった。キャフェリーから目を離さずに、ハーネス型安全帯にこびりついている湿った粘土のかたまりをむしり取りはじめた。ホースの水で洗ってもらうため、ガス検知器と緊急時用のリブリーザーを部下に渡した。キャフェリーは、記者どもに聞かれないように彼女のほうへかがみ込んだ。「全員の時間を四時間もむだにさせて、結果はどうだ？」

「なにか聞こえた気がしました。あの落石には、あいだに空間がある。少なくともその点はわたしの言ったとおりだった。そうでしょう？　あの子がそこにいる可能性がありました」

「きみのやったことは違法行為だ、マーリー巡査部長。衛生安全委員会事務局《HSE》の定めた規則に従うという評価パラメータに抵触する行為は、厳密には違法行為にあたる。きみは警察本部長を被告席に座らせたいのか？」

「潜水捜索隊は統計的にもっとも危険な仕事をこなす隊です。でも、この三年間、ひとりの部下も負傷させていません。だれひとり、減圧室へも救急病院へも送り込んでいない。爪の一本も折らせていない」

「いいか――」彼はフリーに指を突きつけた。「――きみのいまの発言こそ、今朝、私が考えていたことだ。潜水捜索隊。きみは、落ちこぼれ隊に耳目を集めるためだけにこんなことをやった」

「落ちこぼれなんかじゃありません」

「落ちこぼれだ。その目で現実を見ろ――完全にばらばらじゃないか」

弾を込めたことすら気づかずに発砲したも同然だった。標的に正面から命中した。それがはっきりと見て取れた。彼の放った銃弾が、的《まと》を見つけて骨と皮膚を突き破り、目の奥に痛みの花が咲くのを見届けたことが。フリーはハーネス型安全帯をはずし、ヘルメットと手袋を部下に渡すと、引き船道までのぼってきて、潜水捜索隊のスプリンターバンへすたすたと歩いていった。

「くそっ」キャフェリーは両手をポケットに突っ込み、自己嫌悪を覚えながら唇を嚙みしめた。彼女がバンに乗り込んでドアを閉めると、キャフェリーはそっぽを向いた。プロディが胸壁から、口をぽかんと開けて彼を見ていた。

「なんだ？」またしても怒りの冷たい炎が体を駆け抜けた。プロディがキットスン事件を嗅ぎまわろうとしたことがまだ胸にわだかまっていた。もしかすると、自分自身がそうしたであろうとおりにプロディが行動しようとしたことが、苦々しさを増しているのかもしれない。すべきではない質問をする。独創的な捜査をする。「なんだ、プロディ？　どうした？」

プロディは口を閉じた。

「魔法の馬車でコッツウォルズまで来るんじゃなく、魔法のように監視カメラの映像を手に入れてるはずだろう」

プロディがぼそりとなにか言った――「すみません」と言ったのかもしれないがキャフェリーはろくに気にも留めなかった。うんざりだった――寒さにも、マスコミにも、部下のふるまいにも。

ポケットのキーを手探りした。「おみやげを持って本部へ戻れ。サラダにまぎれ込んだゴキブリ同然、おまえはここでは歓迎されない。今度こんなまねをしたら警視の耳に入ると思え」キャフェリーはさっと向き直ってその場を離れ、レインコートのボタンを留めながら、この村で待ち合わせ場所として使われている共有草地へと続く階段をのぼった。草地にはほとんど人気《ひとけ》がなく、並んだ家の一軒の裏庭で、破けたセーターを着た男が大型ごみ容器に落ち葉を捨てているだけだった。だれもついてきていないことを確認して、キャフェリーはフォード・モンデオのドアを開けてマートルを外へ出してやった。

オークの木の下へ連れていくと――まだ枝にしがみついている枯れ葉がそよ風を受けて音をたてた――マートルは危なっかしい姿勢でしゃがんで小便をした。キャフェリーは犬の横に立ち、両手をポケットに突っ込んで空を見上げた。身を切るような寒さだった。車でここへ来る途中、科捜研からの電話を受けていた。乳歯から採取したDNAがマーサのものと一致した。

「申し訳ない」犬に向かって小声で詫びた。「まだあの子を見つけてないいんだ」

マートルは彼を見返した。垂れた目で。

「そう、聞こえただろう。あの子はまだ見つからない」

24

トムがミスティ・キットスンを死なせた夜は、空が冴えわたっていて暖かかった。月が出ていた。彼が人里離れた田舎道を車で走っているときに、それは起きた。あたりに人影はなく、あやまって彼女を轢いてしまったトムは、だれにも見られることなく死体を車のトランクに押し込んだ。飲酒運転でもあり、完全に窮地に陥って、彼はそのままフリーの家へ逃げ込んだ。その途中、無謀運転ゆえに追っ手がついた。交通隊員はトムのすぐあとに飲酒検知キットを持ってフリーの家へやって来た。フリーはあの夜、脳みそを溲瓶《しびん》にでも放り込んでいたにちがいない。なんら強制されたわけでもないのに弟の身代わりになった。あの時点では、あのいまいましい車のトランクになにが入っているのか知らなかった。もし知っていれば、トムの代わりに飲酒検知検査を受けたりしなかった。運転していたのは自分だなどと、交通隊員に断言したりしなかった。呼気アルコール濃度0という結構な結果を与えたりしなかった。

天井の低いパブの店内では、あのときフリーの飲酒検知検査をした巡査がすぐそこで、ほんの数フィート向こうで、彼女に背中を向けて飲物を頼んでいた。プロディ巡査。

フリーは飲みかけのリンゴ酒が入ったパイントグラスをテーブルの遠い側へ押しやり、引き下ろした袖口で隠れた両手を脇にはさんで椅子の上で身を縮めた。このパブは――運河の東端入口、彼らが最初に予備捜索を行なった側にある――石造りでわらぶき屋根というコッツウォルズに特有の建物で、どの壁にもほうろう看板が並び、暖炉の上のレンガ壁はすすまみれだった。日替わりエールとランチタイム・メニューが雑字で黒板に書かれている。だが、十一月のこの陰鬱な日の午後二時、店内にいるのは、暖炉の横で眠っている年老いたウィペット犬とバーテンダーとフリーだけだった。それと、プロディ。彼はそのうちフリーに気づくだろう。気づかないはずがない。

バーテンダーが彼にラガーを渡した。プロディは食事を注文し、ビールを何口か飲んだ。ひと息つくと、スツール席で体をめぐらせて店内を見渡した。彼女を見た。「こんにちは」グラスを持って店内をこちらへ向かってきた。「まだいたんですか？」

フリーは無理に笑みを浮かべた。「そうみたい」

彼は向かい側の椅子のうしろに立った。「いいですか？」

彼が腰を下ろせるように、フリーは椅子の背からウエットジャケットを取った。彼は椅子にくつろいだ。

「あなたの隊は全員、帰ったと思ってました」

「ええ、まあ。そうよね」

　プロディはグラスを几帳面にビール用コースターに置いた。髪がひじょうに短い。生えぎわはM字型。瞳は淡緑色で、顔はまるで休暇でこの一ヵ月どこか暑い国へ行っていたようだ――こめかみのあたりに白いしわが何本かある。コースターの上でグラスをまわして、濡れた跡を見つめていた。「あなたがああやって厳しい叱責を受けるのは聞きたくなかったですよ。叱る必要ないのに。警部だって、あんな言いかたをしなくても」

「どうかしらね。わたしが悪かったのかもしれない」

「それはちがう――悪いのは警部です。なにかといらいらして。あなたが立ち去ったあと、おれをぼろくそに叱りつけたのを聞きませんでしたか？　とにかく、警部はいったいなにが気にくわないんだか」

　フリーは片眉を上げた。「つまり、あなたもふてくされてるってわけ？　お仲間なの？」

「正直に言いましょうか？」彼は椅子の背にもたれた。「今回の捜査が始まってから毎日十八時間も働きづめなもんで、夜に頭をなでてもらえると思えれば満足なんです。なのに、とんだ間抜け呼ばわり。おれに言わせれば、監視カメラ映像の押収許可くらい自分で取れってことです。超過勤務をやればいい。あなたがどうかは知りませんが」彼はビールのグラスを持ち上げた。「午後は仕事を休むつもりです」

　五月のあの夜以降、フリーは職場で何度かポール・プロディの姿を見かけていた――一度は、潜水捜索隊が石切場でシモーン・ブラントの車を捜索した日、あとは、交通警察隊と共用していたオフィスで何度か。ナイキのTシャツに逆三角形の汗じみをつけてシャワーへ向かうプロディは、ジムマニアだという印象だった。彼とじかに言葉を交わすのは避けて――遠くからじっくり観察して――この半年のあいだに、あの夜、あの車のトランクになにが入っていたのか彼がまったく気づいていないと確信するに至った。だがそれは、彼が交通警察隊にいたころの話だ。いま彼は重大犯罪捜査隊にいる。つまり、ますますあの夜のことを振り返る理由ができるわけだ。重大犯罪捜査隊がキットスン事件にどれくらいの優先度を置いているのか、どれくらいの人員が割りあてられているのかがわからないのは、死ぬほどつらい。むろん、その手の質問は、訊きたいときにむやみに口にできるものではない。

「毎日十八時間も？　それじゃ笑顔も消えるわね」

「ソファで寝てますよ、何人かは」

「それで……」さりげない質問に聞こえるよう、彼女は切実な気持ちを抑えた。「人的資源は──あ、失礼、人員は──どれくらい？　ほかの事件も扱ってるの？」

「いいえ。特には」

「特には？」

「はい」プロディは警戒しているような口調になった。まるで彼女が探りを入れようとしていることに気づいているように。「ほかの事件はなにも。本件だけ──カージャック事件だけです。なぜそんな質問を？」

フリーは肩をすくめ、窓に視線を転じて、窓ガラスの前に垂れ下がっている藤の幹からしたたり落ちる雨粒を見ているふりをした。「毎日十八時間は、きっとだれにとってもきついだろうと思っただけよ。私生活面で」

プロディはひとつ深呼吸をした。「悲惨ですよ──でも、いいですか？　悲惨と言ったのは冗談なんかじゃありません。あなたは聡明な女性だけど、こう言ってはなんですが、ユーモアのセンスがゼロらしい」

フリーは彼の口調にとまどい、すばやく視線を戻した。「え、なんて言ったの？」

「冗談なんかじゃないと言ったんです。おれを笑いたければ、どこか遠くでどうぞ」彼は頭をそらせてビールを一気に飲み干した。喉に発疹のような赤い斑点がいくつもできていた。床をすって椅子をうしろへ押しやり、立ち上がった。

「ちょっと!」フリーは片手を上げて彼を止めた。「待ってよ。こういうのはいやだわ。なにかまずいことを言っちゃったかもしれないけど、それがなにかわからない」

彼はコートを着てボタンを留めた。

「なによ。そこそこまともな人間なら、少なくともわたしの言ったなにがいけなかったのか指摘してくれるわ。急に態度を変えられても」

プロディは彼女をしげしげと見た。

「なに? 説明して。わたしがなにを言った?」

「ほんとうに知らないんですか?」

「知らない。ほんとうに知らない」

「潜水捜索隊はジャングル・ドラムをしないんだ」

「ジャングル・ドラム?」

「おれの子どもたちのことは?」

「子どもたち? いいえ。わたしは……」彼女は片手を目の前に上げた。「……なにも見えてない状態。まるっきりなにも。ほんとうよ」

彼はため息を漏らした。「おれに私生活なんてないんですよ。いまはもう。もう何カ月も妻にも子どもたちにも会ってない」

「どうして?」

「どうやらおれは妻に暴力をふるうらしい。子どもを虐待するらしい」彼はコートを脱いでふたたび腰を下ろした。首の斑点は徐々に消えつつあった。「どうやら、半殺しになるまで子どもたちを殴るらしい」

フリーは彼がふざけているのだと思って笑い声をあげたが、そのうち、はっとなって真顔に戻った。「驚いた。ほんとうなの? 奥さんに暴力? 子どもを虐待?」

「妻の言い分によればね。ほかのみんなもそれを真に受けてる。おれ自身、自分を疑いはじめてますよ」

フリーは無言で彼を観察した。髪は短すぎて頭蓋骨の形がわかるほどだ。わが子に会わせてもらえない。ミスティ・キットスン事件とは無関係だ。厚い緊張が少しだけゆるんだ。「驚いた。それはつらいわね。気の毒に」

「気にしないでください」

「ほんとうに知らなかった」

「わかりましたって。つっかかるつもりはなかったんです」外は雨が降っていた。店内はホップと馬糞、ワインの古いコルク栓のにおいがした。貯蔵室のどこかからビア樽を交換する音が聞こえた。店内が暖かさを増した気がした。プロディは腕をこすった。「もう一杯どうです?」

「もう一杯? ええ、そうね。じゃあ――」彼女はリンゴ酒のグラスに目をやった。「レモネードかコークかなんかにするわ」

彼が声をあげて笑った。「レモネード? おれがまた飲酒検知検査をするとでも思ってるんですか?」

「いいえ」フリーは彼をひたと見すえた。「どうしてわたしがそう思うの?」

「さあ。あなたがおれにむかついた夜のことがつねに頭にあるからかも」

「そうね――むかついたわ。どちらかといえば」

「でしょうね。あれ以来おれを避けてたから。あの夜まではいつも声をかけてくれてたのに――ほら、ジムやなんかで。でも、あのあとは完全に……」彼は片手で顔の前に幕を下ろすまねをした。フリーが彼を見なくなったという意味で。「正直、こたえました。でもまあ、おれもずいぶん厳しい態度を取ったから」

「そんなことない。公正な態度だった。あなたの立場なら、わたしも飲酒検知検査をしてたわ」彼女はリンゴ酒のグラスを指で打った。「飲酒運転じゃなかったけど、ばかなまねをしてたもの。車を飛ばしすぎて」

フリーは笑みを浮かべた。彼が笑みを返した。鈍い光が窓から射し込み、店内に漂うほこりを浮き上がらせた。ブロディの腕の金色の毛が見えた。たくましい腕と手。キャフェリーの腕は筋張っていて固く、毛は黒い。ブロディの腕のほうが肌の色が白くて筋肉がついている。触れれば、キャフェリーの腕より温かいかもしれない、とフリーは思った。

「じゃあ、レモネードにします?」

彼の腕を見つめていたことに気づいた。笑みを消すと、顔がこわばるのがわかった。「ちょっと失礼」おぼつかない足で立ち上がって女性トイレへ行き、個室に入って小用を足した。洗った手をハンドドライヤーで乾かしながら、鏡に映る自分の姿を見た。洗面ボウルの上に身をのりだし、鏡のなかの顔を眺めまわした。昼間の寒さとリンゴ酒のせいで頰が赤い。手も足も顔も、血管がむくんでいる気がした。潜水捜索隊のバンに備えつけのシャワーで洗ったものの、ヘアドライヤーがないため自然乾燥したホワイトブロンドの髪はくちゃくちゃだ。

シャツの胸もとのボタンをいくつかはずした。肌はピンク色でも赤らんでもいなかった。小麦色だ——いわゆる万年日焼けは、子どものころに両親やトムと休暇にダイビングばかりしていたせいにちがいない。引き船道からどなりちらしていたキャフェリーの顔が頭をよぎった。烈火のごとく怒っていた。キャフェリー警部は決して愛想がいいとはいえないけれど、それにしても——あれほどの激しい怒りは説明がつかない。フリーはシャツのボタンを留めて、鏡で自分の姿をチェックした。胸の谷間がちらりと見えるように、またボタンを上からふたつはずした。

店内に戻ると、ブロディがレモネードの入ったグラスふたつを前にテーブル席に座っていた。彼女が隣に腰を下ろすと、ブロディはすぐさま、胸のボタンが開いていることに気づいた。気まずくぎこちない間があった。彼が窓に目をやり、すぐに視線を戻した瞬間、フリーにははっきりとわかった。自分が少し酔って胸を見せるなんて愚かなまねをしていること、たががすっかりはずれて這い出る方法もわからない溝にはまり込みかけていることが。体の向きを変え、テーブルに両肘をついて、胸の谷間をプロディから隠した。

「わたしじゃなかったの」と告げていた。「あの夜。運転していたのはわたしじゃない」

「なんの話ですか？」

フリーは愚か者になった気がした。あのことを打ち明けるつもりはなく、きまり悪さをごまかすために口を開いただけだった。「だれにも言ってないけど、運転していたのは弟よ。弟は酔っていて、わたしはしらふだったから、身代わりになったの」

プロディはしばし黙り込んでいた。やがて咳払いをした。「いいお姉さんですね。おれにもそんな姉さんがいればいいのに」

「ちがう——ばかだったのよ」

「まあね。だれかをかばうのはたいへんだ。飲酒運転容疑ですよ」

わかってる、とフリーは思った。それに、ほんとうはなにをかばったのか知ったら——たんなる飲酒運転などよりはるかに重い罪だと知ったら——きっと、あなたの頭がくるくるまわりだして、バネでぶら下がってるかと思うほど目が飛び出るわ。彼女はうつけたように座って光の織りなす光景を見つめながら、恥じ入る気持ちに見合うほどには顔が赤らんでいないようにと願った。

ちょうどプロディの食事が運ばれてきて、ふたりとも救われた思いだった。グロスターシャー・オールド・スポット豚の肉で作ったソーセージとマッシュポテト。雲入り大理石のように見える小粒の赤玉ネギのピクルスが添えてある。プロディは黙々と食べていた。フリーは一瞬、彼がまだ怒っているのかと思ったが、とりあえず、つきあうことにして彼を見ていた。そのうち機嫌も直るだろう。ふたりは別のこと——重大犯罪捜査隊のことや、家族の結婚式で心臓発作のため三十七歳で急死した交通警察隊の警部のこと——を話した。プロディが食事を終え、ふたりは帰ろうと席を立った。フリーはくたくたで、頭がぼうっとしていた。外へ出ると、雨はやんで太陽が顔を出していたが、西の空には新たな雨雲のかたまりがあった。駐車場の石灰質土に黄色っぽい水たまりがいくつもできていた。フリーは、トンネルの東入口の上方の胸壁に停めてある車へ向かう途中で足を止めて、運河の淀んだ水をのぞき込んだ。

「あそこにはなにもありませんよ」プロディが言った。

「でも、なにかまちがってる気がするの」

「これを」彼がエイボン・アンド・サマセット警察の名刺に自分の電話番号を書いて差し出した。「それがなにかわかったら、おれに電話をください。どやしつけたりしないと約束します」


「キャフェリー警部とちがって？」

「キャフェリー警部とちがって。さあ、家へ帰ってくつろいでください。少し休むことです」

名刺は受け取ったが、フリーは胸壁を離れなかった。プロディがプジョーに乗り込んで駐車場から出て行くのを待った。そのあと、トンネルを見下ろして、黒い水に照り返す冬の太陽の光に吸い寄せられたように水面を見つめていた。やがてプジョーのエンジン音が小さくなって消えると、パブの店内でバーテンダーがテーブルをかたづける際にグラスのぶつかる音と、木立に潜むカラスたちの鳴き声しか聞こえなくなった。

25

三時五十分、ジャニス・コステロはフロントガラスを流れ落ちる雨を暗い目で見つめながら信号待ちをしていた。なにもかもがどんよりして陰鬱だった。彼女はこの季節が嫌いで、渋滞で動けないのも嫌いだった。エミリーの学校は自宅から目と鼻の先だ。コーリーが迎えに行く日はたいがい車で連れ帰っているが――少しでも温室効果のことを持ち出すと、彼は決まって、市民の自由に対する明らかな侵害だと減らず口をたたく――ジャニスが迎えに行く日は歩いて帰っていた。徒歩通学運動の一環として、かかった時間をきちんと測ってエミリーの担任教師にこまめに報告した。

だが今日は車で迎えに行ったので、エミリーは喜んでいた。ジャニスがある思惑を胸に秘めているからだということを、エミリーは知らない。ゆうべ、明かりを消したベッドルームで、コーリーが夢も見ずに眠っている横で心臓をどきどきさせながら考えた計画だ。ジャニスは、エミリーを友人の家に預けたあとコーリーのオフィスを訪ねるつもりだった。アウディの助手席に、テイクアウト容器に入ったホットコーヒーを収めた紙袋と、二枚の紙皿にはさんだ半ホールのキャロットケーキが置いてある。セラピーセッションで持ち上がった問題のひとつは、コーリーがジャニスを伝統的な妻ではないと感じることがあるという点だった。テーブルにはいつも夕食が用意され、朝はベッドまで紅茶が運ばれるにもかかわらず。ジャニスが仕事と子育てを両立させているにもかかわらず、コーリーはなおも重箱の隅をほじくるのだ。家に帰ったときに、焼き上がったばかりのケーキがあってほしいとか。弁当を持たせて、なんなら昼食時に喜ばせてくれるちょっとしたラブレターも添えてほしいとか。

「じゃあ変えてあげる、そうでしょう、エミリー?」ジャニスは声に出して言った。

「なにを変えるの?」エミリーがびっくりしてジャニスを見た。「なにを変えるの、ママ?」

「パパにいいものを届けに行くの。パパを大事にしてるって教えてあげるのよ」

信号が変わり、ジャニスはアウディを急発進させた。路面は濡れてスリップしやすかった。児童の一団が左右を確かめずに横断歩道をのろのろと渡りはじめたので、ジャニスはやむなく急ブレーキを踏んだ。車が停まったとき、助手席の紙袋が飛んで床に落ちた。

「くそっ」

「下品な言葉はだめよ、ママ」

「そうね。ごめん」ジャニスは、児童たちが横断歩道を渡りきって後続車のドライバーがクラクションを鳴らすより前に紙袋をつかもうと、床を手探りした。ジャニスが自分の貯金で買った自分の車なのに、コーリーが内装に〝シャンパン〟色を選んだ。なぜか、この車に関する大半のことにコーリーが最終決定権を持った。在宅勤務になったいま、ジャニスはフォルクスワーゲンのキャンピングカーが欲しかったが、私道に停めておくのは見場が悪いと言うコーリーに折れて、アウディにした。コーリーは車内をきれいにしておけと口うるさく言っていた。エミリーが通学用の靴で後部座席を這いまわろうものなら、コーリーは、きみたちはなにに対しても敬意を払わない、エミリーは金のありがたみもわからずに成長して社会の害虫になる、などと長広舌をふるいはじめる。ジャニスが指先で紙袋を引っかけて助手席に置くと、袋の底からしたたり落ちたコーヒーが淡いクリーム色のシートに茶色の長い線を残した。

「くそ、くそ、くそ」

「ママ! さっき言ったでしょ。下品な言葉はやめなさい」

「くそコーヒーがそこらじゅうにこぼれちゃった」

「きたない言葉はやめて」

「パパがかんかんに怒るわ」

「だめ！」エミリーが金切り声をあげた。「パパに言っちゃだめ。パパを怒らせたくないもん」

ジャニスは紙袋をつかんで、最初に思いついた場所に置いた。自分の膝の上に。熱いコーヒーが白いセーターとベージュのジーンズにしみ込んだ。「やだ、もう」脚から離そうと、熱くなったジーンズをつまんだ。予想どおり、後続車がクラクションを鳴らした。だれかがどなっている。

「うるさい、くそったれ」

「そんな言葉は使っちゃだめ、ママ！」

横断歩道の先にある待避所の端に、駐車スペースが半分ほど空いていた。ジャニスは車を前進させてそのスペースに停め、窓を開けて紙袋を外へ垂らしてコーヒーを捨てた。ラージサイズの容器だったため、コーヒーを全部捨てるのに時間が永遠にかかりそうだった。まるで、だれかが水道の栓をひねってコーヒーを流してでもいるように。またクラクションが鳴った。今度は前の駐車スペースの車だ。バックランプがついており、どうやら充分にバックできなくて車を出せないらしい。少なくとも一メートルは間隔があるのに。

「あの音いやだ、ママ」エミリーが両手で耳をふさいだ。「あの音、嫌い」

「大丈夫よ。静かにして」

ジャニスはギアをバックに入れて、前方の車が出られるように少しだけ後退した。すると、だれかがリアウィンドーを激しくたたくので、ジャニスは飛び上がった。執拗にノックしている。

「ママ！」

「ちょっと！」と声がした。「横断歩道に停めてるわ。子どもたちが渡ってるのに」

前方の車が本線へ出たので、ジャニスは空いたスペースにアウディを入れて停めた。エンジンを切り、頭を垂れてステアリングにもたせかけた。ジャニスをどなりつけた女が、今度は助手席側の窓へ来て、ガラスを激しくノックした。通学児童の母親のひとりだ。激昂している。「ちょっと、あなた。大きな車に乗ってるから横断歩道に駐車する権利があるってわけ？」

ジャニスの両手が震えていた。計画が台なしだ。四時八分前、コーリーがクレアと落ち合うためにオフィスを出るか、クレアがコーリーに会うためにオフィスを訪ねるはずの時間。コーヒーまみれでオフィスに顔を出すことはできない——だいいち、手ぶらで訪ねた理由をどう説明する？　それにエミリーが——かわいそうにちっちゃなエミリーが——なにが起きているのかまるでわからず、泣きじゃくっている。

「こっちを見なさい、くそ女。逃がさないわよ」

ジャニスは顔を上げた。女はとても大柄で、顔を真っ赤にしている。ツイードの大ぶりのコートを着て、近ごろはどこの露天市でも売られているネパール製のニット帽をかぶっていた。同じような帽子をかぶった子どもたちに囲まれていた。「くそ女」女は平手で窓をたたいた。「ガソリン食いのくそ女」

ジャニスは何度か深呼吸をしたあと、車から出た。

「悪かったわ」助手席側へまわった。コーヒーのしたたっている紙袋を歩道に置いて、女の正面に立った。

「横断歩道をふさぐ気はなかったの」

「大型車を買ったせいで運転講習を受けるお金がなかったのかしらね」

「いま謝ったでしょう」

「あきれた。学校が保護者に徒歩通学を勧めようとどんなに努力しても、身勝手なくそ女どもを法で取り締まることができないなんてね」

「ねえ——もう謝ったでしょう。それ以上なにが望み？　血？」

「血。あなたみたいな人間ばかりいたんじゃ、うちの子たちの血が流れることになるでしょうよ。その高級SUV車で轢き殺さなくても、それが大気中に吐き出してるいまいましい排気ガスが子どもたちを窒息死だか溺死だかさせるの」

ジャニスはため息をついた。「わかった。降参よ。どうしてほしい？　殴り合いでもする？」

女は、信じがたいと言いたげな笑みを浮かべた。「ほら、あなたみたいなタイプは結局そう。子どもたちの目の前で殴り合いをしたい。そうなんでしょう？」

「じつを言うと……そう、そうしたいわ」ジャニスは上着を脱いでアウディのトランクの扉にたたきつけ、歩道へ向かった。子どもたちは、おもしろがって笑っているともパニックに陥っているともつかない様子で、ぶつかり合いながら散り散りに離れていった。

女はいちばん近い店舗のドアロへと後退した。「どうかしてるんじゃない？」

「そうよ。どうかしてる。あなたを殺してやりたいくらい腹が立ってる」

「警察に電話するわ」女は顔の前に両手を上げ、ドア口で身を縮めた。「ほんとうよ――警察に電話をかける」

ジャニスは女のコートの襟をつかみ、顔を女の顔に近づけた。「いい、よく聞いて」ジャニスは女の体を揺すった。「どう見えるかは承知のうえよ。わたしの頭がおかしいとあなたが思ってるのはわかってるけど、おかしくなんかない。あの車を選んだのはわたしじゃない。選んだのは、くそ夫で――」

「汚い言葉を使わないで、子どもたちの前――」

「くそステータスシンボルを欲しがったのは、くそ夫よ。このいまいましい車を買うお金を出すほど、わたしもばかだったけど。それに、言っておくけど、わたしは毎日、徒歩で娘の送り迎えをしてる。歩いて連れて帰ってるんだから、このばかでかい車は一年点検のときの走行距離がたったの二千マイルだし、言っておくけど、今日はほんとうに不運つづきなの。さあ」ジャニスは女を背後の壁に押しつけた。「さっきはわたしが謝った。今度はあなたが謝ってくれる？」

女は目を丸くしてジャニスを見ていた。

「どうなの？」

女は左右に目を走らせて、声が聞こえるほど近くに子どもたちがいないことを確かめた。生まれて以来ずっと凍てつくような寒さのなかで過ごしてきたかのごとく、顔じゅうに毛細血管の鬱血が見られた。おそらく自宅にセントラルヒーティングがないのだろう。

「お願い」女は小声で言った。「あなたにとってそれほど大事なことなら謝るわ。だけど、いますぐわたしを放して、子どもたちを家へ連れて帰らせて」

ジャニスはさらにしばらく女の目を見すえていた。そのうち、もういいというように首を振って女を解放した。向き直ってセーターで手をぬぐったときに、通りの向かい側へ目をやった。この場にそぐわないサンタクロースのフェイスマスクをして、ジッパーを閉めたスキージャケットを着た男が、通りを渡って彼女に向かって走ってきた。ジャニスには、男がアウディに飛び乗ってドアを閉め、本線へ車を出す前に、クリスマスにはまだ早いわと考える時間があった。

26

ジャニス・コステロはおそらく夫と同年代だろう——口と目のまわりの小じわにそれが表われている——が、ドアを開けてタイル張りのしゃれた玄関ホールへ招き入れてくれた彼女ははるかに若く見えた。青白い肌、うしろで結んだ漆黒の髪、ジーンズと少し大きめのカジュアルなブルーのシャツの彼女は、めかし込んだ夫の隣で子どものように見えた。泣いたせいで赤くなった目と鼻も、若さを損ねてはいない。廊下を通って広いキッチンダイニングへと案内する際、夫が肘に手を添えて支えようとしたが、彼女がそれを振りほどき、顔を上げてひとりで歩いていったことにキャフェリーは気づいていた。威厳のあるぎこちない足どりは、肉体的苦痛を感じていることを示していた。

重大犯罪捜査隊はコステロ夫妻の家族連絡担当官に隊所属のニコラ・ホリス刑事を指名していた。長身でラファエル前派に特徴的なロングヘアのニコラはこれ以上ないほど女性的なのに、本人は〝ニック〟と呼んでくれと言い張っている。コステロ宅のキッチンにそっと立って、紅茶を淹れ、ビスケットを皿に並べていた。キャフェリーが部屋に入って朝食用の大きなテーブルにつくと、ニックは無言で会釈をした。「申し訳ありません」とキャフェリーは言った。テーブル一面に、子どもがクレヨンやフェルトペンで描いた絵が散らばっていた。ジャニスが夫と椅子をひとつはさんだ席に腰を下ろしたことにキャフェリーは気づいた。

「またしてもこのような事件が起きてしまい、申し訳ありません」

「犯人をつかまえるために全力をつくしてらっしゃるんでしょう」ジャニスは形式ばった口調で言った。そうすることでしか感情を抑えられないのにちがいない。

「あなたを責めたりしませんわ」

「責める人が大多数のはずです。お言葉、感謝します」

彼女は沈痛な笑みを浮かべた。「なにをお知りになりたいんですか？」

「もう一度、初めから話を聴かせていただきたい。緊急通報の受理担当者に状況を――」

「それと、ウィンカントンの警察にも」

「ええ。彼らからおおよそのことは聞いていますが、重大犯罪捜査隊があとを引き継ぐことになるので、頭のなかで要点を明確にしておきたいんです。またつらい思いをさせて申し訳ありません」

「気にしないでください。大事なことですもの」

キャフェリーはMP3レコーダーを取り出してテーブルに置いた。いまは頭が冷静になっていた。エミリー連れ去りの一報が入る前、自分がひじょうに張りつめた状態であることに気づいた。運河での一件のあと、時間をかけて昼食をとり、無理やり捜査とは無関係なことをやった――気がつくと、〈ホーランド・アンド・バレット〉の支店を歩きまわってマートルにやるグルコサミンを探していた。そうこうするうち、プロディとフリーに対する怒りが少しやわらいでいた。「事件は四時ごろに起きたんですね？」彼は腕時計で時刻を確かめた。「一時間半前に？」

「そうです。学校でエミリーを拾ったばかりだった」

「通報受理担当者に、男がサンタクロースのマスクをしていたと言ってらっしゃる」

「あっという間のできごとで――でも、そう、ゴムマスクをしていました。硬質プラスティックではなくて、柔らかいゴムのほう。髪やひげやその他もろもろがついてたわ」

「男の目は見てないんですね？」

「見てません」

「フードはかぶってましたか?」

「かぶってはいなかったけど、フード付きのパーカだった。色は赤。ジッパー式。それにジーンズだったと思います。それは断言はできないけど、ラテックスの手袋をしていたのは確かです。医者がはめるようなやつを」

キャフェリーは地図を取り出してテーブルに広げた。彼女は小さな脇道の上に指を置いた。「この道です。グリーンに――ときどき花火大会が開かれる共有地に――続いてるんです」

「この道は坂になってますか? 等高線を読むのは苦手なんですが」

「坂だ」コーリーが片手で掃くように地図をなでた。「ここからここまでずっと急勾配の坂だ。ここまで、ほぼ町の外まで続いている」

「では、男は坂を駆け上がってきた?」

「わかりません」ジャニスは答えた。「息を切らしていましたか?」

「あ、いえ。少なくとも、息を切らしていたとは思いません。あまりよく見てないんだけど――あっという間のことだったので。でも、息が苦しそうではなかった」

「では、そこまで坂を駆け上がってきたという印象は受けなかったんですね?」

「考えてみると、そんな印象は受けなかったわ」

キャフェリーはすでに捜索チームを出して、周辺道路でダークブルーのボクスホールを探させている。カージャック犯が息を切らせていたのであれば、車は坂の下に停めていたと考えられる。息を切らせていなければ、連れ去り現場に近い平坦な道路を捜索しつづければいい。オフィスの壁に張った地図の黒いピンを思い出した。「ミアに鉄道駅はありませんよね?」

「ない」コーリーが答えた。「列車を使いたいときは車でギリンガムまで行く必要がある。ほんの数マイルだ」

キャフェリーはしばし黙り込んだ。その事実は、カージャック犯が鉄道網を利用してボクスホールを回収しているという彼の仮説を吹き飛ばすだろうか？　犯人は別の車を使っているのかもしれない。あるいはタクシーを。「事件が起きた通りですが」彼は地図上のその通りを指でなぞった。「ここへ来る際に通ってきました。店舗が多いですね」

「日中は買い物客が少ない。だが、朝の通学時間帯には――」

「そうね」ジャニスが引き取った。「それか、下校時間帯。ほら、駆け込みで夕食の材料を買いたいときに立ち寄るんですよ。朝は、子どものお弁当に飲みものをつけてやるのを忘れたときとか」

「あなたはなんの用で車を停めたんです？」

ジャニスは口を引き結び、唇を歯にはさんだりゆるめたりしてから答えた。「わたしは――え――――コーヒーが体にかかっちゃって。テイクアウト容器のがこぼれたんです。コーヒーを捨てるために車を停めました」

コーリーが妻をちらりと見た。「きみはコーヒーを飲まないだろう」

「でも、お母さんは飲むわ」彼女はキャフェリーに硬い笑みを見せた。「エミリーを友人に預けて母の家へ行くつもりだったんです。その予定でした」

「お義母さんにコーヒーを持っていくつもりだったって？」コーリーが口にした。「お義母さんが家で淹れちゃいけないのかい？」

「そんなことが大事なの、コーリー？」ジャニスはぎこちない笑みを浮かべたまま、目はキャフェリーに注いだままだった。「このいまいましい状況で、そんなことがほんとうに大事？　仮にわたしがオサマ・ビン・ラディンのためにコーヒーを淹れたとして、そのことがなにか関係があるとでも――」

「おたずねしたかったのは」キャフェリーが口をはさんだ。「目撃者のことです。わりとたくさんいた。そうでしょう？　いま、警察署で全員から事情を聴いています」

ジャニスは気まずそうに目を伏せた。「ええ。大勢いました。じつは……」額を指で揉んだ。彼女は四つのマグカップにお湯を注いでいるニックを見た。「ニック？　せっかくだけど、わたし、紅茶はいらないわ。一杯やりたいの。いい？　冷凍庫にウォッカが入ってる。グラス類はそこよ」

「ぼくがやろう」コーリーが食器棚へ行ってグラスを出した。ロシア語のラベルのついたボトルからウォッカを注いで妻の前に置いた。キャフェリーはグラスに目を注いだ。ウォッカのにおいは彼にとって一日の穏やかな終息を意味した。「ジャニス」と切りだした。「あなたは女性のひとりと言い争いをした。私はそう聞いています」

彼女はウォッカをひと口飲んだ。グラスを置いた。

「そのとおりです」

「原因は？」

「まずい場所に車を停めてしまったんです。横断歩道のすぐ近くに。彼女がどなりつけました。どなって当然です。でも、わたしは気が動転した。熱いコーヒーを浴びていたし……いらいらしてたから」

「では、その女性と面識はなかった？」

「見かけたことがある程度です」

「向こうはあなたを知っていますか？　あなたの名前を？」

「それはまずないと思います。どうしてそんなことを？」

「ほかの目撃者はどうです？　あなたが名前を知っている人は？」

「ここにはまだそう長くなくて、ほんの一年なんですけど、小さな町だから顔見知りにはなります。でも、名前までは」

「向こうもあなたの名前を知らないと思いますか？」

「そう思います。どうしてそんなことを？」

「今回のことを友人のだれかに話しましたか？」

「母と姉にだけ。事件は公表されてないんですか？」

「どちらにお住まいですか、お母さんとお姉さんは？」

「姉はウィルトシャー、母はケインシャムです」

「そのままにとどめていただきたい。この件を他言しないでいただきたいのです」

「理由を説明してください」

「エミリーの事件をマスコミに大々的に報じられるのだけはごめんなんですよ」

キッチンの端にあるドアが開いて、CAPITの女性巡査部長が入ってきた。ソフト底の靴を履いているので音もたてずに部屋を横切り、ホチキスで留めたメモをキャフェリーの前に置いた。「繰り返し事情を聴くべきではないと思います」と言った。彼女はキャフェリーが記憶していたよりも老けて見えた。「しばらくそっとしておいてあげるべきだと思います。洗いざらい聞き出そうとしてもむだです」

ジャニスは床をする音をたてて椅子をうしろへやった。「あの子、大丈夫なの？」

「大丈夫ですよ」

「もう行ってもいいですか？　しばらくいっしょにいてやりたいの。かまいませんか？」

キャフェリーはうなずいた。部屋を出て行く彼女を見送った。わずかに遅れてコーリーが席を立った。ジャニスのウォッカをひと息で飲み干すと、グラスをテーブルに置いてあとを追った。CAPITの巡査部長がキャフェリーの向かいに腰を下ろして、彼の顔をまじまじと見た。

「指示どおりにしました」彼女はエミリーにぶつけた質問表を顎で指した。「あの年齢ですから、事実と作り話の区別をつけるのはむずかしい――入学準備クラス《レセプション》に通っているけど、それにしても幼いですからね。子どもは時系列で話をしない――警部やわたしのように話しません。でも……」

「でも？」

　彼女は首を振った。「あの子が母親にした話はかなり長くもあり、短くもあると思います。母親が地元署にした話、警部がメモに書いていた話は――えー、カージャック犯があまり口をきかなかったこと、手袋をはめていたこと、自慰行為をしなかったことですね。それについては、あの子はまちがいなく事実を話したと思います。犯人はあの子のおもちゃのウサギを傷つけると言った――ジャスパーを。あの子にとって、いまはそれが最大の問題なんですよ」

「男はパンケーキを食べさせてやると言わなかったのか？」

「そんな時間はなかったんでしょう。すぐに終わってますから。車のコントロールを失ったときに、男は〝汚い言葉〟を口にした。車がぶつかるとすぐに飛び降りてその場を去った」

「車でここへ来る途中、スリップしそうになりました」ニックはシンクの前で、カップの側面を利用してスプーンで慎重にティーバッグを絞っていた。「道路は危険です」

「エミリーにとってはちがった」キャフェリーは言った。「そのおかげでエミリーは命拾いしたのかもしれない」

「つまり警部は、マーサは死んでいるとお考えなんですか？」ニックが平然とたずねた。

　キャフェリーは地図の裏面を広げた。カージャック犯がアウディのコントロールを失い、路肩に乗り上げて放置した場所までの走行ルートを指でたどった。男はエミリーを車から降ろそうとしなかった――あっさり、草地を走って逃げた。目撃者がひとりもいなかったので、まるでわが身を守るために使おうと考えているように通学バッグにしがみついて後部座席で胸が張り裂けんばかりに泣きじゃくっている幼女を、通りがかりの人が発見するまでに長い時間を要した。腑に落ちないのは、カージャック犯の選んだのがどこへも通じていない道路だった点だ。

「環状道路だ」キャフェリーは考え込みながらだれにともなく言った。「見ろ——この道はどこへも通じていない」その道路を端から端まで指でたどって、カージャック犯はエミリーを連れ去った地点からA三〇三号線、A三五〇号線を経てフルーム——ブラッドリー夫妻のヤリスあるいはボクスホールを見つけるべくナンバープレート自動認識カメラを配置した町だ——の郊外でA三六号線に入ったのだと気づいた。ただし、運悪くカージャック犯はカメラの手前でA三六号線を下りている。いったん、曲がりくねった道が二マイルほど続くだけの狭いB級道路へ迂回したあと、幹線道路へ戻ろうとした。A三六号線へ入る交差点で車をぶつけたが、仮に事故を起こしていなかったとしても、迂回のおかげでカメラをすべて避けていた。犯人が設置場所を知っていたように思えてならなかった。

キャフェリーは地図をたたみ、持ってきたフォルダーにしまった。ナンバープレート自動認識カメラは、だれが見てもそれとわかるようなものではない。この手の極秘作戦を実行する際、車輛犯罪捜査班はガス会社のロゴの入ったバンを使うのだ。カージャック犯は悪運が強かった。目が空《から》のグラスへ向いた瞬間、キャフェリーはだれかの視線を感じた。顔を上げるとCAPITの巡査部長と目が合った。

「なんだ？　なにか言いたいのか？」

「話してもらえますか？　エミリーと？　警察が動いていると知ってもらいたいんです。あの子は怯えています。わたしと家族連絡担当官にはもう会っていますが、この件に男性が、権限を持った男性が携わっているとわかってもらいたいんですよ。あの子には、男がみんな悪人ではないと安心させてやる必要があるんです」

キャフェリーはため息をついた。子どもは未知の存在なんだ、ほかのみんなは子どもを理解し信頼するが、私は子どもといるとただ悲しい気持ちになる、と言いたかった。子どもの身に起こりうることを考えると怖くなる、と。だが、それは口にしなかった。立ち上がって、くたびれた顔で地図のファイルをしまい込んだ。

「じゃあ、行こう。あの子はどこにいる?」

27

エミリーは両親の部屋でジャニスとコーリーにはさまれて巨大なダブルベッドに座っていた。制服はまだ科学捜査班が預かっているため、オフホワイトのトラックスーツにふわふわのブルーのソックスという楽な服装をしていた。脚を交差させ、胸にぼろぼろのフェルトのウサギを抱いている。黒髪をうしろで束ねたポニーテール。面長の顔は、四歳にして誇らしげな表情をたたえていた。キャフェリーが名前を選ぶとしたら、この子をクレオ、ポニーに乗るブロンドの娘をエミリーと呼ぶだろう。

彼はおずおずとベッド脇へ歩み寄った。エミリーがじろじろと眺めまわすので、腕を組んだ。腕のやり場に困ったのと、気おくれがしたせいだ。「こんにちは」しばらくしてから話しかけた。「ウサギの名前はなんていうんだい？」

「ジャスパー」

「その子はどんな気分かな？」

「怖がってる」

「そうだろうね。でも、もう全部終わったよって、私の代わりに伝えてくれる？　もう怖がらなくていいよって」

「いや。怖がらないとだめ。ジャスパーは怖がってる」顔がくしゃくしゃになり、涙のしずくがこぼれた。エミリーは両膝を引き上げた。「あの人が来てジャスパーを傷つけたらいやだ。あの人、ジャスパーを傷つけるって言ったよ、ママ。ジャスパーが怖がってるの」

「わかった、わかった」ジャニスは片腕で娘を抱きしめて額にキスをしてやった。「ジャスパーは大丈夫よ、エミリー。ミスタ・キャフェリーはおまわりさんだし、あの怖いおじさんをつかまえてくれるからね」

エミリーは泣くのをやめ、改めてキャフェリーの顔をのぞき込んで観察した。「ほんとうにおまわりさん？」

彼は上着の前を開いて手錠を取り出した。ふだんは車のグローブボックスに入れているものだ。今日これが上着に入っていたのは、たんに運のいいミスだ。

「それ、なあに？」

「見てごらん」彼が合図すると、コーリーが両手を突き出して手錠をかけさせた。コーリーははずそうとしてもがくふりをしてみせたあと、キャフェリーに手錠を解いてもらった。「わかったかい？」キャフェリーは言った。「悪いやつらはこうしてやるんだよ。そうすれば、悪いやつだって、もうだれも傷つけることができない。特にジャスパーを」

「パパは悪いやつじゃないわ」

キャフェリーは声をあげて笑った。「そうだね。パパはちがう。パパを逮捕するつもりはないよ」彼は手錠をポケットにしまった。「ちょっとふざけただけだ」

「銃を持ってる？　あの男の人を撃って、刑務所に入れてくれる？」

「銃は持ってないんだ」嘘だ。一挺、所持しているが、官給品ではなく完全な違法拳銃だ。入手経路は——ロンドン警視庁の専門家部隊の一員のあやしげなコネで手に入れた——だれの耳にも、まして四歳児の耳に入れる気はない。「私は銃を持ち歩くおまわりさんとはちがうんだよ」

「じゃあ、あの人をどうやって刑務所に入れるの？」

「犯人を見つけたら、銃を持っているほかのたくさんのおまわりさんにつかまえてもらう。私が知らせれば、そのおまわりさんたちが来て、犯人を刑務所に入れてくれるんだ」

「じゃあ、そのおまわりさんたちは犯人を刑務所に入れるけど、おじさんは犯人を見つけるだけなの？」エミリーは感心していないようだ。

「そうだよ。犯人を見つけるのが私の仕事だ」

「あの人がどこにいるか知ってるの？」

「もちろん知ってるよ」

「ほんとう？」

キャフェリーは厳粛な面持ちでしばしエミリーを見つめた——そして、守れない約束をした。「ほんとうに、犯人がどこにいるかは知ってるよ、エミリー。それに、きみを傷つけさせないって約束する」

キャフェリーの見送りはコーリー・コステロに任された。彼はドア口で足を止めずに玄関前へ出てきてドアを閉めた。「ちょっと話したいことがあるんだ、ミスタ・キャフェリー。時間は取らせない」

キャフェリーは手袋をはめ、コートのボタンを留めた。雨はやんでいたものの、いまは激しい風が吹いており、大気はまちがいなく雪の気配を帯びている。マフラーをしてくればよかったと思った。「どうぞ」

「この事件はどこまで行きそうだろう？」コーリーは家の表側の窓をちらりと見て、だれも聞いていないことを確認した。「つまり、裁判にまではならないんだろう？」

「犯人を逮捕すれば法廷に持ち込まれます」

「そうなると、ぼくも出廷して証言しなければならないのか？」

「それはないんじゃないでしょうか。ジャニスにはその必要があるかもしれません。検察庁が本件をどう扱いたいかによりますね。なぜそんなことを？」

コーリーは下唇を嚙んだ。目を細くしてそらした。

「じつは――ひとつ問題があって」

「どういう問題が？」

「事件が起きたとき……」

「はい？」

「ジャニスがぼくと連絡がつくまでに時間がかかった。ぼくが事件を知ったのは五時だった」

「知っています。彼女はあなたに電話をかけようとした。あなたは会議中だった」

「ところが、そうじゃなかった」彼は声を低めた。キャフェリーは彼の息に、きんと冷えたウォッカの油っぽいにおいを感じた。「会議中じゃなかったし、たまらなく不安なんだ。ほんとうはどこにいたのかを、だれかにつきとめられるんじゃないかと思って。証言台に立って問いただされるはめになるんじゃないかと、気が気じゃない」

キャフェリーが片眉を上げると、コーリーは身を震わせた。シャツと薄手のセーターの上から体に両腕をまわした。「わかってる」と言った。「ある客と会わなければならなかったんだ」

「どこで？」

「あるホテルの部屋で」彼はズボンのうしろポケットを手で探り、丸まった紙切れを差し出した。キャフェリーはそれをポーチの明かりの下で広げて持ち、目を通した。

「シャンパン？　ホテルの部屋で商談中に？」

「ああ、そうだ」コーリーはひったくるように領収書を取り返してポケットに突っ込んだ。「もういいだろう。このことも法廷で明かされるだろうか？」

キャフェリーは憐憫と軽蔑の混じった目をコーリーに向けた。「ミスタ・コステロ。あなたが私生活を台なしにしようがどうしようが、私の知ったことではありません。法廷でなにが起きるかは保証できませんが、いまの会話は他言しませんよ。代わりに、ひとつ頼みを聞いてください」

「なんだ？」

「ブラッドリー一家。犯人は彼らの住んでいる家をつきとめました」

コーリーの顔から血の気が引いた。「なんてこった」

「われわれのマスコミ戦略がお粗末だった――それは認めます――が、ひとつはっきり申し上げます。今日の午後の事件はいっさい報道されません」

「犯人は彼らになにをしたんだ？」

「なにも。少なくとも、肉体的な危害はなにも加えていません。私は、犯人があなたがたを探すとは一瞬たりとも考えていない――エミリーが手もとにいない以上、あなたがたに脅しをかけることはできない。しかし、念のため、この件はマスコミには完全に伏せています。ジャニスとエミリーを怖がらせたくない――しかし、ふたりが絶対に他言しないように、あなたに気をつけていてもらいたい」

「犯人がここに現われないと断言はしないんだな？」

「もちろん、しません。犯人はあなたがたがどこに住んでいるのか知らないが、それはたんに、マスコミも知らないからだ。われわれはマスコミの扱いがうまいし、全体的に見ると、マスコミも警察の扱いがうまい。それでも、百パーセントの確信は持てません」キャフェリーは前庭を見やった。美しい庭だ。長い小径が門まで延び、敷地の境界沿いに並ぶイチイの大木が、通りから家を隠している。木々の向こうで街灯が光っていた。「通りからあなたがたの姿は見えませんね」

「そうだ。それに、最高のセキュリティ・システムを設置してある。家にいるときもオンにしておいてもいい。そうすべきだと、あんたが考えてるなら」

「状況はそこまで悪くない——パニックになる必要はありませんよ」キャフェリーはポケットから財布を出し、名刺を一枚取り出した。「一時間おきぐらいにパトカーを立ち寄らせますが、マスコミに嗅ぎつけられたと感じたら……」

「あんたに電話する」

「そういうことです。昼でも夜でも」キャフェリーは彼に名刺を渡した。「私を起こすことにはなりませんよ、ミスタ・コステロ。あまり眠らないたちなので」

28

潜水捜索隊は六時には勤務を終えていた。シャワーを浴びて着がえ、用具類を洗うと、隊員たちはパブへ繰り出した。黒いウォームアップパンツにカリマー社製のフリースを着た七人の男がバーカウンターの前で、次の一杯はだれがおごるかで言い争うという醜態を演じるのだ。フリーはいっしょに行かなかった。今日はパブはもうたくさんだった。ひとりでオフィスの戸締まりをし、車のラジオを切って家へ帰った。八時前には家に着いた。

エイボン・バレーのほうへ車首を向けて停め、エンジンを切ると、運転席に座ったまま、エンジンが冷えるカチカチという音を聞いていた。今日の午後、パブを出てオフィスへ戻ったとき、また警部がやって来た。警部は昨日と同じ動作を繰り返した。フリーのデスクに両手をついて身をのりだし、フリーの目を見すえて、ぐいと顔を近づけた。フリーが「なんです?」とたずね、警部は「なんでもない」と答えたが、今回はいい意味ではなく悪い意味の〝なんでもない〟だとわかった。警部は今朝のサパートン・トンネルでの一件を聞き及んでいた。

フリーはステアリングに顎を載せ、バレー地域の上空を見やった。澄みわたってはいるが、馬のしっぽのような形のうっすらとした巻き雲が月の前を横切った。もともとあった雨雲——そびえ立つような厚い積乱雲——は軍隊の行進さながら東へ移動し、底にオレンジ色の光を帯びて市街地を通過した。父は雲が好きだった。フリーに雲の名前を残らず教えてくれた——高層雲、層積雲、〝さば雲〟とも呼ばれる巻積雲。週末の朝にはよくここに、この場所に腰を下ろして——父はコーヒーを、フリーはライス・クリスピーのボウルを手に——さまざまな形の雲についてクイズを出し合った。フリーがわからないと答えたり、あきらめようとすると、父は舌打ちした。「だめだめ。あきらめないのがマーリー家のルールだ。あきらめるなんて家訓に反する。昔からの信条だよ。あきらめると悪いことが起きる——自然の摂理に逆らって空を飛ぶようなものだ」

フリーはイグニションのキーを抜き、後部座席の用具一式を手に取った。サパートン・トンネルでなにか見落としているという思いがまだ頭に引っかかっているが、どんなにあれこれ考えてみても、その直感をとらえて形にすることができなかった。

〝あきらめないのがマーリー家のルールだ。そのうち答えが見つかる……〟。コーヒーカップの縁越しにほほ笑みかけながらそう言う父の声が聞こえる気がした。

〝そのうち答えが見つかる……〟。

29

家族連絡担当官のニックは、キャフェリーが帰ったあともしばらくコステロ宅に残っていた。ジャニスが紅茶を淹れてニックと話すのは、ニックにいてほしい——それでエミリーの気もまぎれるし、ジャニスがコーリーと口をきかなくてすむ理由になる——からだ。コーリーはどうもそわそわと落ち着きがなかった。表側のベッドルームへ行って窓から外をのぞいてばかりいる。一階のすべての部屋のカーテンを閉めて、この一時間は表側の音楽室にこもりきりだ。ニックが六時に帰ったあと、ジャニスはコーリーのいる音楽室へ行かなかった。パジャマを着て睡眠用ソックスを履き、ホットチョコレートを作って、エミリーといっしょに二階の大きなダブルベッドへ行った。

「もう寝るの？」エミリーが布団に潜り込んだ。

「もう遅いからね。『シービービーズ』は終わっちゃったけど『ファインディング・ニモ』のＤＶＤがあるわ。お魚のやつ」

ふたりはホットチョコレートを持って――赤ちゃん返りさせれば落ち着くとわかっているので、エミリーの分はピンクのマグマグに入れてやった――枕にもたれて、水中の世界を描いたアニメを観た。一階ではコーリーが部屋を移動したり、カーテンを開けたり閉めたりして、檻に入れられた動物のように動きまわっていた。ジャニスはコーリーの顔を見たくなかった。顔を見るのは耐えられないと思った。今日一日を通して――ちがう、この何年かを通して――娘を愛するほどには夫を愛することはない、娘と同じように夫を愛することはできない、と気づいたからだ。それを認めたも同然の友人たちがいる――夫を愛してるけど、いちばんは子どもたちよ、と。もしかすると、それが女の大きな秘密なのかもしれない。男もある程度は気づいているが、決して正面から向き合おうとしない、女の秘密。幼いマーサ・ブラッドリーについて新聞が取り沙汰した学識経験者たちの言葉のなかに、ジャニスの頭から離れない説がひとつあった――子どもを失った夫婦がその後の結婚生活を維持できる確率はほぼゼロだという、どこぞの専門家の言葉だ。ある程度は直感で、去るのは妻のほうだとわかった。物理的に去るのか、心が離れたせいでいずれ夫があきらめて結婚生活を断念するのかはどっちでもいい。夫はいるが子のいない未来に直面したとき、結婚生活に見切りをつけるのは妻のほうにちがいない、とジャニスは思った。

隣でエミリーが、ジャスパーを脇に抱え、マグマグを胸に載せ、口から垂れたチョコレートをネグリジェにつけて寝入っていた。歯を磨いていない。もう二晩つづけて。だが、あんなことがあったあと、起こすのはかわいそうだ。布団を整えてやり、キッチンへ下りてマグマグを食洗機に入れた。さっきのグラスがなかったので別のグラスを探してウォッカを注ぎ、それを持って音楽室へ行った。電気が消えて室内が真っ暗だったため、コーリーもいると気づくのが少し遅れた。冷たいものが胸をよぎった。コーリーはカーテンの〝向こう側〟に立っていた。まるでカーテンをまとっているようだ。

「なにをしてるの?」

コーリーがぎくりと飛び上がった。カーテンがうねって、現われた顔はうろたえていた。「ジャニス、ここそ近づくなよ」

「どうしたの?」ジャニスは電気のスイッチを押した。コーリーはあわててカーテンを閉めた。ジャニスはその一瞬のあいだに、コーリーが顔を押しつけていたせいでガラスについた双子の丸い息の跡を目に留めた。

「電気を消せ」

ジャニスは迷ったのち、言われたとおりにした。室内はふたたび闇に包まれた。「コーリー? 妙なまねはやめて。なにを警戒してるの?」

「なんでもない」彼は窓から離れ、いつもの作り笑いを浮かべた。「ほんとうになんでもない。心地いい夜だな」

ジャニスは唇を舐めた。「あの刑事はあなたになにを言ったの? 帰りぎわ、庭であなたと話してたでしょ」

「たんなる世間話さ」

「コーリー。教えて」彼女はついカーテンに目を向けていた。「彼はあなたになにを言ったの? あなたはなにを警戒しているの?」

「頼むからうるさく訊かないでくれ、ジャニス。ねちねち訊かれるのは我慢ならないって知ってるだろう」

「教えて」ジャニスは険《けん》のある口調で言い返したいのをこらえ、夫の袖に触れて、愛情を装った笑みを浮かべた。「お願いだから教えて」

「まったく。きみはなんでも知っておきたいんだ、そうだろう？　今回ばかりはぼくを信じてくれてもいいだろうに。マスコミだよ。キャフェリーはぼくらのことをマスコミに嗅ぎつけられたくないんだ」

ジャニスは怪訝な顔をした。「マスコミ？」注目を浴びるのを避けるなんてコーリーらしくない。それに彼は、外の闇に潜むなにかを心底おそれている。ジャニスはカーテンに近づいて引き開け、長い私道の先、立ち並ぶイチイの向こうで黄色い光を放っている街灯を見やった。なにもない。「それだけじゃないわね。わたしたちがマスコミに見られたとしても、どうして彼が困るの？」

「なぜなら」コーリーはわざとらしくいらだちを抑えた口調で答えた。「犯人がブラッドリー夫妻の家を見つけ出して、彼らに愚かなまねを働いたからだよ。キャフェリーはぼくらがそんな目に遭うのを望んでいない。さっ、満足したかい？」

ジャニスは窓から一歩、後退した。夫をひたと見つめた。

「犯人がブラッドリー夫妻に愚かなまねを働いた？　なにをしたの？」

「知らない。接触したかなんかだろう」

「それでキャフェリーは、犯人がわたしたちにも同じことをするかもしれないと考えてるの？　わたしたちに〝愚かなまね〟を働くって？　コーリー、教えてくれてありがとう」

「深刻に考えるな」

「深刻に考えたりなんかしない。でも、この家にいるつもりはない」

「はあ？」

「出ていくわ」

「ジャニス、ちょっと待てよ」

だがジャニスはすでに部屋を出て、大きな音をたててドアを閉めていた。キッチンでウォッカを捨てて、二階へ駆け上がった。十分足らずでエミリーの荷物をまとめた――お気に入りのおもちゃ、パジャマ、歯ブラシ、学用品。自分の着がえを二枚と、睡眠薬を何錠か――睡眠薬が必要になる気がした。キッチンでワインを二本、リュックサックに押し込んでいると、コーリーがドアロに現われた。

「どういうことだい？」

「お母さんの家へ行くわ」

「じゃあ、ぼくも荷物をまとめるから待って。いっしょに行くよ」

ジャニスはリュックサックを床に置いて夫を見た。彼を大切に思っていたころに戻る方法を見つけられればいいのにと思った。

「なんだよ？　そんな目で見るな」

「でも、ほかにどんな目であなたを見ればいいのよ、コーリー」

「いったいどういう意味だ？」

「べつに」ジャニスは首を振った。「とにかく、いっしょに行くなら、ベッドの下からスーツケースを引っぱり出してよね。このリュックサックはいっぱいだから」

30

キャフェリーはグロスターシャー州警察の警察官から連絡を受けた。ウォーキングマンがグロスターシャー州内のとある薬品工場の周辺をうろついて逮捕されたのだ。彼は、古い市場町テットベリーの警察署で事情聴取を受けたあと、警告を与えられて釈放された。彼が警察署を出る前に当直責任者である警部が片隅へ連れていき、できるかぎり丁重な口調で、できればあの薬品工場の近くで二度と目撃されないほうがいいと諭したらしい。だが、ウォーキングマンの性格の特徴と機微をいくぶん理解しはじめていたキャフェリーは、彼がひとたび関心を持てば逮捕などという些細なことで思いとどまるはずがないと考えた。

思ったとおりだった。十時半に薬品工場に着いて車を停め、後部座席でマートルを寝かせたまま車を降りると、ほぼ直後にウォーキングマンを見つけた。彼は有刺鉄条網から五十ヤードほど離れた木立のなか、警備員室から見とがめられずに工場の建物を見渡せる場所に野宿地を設けていた。

「今日はあまり遠くまで歩かなかったんだな」キャフェリーは予備の携帯寝具を見つけて広げた。いつもならキャフェリーのために出してある。いつもならキャフェリーの食事も用意されている。食べ物のにおいが空中に漂っているが、今夜は鍋も皿も洗って火のそばにきちんとかたづけられていた。「今日はここが出発点だったのか」

ウォーキングマンは喉の奥で低いうなりを発した。リンゴ酒の大瓶を開け、欠けたマグカップに少し注いで自分の寝袋の脇に置いた。

「さらにわずらわせるために来たわけじゃない」キャ

フェリーは言った。「あんたはすでに、今日一日の大半を警察署で過ごしたんだ」

「五時間もむだにした。貴重な日中の五時間だ」

「警察官として来たんじゃない」

「あの小児性愛者の件で来たんじゃないだろうな？　あの手紙の送り主のことで？」

「ちがう」キャフェリーは両手で顔をなでた。その話だけはしたくない。「そうじゃない。捜査を休むために来たんだ」

ウォーキングマンは別のマグカップにリンゴ酒を注いだ。キャフェリーに差し出した。「なら、彼女のことを話したいんだな。あの女のことを」

キャフェリーはマグカップを受け取った。

「そんな目で見るな、ジャック・キャフェリー。おれは心を読んでるんじゃないと、前に言ったろう。あんたが今度はいつ彼女のことを話すだろうと、ずっと思ってたんだ。あの女のことを。あんたがいつも考えてる女。春にここへ来たとき、あんたは彼女の話しかできなかった。彼女にメロメロだった」彼はたき火に薪を一本、投げ入れた。「それがうらやましかった。おれは女に対して二度とそんな感情を持てないだろうから」

キャフェリーは親指の爪の甘皮を嚙みながらぼんやりと火を見つめていた。フリー・マーリーに対して抱いている中途半端な好意と衝動を、汚されてもつれて混乱した思いを〝メロメロ〟という言葉で表現するのはちょっとちがうと思った。「いいだろう」しばらくして口を開いた。「ことの始まりを話すよ。ときどき新聞に載る名前がある。ミスティ・キットスン。美人。六カ月前に行方不明になった」

「名前は知らなかったが、だれのことかはわかる」

「彼女は――さっきから話題にしているほうの彼女だ――キットスンになにがあったか知っている。キットスンを死なせたのは彼女なんだ」

ウォーキングマンは眉をつり上げた。目が赤く光っている。「殺人か?」軽い口調でたずねた。「おそろしい。きっと、人の道を踏みはずしたんだな」

「ちがう。事故だったんだ。彼女は車を飛ばしすぎていた。キットスンは草地から道路へ出てきた……」声が尻すぼみになった。「だが、あんたはすでに知ってるんだな。顔にそう書いてある」

「おれはいろんなものを見る。女が治療施設を出たあとたどったルートをあんたが歩いてるのを見た。何度も歩いてたな。陽が昇るまで歩いてた夜があったろう?」

「あれは七月だ」

「おれもいたんだ。あんたが見つけたときだよ、事故の起きた場所を――道路についてたタイヤのスリップ痕を。おれはあそこにいた。あんたを見てたんだ」

キャフェリーはしばし黙り込んだ。ウォーキングマンがどう言おうが、どんなに否定しようが、関係ない。ウォーキングマンといっしょにいると、神の前にいる気がする――すべてを見通している存在の前に。寛大な笑みを浮かべ、人間があやまちを犯してもいっさい干渉しない存在の前に。スリップ痕を見つけた夜が転機だった。あの夜、すべてが収まるところに収まり、フリーがなぜキットスンを殺したのかという疑問が消えて――長いあいだキャフェリーは彼女が死体を遺棄した事実しか知らなかった――代わりに、たんなる事故ならフリーはなぜ正直に白状しなかったのだろうか、という疑問が生じた。なぜ、歩いて最寄りの警察署へ行き、真実を話さなかったのか。おそらく留置もされずにすんだはずだ。その疑問がいまだに彼を苛み、がんじがらめにしていた――フリーはなぜ自首しなかったのだろう。「妙だな」ぼそりとつぶやいた。「彼女を卑怯者だと思ったことは一度もない」

ウォーキングマンは火の世話を終えた。携帯寝具に腰を下ろし、両手でマグカップを持って、木の幹に頭をもたせた。ふさふさしたひげの先端が火明かりに照らされて赤く光っている。「それはあんたが全貌を知らないからさ」

「全貌？」

「真実だよ。あんたは真実を知らない」

「知ってると思う」

「それはあやしいな。この話になると、あんたの頭は正しく機能しない。もうひとつ、あんたが曲がらなかった角、曲がろうと考えもしなかった角があるんだよ。いや、曲がり角があるのも目に入ってないんだ」ウォーキングマンは複雑な結び目を作るように両手を小さく動かした。「彼女を守ろうとしてるくせに、それが作り出す美しい環がまだ目に入らないんだ」

「美しい環？」

「そう言ったんだ」

「意味がわからん」

「そう。わからないだろうな。いまはまだ」ウォーキングマンは目を閉じて、満足げにほほ笑んだ。「自力で解かなければならない真相もある」

「なんの真相だ？　環ってなんだ？」

しかしウォーキングマンは身じろぎもしなかった。火明かりが彼の黒ずんだ顔に遊び、彼がこの件についてこれ以上は話す気がないのだと、またしてもキャフェリーは思い知った。問題に取り組んだなんらかの証拠をキャフェリーが持ってくるまでは。ウォーキングマンは無償ではなにも与えてくれない。そのことにキャフェリーはいらだった――この独りよがりの傲慢さに。この男を動揺させたくなった。この男を傷つける言葉を吐きたくなった。

「おい」キャフェリーは身をのりだした。笑みをたたえたウォーキングマンの顔をにらみつけた。「おい。この工場について訊いていいか？　侵入するつもりなのか訊いてもいいか？」

ウォーキングマンは目こそ開けなかったものの、その顔から笑みが消えた。「だめだ。あんたが訊いたところで、おれは無視する」

「いいさ、いずれにせよ訊くから。あんたは、自分のことを推測させる役目を私に与えた——あんたの考えを探ろうとする役目を。私はこれまでそうしてきた。この工場は十年前からここにある」キャフェリーは、木立の向こうで光っているアーク灯を顎で指した。旧ソ連の強制収容所のような有刺鉄条網のてっぺんしか見えない。「娘さんが殺されたのはここではないのに、死体がここに埋められているかもしれないとあんたは考えている」

さすがにウォーキングマンが目を開けた。顎を引き、怒りのこもった目でキャフェリーを見すえた。もはや、ふざけて喧嘩を売っている気配はみじんもない。「訊問の訓練を受けたんだろ。口をつぐむべきときをわきまえる訓練は受けなかったのか？」

「あんたは以前、自分の歩む一歩一歩が準備なんだと言った。娘さんの足跡をたどりたいんだ、と。あんたがなぜ歩くのか、私には謎だったが、いま答えがわかった気がする。自分は予言者ではないと言う。だが、私が歩くのと同じ地面を歩きながら、あんたは、私が読もうともしない百倍ものものごとを読み取ることができる」

「話したいことを話せばいいさ。だが、耳を貸すという約束はしない」

「なら、話す。あんたのやってることについて、知ってることをすべて話す。歩くことの意味はわかっている。まだ見当のつかないこともいくつかある。クロッカス——一列に植えることになんらかの意味があるが、それがなにかはわからない。それに、エヴァンズが死体遺棄後にホルコムの石切場に乗り捨てたバン。あれはシェプトン・マレットであんたから盗んだものだし、あんたが車の遺棄現場からこんなに離れたところにいる理由はわからない。だが、それ以外のことはわかっている。あんたはいまも娘さんを探している。娘さんの埋められた場所を」

ウォーキングマンは彼から目を離さなかった。暗く、眼光の鋭い目だ。

「沈黙は」キャフェリーは続けた。「すべてを物語る。言葉より沈黙のほうがその人物について多くを語るということを知らないのか?」

「〝言葉より沈黙のほうがその人物について多くを語る〟。それは警察官特有の格言か? 女王陛下の法の番人が居心地のいいオフィスにある特売場で売ってる説教か?」

キャフェリーはかすかな笑みを浮かべた。「そうやって反撃に出るのは、私が痛いところに触れたときだけだ」

「ちがう——あんたがほんとうはめめしい役立たずだと知ってるからだ。あんたは腹を立てていて、それはこの世の悪のせいだと思い込んでるが、あんたの怒りの原因は、自分があの女に牙を抜かれたことだ。がんじがらめにされてることだ。あんたはそれが我慢ならないのさ」

「そっちは、私の言ったことが図星だから腹を立てている。あんたが腹を立てているのは、自分の洞察力と第六感に従ってここへ来たものの」彼は工場を手で振り示した。「なかへ入って捜索することができないからだ。それに関して、あんたにできることはなにもない」

「おれのたき火から離れろ。おれに近づくな」

キャフェリーはマグカップを置いた。立ち上がって携帯寝具をていねいに巻き、皿やその他の持ち物の横に置いた。「質問に答えてくれてありがとう」

「答えてないぞ」

「いや、答えたさ。ほんとうだ。あんたは答えたんだよ」

31

翌朝キャフェリーがオフィスに入ったのは八時だった。すでに会議や取り調べ、電話でのやりとりが始まっていた。彼はデスクのうしろのラジエーターの下に古いタオルで粗末な寝床をこしらえてマートルを寝かせ、水を入れたボウルを置いてやると、火傷しそうなほど熱いコーヒーを飲みながら廊下を歩いていった。眠気が取れず、目は充血している。ゆうべはあまり眠っていない――事件を抱えているときはいつもそうだ。ウォーキングマンとのいさかいのあと、彼はメンディップ・ヒルズに借りている一軒家のコテージへ帰り、エミリー連れ去りの目撃者たちの供述調書にじっくり目を通した。読みながらスコッチを少々飲んだ。おかげで、頭にゾウを落とされたみたいな頭痛がした。

事務局長が最新の状況を説明してくれた。ロラパルーザとターナーはコッツウォルズの残りの私有地の捜索令状の執行で忙しい。科学捜査班の〝手術室〟はジャニス・コステロのアウディの科学的捜査を終えたが、なにも出なかった。車は本部の駐車場で預かり、コステロ一家がケインシャムにあるジャニスの母親の家へ行く途中で回収していった。プロディ刑事は昨日、半日休暇を取った。どうやらふてくされていたようだが、ひと晩で気を取り直したにちがいない。今朝五時に出勤して監視カメラの映像を確認している。キャフェリーはプロディと平和協定を結ぼうと心中で誓った。空《から》になったマグカップを持ってプロディのオフィスへ行った。「コーヒーを一杯もらえるか？」

プロディはデスクから目を上げた。「ええ、まあ。座ってください」

キャフェリーは躊躇した。プロディは不機嫌な口調だ。かっとなるな、と自戒した。こらえろ。キャフェリーはドアを蹴って閉め、マグカップをデスクに置くと、腰を下ろして四方の壁を眺めまわした。室内は前より明るくなっていた。天井照明がついており、壁には写真が何枚か飾られ、隅に並べた缶の上にはほこりよけのシートをかけたペイントローラートレイが置かれていた。ペンキのにおいが鼻をつく。「塗装業者が入ったんだな？」

プロディは席を立って電気ケトルのスイッチを入れた。「私が頼んだわけじゃありません。丁重に歓迎してやろうと考えてくれた人でもいるんじゃないですか。電気のほうも。正直に言っていいですか？　事前に色見本を見せてもらえなくて少々がっかりしています」

キャフェリーはうなずいた。プロディはまだ不機嫌な口調だ。「それで？　今朝までになにがわかった？」

「特になにも」彼はふたつのカップにスプーンでインスタントコーヒーを入れた。「エミリーが連れ去られた場所の周辺道路を徹底的に探しました——唯一見つかったダークブルーのボクスホールは、ナンバーがちがった。犬を二匹連れていて、あの近くの美容院に予約をしていた感じのいい女性の車だとわかりました」

「鉄道駅の監視カメラのほうは？」

「なにも出ません。二駅はデータなし。ヤリスが見つかった場所の最寄り駅は——エイボンクリフでしたっけ？——随時停車駅なんです」

「随時停車駅？」

「合図すれば停まってくれるんですよ」

「バスのように？」

「バスのように。ただ、この週末はだれも列車を停めてません。犯人はヤリスを乗り捨て、歩いて逃げたにちがいない。地元のどのタクシー会社も客を拾ってないんです」

キャフェリーは小声で短く悪態をついた。「どうやったんだ？　犯人はナンバープレート自動認識カメラを避けた——どこにカメラを設置するか、犯人には知りようがない。そうだろう？」

「どうやったのかはわかりません」プロディは電気ケトルのスイッチを切り、カップに湯を注いだ。「カメラは固定式ではなく可動式だし」

キャフェリーは考え込みながらうなずいた。窓台に見慣れたファイルを見つけたのだ。黄色の表紙。検証班のファイル。またただ。

「砂糖は？」プロディは砂糖を載せたスプーンを片方のマグの上でかまえていた。

「入れてくれ。ふたつ」

「ミルクは？」

「ああ」

彼がマグカップを差し出しても、キャフェリーはカップを見つめたまま受け取らなかった。「ポール？」

「なんです？」

「あのファイルは読むなと言っただろう。検証班へ返せと言った。なぜ私の指示を無視した？」

一瞬の間があった。やがてプロディが言った。「このコーヒー、飲むんですか、飲まないんですか？」

「いらん。そこに置け。ファイルを持っている理由を説明しろ」

プロディはさらに一秒か二秒、そのままコーヒーを持っていた。やがてカップをデスクに置き、窓台へ行ってファイルを手に取った。キャフェリーと向き合う位置に椅子を持ってきて、ファイルを膝に置いて座った。「この件では抗戦しますよ、あきらめきれないので」ファイルから地図を出して膝の上に広げた。「ここがファーリー・ウッド・ホール、ここが当初のおおよその捜索範囲です。警部はこの範囲内の草地や村の捜索に多くの人員を充てた。範囲外でも戸別に聞き込みをさせた。この周辺で」

キャフェリーは地図に目を落とさなかった。フリーが事故を起こした地点からほぼ半マイルの場所をプロディが指さしているのは、周辺視野でとらえることができる。目はプロディの顔に注ぎつづけた。怒りにまかせた肉厚の大きなこぶしを胸骨の下にとどめた。キャフェリーは見あやまっていた。プロディは決して地道な刑事にならない。この男は、見た目とちがうなにかを底に秘めている。条件さえそろえば優秀な刑事になれそうな——一歩まちがえれば危険な刑事になりかねない——確かで垢抜けた知性をそなえている。

「しかし、捜索範囲外ではおもに大きな町に絞っている。トローブリッジ、バース、ワーミンスター。彼女が麻薬中毒者だったから、鉄道駅、バス停、周辺の麻薬売人を調べている。ふと思ったんですよ——彼女が捜索範囲外には出たものの大きな町までたどり着かなかったとしたらって。どこかの道路で彼女の身になにか起きたとしたらって。ヒッチハイクをしてどこかまで乗せていってもらったとしたら？　何マイルも離れた町へ行ける——グロスターシャー州内の町、ウィルトシャー州内の町、それこそロンドンにでも。でももちろん、警部はそれも考えたんでしょうね。検問所を設けている。二週間、ドライバーたちに聞き込みを行なった。しかし、ひき逃げにあったとしたら？　脇道でひき逃げされたとしたら？　小さな村落にしか通じていない脇道もある」またしても彼の指が事故現場を正確に指していた。「このあたりは交通量がほとんどない。なにか起きても、目撃者はひとりもいないはずだ。まじめな話、警部はその点を考えましたか？　だれかが彼女を轢き殺し、パニックになって死体を隠した可能性を。あるいは、死体を車に載せて——別の場所に遺棄した可能性を」

キャフェリーは地図を取り上げてたたんだ。

「警部、聞いてください。私は優秀な刑事になりたい。それだけです。性分なんですよ——なにごとにも全力で取り組まないと気がすまない」

「なら、まずは、上の命令に従うこと、上司に敬意を持つことを学べ、プロディ。これが最後通牒だ。ねちねち逆らうのをやめなければ、売春婦殺しの捜査チームへ異動させるぞ。そのほうがいいなら、シティ・ロードで何日も、麻薬売人のくずどもから聞き込みをすればいい」

プロディは深呼吸をした。キャフェリーの手中の地図に目をやった。

「そのほうがいいのかと訊いてるんだ」

長い沈黙が続いた。ふたりの男は、言葉を発することも筋肉を動かすこともなく戦っていた。やがてプロディが息を吐き出した。肩を落とした。ファイルを閉じた。「でも、納得いきません。これっぽっちも納得できない」

「不思議なことに」キャフェリーは言った。「きみが納得するとは思ってなかった」

32

プロディとの対決から二十分後、雨でぐしょ濡れのコートを着たジャニス・コステロがいきなりキャフェリーのオフィスのドア口に現われた。髪は乱れ、顔は真っ赤だった。走ってきたように見えた。「緊急番号にかけたわ」彼女は右手に一枚の紙を持っている。

「でも、直接会って見せたかったの」

「どうぞ、なかへ」キャフェリーは立ち上がって椅子を引いてやった。ラジエーターの下の寝床でマートルが耳を立て、目をぱちくりさせてジャニスを見た。

「座ってください」

ジャニスはなかへ入ると、椅子には目もくれずにしわくちゃの紙を彼に押しつけた。「母の家の玄関ドアから差し込まれたの。わたしたち、外出していた。帰ったらドアマットの上にこの手紙が。これを見てすぐに家を出たわ。まっすぐここへ来た」

彼女の手が震えているので、キャフェリーは、たずねるまでもなく、この紙がなにかを理解した。なにが書いてあるかもわかった気がした。長くゆっくりした波のような吐き気が胃からこみ上げた。煙草とグレンモーレンジだけがもたらしうるたぐいの吐き気だ。

「どこでもいいから、安全なところ、保護してもらえるところへ、わたしたちを移して。いざとなれば警察署の床ででも寝るわ」

「それを置いてください」彼はファイリングキャビネットへ行ってラテックス手袋の小箱を見つけ、ひと組を左右の手にはめた。「そう――デスクに」彼は腰を折り、手紙を伸ばした。ジャニスの手についた雨粒で何カ所かインクがにじんでいるものの、筆跡は同じだとすぐにわかった。

あれで終わったと思うなよ。おまえらの娘との情事はまだ始まったばかりさ。おまえらの居所は知ってる――どこにいたって、おれにはわかるんだ。娘に訊いてみろ――おれたちがいっしょになることになってるって、知ってるからさ……

「どうすれば？」ジャニスの歯が鳴っていた。髪についた雨粒に蛍光灯の光が反射している。「犯人はわたしたちのあとを尾けてたの？　教えて――いったいどうなってるの？」

キャフェリーはぐっと歯を食いしばり、目を閉じたい気持ちを抑えた。多大なエネルギーを注ぎ込んで、情報が漏れないように取りはからった。家族連絡担当官から広報官にいたるまで全員が、漏れはないと言っていた。なのに、カージャック犯はいったいどうやって、この一家の住まいのみならず彼女の母親の家までつきとめたのか？　犯人に一歩先んじようとしても、稲妻を止めようとむだな努力をするようなものなのか。

「だれか見かけましたか？　記者は？　家の外にいましたか？」

「コーリーは昨日の午後ずっと見張ってた。だれひとりいなかったって」

「それから、まちがいなく――百パーセントまちがいなく――だれにも話してないんですね？」

「まちがいない」彼女の目に涙が浮かんだ。本物の恐怖による涙だ。「ほんとうに。母もよ」

「あなたがたが出入りするのを近所のだれも見ていない？」

「ええ」

「出かけたのはいつですか？」

「朝いちばんに地元の店へ行っただけ。ケインシャムの。朝食のパンを買っただけよ。母が切らしていたから」

「ミアへ戻ろうとしたんじゃないんですね？」

「ちがうわよ！」ジャニスは自分の剣幕に驚いたように沈黙した。震える手で袖をまくり上げた。「あの――ごめんなさい。何度も繰り返し考えたの。わたしたち、なにもしてないわ。ほんとうよ」

「エミリーはいまどこに？」

「コーリーといるわ。下のオフィスに」

「どこか探しましょう。三十分ください。お宅ほど――あるいはお母さんの家ほど――立派だとも、ケインシャムに近いところだとも、保証はできません。エイボン・アンド・サマセット警察管内のどこかです」

「どこだってかまわない。とにかく、安全だと思いたいだけ。母も連れていきたい」

電話を手に取った瞬間、キャフェリーの頭にある考えが浮かんだ。受話器を戻して窓辺へ行き、ブラインドの羽根の一枚を指で押さえて、すき間から外の通りをのぞいた。暗く、雨が降っていて、朝になっているのにまだ街灯がついている。「車はどこに?」

「外よ。この裏手」

彼はなおもしばらく通りを見ていた。車が一、二台停まっている——車内に人影はない。別の車が、ヘッドライトで雨に銀色のドームを描きながらゆっくりと通り過ぎた。キャフェリーはブラインドから指を離した。「移動の際は専門のドライバーを用意します」

「運転ならできるわ」

「運転のしかたが問題でね」

ジャニスは答えなかった。ブラインドを見た。その先の闇を。「危険回避運転術を心得たドライバーってこと? 犯人がここまでわたしたちを尾けてきたと考えてるの?」

「それはわかりません」キャフェリーは受話器を取り上げた。「エミリーのところへ行って待っていてください。さあ早く。抱きしめてあげなさい」

33

雨が降りしきる重大犯罪捜査隊本部の周囲の通りを捜索チームが徹底的に探したが、なにも見つからなかった。付近をうろついている不審車も。ナンバーの末尾がWWのダークブルーのボクスホールも。警察官の姿を見て発進し、幹線道路を猛スピードで逃げる車も。当然、なにも見つかるはずがない。抜け目ないカージャック犯のこと、予想どおりの結果だった。コステロ夫妻が落ち着くと、ピーズダウン・セントジョンにあるセーフハウスが用意された——ブラッドリー宅から三十マイルあまり離れた場所だ。専門家ドライバーが来て、ファミリーカーで一家を送った。彼は三十分後にキャフェリーに電話をかけてきて、一家がセーフハウスに落ち着いたと報告した——ニックと地元署の巡査が警護についていることを一家にはっきりと示した。

腰を下ろして考えると——カージャック犯はいったいどうやってコステロ一家を見つけ出したのだろう——午前中ずっと無視していた頭痛が一段階アップした。ブラインドを閉めて電気を消し、床の上で犬の隣に身を丸めて寝たかった。カージャック犯はまるでおそろしいほどの速さで変態し進化するウイルスみたいで、キャフェリーは、答えのわからない疑問ばかりが頭のなかで大きな声をあげるのを止めることはできなかった。そんな状況に目をそむけるしかない。いまのところは。

黄色のボックスファイルを検証班へ返しに行った——今後、警部よりも下の階級の人間にこのファイルを貸し出すときは自分に知らせてくれと頼んだ。そのあと、マートルを車に乗せてさびれた郊外を走った。人っ子ひとりいない工業団地と大型スーパーマーケットのある環状道路を進み、宣伝看板の上方に派手なクリスマスツリーが並んだ複合型映画館《シネコン》の前を走り過ぎた。ジェット機がサマセット低地の上空を低空飛行しているヒューイッシュに入り、あるスクラップ工場の前に停車した。

「そこで待て」犬に命じた。「面倒を起こすなよ」

ロンドンでの試験採用期間中にキャフェリーがもっとも嫌っていた職務のひとつが、ペッカムにあるスクラップ業者の抜き打ち捜査だった。どのスクラップ工場も、積み上げられた盗品の金属類の量が半端なかった——教会の鉛製品、旋盤や船舶のリン青銅、果ては鋳鉄製のマンホールのふたまであった。この十年のあいだにスクラップ業者の抜き打ち検査は各自治体の仕事になったので、いまキャフェリーに捜査権はない。だが、そんなことはどうでもいい。ミスティ・キットスンをはねた車はスクラップ破砕機にかけて危険を遠ざける必要があった。

キャフェリーはゲートを入ったところで足を止め、霜の降りた金属の山の鈍い光と、中央であぐらをかいているような巨大な水圧破砕機を見た。奥には、廃棄された車の残骸が、単調な灰色の空を背景に、金属で造った複雑な形の白蟻塚さながらそびえ立っている。目あての車は、五台分のボディシェルを重ねた山の前にあった。彼はそこへ向かってゆっくりと進み、凍えるような寒さのなか、しばしその車の横に立っていた。シルバーのフォード・フォーカス。よく知っている車だ。フロントエンドが破壊され、エンジンブロックとファイアウォールはぺちゃんこになっている。エンジンは修理不可能で——中古部品市場に出してもだれも買わないだろう。この車がここで最期のときを静かに待たせてもらえるのは、エンジン以外にあさることのできそうなこまごました部品があるからだ——窓やドアの枠、ドアハンドル、インパネ。これまでのところ、解体は遅々として進んでいない。キャフェリーは確認のために毎週ここへ来て、破砕機までの旅路を早めるためにドアやシートを買い取っている。だが、見えすいた部品は買わない。注意を引きたくないのだ。

手袋をはめた手を、ぺちゃんこのボンネットから大破したフロントガラス、そしてルーフへと走らせた。その手でおなじみのへこみに触れる。自分の庭のように知りつくしたへこみ。ミスティの頭がぶつかり、夜の闇のなかで真っ赤にはじける光景が目に浮かんだ。人気《ひとけ》のない田舎道で、はね飛ばされた彼女の体がボンネットを越えてルーフにぶつかる光景が。路面に落ちたときには、筋肉も骨もぐったりとしたただの物体と化していた。首の骨が折れて、すでに死んでいた。

キャフェリーが事務所に近づくと、鎖につながれたジャーマンシェパードがうるさく吠えたてた。事務所の前には四輪駆動車が三台停まっていた。側面に〈アンディーズ・アスファルト・アンド・ファシアス〉と記されている。うんざりするほど見飽きた社名。だが、警察官は〝流浪者《パイキー》〟という語を思い浮かべてはならないとされている。警察内では、いかなる問題も避けるべく、この種の連中を指す隠語はＴＩＢという語で代用されるようになった。ＴＩＢと呼ばれる当人たちは、それが〝盗みを働く移動労働者〟という意味の略語だということを知る由もない。このスクラップ工場を所有しているＴＩＢは、漫画の登場人物でもあるまいに、典型的なステレオタイプだった――体重過多、油汚れのついたオーバーオール、片耳にジプシーピアス。電熱棒が二本あるストーブを足もとに置いてデスクの奥に座り、油のついた汚いコンピュータで賭けゲームをしていた。キャフェリーが入っていくと、スクリーンを切って、座ったまま体をよじった。「なにがご入り用で？」

「テールゲート。フォード・フォーカス・ゼテック。シルバー」

男は椅子から体を押し出すようにして立ち上がると、両手を腰にあてて、デスクの上方に取りつけたデクシオン社製の大きな棚に分類して何列にも並べた部品を見やった。「ここにふたつある。どっちでも百ポンドでいいよ」

「オーケー。だが、外にある車のやつが欲しいんだ」

男が向き直った。「外にある車のやつ？」

「そう言ったんだ」

「でも、ここに切りはずしたのがあるんだぜ」

「気にするな。外にある車のやつが欲しい」

ＴＩＢが顔をしかめた。「あんた、前にも来たことあったっけ？　どっかで会ったか？」

「こっちだ」キャフェリーはドアを開けて押さえてやった。「案内するよ」

男は仏頂面でデスクの奥から出てしみだらけのフリースを引っかけると、キャフェリーについて廃車置き場へ出た。ふたりは、凍えるような大気に白い息を吐きながらシルバーのフォーカスの横に立った。

「なんでこれなんだ？　フォーカスのテールゲートなら、なかに何十もある。シルバーのもだ。フォーカスはいちばんの売れ筋だからな。クリトリス・カーさ」

「なんだって？」

「クリトリス・カー。女はみんな持ってるだろ。おれにとっちゃケツの穴・カーでもあるな、おれのケツの穴から出てくんだから。おれのケツの穴から出てくるクリトリス。おれって生物学的驚異だぜ」男はしわがれた笑い声をあげた。キャフェリーが加わらないので笑いやんだ。「けど、これが欲しいんなら、三十ほど上乗せしてもらうぜ。特定のもんが欲しけりゃ、別料金を払わねえとな。なかにある商品なら、おれはなんもせずに、あんたに売り渡すだけですむ。けど、これが欲しいんなら、作業員に切断トーチを持たせて切りはずさせなきゃなんねえ」

「どうせ切りはずすことになるんだろう。いずれは」

「百三十払うか空手で出ていくかだ」

キャフェリーはルーフのへこみに目をやった。プロディのことをフリーに警告したほうがいいだろうか。なんと言ったものか、どう行動したものか、わからない。「このテールゲートに百ポンド払う」と言った。「だが、テールゲートを切りはずしたあと、私の目の前でこの車をスクラップにしてもらう」

「スクラップにするにはまだ早い」

「いや、早くない。テールゲートを取ったら、ほかに売るものは残らない。ギアボックスはないし、右側のヘッドライトも、シートも、ホイールも、トリムすらない。テールゲートを取れば、この車は破砕機に直行だ」

「シートベルトがある」

「特殊なものじゃない。あんなもの、だれも欲しがるものか。テールゲートと合わせて百ポンドでもらおう。私は気前がいいんだ」

ＴＩＢは如才ない目をキャフェリーに向けた。「あんたみたいな連中がかげでおれをどう呼んでるか知ってるんだぜ。ＴＩＢだろ。盗みを働く移動労働者ってな。けど、じつはあんたはまちがってる。移動労働者かもしんねえが、おれは盗みはやらねえ――それに頭が鈍くもねえ。だいいち、おれの世界じゃ、車をスクラップにしてくれって言う人間を前にすると警報が鳴るんだぜ」

「私の世界では、いかなる許可もなく車を解体して部品を倉庫に山積みにする人間を前にすると警報が鳴る。なぜ、きれいに並べてあるんだ？　なぜ、買いたがる人間がいるとわからないうちからわざわざ切りはずす？　それに、ボディシェルはどこだ？　おまえが夜中の破砕作業でなにをやってるかは知っている。ここで夜中に車体番号を削り取ってることは知ってるんだ」

「あんた、いったい何者だ？　前にもここへ来たことがあんだろう？」

「とにかく、この車をスクラップにしろ。わかったな？」

男は口を開けたものの、すぐに閉じた。首を振った。

「くそっ。世の中どうなってんだ？　あ

34

その家は、風雨にさらされた地所に建つ、これといった特徴のない小さな箱型住宅だった。長年、地元署の官舎として使われていたが、いまは使い道もなくなり、荒れた庭に〝売り物件〟と書かれた雨ざらしの看板が立てられている。今日は、おそらく長年のあいだに初めて、この家に明かりが灯った。暖房までつけられた――二階のラジエーターと、リビングルームのガスストーブが稼働していた。ジャニスはやかんで湯を沸かして全員に紅茶を淹れた。エミリーは――ここへ来る道中ずっと泣いていた――ホットチョコレートとゼリーをもらって機嫌を直していた。いまはリビングルームで床に座って『シービービーズ』を観ながら、ひつじのショーンといっしょに笑っている。

ジャニスと母はドアロからエミリーを見ていた。

「あの子は大丈夫よ」母が言った。「二日ぐらい学校を休んでもどうってことない。あなたがあの年齢のとき、疲れたり機嫌が悪くなったら学校を休ませたわよ。まだ四歳なんだもの」襟ぐりの大きいフェアアイル・セーターを着て、男の子のように短く切った白髪を日焼けした顔からオールバックにした母は、いまも美しい。ペリウィンクル・ブルーの瞳。柔らかい肌はいつもキャメイ化粧石けんのにおいがする。

「お母さん」ジャニスは言った。「ラッセル・ロードの家を覚えてる?」

母はおもしろがっているように片眉を上げた。「思い出せると思うわよ。十年も住んでいたんだから」

「鳥たちを覚えてる?」

「鳥たち?」

「ベッドルームの窓を開け放しちゃだめだって、お母さんによく言われたでしょう。もちろん、わたしは耳を貸さなかったけど。よく窓辺に座って紙飛行機を飛ばしてた」

「あなたがわたしの言いつけに逆らったのはそれが初めてじゃなかったでしょう？」

「とにかく、週末にウェールズのキャンプ場へ行ったでしょう。小径の端に洞窟があったキャンプ場。わたしがスターバースト・キャンディを食べて気持ちが悪くなったときよ。家に帰ると、わたしのベッドルームに鳥が一羽いた。窓を開け放してるあいだに入ってきて、キャンプに出かけるときに閉めたから出られなくなったの」

「なんとなく思い出したわ」

「あの母鳥はまだ生きてたけど、窓の外の巣にひなたちがいた」

「ああ、そうだった」母が片手で口を押さえた。思い出すことができた喜びと恐怖がないまぜになっている。

「そう。もちろん覚えてるわ。かわいそうなひなたち。かわいそうな母鳥。窓辺でひなたちを見てたわね」

ジャニスは小さく悲しげな笑い声をあげた。あの母鳥のことを考えるだけで、目の奥に涙がこみ上げる。当時は、巣のなかで死んだひなたちをかわいそうに思っていた。後悔して泣きながら、花壇の白い小石の下に一羽ずつ埋めてやった。大人になって自分の子を持つと、ひなたちが死ぬのをただ見ていた母鳥の苦しみのほうが大きかったとわかるようになった。助けてやることができなかったのだから。「昨日、車で逃げるとき、あの母鳥のことが頭から離れなかったの」

「ジャニス」母がジャニスの肩に腕をまわして額にキスした。「エミリーはもう安全よ。ここは立派な家とは言えないけど、少なくとも警察が守ってくれてる」

ジャニスはうなずいた。唇を嚙んだ。

「さあ、紅茶かなんか淹れて飲みなさい。わたしはバスルームを掃除するから」

母がバスルームへ行ってしまうと、ジャニスはドアを半開きにしたまま、腕を組み、長らくその場に立っていた。キッチンへ行きたくなかった。狭くて気が滅入るうえ、コーリーが仕事のメールに返信するため、コーヒーとiPhoneを手に陣取っている。午前中ずっとそうしていた。仕事を休むはめになったのが、コーリーはおもしろくない――とにかく、気に入らないようだ。失った時間、不景気、仕事がなかなか見つからないこと、恩知らずだといったことを、何時間も陰気な声でつぶやいていた。まるで、一家を見舞ったできごとのせいでジャニスを恨んでいるかのように。まるで、彼を仕事から遠ざけるためにジャニスがこの大騒動を計画したかのように。

結局ジャニスは、階段をのぼって表側の小さなベッドルームへ行った。家を出る際に彼女とコーリーがひっつかんできた寝袋と、ニックがどこからともなく集めてきたシーツで急場しのぎに整えたシングルベッドが二台ある。ジャニスはベッドを見た――ひとりで寝るのはここ何年かで初めてだ。結婚して何年にもなるのに、こんな経験をしたあとなのに、コーリーはまだセックスを求めてくる。いや、むしろ、クレアが登場してからというもの、以前にも増して求めるようになった。ジャニスは、ただ闇のなかで黙ってじっと横たわり、まぶたの裏に浮かぶ夢を最後まで楽しみたいときでも、コーリーのやりたいことをさせてきた。そうすることで、コーリーの不機嫌や、彼の望むとおりの妻ではないというそれとないあてこすりを避けてきた。だが、ことのあいだ、彼女は声を発しない。愉しんでいるふりをしたことは一度もない。

外に車が停まった。ジャニスは反射的にカーテンに歩み寄り、端をめくった。道路の向かい側に停まった車には、後部座席に犬が一匹と――コリーだ――運転席にキャフェリー警部が乗っていた。警部はエンジンを切ったあともしばらくそこから動かずに、なにを考えているのかわからない表情を浮かべてこの家を見ていた。ハンサムだ。どんな愚かな女でもそれはわかるが、彼の顔には、この人を理解できないと感じさせるような自制と用心深さが見られた。いまは不自然なほどじっとしているので、彼はぼんやりしているのではなく庭にあるなにかを見つめているのだとジャニスは気づいた。彼女は窓ガラスに顔を押しつけて下を見た。なにも不審なものはない。彼女の車が私道に停まっているだけだ。

キャフェリーは車を降りてドアを閉め、狙撃手に狙われているとでも思っているかのごとく、人気《ひとけ》のない通りの左右を見わたした。そのあとコートの前を合わせ、通りを横切ってアウディの前で足を止めた。車は一家に返される前に掃除されていた――カージャック犯が車をぶつけたときにできた右側フロント・ウィングのへこみはさほど目立たなかった。だが、車のなにかがキャフェリーの興味を引いたのだ。注意深く調べている。

ジャニスは窓を開けて身をのりだした。「なに?」と小声でたずねた。「なんなの?」

彼は顔を上へ向けてジャニスを見た。「こんにちは」と言った。「入ってもいいですか? 話があります」

「いま下りるわ」彼女はTシャツの上にセーターを着ると、ブーツに足を突っ込み、ジッパーは上げず、軽やかな足どりで階段を下りた。外へ出ると、冷たい霧雨のなかでキャフェリーが待っていた。ジャニスのほうを向き、車に背を向けて隠すようにしている。

「なんなの?」ジャニスは小声でせっついた。「妙な顔をしてる。この車がどうかした?」

「エミリーは大丈夫ですか?」

「ええ。昼食をすませたところ。どうしてそんなことを?」

「あの子の邪魔をすることになります。よそへ移ってもらうので」

「よそへ移る？　どうして？　ここに着いたばかりで……」その瞬間、ジャニスは理解した。一歩後退して、通りからかげになっている玄関ポーチに入った。「冗談でしょう。あの男がわたしたちの居所を知ってるということ？　あの男はここもつきとめたの？」

「とにかく、家へ入ってエミリーにしたくをさせてくれますか？」

「あの男がわたしたちを見つけた。そうなんでしょう？　あの男がこのあたりにいて、わたしたちを見てる。犯人がわたしたちを見つけたと言いたいのね」

「そうは言ってません。これまで、あなたはとても協力的だった。ですから、どうか落ち着いてください。家に入って荷造りをするんです。ウォールから覆面車輛をこちらへ向かわせています。このようなケースではごく普通のことです。要警護者をときどき移動させる。通常の手順ですよ」

「いいえ、ちがうわ」

キャフェリーの無線からノイズ音が聞こえた。彼はジャニスに背を向けると、上着をめくって頭を下げ、無線機に向かって小声でなにごとか告げた。ジャニスは、キャフェリーの言葉こそ聞き取れなかったものの、相手が発した言葉をふたつとらえた――この通りの名前と、〝低荷台トラック〟という語だ。「この車をまた持っていくの？　どうして？　あの男はなにをしたの？」

「どうか、家へ入って、お嬢さんにしたくをさせてください」

「いやよ。事情を説明して」彼女はいまや腹を立てていた。カージャック犯がほんとうにすぐそこにいてライフルで自分を狙っているとしても気にならないほど頭に来て、私道へ一歩踏み出した。人気のない通りを見渡した。人っ子ひとりいない。アウディの後部へ行ってしゃがみ、目を凝らして、なにを見落としているんだろうと考えながら調べた。車の側面へまわり、手は触れなかったものの、ごく些細な異常でも気づきそうなぐらい顔を近づけた。カージャックに遭ったあと、あまり間を置かずにこの車に乗るのは容易なことではなかった。昨日、重大犯罪捜査隊の駐車場でこの車に乗り込んだとき、彼女はつい新しい目で内装を見ていた。エミリーを連れ去った男のかげを探してハンドルやヘッドレストに目を注いだ。だが、物理的な違和感はまったく感じなかった。いま彼女は助手席側のドアを過ぎてフロントへまわり、右バンパーのへこみを過ぎて運転席側のドアへ戻ってきた。キャフェリーが腕組みをして立っているところで動きを止めた。「どいてもらえる？　そこを見たいの」

「その必要はないと思います」

「あると思うわ」

「いいえ。いま必要なのは、家に入って、お嬢さんにここを出るしたくをさせることです」

「そんなやりかたでわたしを守ろうとしても、なんの役にも立たないわ。あなたがなにをするつもりにせよ、事情を隠したんじゃ、わたしを助けることはできない。さあ、どいてくれる？　あなたは警察官かもしれないけど、この車はわたしの所有物よ」

　二秒ばかりキャフェリーは身じろぎひとつしなかった。やがて、まったく表情を変えずに一歩脇へ寄った。彼女の横へ移動し、アウディから急に関心が移ったというように家のほうを向いた。ゆっくりと、用心して肩越しに彼の様子を確認しながら、ジャニスは彼が隠していた箇所をくわしく調べた。なにもなかった——奇妙な点も場ちがいなものも。すり傷もへこみも。ロックをこじ開けようとした形跡も。なにもないと絶対の確信を得ると、彼女は一歩下がって私道に黙ってたたずみ、ひそかにこの謎を解こうとした。わずかな時間を要したものの、ようやく頭のなかでなにかがぴたりと収まった。しゃがんで、雨に濡れた地面に手をつき、車体の裏側をのぞき込んだ。フジツボのように張りついているのは、小ぶりのシューズケースくらいの大きさの黒く四角いものだった。

ジャニスははっとして上体を起こした。

「大丈夫」キャフェリーが冷静な口調で言った。「爆弾ではありません」

「爆弾じゃない？　じゃあ、いったいなに？」

「発信機ですよ」ファミリー向けセダンの車体の裏に取りつけられているのが日常茶飯事だといわんばかりの口調だった。「いまはスイッチが切られています。害はないでしょう。心配無用です――覆面車輌がまもなく到着します。すぐに出発しなければなりません。どうか、ご家族に――」

「くそっ」ジャニスは家へ入ってつかつかと廊下を進み、脚を交差させて床に座って笑顔でテレビを観ているエミリーの姿が見える位置で足を止めた。キャフェリーがあとを追った。ジャニスは部屋のドアを閉めて彼に向き直った。

「あの男はいったいどうやってあんなことを？」彼女は低い小声でたずねた。「発信機だなんて。あの男はいったいいつ、そんなものを取りつける機会があったの？」

「あの車は昨日、本部の駐車場で引き取ったんでしょう？　重大犯罪捜査隊本部へ移したのは科学捜査班ですね？」

「そうよ。わたしがサインした。なるだけ早くエミリーをあの車に乗せたいってコーリーが。トラウマにさせたくなかったのよ。まさかあんな――」

「お母さんの家へ行くとき、途中でどこかに車を停めませんでしたか？」

「ええ。寄り道せずに行った。コーリーは自分の車でついてきた」

「お母さんの家では？　あの車をどうしていました？」

「ガレージに入れたわ。だれも車に近づけっこなかった」

キャフェリーは首を振った。彼の目には、ジャニスが理解できない、打ちのめされた表情が浮かんでいた。

「エミリーは事件のことを話しましたか？　なにか具体的なことを？」

「いいえ。CAPITの担当官が無理強いするなと言ったわ。心の準備ができればエミリーが自分から話すからって。なぜそんなことを？　あの子を乗せてるあいだにあの男が発信機を取りつける機会があったと考えてるの？」

「それはなんとも。可能性はあると思いますが」

「でも、科学捜査班が調べたんでしょう。あの男が取りつけたのなら、科学捜査班が……」突如としてジャニスは理解した。突然、キャフェリーの目に警戒の色が浮かんでいる理由がわかった。「あきれた。なんてこと。警察はあの車をきちんと調べなかったってことね」

「ジャニス、とにかくエミリーのしたくを。いいですね？」

「図星なんでしょう。そうなのね。顔を見ればわかるわ。あなたも同じことを考えてる。あの男は――よくわからないけど――車をぶつけたときにでもあれを取りつけて、それを科学捜査班は見落とした。科学捜査班は車体の裏に取りつけられた発信機を見落としたのよ。で、ほかにはなにを見落としてるのかしら？　あの男のDNAも見落としたの？」

「仕事は完璧でした。完璧に調べたんです」

「完璧ねえ。とんでもない。マーサの両親は科学捜査班が〝完璧な仕事〟をしたと思うかしらね？　どうなの？　科学捜査班が車を調べたのにあんなものを見落としたって知ったら、マーサの両親の警察に対する信頼は少しでも残るかしら？」ジャニスは言葉を切り、わずかに後退した。キャフェリーは動じていなかったが、ジャニスはその表情になにかを読み取った。ぞんざいに処理しようとしているのではなく、彼もこのミスに打撃を受けていると気づいた。「ごめんなさい」彼女は間抜けのように口にし、詫びの印に片手を上げた。「悪かったわ。あんなこと、言う必要なかった」

「ジャニス、ほんとうに、あなたには想像もつかないほど申し訳なく思っています。今回のことすべてに対して」

35

キャフェリーは一時間足らずで〝容疑者〟たちを集めた。重大犯罪捜査隊の会議室が両方とも使用中だったため、訊問は間仕切りのないHOLMESコンピュータ室で、データ入力担当者たちが仕事を続けようとするなかで行なわれた。彼は鑑識監督官と、ピーズダウンのセーフハウスまでコステロ一家を車で送り届けたドライバーを、この部屋の隅にある低いコーヒーテーブルの前に座らせた。HOLMES担当の女性たちが昼食やコーヒーブレークをとるテーブルだ。プロディ刑事もいた——そばのデスクについて、話を聞きながら、なにかの書類に目を通していた。キットスン事件のファイルではなく、カージャック事件の書類だ。

キャフェリーはすでに確認済みだった。

「マーサの両親はきみたちが完璧な仕事をしたと思うだろうか？」キャフェリーが真っ先に締め上げたい相手は、バラク・オバマにそっくりな痩身の鑑識監督官だった。髪を短く切って整え、鑑識監督官にしては颯爽たる風姿は、一流の企業弁護士か医師であってもおかしくない。サウスミードにある科学捜査班の〝手術室〟へ車を運んでカージャック犯のＤＮＡを徹底的に探したのはこの男だった。「思うか？　どうなんだ？完璧だと思ってもらえるか？　コステロ夫妻のアウディに行なった仕事を見て、マーサの両親が〝みごとな仕事ぶりだ。われわれは警察を信用する。警察は全力をつくした〟と言うだろうか？」

鑑識監督官は冷然とキャフェリーを見返した。「あの車は調べた。てっぺんから底まで。言ったとおりだ」

「では教えてくれ。あの車の〝底〟はどこだ？　きみの考える車の法定上の底はどこなんだ？　ドア枠か？排気管か？」

「車体裏も調べた。〝手術室〟に持ち込まれたとき、あの車に発信機はついていなかった」

「ひとつ話を聞かせよう」キャフェリーは指先で鉛筆をまわしながら椅子に背を預けた。自分が陰険野郎で、この機に乗じているのはわかっているが、この男に猛烈に腹が立っているので恥をかかせてやりたかったのだ。「ロンドン警視庁で殺人捜査課にいたころ――当時は圏内重要犯罪捜査隊という名称だったが――ある鑑識官を知っていた。かなり地位の高い男だった。名前は伏せておく。きみも耳にしたことがあるかもしれないからな。で、ペッカムのあるろくでなしが妻を殺害した。死体のありかは不明だったが、なにがあったのかは一目瞭然と言ってよかった――妻の行方はわからず、男はペッカム・ライのある木で首を吊ろうとしたところを発見された。夫妻のフラットの壁は血まみれで、手形もいくつか残っていた。夫妻とも麻薬がらみの前科があったので、彼らの抱える負債も記録されていた——この話の結末はきみにもわかるはずだ。そうだろう?」

「いや」

「私は、壁の指紋を採ってそれが妻の指紋と一致すれば、このまま死体が見つからなくても、この件を検察庁に送致できると考えた。そこでフラットを写真に撮らせたりなんかしたあと、鑑識官に裁量権を与えた。壁の指紋を採るためなら彼はなにをやってもよかった。手形のいくつかは高い位置にあった——なぜあんな高いところについていたのか、いまだにわからない。夫が抱え上げたかなんかかもしれないが、とにかく、哀れで不運な女は八フィートもの高さまで手を上げたんだ。ところで、知ってのとおり、鑑識官は踏み板を携行するのが規則だ——だが、このとき、くだんの鑑識官は踏み板をどこかに置き忘れたか使い切ったかなんかだった。と、目あての指紋から一フィートほどのところに、テレビを載せてあるパイン材の箱を見つけた。彼はそれを引っぱり出し、その上に立って壁の指紋を採り、木箱をもとの位置に押し戻した。ビンゴ——指紋は妻のものだった。ただ、二日後、フラットを掃除していた親戚が異臭に気づいた。においの出所は——お察しのとおり——木箱だ。開けると妻の死体が入っていて、木箱の下のカーペットに血痕があり、木箱を引き出して戻した跡が血でついていた。当の鑑識官にその話をすると、どうしたと思う?」

「さあ」

「肩をすくめて〝どうりで——引っぱり出すときにちょっと重いと思ったんだ〟と言った。ちょっと重いと思った、だぞ!」

「で、なにが言いたいんだ?」

「私が言いたいのは、鑑識官にはそういう人間もいるということだ——むろん、きみを色眼鏡で見るつもりはない――だが、視野狭窄に陥って、だれが見ても明らかなことが目に入らない人間がいる。明白な罪の証拠などそっちのけで壁の血痕を採取する人間が」

鑑識監督官は唇を引き結び、またしてもいくぶん見下すような顔をした。「あの車はまちがいなく調べたんだ、ミスタ・キャフェリー。朝の〝手術室〟に持ち込まれ、最優先とされた――あんたがはっきりそう指示した。われわれは徹底的に調べた。なにもかも。車体の裏にはなにもなかった――なにもだ」

「きみ自身、〝手術〟に立ち会ったのか？」

「責任を押しつけようとするな。私だってすべての鑑識作業に立ち会うわけじゃない」

「では、作業を見てないのか？」

「あの車は徹底的に調べたと言ってるだろう」

「見落としがあったと言ってるだろう。きみは確認しなかった。せめてそれくらいは潔く認めろ」

「あんたは私の上司じゃない」鑑識監督官はキャフェリーに指を突きつけた。「私は警察官ではないし、警察官規則に従って仕事をしているわけでもない。この隊がどんな報告義務を課しているのか知らんが、私はそれに従う必要はない。この私にそんな口をきいたことを後悔することになるぞ」

「さあ、それはどうかな」キャフェリーは片手でドアを指し示した。「どうぞ、いつでも引き取っていただいて結構。出ていくとき、くれぐれもドアに尻をぶつけないようにな」

「おもしろい男だな。笑えるよ」鑑識監督官は腕組みをした。「だが、気づかい無用だ。まだいるから。だんだんここにいたくなってきた」

「好きにしろ。HOLMES担当の女性職員たちを楽しませてやってくれ」キャフェリーはコステロ一家を最初のセーフハウスへ連れていった危険予知ドライバーに向き直った。スーツに粋なネクタイの彼は前かがみに座って両膝に肘をつき、キャフェリーの胸の一点を食い入るように見つめていた。

「それで?」キャフェリーは彼と目を合わせようと、身をのりだして頭を横にひねった。「きみはどうだ?」

「どうというと?」

「乗車前点検は訓練の一環じゃないのか? それが決まりだと思っていた——乗車前にかならず徹底的にチェックをするのが。習慣になっていると思っていた。本能のようなもの——頭にたたき込まれているものだと」

「返す言葉もありません。申し訳ありません」

「それだけ? 〝申し訳ありません〟のひと言か?」

ドライバーは息を吐き出し、椅子の背に身を預けた。両手を開いて横柄な鑑識監督官を指し示した。「彼に潔く認めろとおっしゃったので、私は認めている。頭が半分しかまわってなくて、乗車前点検をしなかった。申し訳ありません」

キャフェリーは彼をにらみつけた。返す言葉はない。この男の言うとおりだ。それに、私はいけすかない野郎だ——闘技場の暴君ネロのように座って、鉛筆なんかまわしている。彼らのミスがどうあれ、警察の欠点がどうあれ、要は、カージャック犯が警察を出し抜いているということだ。それこそがおそろしい。「くそっ」彼は鉛筆を放った。「とんでもないことになりそうだ」

「あんたに見てもらおうか」鑑識監督官が立ち上がった。奥のドアのほうを向いた。「私には必要ない」

キャフェリーは体をひねって、デスクのあいだを縫うように近づいてくる黒いパンツスーツのふっくらした若い女性を見た。まっすぐに整えたブロンドの髪と日焼けした肌は、HOLMES担当の何人かと同じに見える。だが、キャフェリーは彼女に見覚えがなく、遠慮がちな表情から察するに新顔だろう。片手にプラスティック封筒を持っている。

「ありがとう」鑑識監督官が彼女の手から封筒を取った。「少し待っててくれ。長くはかからん。いっしょに戻ろう」

彼女はローソファの横で所在なげに待ち、鑑識監督官は腰を下ろして封筒を振って中身をテーブルに空けた。出てきた十数枚の写真を、彼は指先で仕分けた。どれも車の写真で、さまざまな角度から写していた——内装、外装、背面。シャンパン色の内装の黒い車。コステロ夫妻のアウディだ。

「あんたが見たいのはこれだと思う」彼は一枚を選び、テーブルの上でキャフェリーのほうへ押しやった。アウディの車体の裏側、排気管、フロアパン、それに撮影した日時がはっきりと写っていた——昨日の午前十一時二十三分。キャフェリーが写真を見たのはほんの一瞬ほどだった。鎮痛剤を服んでおけばよかったと思った。もはや痛むのは頭だけではない——ゆうべウォーキングマンと寒い戸外に座っていたせいで骨まで痛くなりはじめていた。写真の車に発信機はついていない。完全に無罪だ。

鑑識監督官が言った。「謝ってもらおうか？　それとも、それは無理な注文かね？」

キャフェリーは写真を手に取った。持つ手に力が入るあまり、親指の爪が白くなった。「車はきみがここまで運んだんだな？　コステロ夫妻はここへ取りに来た」

「〝手術室〟まではるばる取りに来るのをいやがったんだ。ケインシャムにいるんだろう？　あの近くに。ここで受け取るほうが楽だと考えた。私がここへ届けさせた。警察に便宜を図ってやったつもりだ」

「入るときは事務局長のサインをもらったのか？」

「そうだ」

「出るときも事務局長がサインしたはず……」キャフェリーは写真をまじまじと見た。ここに運ばれてからコステロ夫妻の手に渡るまでのあいだに、この車に発信機が取りつけられた。つまり――彼の腕の毛が逆立った――車になにかを取りつける機会は、唯一の機会は、車がここに、下の駐車場にあるあいだだけだった。安全対策の施された駐車場。歩行者すら入ることができないのに。アクセスコードがないかぎりは。

キャフェリーは痛む目を上げた。オフィスにいる連中を見た。入出許可証を持っている警察官と警察職員。予備警察官。この敷地内に出入りできる人間は百人はいるはずだ。別のことも頭に浮かんだ。カージャック犯が悪運強くナンバープレート自動認識カメラを回避したと思ったことを思い出したのだ。まるでカメラの設置場所をあらかじめ知っていたようだ、と。

「警部?」

キャフェリーはゆっくりと頭をめぐらした。プロディが妙な表情を浮かべて椅子から身をのりだしていた。顔が白い。とても白い。蒼白だ。手にはカージャック犯の手紙を持っている。ブラッドリー夫妻に渡ったほうの手紙。マーサの顔を矯正したとか書いてある手紙を。「警部?」彼は低い声で繰り返した。

「なんだ?」キャフェリーは上の空で返事をした。

「どうした?」

「内々でお話があるんですが」

36

潜水捜索隊では、一般支援のための訓練と、専門である潜水捜索の訓練を行なっている。マーサ・ブラッドリーの捜索任務は終了していた。したがって、運河の捜索が惨憺たる結果に終わると、ブリストル郊外のアーモンズベリーにある潜水捜索隊本部は平常業務に戻り、ウェラード巡査はようやく、全隊員に義務づけられているコンピュータによる多様性訓練を受ける時間ができたのだった。二日間の訓練コースは、スクリーンの前に座って、相手をこうだと決めつけるのはよくない、相手をえり好みするのはよくない、とボタンを押して答えるものだった。フリーが出勤したとき、彼はメインオフィスの奥の部屋で不機嫌顔で画面をにらみつけていた。フリーは昨日の運河での一件には触れないことにした。ドアから顔だけのぞかせてほほ笑んだ。なにごともなかったふりをした。「お疲れ」

彼は片手を上げて挨拶した。「お疲れさま」

「調子はどう？」

「もう終わりそうです。効果があると思いますよ。二度とニガーをニガーと呼びやしません」

「やだ、ウェラード。勘弁してよ」

彼は両手を上げた。降参の印。「申し訳ないけど、こんなの、人をばかにしてますよ。自然に口から出るはずの言葉を教えられるなんて。警察内の黒人だって——おっと失礼、アフリカ系カリブ人の子孫である英国民だって——侮辱だと思うでしょう。警察内のまともな人間はこんなことを教わる必要なんてないし、ほんとうに学ぶ必要のある連中は、正解にチェックを入れて笑顔で正しい言葉を使うだけだ。そのあと、スキンヘッドにして、ケツの穴にジョージ十字勲章のタトゥを入れて、英国国民党の会合に出かけるんでしょうよ」

フリーは深呼吸をした。ウェラードは勤勉で辛抱強く、人種偏見などまったく持っておらず、人一倍チームのメンバーを愛している。ほかならぬ彼に、こんな訓練は必要ない。彼の言うとおりだ。彼のような人間にとっては侮辱だ。だが、こうしたことをたたき込む必要のある人間もいる。

「わたしにはどうしようもないのよ、ウェラード。わかってるでしょう」

「ええ――だから世の中おかしいんですよ。だれも文句を言えないなんて。マッカーシズムが蔓延してるんだ」

「マッカーシズムなんてどうでもいいわ、ウェラード。とにかく、それを終わらせなさい。正解にチェックを入れるだけでいいんだから。訓練されたアシカにだってできることよ」


彼は画面上でチェックを入れる作業に戻った。フリーは小部屋のドアを閉めて自分のデスクへ行った。腰を下ろして、開け放されたドアの向こうのロッカールームをぼんやりと眺め、もう百回目にもなるだろうか、視界の端に居すわっている考えに焦点を合わせようとした。

ロッカーのひとつにクリスマスカードがテープで留めてある。第一号のカードは、待雪草のように孤独で無防備に見えた。それ以外のものは――隅のラックに並んだブーツ、例の卑猥なポストカードだらけの掲示板、くだらない漫画――どれも、何カ月も前からあるものだ。何年も前から。トムがミスティを轢き殺したときにはもうそこにあった――同じ席に座って、この腐った肉のにおいはどこからするんだろうと考えていたのを覚えているから、まちがいない。あのときは、まさか、においの発生源が外に停めてある自分の車だとは思ってもいなかった。トランクから漏れた腐臭が空調設備を通して建物内に入ってきていたのだ。

空調。デスクを指で打った。空調。頭と首の周囲で電磁場が音をたて、腕に鳥肌を立てるのがわかった。頭のどこかで鳴りはじめた警報はなんだろう？　ガス交換。古い空気と新しい空気の入れ換え。ミスティがいま眠っている場所のことを考えた――岩壁の奥底の洞窟から、目に見えない通路を経てのぼってくる空気。指の幅くらいの割れ目から上へ上へとのぼって表面へ出てくる空気。

と、その瞬間にわかった。立ち上がり、業務ファイルを――潜水捜索隊がやるべきことを毎日書きためたルーズリーフ・バインダーを――引っぱり出して、すばやくページを繰るうちに、昨日の捜索に関するメモを見つけた。震える手でメモを取り出してデスクに広げ、両手をデスクについて立ったまま、すべてが頭に入るまでじっくり読み込んだ。

通風用の立坑。見落としていたのはそれだ。いまいましい通風用の立坑。

だれかがドアをノックした。

「はい？」フリーはどこかやましい気持ちを覚えてメモをファイルにしまい、デスクに背を向けた。「なに？」

ウェラードが姿を見せた。雑な字で用件を書き留めたメモ用紙を持っている。「巡査部長？」

「あら、ウェラード」彼女はデスクのほうへ背をそらしてファイルを隠した。「なんの用？」

「仕事です。いま電話がありました」

「どんな仕事？」

「逮捕状の執行」

「だれを逮捕する予定？」

「さあ。速やかに集合場所《ランデブーポイント》へ来いとのことです。銃器携行命令こそ出てませんが、かなり大がかりなようですよ」

フリーはひたと彼を見すえた。「任せるわ、ウェラード。代行を務めて。午後は休みを取るつもりだから」

ウェラードは、フリーが出向けないときはいつも巡査部長代行を務めているが、職務の引き継ぎはたいてい事前に予定されている。彼は怪訝な顔をした。「今日は勤務当番でしょう」

「体調不良よ。後日、診断書を出すわ」

「体調は悪くないでしょう」彼は不審そうにフリーを見た。「待ってください。まさか、さっき言ったことが理由じゃないでしょうね？　ほら、二度とニガーを――」

フリーはどきどきしながら片手を上げてウェラードを制した。「やめて、ウェラード。ちがうわ。それが理由じゃない」

「じゃあ、理由はなんです？」

とんでもない連想が働いたことを話せば、ウェラードは腹を立てるにちがいない。強迫観念に取りつかれている、あきらめたほうがいい、と言うはずだ。彼女をからかうか、悪くすれば、警部に報告すると言って脅すだろう。あるいは説教をするか。いや、いっしょに行こうとすることもありうる。念のために。彼女の身の安全のために。なにも起こらないように。「体調不良よ。豚インフルエンザ――表面上は元気そうに見えるけどね。もう家へ帰って横になるわ」ファイルを放り込んでリュックサックを肩にかけ、背筋を伸ばしてウェラードににこやかな笑みを送った。「逮捕がうまくいくことを祈ってる。代行許可証を忘れないでよ」

37

「犯人がアクセスコードを知っていたのは駐車場だけじゃなかった」ターナーが言った。「本部内を歩きまわって、すべてのオフィスに出入りできた。透明人間も同然だったんですよ」

キャフェリー、ターナー、プロディが、狭いプロディのオフィスに集まっていた。ヒーターを強にしているので窓がくもっている。室内はペンキと汗のにおいが強烈だった。

「駐車場には監視カメラがあるだろう」キャフェリーは両手をポケットに入れて隅に立っていた。「犯人があの車に発信機を取りつけたのだとしたら、その映像があるはずだ。どちらかがもう確認したのか？」

ふたりは返事をしなかった。

「なんだ？」

ターナーが肩をすくめた。キャフェリーと目を合わせない。「監視カメラは故障中です」

「また？　あの警察車輛が盗まれたときの言い訳もそれだった。またしても故障したというのか？」

「またではありません。そもそも修理をされてないんです」

「そりゃすばらしい。故障してからどれくらい経つ？」

「二カ月です。やつは営繕作業員でした――修理はやつの仕事みたいなものだったんですよ」

「で、やつがここで働きだしてどれくらいになる？」

「二カ月です」

「くそ、くそ、くそっ」キャフェリーは両のこぶしを頭に押しつけた。いらいらと両手を下ろした。「マーサを皿に盛って差し出したときにナプキンも用意してやればよかったんだ」

彼は、プロディのデスクに置かれた、人事部からファクスで送られてきた書類を手に取った。一枚目にホチキスで写真が留めてある。リチャード・ムーン。三十一歳。一年前から警察の〝営繕職員〟として採用され、この八週間は重大犯罪捜査隊本部で建物まわりのさまざまな営繕作業を行なっていた——ペンキ塗装、電気の修理、幅木の打ちつけ、トイレの壊れた貯水タンクの交換。マーサの誘拐を計画し、つかまることなく自分の習癖に耽溺するには、これ以上ないほど好都合だ。

手がかりに気づいたのはプロディだった。今朝デスクで見つけ、丸めてくずかごに捨てたメモのことを思い出したのだ。営繕作業員ムーンからの伝言メモ——〝ペンキのにおいが残ってすみません。ラジエーターには触らないでください〟。筆跡鑑定の心得があるバラク・オバマ似の鑑識監督官が、メモはブラッドリー夫妻宛ての手紙と同一人物によって書かれたものだと断言した。そのあとだれかが、ブラッドリー夫妻とコステロ夫妻に宛てた手紙の用紙は、どうも警察本部で支給されるメモ用紙に似ているようだと言いだした。カージャック犯は警察の事務用品に病んだメッセージを書いていた。図太い野郎だ。

ムーンは今朝は出勤していた。だが、正午までの勤務だったため、鑑識監督官との対決が始まるころに重大犯罪捜査隊本部をあとにしていた。犯人はここに、捜査員たちのすぐ身近にいた。キャフェリーは、本部内で二度見かけた男を思い出しながら写真に目を凝らした。記憶ちがいでなければ、長身で太っていた。いつもオーバーオール姿だったが、写真ではカーキ色のTシャツを着ている。白人、褐色の肌、広い額、間隔が大きく開いた目、ふっくらした唇。短く刈った黒髪は、おそらく二分刈りではなく三分刈りだ。二分刈りは世話がかかる。キャフェリーは写真の男の目を見た。

そこに映っているものを読み取ろうとした。マーサ・ブラッドリーの身に起きたことを目撃した目。マーサ・ブラッドリーになにかを行なった口。

くそっ、責任のなすり合いになる。いくつか首が飛ぶことになるだろう。

「本人名義の車はありません」ターナーが言った。「しかし、車で通勤していました。見た者がたくさんいます」

「私も見ました」プロディが気の抜けた声で言った。キャフェリーとターナーが彼のほうを向いた。椅子のなかで肩を落としている。先ほどから口数が少なかった。彼はもっと早く気がつかなかった自分に腹を立てていた。キャフェリーはしばし、この機を利用してプロディを叱りつけたい、きみがちゃんとカージャック事件に集中していればもっと早くムーンをつかまえることができたかもしれないと指摘してやりたい、という誘惑に駆られた。だが、プロディはすでに充分に反省している。学ぶべき教訓があるとすれば、彼はすべて自分で学んでいた。

「そう——彼は車に乗っています」プロディは自嘲ぎみの薄笑いを浮かべた。「車種はなんだと思います?」

「まさか」キャフェリーは力のない声で言った。「勘弁してくれ。ボクスホールか」

「いつだったか、彼が運転しているのを見たんですよ。私のプジョーと同じブルーだったので目を留めたんです」

「なんてこった」ターナーは沈痛な面持ちで首を振った。「信じられない」

「そうですね。そんな目で見ないでくださいよ。自分が半人前なのはわかってます」

「今日きみはコステロ一家の移動の手配をした」キャフェリーは言った。「そのとき、やつはこの部屋にいなかっただろうな。やりとりを聞かれなかっただろうな」

「やつはいませんでした。確かです」

「ナンバープレート自動認識班の配置を指示したときはどうだ？　まさか、やつが……？」

プロディは首を振った。「夜遅い時刻でしたから。やつはとうに家へ帰ってましたよ」

「なら、どうやって配置を知ったんだ？　やつがカメラの設置場所を知ってたことはまちがいないんだぞ」

プロディは口を開けて言葉を発しかけたが、ふとなにかに気づいたのか、思いとどまって口を閉じた。コンピュータに向き直ってマウスを揺すった。スリープ状態から復帰したスクリーンを見つめるうち、彼の顔が赤黒くなっていった。「おみごと」両手を振り上げた。「たいしたもんだ」

「なにが？」

プロディはいらだった様子で椅子を押し出すようにしてデスクから離れると、回転させて壁を向き、ふたりに背を向けて、忍耐の限界に達したかのように腕組みをした。

「プロディ。子どもじみたまねはよせ」

「ええ、でも、子どもみたいな気分なんですよ、警部。やつはおそらく私のコンピュータに侵入した。だから、そいつがタイムアウトしないように見えたんです。そこに全部入ってます」彼は肩越しに手を振ってコンピュータを指し示した。「全部です。仕事も。メールも。だから、やつは知っていた」

キャフェリーは下唇を噛んだ。腕時計で時刻を確かめた。「きみに頼みたい仕事がある。ある人に会いに行ってもらいたい」

プロディは椅子を回転させて向き直った。「えっ？どういうことですか？」

「経理の連中はなにかというと予算不足を盾に取る——今度のセーフハウスへの人員配置を却下されたんだ。きみが行って、いまいる巡査に午後は休みをやれ。コステロ夫妻とニックに話すんだ。現在の状況を彼らに説明しろ――話を聞けばジャニスは取り乱すだろうから、なんとか落ち着かせろ。それがすめば――まあ時間がかかってもいいし、必要なら向こうに残ればいいが――地元署に言って交代要員を出してもらえ」

プロディは敵意に満ちた目でキャフェリーを見た。娘を失いかけた女性のところへ行って、犯人がわかったと説明しろだと？　もっと前に手を打つことができたかもしれない、と？　決して楽なほうの選択肢ではない。懲罰の意図が隠れている。それでもプロディは椅子を押してデスクに戻し、フックに掛けてあったレインコートを取り、車のキーを手に持った。ふたりの顔を見ず、ひと言も発せずにドアへ歩いていった。

「お疲れさん」ターナーが大声で言った。だがプロディは返事をしなかった。彼がドアを閉め、ふたりは無言で立ちつくしていた。ターナーがキャフェリーになにか言いかけたにせよ、その瞬間に携帯電話が鳴った。

ターナーは電話に出た。相手の言葉に耳を貸していた。電話を終えてポケットにしまうと、いかめしい顔で警部を見た。

「配置完了だな？」キャフェリーがたずねた。

ターナーがうなずいた。「配置完了です」

ふたりの視線が絡み合った。どちらも、相手がなにを考えているかわかっている。リチャード・ムーンの住所をつかみ、いまムーンが自宅にいるとの証言を得て、突入チームのスタンバイが完了した。警察が来ることをムーンが察知していると考える理由はない。できることならムーンには、自宅で、なにか起きるとは思いもせずに、紅茶でも淹れてテレビの前でソファにくつろいでいてもらいたい。

むろん、そううまく運ぶはずがない。ターナーもキャフェリーもそれはわかっていた。これまでのところムーンは、ことごとく警察を出し抜いてきた。抜け目のない凶悪な男だ。ここにきてそれが変わるはずがない。それでも、やってみるしかない。実際、ほかに彼らにできることなどないのだから。

38

「ジャスパーはここが嫌いなんだって。あの人があの窓から入ってくるって」キャフェリー警部がコステロ一家を移したフラットでは、おもちゃのウサギを胸に抱きしめたエミリーがベッドに座っていた。スパゲティ・ミートソースの昼食を終えて、いまベッドの準備をしているところだ。エミリーがしかめ面で母親を見た。「ここが嫌いでしょう、ママ？　大嫌いよね？」

「大好きじゃないわ」ジャニスはエミリー用のバービーの寝袋を、持ち運びのために使ったごみ袋から引っぱり出して振った。このベッドルームは、さっきの家のベッドルームよりはましだ。いや、このフラット自体が警察の官舎よりましだ。クリーム色のカーペットが敷かれ、木部が白くて、官舎よりも清潔でかたづいている。「大好きじゃないけど、大嫌いでもない。それに、とっても大事なことを知ってるわ」

「なあに?」

「ここは安全なの。ここにいれば、だれもあなたを傷つけに来ない。あの窓は特別安全な窓だし、ニックやほかのおまわりさんたちがちゃんと確かめてくれたでしょう。あの怖いおじさんはあなたをつかまえに来られないのよ。ジャスパーのこともね」

「ママも?」

「ママも。パパも、おばあちゃんも。だれのことも」

「おばあちゃんのベッド、すごく遠いよ」エミリーは廊下の先、リビングルームとバスルームの向こうの、このフラットのいちばん奥のドアを指さした。「おばあちゃんのベッドはずうっと向こう」

「おばあちゃんは新しいお部屋が気に入ってるの」

「それに、あたしのベッド、ママのベッドから遠いよ。夜にママの顔が見えない。きのうの夜は怖かったわ」

ジャニスは座り直して、エミリーのためにニックが隅に置いてくれたトランドルベッドを見た。そのあと、コーリーといっしょに寝るはずの壊れそうなパイン材のベッドに目を転じた。ゆうべコーリーは母の家ですぐに眠り込んだ。彼のいびきと寝言を聞きながら、ジャニスは横になったまま天井を横切る車のヘッドライトを見つめていた。車が停まり、足音がするのにそなえて、外のどんな小さな物音も聞き逃すまいと耳をすましていた。「じゃあ、こうしようか」彼女はコーリーがゆうべ着ていたTシャツとジョギングパンツを取りに行った。彼が今朝スーツケースに放り込んだまま、ぐちゃぐちゃに絡まっている。ジャニスはそのまま手に取ってトランドルベッドに放った。そのあとリュックサックからエミリーのパジャマを取り出すと、ダブルベッドへ行ってコーリーの枕の下に置いた。「これでどう?」

「ママと寝るの?」

「そうよ」

「すてき」エミリーは喜びいさんで跳ねた。「すてき」

「そうだな――ほんとうにすてきだ」コーリーがドア口に立っていた。スーツを着て、髪をうしろへ梳きつけている。「ぼくは折りたたみベッドで寝るわけだ。そりゃ、ありがとう」

ジャニスは両手を腰にあてて、頭のてっぺんからつま先まで、まじまじと彼を見た。スーツは彼が持っているなかでもっとも高価で――イヴ・サンローランだ――大金をはたいて買ったものだ。ゆうべ、彼女がエミリーのおもちゃや食べもの、寝袋、着がえを詰め込んでいるときに、彼は衣装たんすからこのスーツを出していた。いまは、彼女が去年のイースターに贈ったポール・スミスの小さなカフリンクをせわしなげに留めている。「すてきね」ジャニスは冷ややかな口調で言った。「どちらへお出かけ? 意中の相手とデート?」

「そう――意中の相手とね。仕事に行くんだ。どうしてそんなことを訊く?」

「仕事? 冗談じゃないわ、コーリー」

「仕事に行ってなにが悪い?」

「まず、エミリーのことよ。怖がってるの――出かけないで」

「大人が四人もいるじゃないか――ニックはどこへも行かないし、外にも警察官がひとり詰めている。ちゃんと守ってもらってるだろ。警護は万全だ――水も漏らさぬほど。それにひきかえ、ぼくの仕事はそれほど安全じゃない。いいかい、ジャニス、ぼくらの生計、ぼくらの家、きみの車――なにもかも、それほど万全じゃないんだ。だから、悪いけど、ぼくには自分の問題に専念させてくれ」

彼は廊下を戻っていった。かちんと来たジャニスは、エミリーに聞かれないようにドアを閉めると、足早に、玄関脇の汚れた鏡でネクタイがまっすぐかどうかチェックしているコーリーのもとへ行った。「コーリー」

「なんだい？」

「コーリー、わたし――」ジャニスは深呼吸をした。目を閉じて十かぞえた。これ以上エミリーにつらい思いはさせられない。両親がののしり合うのを聞かせたくない。「仕事をがんばってくれて、すごく感謝してるわ」こわばった声で言った。目を開けて笑みを浮かべた。あでやかに。スーツの襟を整えてやった。「それだけよ。心から感謝してる。じゃあ、いってらっしゃい」

39

英国じゅうに何百とある目抜き通りの特徴そのままに、この通りにも二、三の地元小売店にまじって〈スーパードラッグ〉と〈ブーツ〉の店舗があった。各店舗の照明が、雨と暮れはじめた空にあらがっていた。キャフェリーがこの通りのランデブーポイント――リチャード・ムーンのフラットから二百ヤード離れたスーパーマーケットの駐車場――に着いたとき、八人の男が待機していた。全員が安全装備をしていた――それぞれが手に防弾チョッキ、盾、ヘルメットを持っていた。キャフェリーが見覚えのある顔もいくつかあった。ときどき一般支援グループの任務に駆り出される潜水捜索隊の連中だ。

「きみのところの巡査部長は?」潜水捜索隊のバンはライトがついたままで、ドアも開いていた。「車にいるんだな?」

「お疲れさまです、警部」ブロンドの髪を短く刈り込んだ短身の男が片手を差し出しながら進み出た。「巡査部長代行のウェラードです。さっき電話を受けた者です」

「代行? では、マーリー巡査部長はどこにいる?」

「明日には出てきます。用があるなら本人の携帯電話にかけてください」ウェラードは、部下たちに話を聞かれないよう、彼らに背を向ける位置に立っていた。声を低めてたずねた。「警部? だれが言いだしたのか知りませんが、今日われわれが逮捕するのはカージャック犯だと思い込んでる者がいます。そのとおりなんでしょうか?」

キャフェリーは視線を上げて、ウェラードの背後、自分たちの立っている小さな通りと幹線道路との交差点、そしてフラットの出入口を見やった。「みんなに舞い上がるなと伝えろ。この任務に真剣にあたってもらいたい。くれぐれも突発事にそなえるんだ。犯人はきわめて頭がいい。家にいたとしても、ことはそう簡単に運ばないはずだ」

ムーンのフラットがある建物はなんの変哲もない二階建てのビクトリア様式のテラスハウスで、一階はテイクアウトの中華料理店――〈ザ・ハッピー・ウォック〉――になっている。この手の建物の例に漏れず、階段はテイクアウト店の脇にあって、職場から帰宅する人たちが寒さに逆らうように下を向いて足早に行き交う歩道へじかに出られるようになっている。フラットの裏手は、テイクアウト店の店主が空容器を捨てたり、おそらくは使い古しの食用油を地元の暴走族に安く売り払っていると思われる小さな駐車場に面している。フラットの窓はすべてカーテンがしっかりと閉じられていた。だが、テイクアウト店の店主に聞き込みをして、リチャード・ムーンはまちがいなく二階に住んでいる、午後はずっと物音がしていた、との証言を得ていた。別の一部隊がすでに建物の裏手にスタンバイしている。ほかにも、目立たないように歩行者たちを誘導している連中もいる。噴き出た汗でキャフェリーの上唇がちくちくした。

「どう動けばいいですか？」ウェラードは支援部隊員の典型的な姿勢で――胸の高さで腕を組み、足を開いて――立っていた。「われわれがドアをノックしますか、それとも、それは警部に任せてわれわれはバックアップをしましょうか？」

「ノックは私がする。きみたちはバックアップをする」

「黙秘権の告知は警部がするんですね？」

「そうだ」

「男がドアを開けなかった場合は？」

「その場合は赤い大きな鍵を使う」彼は赤い破壊槌のひもをはずしているふたりの男を顎先で指した。「いずれの方法にせよ、私もきみたちといっしょになかへ入る。この目で見届けたい」

「入るときは、われわれのあとについてください。うしろに下がって、われわれが動けるスペースを取ってもらいたい。ターゲットを発見したら、私がターゲットの状態を見きわめて、大声で警部に知らせます。服従、非服従、抵抗の三つのうちのどれかを。非服従の場合はわれわれが手錠を――」

「だめだ。服従の場合でも手錠をかけろ。私はこの男を信用していない」

「わかりました――服従、非服従いずれの場合も手錠をかけるので、警部は入って黙秘権の告知を行なってください。抵抗の場合、手順はご存知ですね。戦場みたいになりますよ。ターゲットを壁に押しつけて盾二枚で押しつぶす。必要とあらば、膝の裏を蹴りつけて倒す。その場合は、私に黙秘権の告知をさせたいですか？」

「いや、私がする」

「そうですか。しかし、しっかり手錠をかけるまでは離れていてください。どなりつけたければドア口からどうぞ」

そろって――キャフェリーとターナー、潜水捜索隊の面々だ――通りを進むうちに、表面上は気持ちが落ち着いた。リラックスすらしていた。潜水捜索隊の面々は仲間内でおしゃべりをしたり、装備をいじったり、この作戦のメンバー同士でのみ通信できるように無線のチャンネルを合わせたりした。ひとりふたりがカーテンの閉じている窓を見上げてフラットを見定めていた。キャフェリーだけが押し黙っていた。彼はウォーキングマンの言葉を思い出していた――〝この犯人はあんたがこれまでおれのところへ持ち込んだどんな人間よりも頭がいい〟、〝犯人はあんたをあざ笑ってる〟。

逮捕はすんなりとはいかないだろう。それはわかる。そう簡単にいくはずがない。

彼らはお粗末な玄関ドアの前で足を止めた。手を上げて呼び鈴を押す姿勢で立つキャフェリーを、有効性が実証されているフォーメーションで支援部隊員たちが取り囲んだ。左手には、暴徒鎮圧用の盾を構えた突入チームの三人。右手には、ウェラードを先頭に、警棒と催涙ガスを構えた残りの連中。キャフェリーはウェラードに目を向けた。ふたりは小さくうなずき合った。キャフェリーは息をひとつついてから呼び鈴を押した。

応答なし。五秒間なんの物音もしなかった。

無線機がおなじみのノイズ音を発したあとターゲットが裏の窓から飛び降りたことを伝えてくるのを期待して、男たちは視線を交わした。だが、なにも起きなかった。キャフェリーは唇を舐めた。もう一度、呼び鈴を押した。

今度は物音がした。階段を下りてくる足音だ。ドアの向こうで、スライド錠とエール錠の開けられる音がした。キャフェリーを取り囲む男たちが身構えた。キャフェリーは一歩下がり、ポケットの身分証を手探りした。それを出して開き、顔の前に掲げた。

「はい？」

キャフェリーは身分証を下ろした。顔の前でなにかが爆発するような気がして、ずっと目を細めていた。だが、ドアロに立っているのは六十代の小柄な男だった。汚れたベストに、ズボンつりをつけたズボン。頭は完全に禿げ上がっている。室内履きを履いていなければ、英国国民党の会合の出席者だと勘ちがいしただろう。

「ミスタ・ムーン？」

「そうだが？」

「警部のキャフェリーです」

「それで？」

「あなたはリチャード・ムーンではありませんね？」

「リチャード？　ちがう、わしはピーターだ。リチャードは息子だよ」

「リチャードと話がしたい。彼の居所を知っていますか？」

「知っている」

わずかな間があった。チームの面々が目配せを交わした。こんなにスムーズに運んだことは一度もない。なにか裏があるにちがいない。「では、彼の居所を教えてもらえますか？」

「うむ――上でベッドにいる」ピーター・ムーンがドアから一歩下がったので、キャフェリーは老人の背後の玄関ホールと階段に目を凝らした。カーペットはくたびれて泥だらけだった。壁はどれも長年の使用とニコチンで薄汚れており、長年、手をすって歩いたために腰の高さに茶色の線が入っている。「入るかね？　息子を呼んでこよう」

「いいえ。よければ、あなたは外へ出ていただきたい。なんなら部下たちとここで待ってもらってもかまいません」

ピーター・ムーンは通りへ出て、寒さに身を震わせた。「くそ。なにごとなんだ？」

「訊きたいことはあるか、ウェラード巡査部長代行？」キャフェリーは言った。「この人に訊きたいことは？」

「あります。ミスタ・ムーン、あなたの知るかぎり、家のなかに銃器類はありませんね？」

「ないとも」

「では、息子さんは武器を携帯していないのですね？」

「武器を？」

「はい。携帯していますか？」

ピーター・ムーンはウェラードを仔細に観察した。

老人の目は無表情だった。「ちょっと待ってくれ」

「イエス、それともノー？」

「ノーだ。あんたたちのせいで息子は震え上がるよ。不意の来客を嫌うんだ。リチャードはそういうやつだ」

「息子さんも理解を示してくれるはずです。事情が事情ですから。で、ベッドにいるんですね？ ベッドルームはいくつありますか？」

「ふたつ。ひとつは、リビングルームを抜けた廊下の先——左手だ。それからバスルームがあって、奥のドアが息子の部屋だ。でも、わしならいまはバスルームに近寄らないな。ついさっきリチャードが入ってたんだ。なにかが息子の体に入って死んだみたいなにおいがする。なんだってあんなにおいがするんだか」

「廊下のつきあたりだ」キャフェリーは頭でドアを示した。「ウェラード？ わかったか？ 用意はいいか？」

ウェラードがうなずいた。三つかぞえて突入した。

まず盾チームの三人が、「警察だ、警察だ！」と声高に叫びながら階段を駆け上がった。玄関ホールに大声と汗のにおいが満ちた。ウェラードが三人の部下に続き、キャフェリーはしんがりを務めて、一段飛ばしで階段をのぼった。

　のぼりきったところの広い部屋はパラフィンストーブで暖められ、MFI社の安っぽい家具類と絵が所狭しと置かれていた。突入チームが部屋じゅうに群がって、ソファを引き出したり、カーテンのかげや大きな戸棚の上を確認していた。ウェラードが片手を水平に上げた――潜水捜索隊で使っている警戒解除《クリア》の合図だ。彼はキッチンを指さした。隊員たちが確認しクリアした。彼らは廊下を進みながら次々と電気をつけ、バスルームを過ぎた。「脱出の口実にしないと確信できれば、窓を開けてやるのに」ウェラードは小声でつぶやいた。最初のベッドルームをクリアし、廊下のつきあたりのちゃちな合板のドアの前に達した。

「準備はいいですか？」ウェラードが小声でキャフェリーにたずねた。ドアの下を顎で指し、光が漏れていないことをキャフェリーに確認させた。「ここです」

「そうだな――だが、忘れるな。不測の事態にそなえるんだ」

　ウェラードがノブをまわしてドアをわずかに押し開け、すぐに後退した。「警察だ」大きな声で告げた。「われわれは警察だ」

　なんの反応もないので、ウェラードは足を使ってドアをもう少し大きく開け、手を差し入れて電気をつけた。

「警察だ！」

　彼はなおも待った。チームの面々は廊下の壁に背中をつけ、額に汗を浮かべて立ったまま、目だけすばやく動かしたあとウェラードの顔に視線を戻した。部屋のなかから応答がないので、ウェラードが合図を送り、ドアが大きく押し開けられた。間髪を容れずに突入チームが駆け込み、盾のうしろで防御姿勢をとった。廊下のキャフェリーの位置から、彼らのポリカーボネート・バイザーにぼんやりと映った部屋の様子が見て取れた。カーテンの開いた窓。ベッドが一台。それだけだ。盾の手前では、目の前の光景を把握しようと、三人の目がせわしなく動いていた。

「布団を」ひとりが口だけ動かしてウェラードに伝えた。

ウェラードはドアのすき間から体をのりだして大声で告げた。「布団をめくってください。われわれに見えるように、布団を警察官の前の床へ落としてください」

一瞬の間ののち、布団の落ちる柔らかい音がした。キャフェリーにも床の布団が見えた——幾何学模様の入った黒ずんだカバー。

「サー？」いちばん近くの隊員が盾を持つ手を心持ちゆるめた。「服従です。入っても大丈夫です」

「服従です」ウェラードが防弾チョッキから手錠を取り出しながらキャフェリーに言った。「黙秘権の告知を行なってください」彼は肩でドアを押し開け、室内を見て足を止めた。「ふむ」キャフェリーに向き直った。「入ってもらったほうがいいかもしれません」

キャフェリーはドアに手をかけて用心しながら室内へ歩を進めた。ベッドルームは狭く、淀んだにおいがした。部屋じゅうに男物の衣類が散乱している。汚れた鏡のついた安物の整理たんすがあった。だが、みんなの目を引いているのは、ベッドに横たわっている男だった。小山のような巨体——しかも裸だ。体重はおそらく百九十キロ近いだろう。両手を脇につけて、電流に体を貫かれたかのように震えている。口からは喘鳴のような甲高い音を漏らしていた。

「リチャード・ムーン？」キャフェリーは身分証を提示した。「あなたはリチャード・ムーンですか？」

「そうだ」男はあえぐような声で言った。「おれだよ」

「初めまして。少し話を聴かせてもらってかまいませんか？」

40

ジャニスは買い物に行かせてほしいとニックに迫った。快適な生活用品もない状態で、これ以上はじっとしていられない。共同クレジットカードを取り出すと、ニックが車でクリブス・コーズウェイのショッピング・モールへ連れていってくれた。〈ジョン・ルイス〉でシーツ、掛け布団、キャス・キッドソンのティーポットを買い、モールの端の一ポンド・ショップで買い物袋がいっぱいになるほど掃除用具を買い込んだ。そのあと〈マークス&スペンサー〉の店内をうろうろして、家族の気に入りそうなものを買った——母にナイトガウン、エミリーにポンポンのついた室内履き、自分用の口紅とカーディガン。ニックが〈ジューシークチュール〉で気に入ったTシャツがあったので、ジャニスは買わせてほしいと言い張った。食品売場へ行き、輸入物のティーバッグ、エクルズケーキ、パック入りのサクランボ、ソテーしてディル・ソース添えで出す夕食用のサーモンを片身で買った。明るい照明と色とりどりの服装の買い物客を見てジャニスの気が晴れた。今年のクリスマスは楽しくなりそうだという気持ちになった。

ふたりが狭いフラットに帰ると、ダークグレーのスーツを着た男がブルーのプジョーで待っていた。ニックが駐車すると男は車から出てきて身分証を示した。

「ミセス・コステロ?」

「そうよ」

「重大犯罪捜査隊のプロディ刑事です」

「見覚えのある顔だと思った。調子はどう?」

「まずまずです」

ジャニスの笑みが消えた。「えっ? あなた、なにしに来たの?」

「みなさんが落ち着いたか確認に来ました」

ジャニスは眉をつり上げた。「それだけ?」

「入れてもらっていいですか?」と彼は言った。「ここは寒いので」

ジャニスは思案げにとくと彼の顔を見た。やがて買い物袋をひとつ彼に渡して入口へ向かった。

セントラルヒーティングが稼働しているのでフラットのなかは暖かかった。買ってきたものをニックとジャニスの母が取り出すのをエミリーが手伝い、ジャニスはやかんを火にかけた。「紅茶を淹れるの」プロディに説明した。「ずっと、まともなお茶が飲みたくてたまらなかったから、いま淹れるわ。エミリーには読書をさせる——母に相手をしてもらうから、あなたはわたしにつきあって、どういうことか説明して。わたしだってばかじゃないのよ。なにかあったことぐらいわかるわ」

ジャニスが紅茶を淹れ、ふたりは表側の部屋へ行った。快適と言えなくもない部屋には、つや消しステンレスのモダンなガスストーブがあり、シーグラスのカーペットが敷かれ、汚れていない家具が置かれていた。窓ぎわのテーブルには造花の鉢が載っている。陳腐ではあるものの、だれかが実際に時間を注いだ部屋だという印象は受けた。少しかびくさくて寒かったが、ストーブをつけるとすぐに暖かくなった。

「それで？」ジャニスはエクルズケーキとキャス・キッドソンのティーポットをトレイから下ろしてテーブルに並べた。「話を聞かせてくれるの、それとも、その前にダンスでもする？」

プロディは真顔で腰を下ろした。「犯人がわかりました」

ジャニスは一瞬、沈黙した。急に口のなかがからからになった。「よかった」言葉を選んで言った。「ほんとうによかった。じゃあ、警察が犯人をつかまえたってこと？」

「犯人がわかったと言ったんです。捜査の大きな前進です」

「そんな言葉は聞きたくない――聞きたかったのはそんな言葉じゃないわ」彼女はトレイのものを下ろし終え、カップに紅茶を注ぎ、皿を一枚プロディに差し出して勝手にケーキをひとつ載せた。腰を下ろしながらちらりと見て、そのままテーブルに置いた。「それで？　何者なの？　どんな顔をしてるの？」

プロディはポケットに手を入れて、折りたたんだ一枚の書類を取り出した。左上の隅に写真があった――写真ボックスで撮ったような写真だ。「見かけたことは？」

犯人の顔を見れば精神的に苦痛を覚えるものと覚悟していたが、そんなことはなかった――どこにでもいる男に見えた。二十代のふっくらした男で、髪をとても短く刈り、口の両端にニキビがかたまってできている。カーキ色のTシャツの襟ぐりが見えた。書類をプロディに返そうとしたときに、ある記載事項が目に入った。〝エイボン・アンド・サマセット〟。「これはなに？　逮捕歴が……」声が尻すぼみに消えた。いちばん下の〝警察職員〟という文字を見たのだ。

「お話ししたほうがいいでしょうね、いずれわかることだから。犯人は警察で働いています。営繕作業員として」

ジャニスは喉もとに手をあてた。「犯人が……警察で働いてる？」

「はい。非常勤職員のひとりです」

「だから、うちの車に発信機を取りつけることができたのね？」

プロディはうなずいた。

「驚いた。まさか……あなたの知ってた人？」

「そういうわけではありません——警察内で見かけました。私のオフィスにペンキを塗ってくれたので」

「じゃあ、話をしたの？」

「何度か」彼は肩をすくめた。「申し訳ありません。弁解のしようもありません——私は間抜けだった。ほかのことを考えていました」

「で、どんな男だったの？」

「ぱっとしない男です。人込みにまぎれてしまうような」

「その男がマーサになにをしたと思う？」

プロディは書類をたたんだ。一度、二度、三度と折り、親指の爪で折り目を整えた。それをポケットに戻し入れた。

「ミスタ・プロディ？　犯人がマーサになにをしたと思うって訊いてるの」

「話題を変えていいですか？」

「だめよ」ジャニスの心に恐怖と極度の怒りが湧き上がった。「あなたの所属隊がとんでもないミスを犯したせいで、わたしは幼い娘を失いかけたのよ」彼の責任ではないとわかっているが、非難したかった。無理やり言葉を飲み込んでうつむいた。皿を手に取り、指先でエクルズケーキをひねくりまわしながら、怒りが消えてなくなるのを待った。

プロディは、滝のように垂れた髪に隠れてしまった彼女の表情をうかがおうと、頭を少し下げた。「つらい思いをしたんですね」

ジャニスは目を上げて、プロディと目を——茶色とグリーンの中間色で、金色の斑点がある——合わせた。その目に思いやりの色を認め、ジャニスは思いがけず、突如として泣きたくなった。震える手で皿を置いた。

「そうね……」袖をまくって腕をさすった。「ええ、そうよ。ごく控えめに言っても、人生で最悪の日々だったわ」

「それももう終わりますよ」

彼女はうなずき、また皿を手に取った。エクルズケーキを指でいじり、横へずらし、半分に割ったものの、口はつけなかった。なにかがつかえているようで、とても喉を通りそうにないと思った。「どうして貧乏くじを引くはめになったの?」淡い笑みを送った。「どうして、ここへ来てわたしの怒りをもろにくらうはめに?」

「まあ、いろいろあって。決め手は、警部が私を役立たずだと考えていることでしょう」

「役立たずなの?」

「警部の考えているような役立たずではありません」

ジャニスは笑みを浮かべた。「ひとつ訊いてもいい? 不適切な質問だけど」

プロディがふっと笑った。「まあ、私は男ですから。不適切ということに関して、男はかならずしも女性と意見が一致しません」

彼女の笑みが大きくなった。急に声をあげて笑いたくなった。そのとおりだわ、ミスタ・プロディ。とんでもなくおそろしい経験をしたけど、ひとつ確かなのは、あなたがすばらしい男性だということよ。たくましいし、どちらかというとハンサムだし。それにひきかえ、いまこの瞬間、夫のコーリーのほうが赤の他人に思えるくらい。

「なんです？」プロディが言った。「なにかまずいことを言いましたか？」

「とんでもない。訊きたかったのは……わたしがミスタ・キャフェリーのところへ行って、すごく怖い——自分の影にびくつくほど怖い——と訴えたら、あなたを何時間かここに残して、わたしとエミリーとニックと母といっしょにいさせてくれるかしらってことなの。あなたにとっては退屈だと思うけど——そうしてもらえれば、いろいろと安心だから。わたしたちと口をきく必要はないわ——テレビを観たり、電話をかけたり、新聞を読んだり、好きなことをして。とにかく、男性がいてくれれば安心なの」

「私がなぜここにいると思います？」

「あら。それはイエスってこと？」
「どう聞こえます？」
「イエスに聞こえるわ」

41

口内に煙草の味が広がった。痩せこけて小柄なピーター・ムーンが息子を手伝って服を着せ、体を支えてリビングルームまで廊下を歩かせるあいだ、キャフェリーは外へ出て、停めた車のところへ行き、マートルにいちばん近い窓の外に立って、この数日で初めての煙草を巻いたのだった。指が震えていた。巻紙は雨に濡れた箇所が溶けたようになった。だが、そのまま巻いて、片手でライターの炎を囲って火をつけた。上に向かって紫煙を吐き出すと、マートルがじっと見つめていた。キャフェリーは知らぬ顔をした。カージャック犯がなんらかの手を使うと予想はしていたが、それがこんなことだとは思いもしなかった。

煙草のおかげで気が落ち着いた。リビングルームに戻ったときには、陶然感と胸の圧迫感を覚えたものの、少なくとも手の震えは収まっていた。ピーター・ムーンが、牛乳を控えた濃い紅茶を淹れてくれていた。ティーポットは化粧板のはげた汚いテーブルに置かれ、その横にきれいに切ったバッテンバーグケーキを盛った皿があった。キャフェリーは何年かぶりでバッテンバーグケーキを目にした。おかげで母と、毎週日曜日に観ていた『ソングス・オブ・プレイズ』とを思い出した。ここと同じような、みすぼらしくて狭い公営アパートは懐かしくなかったが。ケーキの横に、警察の人事部が保管していたムーンの写真つき身分証が置いてあった。映っているのは例の営繕作業員――ふっくらした顎、黒髪。体重過多ではあるが、いまソファに座って、父親がなにくれと世話を焼くあいだ――クッションを背中にあててやり、脚を上げてやり、むくんだ両手に紅茶の入ったマグカップを持たせてやった―

―あえぐような息をしているリチャード・ムーンとはまるでちがう。

警察が非常勤スタッフを雇う際に利用している人材派遣会社にはターナーが連絡したので、ムーンを採用した――無犯罪証明書を確認したうえで面談を行なった――社長が来ていた。キャメルのコートを着たアジア人の中年男は、生えぎわに白いものが混じりはじめていた。不安げな顔をしている。彼の立場になるのはごめんだとキャフェリーは思った。

「私が採用した男とは別人だ」社長はリチャード・ムーンをじろじろと見た。「私が採用した男は、体重が彼の四分の一ほどだった。健康的で、そこそこ体力がありそうだった」

「その男が提示した身分証は？」

「パスポート。この住所の公共料金請求書」彼が持参したホルダーには、リチャード・ムーンの身分証の裏づけとなる書類のコピーがたくさん入っていた。「すべて、犯罪記録管理局が読み上げたものだ」

キャフェリーは書類を繰った。英国政府発行のパスポートのコピーを引き抜いた。写真は二十五歳くらいの青年のいかめしい顔、作りもののいかめしさを張りつけた顔だった。リチャード・F・ムーン。キャフェリーは書類を持つ腕を伸ばして、写真とソファの男の顔を見比べた。「どうです？」書類をテーブルに置いて押しやった。「あなたですか？」

リチャード・ムーンは書類が見えるほど頭を下げることができなかった。顔をななめに向け、目を細くして見た。目を閉じて肩で息をした。「そうだ」高く女性的な声だった。「それはおれだ。おれのパスポートだ」

「こいつだ」父親が言った。「十二年前の。人生をあきらめる前の。あの写真を見てみろ。投げやりになった人間の顔か？　わしはそう思わん」

「やめろよ、父さん。そんな言いかたをされると傷つくんだ」

「わしに向かってセラピストの言葉なんか使うな。傷つくという言葉の意味なら、わしが教えてやる」ピーター・ムーンは、この世で巨大な怪物を押しつけられるなんて信じられないとでもいうように、息子をじろじろと眺めまわした。「目の前でおまえがガレージみたいにでかくなるのをただ見てる。傷つくというのはそういうことだ」

「ミスタ・ムーン」キャフェリーはふたりをなだめようと両手を上げた。「話は少しずつ進めさせてもらえますか?」彼は写真の顔をじっくりと見た。同じ額、同じ目、同じ生えぎわ。同じくすんだブロンドの髪。リチャードに目を向けた。「要するに、十二年経ってるんですね、この写真から」写真を指で打った。「いまのあなたまでに」

「あれこれ問題を抱えて――」

「あれこれ問題だと?」父親が口をはさんだ。「問題? なら、おまえは控えめ表現の年間最優秀賞を勝ち取れるだろうよ。ああ、まちがいない。おまえはまるで植物人間だ。ちゃんと現実を見ろ」

「植物人間なんかじゃない」

「いや、そうさ。植物人間だ。わしの乗ってる車はおまえの図体より小さいぞ」

短い沈黙があった。そのうちリチャード・ムーンが両手で顔を覆って泣きだした。彼の肩が震えると、しばらくだれも口を開かなかった。ピーター・ムーンは腕を組み、不愉快そうな顔をした。ターナーと人材派遣会社の社長はそれぞれ自分の足を見つめていた。

キャフェリーは営繕作業員の身分証を手に取ってパスポートの写真と見比べた。ふたりは似てなくもないが――同じ広い額、同じ小さな目――同一人物ではないことに気づかなかったとは、この社長の目は節穴にちがいない。だが、いまムーン父子の前で彼に文句を言いたてたところでなんら得るところがないので、キャフェリーはリチャードが泣きやむのを待って、身分証を差し出した。「この男を知ってますか？」

リチャードは洟《はな》をぬぐった。目が腫れて、ほとんど顔に埋もれてしまっている。

「困っているのを助けてやった友人では？　無犯罪証明書を貸してやった相手では？」

「ちがう」リチャードが気の抜けたような声で答えた。「これまで一度も会ったことがない」

「ミスタ・ムーン？」キャフェリーは身分証を父親に向けた。

「知らん男だ」

「まちがいありませんか？　こいつはとても危険な男で、息子さんの名前と身元を使ってるんですよ。もう一度、考えてみてください」

「こんな男は知らん。生まれてこのかた一度も会ったことがない」

「とんでもなく精神のゆがんだ人間です――私がこれまで相手にしてきたどんな人間よりもゆがんでいる。この手の人間はだれも大事にしない。被害者も、友人も――自分を助けてくれる相手さえも。そんな人間を助けても、まずまちがいなく尻に嚙みつかれるだけです」キャフェリーは父親から息子、そしてまた父親へと視線を動かした。どちらも彼と目を合わせなかった。「だから、もう一度、考えてみてください。ほんとうに、ふたりともこの男の正体に心あたりがないんですか？」

「ない」

「では、どうしてこれが」彼はパスポート写真をテーブルに置いた。「犯歴調査用の身分証として提出されたんでしょう？」

ピーター・ムーンはマグカップを手に取り、ソファの背に体を預けて脚を組んだ。「そのパスポートはもう何年も見とらん。おまえはどうだ？」

リチャードが洟をすすった。「おれも見てないと思うよ、父さん」

「そういえば、あの押し込みのあと見たか？」

「え？」

「そんな図体になって必要なかったからな。テレビの前まで行き来するのにパスポートは必要ない。そうだろう？　だが、あの押し込みのあと見たか？」

「見てないよ、父さん」リチャードは、首を振るだけでも疲れるとでもいうのか、ひじょうにゆっくりと首を振った。

「押し込みというのは？」キャフェリーはたずねた。

「どこぞのごろつきが裏の窓から入ったんだ。なにを盗まれたのか、さっぱりわからん」

「届け出ましたか？」

「どうせ警察はろくに捜査してくれんだろう？　警察をばかにしてるわけじゃないが、届け出るなんて考えもしなかった。あんたら警察は人を無視するのが上手だ。見て見ぬふりをする免状を持ってるんだ。それに、そう、あのあと火事に遭ってしばらくはなにも考えないようにしてたしな。わかるだろう——火事は生活を破壊する」

キャフェリーはリチャードの顔をしげしげと見つめていた。肉がつきすぎていて表情が読みづらいが、父親のほうは前科者の顔、まさに重罪で服役した人間の顔をしている。もっとも、犯歴調査ではなにも出なかった。「その火事は——供述記録に取らせてもらってかまわないということですか？」

「かまわんよ。あの放火犯。虫酸が走る。家の改修費は役所が出してくれたが、壁をちょっと塗り直しただけ。そんなことで、起きたことをなかったことにはできん」

「あれが母さんにとどめを刺したんだ」リチャードが息を切らせてぼそりと言った。「そうだろう、父さん？　あの火事が母さんを殺した」

「家内は、火事では死ななかったが、わしら家族に与えた影響を受け入れることができなかった。あの火事は、ある意味、おまえにもとどめを刺した。そうだろう?」

リチャードは体を傾けて左尻に体重をかけ、その動きで息を弾ませた。「そうかもな」

「煙吸入傷害だ」体内にモーターでもあるみたいに、ピーター・ムーンの膝が急に痙攣して上下に跳ねた。「肺障害、ぜんそくに加えて、むろん――」彼は指を使って引用符を入れた。「〝認知障害と行動障害〟。原因は一酸化炭素だ。こいつをふさぎがちにする――鬱《うつ》状態に。来る日も来る日もテレビを観て、ものを食ってるだけにさせる。クリスプスにツイックス・バー。健康食品に凝ってるときはポットヌードル」

「一日じゅう座ってるわけじゃない」

「座ってるだけだろ。なにもしない。だからそんな図体になるんだ」

キャフェリーは片手を上げて制した。「いったん終わりにします」マグカップを置いて立ち上がった。「こういう状況ですから、選択肢をさしあげます。私といっしょに警察署へ来てもらうか、あるいは――」

「そんなことは絶対にさせん。息子は一年以上もこのフラットから出てないし、いまも出させん。そんなことをすれば、こいつは死んでしまう」

「あるいは、部下をひとりこちらに残していきます。万一、泥棒が急にキリスト教精神に目覚めてパスポートを正規の所有者に返そうと考えた場合にそなえてね」

「わしらはなにひとつ隠してない。息子はもうベッドに戻らなければならん」ピーター・ムーンは立ち上がって息子の正面へ行った。ズボンつりを肩に掛けると、腰を折って腕を伸ばした。「行くぞ。ここに長くいすぎると苦しくなるだろう。さあ、立て」

キャフェリーは、ベストとジョギングパンツを着て汗をかいているリチャードが父親の腕の高さまで腕を上げるのを見ていた。息子の重い体をソファから引っぱり上げるときに老人の腕の筋肉が伸びて固くなるのを見て、その作業で小さく息を吐く音を聞いた。

「手を貸しましょうか？」

「いらん。何年もやってることだ。さあ、立て。ベッドへ行こう」

キャフェリー、ターナー、人材派遣会社の社長は、息子が持ち上げられるようにして立つのを、無言で見ていた。頭が禿げて背中の曲がった小柄な男にそんなことのできるはずがなかった。だが、老人はリチャードを持ち上げて立たせると、つらそうに一歩ずつ廊下を進みながらその巨体を運んだ。

「ついていけ」キャフェリーは小声でターナーに命じた。「彼らが携帯電話を所持していないことを確認しろ。地域住民警察支援担当官を交代によこす。それが来たら、きみには本部へ戻ってもらいたい。あの父子を徹底的に調べ上げろ。父親の犯罪歴——ここの住所で記録されているできごとはすべて洗え。火事についても調べろ——ほんとうに火事があったのならな。HOLMESのデータと、わかっている全関係者のリストとをつきあわせろよ。漏れなく調べ上げてくれ」

「了解」

ターナーがムーン父子のあとを追うべくドアへ向かい、キャフェリーと社長が残された。キャフェリーはポケットのキーを探った。ポケットに収まっている爆弾さながらの煙草入れは無視した。ひさしぶりに両親のことを思い出し、彼らはどこにいてなにをしているのだろうかと考えた。もう何年も消息を追ってないが、そろそろ老人病を患っていてもおかしくない年齢だろうか。もしも病気をしているとしたら、夜になって苦労してベッドへ引き取る時間が来たときに、どっちがどっちを助けているのだろう。

父が母を助けているにちがいない、と思った。ユーアンを失った現実を乗り越えることができなかった母は、この先もずっと乗り越えることはないだろう。母にはつねに助けが必要だった。
まあ、そういうことだ。

42

午後七時を過ぎていた。コーリーはまだ帰らないが、ジャニスは気にしなかった。楽しい午後を過ごした。ほんとうに楽しかった——こういう状況にしては。プロディが約束を守って残ってくれた。彼はテレビを観たり電話をかけたりせずに、ほとんどの時間を床に座り込んでエミリーとすごろくゲームやテルミーゲームで遊んでいた。エミリーはプロディがなんでもやらせてくれると思っていた——彼の体をジャングルジム代わりにして、飛びついたり、肩にぶら下がったり、髪をつかんでよじのぼったりと、コーリーなら怒るにちがいないことをやっていた。いまは、ニックが帰り、エミリーが祖母に見てもらいながら風呂に入っているので、ジャニスはプロディとキッチンにいた。サーモンはオーブンで調理中だ。

「お子さんがいるのね」ジャニスは、〈マークス&スペンサー〉で買ったプロセッコのボトルから、親指を使ってコルク栓を押し出そうとしていた。「なんか、接しかたが自然だもの」

「ええ、まあ……」彼は肩をすくめた。

「ええ、まあ?」ジャニスは片眉を上げた。「説明してくれる必要があると思うわ」コルク栓が抜けると、戸棚の奥に見つけたタンブラーふたつにワインを注いで、ひとつを彼に渡した。「はい、どうぞ。サーモンが焼き上がるまでもう少し時間がかかるし、リビングへ移動して、あなたは〝ええ、まあ〟の説明をするのよ」

「私が?」

ジャニスはにっと笑った。「そう。説明して」

リビングルームへ移ると、プロディはポケットから携帯電話を取り出し、電源を切ってから腰を下ろした。部屋じゅうにエミリーのおもちゃが散乱している。いつもならジャニスは、コーリーが帰宅したときに散らかっていることがないように、あわててかたづけているところだ。今夜は、靴を脱いで尻の下に足を入れ、クッションに腕を置いて座った。まずはプロディを促す必要があった。その話はあまりしたくないし、あなただって充分に問題を抱えていて人の話を聞くどころじゃないでしょう、とプロディは言った。

「いいえ。それは心配しないで。人の話を聞いていれば、自分の置かれている状況を考えずにすむもの」

「醜悪な話ですよ」

「気にしないわ」

「それなら……」彼はぎこちない笑みを浮かべた。

「つまり、こういうことです。別れた妻が子どもたちの親権を取った。裁判に至らなかったのは、私が訴訟を取り下げて妻の要求を飲んだからだ。妻は法廷で、私が彼女を殴り、生まれたときから息子たちも殴っているると証言するつもりだった」

「殴ったの？」

「一度、長男をたたいたことはあります」

「〝たたいた〟って？」

「太ももの裏側ですよ」

「それは殴るとは言わないわ」

「妻は離婚したくて必死だった。ほかに男ができたくせに、息子たちも欲しがった。友人や家族に、自分に有利な嘘をつかせた。私にはどうしようもなかった」

「彼女の話が事実じゃないなら、お子さんたちがそう言ってくれたんでしょう？」

プロディは耳ざわりな声で小さな笑いを漏らした。

「妻が息子たちにも嘘をつかせたんです。ある弁護士のところへ行って、私がよく殴ると言った。息子たちがそう話すなり、だれもが妻の味方についた――ソーシャルワーカーたちも、教師たちまでもがね」

「でも、お子さんたちはどうして嘘なんか？」

「息子たちは悪くありません。妻が、そう話さなければあんたたちのことを嫌いになるし、こづかいを取り上げる、と言ったんですよ。そう話せば〈トイザらス〉へ連れていってやる。そんなようなことをね。長男が教えてくれました。二週間前に手紙をくれて」プロディはポケットから折りたたんだブルーの紙を引っぱり出した。「みんなにあんなことを言ってごめんなさい、でもママがＷｉｉを買ってくれるって約束したから、と書いています」

「彼女って――別れた奥さんのことをこんなふうに言って悪いんだけど――とんでもない性悪女みたいね」

「一時期なら、その意見に賛成してたでしょうね――彼女を純然たる悪だと思ってたから。でもいまは、おそらく妻は必要だと感じたことをやろうとしてたんだろうと思っています」彼は手紙をポケットにしまった。「私はもっといい父親になれたかもしれない。あんなふうに仕事に私生活を乗っ取られるのを止められたかもしれない――長時間勤務、交代勤務を。古い人間だと言われるだろうけど、私はずっと仕事でいちばんになりたいと思っていた。完璧にできないんじゃ、やる意味がありませんからね」彼は揉み手をしたり、こぶしを手のひらに押しつけたりした。「仕事が家庭生活からなにを奪うかがまったく見えてなかったんだろうな。学芸会も、イースターの卵狩り《エッグハント》も、欠席ばかり……内心では、そのせいで子どもたちがあんな嘘をついたんだと思っています――あの子たちなりに、私を懲らしめようとして」彼はひと呼吸おいて続けた。「もっといい夫にもなれたかもしれません」

ジャニスは眉をつり上げた。「愛人でも？」

「とんでもない。そんなんじゃありません。お人好しってことですかね？」

「いいえ。それは……」ジャニスはグラスのなかではじける泡を見つめた。「……誠実ってことよ。それだけ。誠実ってことだわ」長い沈黙があった。ややあって、ジャニスは額の髪をかき上げた。プロセッコのせいで顔が火照っているのがわかる。「あの……少し話をしてもいい？」

「あんなふうに私に長々とおしゃべりさせたあとで？一秒か二秒あげてもいいかな」彼は腕時計を見た。「十秒あげます」

ジャニスは笑わなかった。「コーリーが浮気をしてるの。何カ月も前から」

プロディの笑みが消えた。ゆっくりと手を下ろした。「驚いた。いや……気の毒に」

「なにが最悪だと思う？」

「なんですか？」

「わたしがもう彼を愛していないことよ。彼が女と会ってても、嫉妬も感じない。嫉妬なんて通り越しちゃった。理不尽だってことに腹が立つだけよ」

「うまいこと言いますね、理不尽だなんて。なにかにすべてを注いだのになにも得られない」

ふたりはしばし黙り込み、それぞれ物思いにふけった。外は暗いというのにカーテンは開けたままで、フラットの向かい側に広がる共有地の一画では、風が落ち葉の長い吹きだまりを作っていた。街灯の明かりで見ると、小さな骸骨のようだ。ジャニスは落ち葉の山をぼんやりと見つめた。昔ラッセル・ロードの家の庭で落ち葉をかき集めたことを思い出した。まだ子どものころ。なんでもできて、胸に希望を宿していたころ。あのころはまだ、この世に、落ち葉と同じ数の希望があった。

43

また雨が降っている。霧雨だ。外は暗く、陰鬱さを抱えた雲は湿り気を帯びて、低く垂れ込めていた――まるで夜気を地面にまで押し下げているように。フリーは自宅にいながら、バーグハウスの全天候型ジャケットを着て、フードをかぶっていた。父のケイビング用具をガレージから車に運び込んでいた。

なぜ立坑を見落としたのか、さっぱりわからない。なにかが思考を妨げていたようだ。あのトンネルには、地表からじかに掘り下ろされた立坑が二十三本ある。うち四本は崩落した土砂でふさがっているが、残りの十九本はトンネル内に通じている。彼女とウェラードは十八本の下を通った――二本は東側入口にあるパブの近くから入る距離の短い側に、十六本は西側から入る距離の長い側にあった。では、残る一本はどこだろう？　フリーは、それが長さ四分の一マイルの落石現場のどこかからトンネル内に通じているのではないかと推測していた。だが、以前にトラストがくれた詳細な書類を見てはっきりわかった——ふさがった四本をのぞいて、立坑の下には、少なくとも両方向に二十ヤードは崩落堆積物がまったくない。だから、最後の一本は落石現場以外のどこかにある。

　となれば答えはひとつ——フリーが小さな穴を通り抜けて達した最後の壁、古いバージ船を覆い隠さんばかりだった落石は、大きな落石の西端ではなかった。あれはまだ途中だった。あの向こうに、もうひとつの立坑がある開けた空間が隠れているにちがいない。だいいち、フリーにしてみれば、その隠された空間の捜索を終えないかぎり、潜水捜索隊があのトンネルを完全に捜索したと言うことはできない。カージャック犯がマーサを——あるいはマーサの死体を——あのトンネルに遺棄しなかったと、確信を持って断定することはできない。

　フリーはひとりで行くつもりだった。正気とは思えない行動だが、昨日のトンネル内捜索であれだけの冷笑と批判を浴びせられたあとでは、なんらかの結果が得られるまでは自分ひとりの胸にしまっておくという方向へと自衛本能が働いた。車のトランクにリュックサックを押し込み、ケイビング用長靴《ブーツ》を投げ込むと、ガレージの垂木に吊してある耐寒耐水服《イマーションスーツ》を下ろした。

ふと手を止めた。古い冷蔵庫の上に、がらくたの詰まった変形した段ボール箱がひとつある。そこへ行ってなかをのぞいた。古いダイビングマスクがいくつかに、フィンがひと組、海水でゴムの劣化したレギュレーターが一個。日光で漂白された貝殻の入ったガラス瓶。イソギンチャクの死骸。古びたアセチレン・ランプ——使い古したガラス反射板がついた真鍮のカーバイド

・ランプだ。
それを取り出し、本体をねじって開けた。なかは小さなタンクになっている――この発生室で可燃性のアセチレンガスを生成して小さな反射板へ送ると、燃焼部で発火して強い光を発する。ランプを元どおり組み立てると、もう一度、箱を引っかきまわして、コープの買い物袋に入れられた、彼女のこぶしほどの大きさの灰白色のかたまりを見つけた。炭化カルシウム。カーバイド・ランプに必要な燃料だ。

〝気をつけろ、フリー〟長い年月を越えて父の声がよみがえった。〝そいつの扱いには気をつけろ。そいつはくせ者だ。いまは触るな。それから、まちがっても濡らすなよ。濡らせばガスを発生する〟。

父。冒険家。無鉄砲。ロッククライマーで、ダイバーで、洞窟探検家。現代的なスポーツ用品を嫌い、生涯、間に合わせの代用品で通した――あの父なら、フリーをトンネルに入らせるときには、〝工学的すぎる現代のくそ道具〟が壊れたときに苦境を脱するための道具をかならず持たせるはずだ。ありがとう、父さん。

フリーは炭化カルシウムとカーバイド・ランプをイマージョンスーツの上に載せると、車へ運んでトランクに入れ、全天候型ジャケットから雨滴を垂らしながらトランクのふたを閉めて運転席に乗り込んだ。

フードを下ろし、携帯電話を取り出して連絡先をスクロールし、キャフェリーの名前で手を止めた。だめだ。サパートン・トンネルの名前を出そうものなら、延々と説教をくらうにちがいない。〝プロディ〟を通り過ぎた。手を止めて彼の名前に戻り、一瞬あまり迷ったのち、ままよとばかりに番号を押した。

留守番電話につながった。プロディの声は魅力的だ。気持ちが鎮まる。頬がゆるみかけた。プロディは仕事中、カージャック事件の会議中なのかもしれない。親指が〝切〟ボタンへ動いた。その瞬間、会議に出るために留守番設定をしたあと、電話をかけてきた相手がメッセージを残していないことにひどく腹が立ったという経験が何度もあるのを思い出した。「こんばんは、ポール。ええっと、頭がどうかしたと思われるだろうけど、あのトンネルでなにを見落としてるのか思い出したの。立坑がもうひとつあるのよ――東側入口から三分の一マイルほどのところに」フリーは腕時計で時刻を確かめた。「いま六時三十分。これから見に行ってくる。昨日と同じ側から入る。わたしは懸垂下降なんてできないし、トラスト側の見解がどうあれ、トンネルそのものよりも立坑のほうが危険だから。ちなみに、勤務時間中にやるわけじゃない――いまは非番。今夜十一時に電話で結果を知らせる。それから、ポール……」フリーは電気をつけたままにしたキッチンの、雨に濡れた窓を見た。暖かい黄色の明かり。そんなに時間はかからないはずだ。すぐに帰ってくる。「ポール、この件で電話をかけてきてもむだよ。ほんとうに。止められてもやるつもりだから」

44

午後八時に、ジャニスは〈マークス&スペンサー〉で買ってやった新しいパジャマを着せてエミリーを寝かしつけた。風呂あがりの娘の髪はまだかすかに湿っていて、イチゴのシャンプーのにおいがした。ジャスパーをしっかりつかんでいる。

「パパはどこ?」

「お仕事よ。もうすぐ帰ってくるわ」

「いっつもお仕事なんだから」

「文句言わないの。さあ、ベッドに入りなさい」エミリーがダブルベッドに入ると、ジャニスは布団を整え、腰をかがめてキスしてやった。「ほんとうにいい子ね。ママはあなたがだーい好きよ。あとでまた来て、抱きしめてあげるね」

エミリーは体を丸めてジャスパーを顎の下にはさみ、親指をくわえて目を閉じた。ジャニスはかすかな笑みを浮かべて、エミリーの髪をそっとなでてやった。発泡ワインのせいで頭がふらふらして、少し酔っていた。カージャック犯の名前と顔がわかったので、彼に対する恐怖心が前よりも薄れていた。まるで、リチャード・ムーンという名前が犯人を小さくしたようだ。

エミリーの呼吸が睡眠による規則的で穏やかなリズムに変わると、ジャニスは立ち上がり、足音をたてないように部屋を出てそっとドアを閉めた。廊下の薄明かりのなかで腕を組んで立っているプロディの姿が見えた。

「お母さんのベッドに？　シングルベッドにはだれが？」

「あの子の父親」

「なるほど。私が言える立場じゃないが、彼は自業自得だ」プロディは壁に背を向けて立っていた。上着を脱いでいて、ジャニスは初めて、彼が長身だと気づいた。彼女よりもはるかに背が高い。それに横幅もある。太っているのではなく、男がそうあるべき箇所の幅が広いのだ。体を鍛えているようだ。突然、しゃっくりだか笑いだかが漏れそうになったというように、彼女は片手で口を押さえた。「白状するわ。少し酔っちゃった」

「私もです。少し」

「だめでしょ！」ジャニスは笑みを漏らした。「危険よ！　無責任ね！　いったいどうやって家へ帰るつもり？」

「さあ。以前は交通隊員だったので事故多発地点は知っています――ほんとうに家へ帰りたければちゃんと帰れますよ。でも、正しい行動を取ろうかな――車で寝て酔いを覚まします。前にもそうしたことがあるし」

「リビングルームのソファは引き出せばベッドになるタイプだし、今朝〈ジョン・ルイス〉で買ったシーツもあるわ」

彼は眉をつり上げた。「なんですって？」

「リビングルームよ。なにもやましい問題はないわ、そうでしょう？」

「プジョーの後部座席が大好きだとは言えませんが」

「じゃあ、決まりね？」

彼が返事をしかけた瞬間、玄関の呼び鈴が鳴った。ジャニスは、キスを交わしていたわけでもないのにプロディからさっと離れて、バスルームへ行った。窓から外をうかがった。「コーリー」

プロディはネクタイをまっすぐに整えた。「私が開けましょう」彼は階段を下り、フックの上着を取って着た。ジャニスはプロセッコの空き瓶をごみ容器に投げ入れ、グラスをシンクに置くと、彼のあとから階段を駆け下りた。プロディは最後に上着を整えてから、チェーンをはずしてドアを開けた。

コートのボタンを留めて首にマフラーを巻いたコーリーが踏み段に立っていた。プロディの姿を見ると、一歩下がってドア上方の番号を見た。「部屋は合ってますよね？　どのドアも同じに見えるが」

「コーリー」ジャニスはつま先立ちになって、プロディの肩越しに声をかけた。「こちらはポールよ。重大犯罪捜査隊の刑事さん。お帰りなさい。お母さんとエミリーとわたしはもう食事をすませたけど、あなたのサーモンを残してあるわ」

コーリーが狭い玄関ホールに入ってコートを脱ぎだした。彼は雨と冷気と排気ガスのにおいがした。コートとマフラーをかけると、向き直ってプロディに片手を差し出した。「コーリー・コステロだ」

「初めまして」ふたりは握手を交わした。「プロディ刑事です。しかし、ポールと呼んでいただいてかまいませんよ」

コーリーの笑みが消えた。手はプロディの手と握り合っているが、動きが止まっている。背中がわずかにこわばった。「プロディ？　めずらしい名前だ」

「そうですか？　私にはなんとも。家系調査はしたことがないので」

コーリーは、蒼白な顔に奇妙な表情を浮かべて、冷ややかな目でプロディを見た。「結婚はしてるのか、ポール？」

「結婚ですか？」

「そう訊いたんだ。結婚してるのか？」

「いいえ。してません。というか……」彼はジャニスをちらりと見た。「……してました。しかし、過去の話です。いまは別居中で、ほぼ離婚しているようなものなので。事情はわかるでしょう」

コーリーはぎくしゃくと妻に向き直った。「エミリーはどこだ？」

「寝てるわ。ベッドルームで」

「お義母さんは？」

「部屋にいる。本を読んでると思うわ」

「ちょっと話があるんだ」

「わかった」ジャニスはしぶしぶと応じた。「上へ行きましょう」

コーリーは荒っぽくふたりを押しのけて階段を上がっていった。ジャニスはプロディに目顔を送り――〝ごめんなさい。なんの話かわからないけど、帰らないでね〟――急いで夫のあとを追った。フラットに上がると、コーリーは廊下を進みながら各部屋のドアを開けては室内をのぞき込んだ。ラップをかけたサーモンの皿が置かれ、シンクにグラスがふたつ並んだキッチンに入って、足を止めた。

「なんなの、コーリー？　どうしたの？」

「あの男はどれくらいここにいる？」コーリーが低い声で嚙みついた。「きみが入れたのか？」

「もちろんよ。彼がここに来てから、そうねえ、たぶん二時間くらいかしら」

「あの男が何者か知ってるのか？」コーリーはパソコンバッグをたたきつけるように調理台に置いた。「どうなんだ？　知ってるのか？」

「いいえ」

「クレアの亭主だ」

ジャニスの口がぽかんと開いた。一瞬、笑いたくなった。すべてのあまりの滑稽さに。「なんですって？」声が少し甲高くなった。「クレア？　グループカウンセリングの？　あなたがファックしてる女？」

「ばかなことを。汚い言葉を使うんじゃない」

「だって、コーリー、それ以外に、彼があの女の夫だなんてわかるはずないでしょう？　ちがう？　あの女が写真を見せたの？　ご親切なことね」

「名前だよ、ジャニス」哀れむような口調だった。あたかも、そんな卑しい考えを抱いた彼女を不憫に思っているみたいに。「ポール・プロディなんて名前の人間はそうたくさんいない。それに、クレアの亭主も警察官だ」コーリーは玄関ホールのほうへ指を突き出した。「あいつだよ。あの男はくそ野郎なんだ、ジャニス。人間の仮面をかぶった正真正銘、本物のくそ野郎だ。あいつが自分の子どもたちになにをやったか――自分の妻にもだ！」

「冗談じゃないわ、コーリー――あの女の言うことを信じるの？　どうして？　女がどういうものか、知らないの？」

「はあ？　どういうものなんだ？」

「嘘つきなのよ。女は嘘をつくものなの。嘘をつくし、だますし、媚びを売るし、傷ついたふりや苦しんでいるふり、裏切られたふり、虐待されたふりをする。女はみんな名女優よ。演技達者なの。今年のオスカー賞はすべての女性に与えられるってくらいにね」

「きみもそのひとりってわけか？」

「そうよ！　あ、いえ、ちがう――まあ……ときにはね。ときどき嘘をつくわ。女ってそういうものよ」

「なるほど、それで説明がつくな」

「説明って、なんの？」

「ほかのなによりぼくを愛してるって口では言いながら、本心はそうじゃなかったってことの説明だ。口では、ほかのすべてを捨ててでもぼくを愛するって言ったけどね。きみは嘘をついていたんだ」

「浮気をしたのはわたしじゃないわ」

「だれかとデートしてセックスしたことはないけど、そうしたも同然だろう」

「いったいなにが言いたいの？」

「あの子のこととなると、まるで世界が止まったようになるってことだよ。そうだろう、ジャニス？　あの子のこととなると、ぼくなんていないも同然になる」

ジャニスは信じがたい思いで夫を見つめた。「エミリーのことを言ってるの？　実の娘のことを、本気でそんなふうに言ってるの？」

「ほかにだれがいる？　あの子が生まれて以来、ぼくはつねに二番目だ。否定してみろよ、ジャニス。できないだろう」

ジャニスはあきれて首を振った。「ねえ、知ってる、コーリー？　わたしがいま、あなたに対して感じてるのは哀れみだけよ。四十を過ぎたのに――ついでに言うと、見た目だって年相応なのに――いまだにそんな狭くてわびしい世界に押し込められて生きてるなんて、かわいそうな人。そんな人生、地獄にちがいないわ」

「あの男に、ここにいてもらいたくない」

「わたしはいてもらいたい」

コーリーはシンクに置かれたふたつのグラスに目をやった。「あの野郎と飲んでたんだな。ほかにはなにをしたんだ？　ファックしたのか？」

「やめてよ」

「あの野郎には帰ってもらう」

「朗報よ、コーリー。彼は泊まってくれるって。リビングルームのソファベッドで寝てもらうわ。カージャック犯がまだどこかにいるんだし――そうそう、最新ニュースよ、コーリー――わたし、あなたといても安心できない。実際、正直に言うと、とっととクレアのところへでもどこへでも行って、わたしたちを放っておいてほしいの」

45

今日は二度も雨が降ったため、運河の水は昨日よりも深くなっていた。大気のにおいも昨日より強く青くさく感じられ、岩を通ってトンネル内に一定のリズムで落ちる水滴の音も、昨日とはちがって音楽のようには聞こえなかった。今夜はひっきりなしに大きな音で落ちてくるので、まるでシャワーの下に立っているようだった。フリーが鉛入りのケイビングブーツで開口部を通るのにしかたなく頭を垂れると、ヘルメットで跳ねた水がうなじにしたたり落ちた。ほぼ一時間かかって、昨日ウェラードといっしょに来た落石箇所に着いた。昨日ふたりで掘り通した穴がそのまま残っており、なんとかそれを通り抜けて落石の向こう側に下りたときには、びしょ濡れで汚れていた。イマーションスーツのいたるところに泥がこびりつき、口や鼻孔に砂粒が入り込み、水に濡れて寒かった。歯ががちがち鳴っていた。

フリーはリュックサックからダイビング用ライトを取り出して、この空間のつきあたり、奥の落石の下敷きになったバージ船の船尾が見えている箇所を照らした。落石の底へ行き、ヘッドランプもダイビング用ライトも消した。あっけなく真っ暗になったので、目がくらむほどの闇のなかで体を支えようと片手を伸ばした。どうして昨日、懐中電灯を消すことを思いつかなかったのだろう？　闇のなかに光が見えた——トンネルの床から十フィートほどの高さだ。かすかな青い光。月明かりだ。がれ場のてっぺんの、石のすき間から射し込んでいる。あれだ。この落石の向こう側にある、十九世紀に掘り通された立坑。

フリーは、リュックサックをぴたりと背中に張りつけるようにして、闇のなかでがれ場をのぼった。検尺ロープが繰り出されて脚の背面を打った。懐中電灯は必要なかった。一条の青い月の光だけで、自分の動きが見えた。のぼりきると、両手を使って粘土を平らにならし、膝を載せる場所を確保した。さらにもうひとつ、リュックサックを置く場所を作った。そのあと、膝をついて顔をすき間に押しつけた。

月明かり。それに、この落石の向こう側から甘いにおいがする——植物と錆びとたまった雨水の混じったにおい。立坑のにおいだ。宇宙空間に水がしたたるような、エコーのかかった音が聞こえる。穴から顔を離し、リュックサックを探って、父が洞窟掘りのときによく使っていた鑿《のみ》を取り出した。

天井のフラー土は固まっておらず、もろかった——完全に乾燥していた。鑿はフラー土の層をあっという間に取り払った——小石状のフラー土を両手ですくって捨てると、がれ場を転がって水中に落ちる音が聞こえた。天井から約一フィート分の穴を開けて、前方に青い月の光が見えたとき、岩にぶちあたった。巨礫だ。フリーは鑿をふるった。もう一度。鑿が跳ね返された。火花が飛んだ。岩は大きすぎてびくともしない。フリーは肩で息をしながら座り込んだ。

くそっ。

唇を舐めて、穴をとくと調べた。大きくはないが、通り抜けることができるかもしれない。だめもとだ。ヘルメットを脱いで鑿の横に置き、右腕を少しずつ穴に差し入れた。一フィートほど入った。腕を精いっぱい伸ばして二フィート。次は頭だ。わずかに左を向き、目をしっかり閉じて頭を突っ込んだ。指先で体を引っぱるようにしながら両膝で押すうち、右手が穴の向こう側に出て、冷たい空気を感じた。粘土のなかの尖った石ころで頬にすり傷ができた。落石のてっぺんに右手だけがある光景が目に浮かんだ——体から切り離された右手が月明かりのなかで閉じたり開いたりしている。だれかが見ているだろうか。そんな想像はすぐさま捨てた。そんなことを考えると、たちまち身動きできなくなってしまう。

穴の天井からはがれ落ちた粘土の粒がうなじを伝って耳の穴に入り、まつ毛の上に落ち着いた。フリーは、両膝を使い、てこの要領で体をさらに穴の奥へ進めた。左手を前に出すためのすき間はない——脇に押しつけたままにするしかない。脚の筋肉がこわばっているが、痛みの走るふくらはぎでもうひと押しすると、右腕と頭が明かりのなかに出た。

咳をして唾を吐き、目と口の泥を右手でぬぐい、手についた泥を振り落とした。

トンネル内の新たな空間を見下ろしていた。そこは、上方の大きな立坑から流れ込んでいる光柱のような月明かりに満ちていた。水面からいくつものぞいている奇妙なこぶのような形のものは、フラー土が落ちて溶けかけている箇所だ。フリーが横たわっている落石の壁はそれほど厚くない――六フィートほど下方に、例のバージ船の船首が突き出している。船体中央部に受ける落石の重みで船首が持ち上がっていて、甲板は錆びの浮いた巻き上げ機の下がわずかにくぼんでいる。五十ヤードほど前方の暗がりのなかに、石と土による次の壁の底部が見えた。あれこそが、彼女とウェラードが探していた長い落石の西端なのかもしれない。つまり、ここも、たったいま通り抜けた穴の向こう側と同じく閉ざされた空間であり、立坑を下りる以外にここへ入る方法はないということだ。

フリーは立坑を見上げた。そこから水滴が一定のリズムで落ちる音がする――静寂のなかでかろうじて聞き取れる小さな音だ。立坑の底の格子がいまにもはずれそうに端からぶら下がっていて、格子に絡みついた植物の残骸から水がしたたり落ちていた。だが、フリーの目をとらえたのは、格子のすき間からぶら下がっているものだった。フックに結んだクライミングロープの断片に、カラビナを持ち手にはめた大きな黒い道具袋《トバッグ》がぶら下がっていて、下方の水面に複雑な影を落としていた。あのロープは丈夫で、大きなものを運河に下ろすことができる。たとえば、死体を。ここには、ほかにも場ちがいなものがあった。奥の水面に落ちている光の色が、ほかの箇所の色とわずかに異なっている。フリーは顎を引いて瞳を凝らした。月光柱のすぐ向こうに、ごみに混じってなにかが水面に浮いている。靴の片方だ。あの形は知っている――プリムソールとメリージェーンを足して割ったような靴。パステル調のプリント柄、ソフト底、甲の部分に小さなバックル。子どもの履きそうな靴。連れ去られたときにマーサが履いていた靴だ。

アドレナリンがフリーの胸を走って指先に達した。正解だった。犯人はここにいた。いまだっているかもしれない。あの暗がりのどこかに……

やめなさい。想像を働かせてはだめ。とにかく行動。

犯人はこの穴をくぐって追ってくることはできない——ここで手を引いてトンネルを引き返し、急報するのが、唯一の賢明な判断だ。フリーはうしろへ下がりはじめたものの、小さなすき間に肩が引っかかって途中で動けなくなった。右腕を必死で引っぱり、体を横へひねってなんとか抜け出そうとしたが、肋骨が天井に押しつけられて肺がつぶれそうになった。そこで、やむなく動くのをやめて、パニックになるなと自分に言い聞かせた。頭のなかでは叫び声をあげていた。それでも、頭を一方に傾けて力を抜き、圧力に逆らって肺を膨らませようとゆっくりした呼吸を続けながら、気を落ち着ける時間を作った。

遠くから、覚えのある音が聞こえてきた。雷鳴のような音。昨日もウェラードといっしょに同じ音を聞いた。線路を疾走する列車が——その光景が頭に浮かぶようだ——空気を切り裂き、車輪の下の大地と岩を揺るがしている。自分の体の上に何メートルも積み上がっている石や粘土も見える気がした。それに肺——闇のなかに開いた、いまにも壊れそうなふたつの楕円形の空間も。大地がわずかに動いただけで押しつぶされて、二度と膨らませることができないだろう。そして、マーサ。マーサの小さな死体がこのトンネルの奥のどこかにある。

石がひとつ、フリーの頭のすぐそばに落ちた。がれ場を転がり、音をたてて水中に落ちた。トンネルが揺れている。〝くそ、くそ、くそ〟。フリーはできるかぎり大きく息を吸い込み、両膝を開口部に押しあてると、巨礫に左手をついて全力で押した。あっという間に、足から先に最初の空間に戻ることができた。巨礫で顎の下をすりむいた。ケイビングロープが斜面を滑り落ち、続いてフリーもリュックサックごとひっくり返って背中で水中に着地した。

まわりの空間がきしみと悲鳴をあげていた。フリーはおぼつかない手でリュックサックの懐中電灯を出してつけ、天井を照らした。この空間全体が震えていた。天井のひびが一瞬にして伸び——草のなかを這い進む蛇のようだ——耳をつんざくような亀裂音が狭い空間で反響した。フリーは腰を折って水のなかをよろよろと進み、唯一見えている避難場所へ逃れた——バージ船の船尾へ。かろうじて船尾に体を押し込んだ瞬間、岩の破片が落下する轟音とそれらが耳もとをかすめる音が空中に満ちた。

音は永遠に続くかに思われた。フリーは両手で頭を押さえ、目をつぶって泥のなかに座り込んでいた。列車の通過音が遠のいたあとも、そこにじっとして、闇のどこかで続いている落石の音を聴いていた。収まったと思うたびに、ばらばらと落ちてくる小石が斜面を滑って水に飛び込む音をたてた。少なくとも五分が経ってようやくトンネル内が静まり、フリーは頭を上げることができた。

イマーションスーツの肩口で顔をぬぐい、まわりを懐中電灯で照らして、フリーは笑い声をあげはじめた。嗚咽にも似た長く乾いた低い笑い声が空間の残骸に響き渡り、思わず耳をふさぎたくなるようなこだまが返ってきた。フリーは頭をバージ船の船体にもたせかけて目をぬぐった。

さあ、これからいったいどうすればいい？

46

ちぎれ雲のかげから月が顔を出し、青い光がしだいに薄れていく石切場に、冷たい星空が映った。水ぎわの小径に停めた車のなかで、キャフェリーは無言でその光景を見つめていた。寒かった。彼はもう一時間以上もここにいる。自宅で四時間ばかり夢も見ずに熟睡したあと、五時前にはっと目が覚め、凍える夜のなかでなにかが自分を待っていると確信した。それで起き出した。眠れぬまま家にいても厄介なことになるだけだと――おそらく煙草入れとウィスキーのボトルに手を伸ばすことになるだろうと――わかっていたので、マートルを後部座席に乗せて、生け垣の向こうにウォーキングマンの野宿地が見えることを期待して少しばかり車を走らせた。ところが、どういうわけか、ここへ来ていた。

ここは大きな石切場で、サッカー場三面分ほどの広さに加えて、深さもある。図面を調べたことがあるのだ。一時は百五十フィート以上もの深さがあった。水中には、植物に覆われた岩や、捨てられた石切機、岩の割れ目や洞窟などがある。

今年の初め、キャフェリーはある男に悩まされた時期があった。不法入国したタンザニア人が、州内いたるところで彼を尾けまわして、まるで小妖精かゴラムのようにかげから彼を見張っていた。それがほぼ一カ月続いたあと、始まったときと同じくらいあっけなくぴたりと止まった。あの男がどうなったのか、キャフェリーには見当もつかない――生きているのか死んだのかもわからない。ときどき、夜遅くに窓の外を眺めながら、あの男はどこにいるのだろうと考えているのに気づいて驚くことがあった。屈折した孤独な心の片隅で、彼はあの男を懐かしんでいた。

あのタンザニア人はしばらくのあいだここに、この石切場を取り囲む森のなかに、住みついていた。だがこの場所には、それ以外にも、物音がするたび、車のまわりで光が揺れるたびにキャフェリーの肌をぞくぞくさせる理由がある。ここはフリーが死体を捨てた場所だ。あのもの言わぬ水底のどこかにミスティ・キットスンの死体がある。

〝彼女を守ろうとしてるくせに、それが作り出す美しい環がまだ目に入らないんだ〟

美しい環。

一片の冬雲が月の前を横切った。キャフェリーは目を凝らして見た——月を。ためらいがちながら、影の部分がうっすら見える程度には光を放っている、爪の先のような形をした白い月を。この謎を解いてごらん、答えてごらん。賢人ウォーキングマンはいつもヒントをくれた。キャフェリーのペースに合わせてくれて、余計な口出しは絶対にしなかった。ウォーキングマンの怒りがいつまでも続くはずがないと思った。長い目で見れば。それでも、今夜は彼を見つけることができなかった。そのことだけでも、彼の叱責を受けているような気がした。

「強情っぱりめ」後部座席のマートルに向かって言った。「救いようのない強情っぱりだ」

キャフェリーは携帯電話を取り出してフリーの番号を押した。彼女を起こしてしまうことも、自分がなにを言うつもりなのかも、気にしなかった。こんなことは終わりにしたかった。いますぐに。ウォーキングマンも、彼の言ったわけのわからない言葉や謎やヒントも、必要ない。ところが、フリーの電話は留守番サービスにつながった。キャフェリーは〝切〟ボタンを押して電話をポケットに戻した。その電話が、十秒も経たないうちに鳴った。フリーが折り返してきたものと思ってあわてて取り出したが、彼女の番号ではなかった。非通知着信だ。

「私です。ターナーです。本部にいます」

「嘘だろう」キャフェリーはやれやれというように額をさすった。「こんな朝早くにいったいなにをしてるんだ？」

「眠れなかったので」

「超過勤務手当をどれくらいもらえそうか考えてたのか？」

「つかみましたよ」

「はあ？」

「エドワード・ムーン。通称テッド」

「というと……？」

「あのデブ男の弟です」

「で、その弟に興味を持つべき理由は？」

「犯罪者写真台帳の写真ですよ。警部にも確認してもらいたいんですが、九分九厘まちがいありません。やつです」


キャフェリーのうなじの毛が逆立った。最初の血のにおいを嗅ぎつけた猟犬のようなものだ。口から息を吐き出した。「犯罪者写真台帳？　やつに前科があるのか？」

「前科？」ターナーが乾いた笑いを発した。「まあそう言ってもいいでしょうね。精神保健法第三十七条および同第四十一条により十年間ブロードムーアに入っていました。それは前科と見なされますか？」

「くそっ。そういう判決が下ったということは、罪状は……」

「殺人です」ターナーの口調は、冷静ながらもどこか興奮している気配を含んでいた。彼も血のにおいを嗅ぎつけたのだ。「被害者は十三歳。少女。暴力死。じつに残忍な殺しかただった。それで……」彼は一瞬の間を置いてたずねた。「それで、どうすればいいですか、警部？」

47

「部下たちがお宅の捜索をする。令状は見たでしょう。あれは本物だ。捜索の邪魔をしないかぎり、ここにいてもらってかまわない」

　午前七時前、キャフェリーはふたたびムーンのじめじめして狭いフラットを訪れていた。テーブルには、朝食の残りと、瓶入りのケチャップとダディーズ・ソースが、汚れた二枚の皿とともに置かれていた。キッチンのシンクには汚れた鍋が積んであった。外はまだ暗い。と言っても、外が見えるわけではない――隅の小さなパラフィンストーブによって窓がくもり、結露した水が何本もの曲がりくねった小川のようにガラスを流れ落ちていた。ふたりの男――父と子――はソファに腰を下ろしている。リチャード・ムーンは、太いふくらはぎが通るように裾の口ゴムを切り開いたジョギングパンツをはき、胸に〝VISIONARY〟の文字が入って脇の下に汗染みのできた紺色のTシャツを着ていた。鼻の下に玉のような汗を浮かべて、穴が開くほどキャフェリーをにらみつけている。

「妙じゃないか」キャフェリーはリチャードを注意深く観察しながらテーブルについた。「昨日、弟についてひと言も触れなかっただろう？」身をのりだして、テッド・ムーンが重大犯罪捜査隊本部への出入りに用いていた身分証を差し出した。「テッドだ。なぜ彼のことを話さなかった？　どうも不自然に思えるが」

　リチャード・ムーンがちらりと目をやると、父親は警告を放つように眉を上げた。リチャードは目を伏せた。

「不自然に思えると言ったんだ」

「ノーコメント」リチャードがぼそりと言った。

「ノーコメント？　それが返事か？」

空中にいくつも嘘が浮かんでいて、その隠し場所が必要だとでもいうように、リチャードの目が宙をさまよった。「ノーコメント」

「ノーコメントとはどういうことだ？　テレビで『ザ・ビル』は観てたか？　あんたは逮捕されたわけじゃない。この会話は録音しないし、供述調書も取らない。ノーコメントを通して得られるのは、私の怒りだけだ。そうなると、私も考えを変えてあんたを逮捕するかもしれない。さあ、なぜ弟のことを話さなかったんだ？」

「ノーコメント」ピーター・ムーンが言った。冷然としたいかめしい目だ。

「関連性があると思わなかったのか？」キャフェリーは、ターナーが《ガーディアン》紙のデータベースからプリントアウトした書類を取り出した。検察庁は詳細を補足するべく過去の事件を洗い直すことになるだろうが、このプリントアウトに記されている明確な事実だけでも、自分たち警察がなにを相手にしているのかをキャフェリーに教えるには充分だった。テッド・ムーンは十三歳のシャロン・メイシーを殺害した。死体はどこかに隠した――まだ発見されていない――が、とにかくDNA鑑定により有罪判決を受けた。有識者によれば、テッド・ムーンの衣類や寝具類がシャロンの血にまみれていたことから、その判決にはなんの問題もないらしい。ベッドルームの床に深い血だまりができ、ところどころで床板にまでしみ込んだ。階下の部屋の天井にできた血のしみは、捜査チームが彼の逮捕に来たときもまだ広がる一方だったという。彼は十年の刑期を務め、一年前に、責任担当医の〝ムーンはもはや自分にも他人にも危害を加えることはない〟という診断結果を内務大臣が了承した。条件つき釈放でブロードムーアを出所した。

「あんたの弟がやったんだ」キャフェリーはデータベ

ースのプリントアウトをリチャード・ムーンの顔に突きつけた。「十三歳の少女を殺すなんて、残忍きわまりない豚野郎だ。当時、検視官がなんと言ったか知ってるか？　あれだけの出血をもたらすには、頭はほぼ切り落とされた状態だったにちがいない。あんたがどうかは知らないが、私は、考えただけで吐き気がする」

「ノーコメント」

「いいか。いま彼の居所を話せば、もっと早くに情報を提供しなかったことによる司法妨害容疑を回避する相談にのってやってもいい」

「ノーコメント」

「司法妨害でどれくらいの刑期をくらうか知ってるか？　六カ月だ。その間、いつまで無事でいられると思う？　特に、小児性愛者をかばったことを知られたら。さあ、弟はどこにいる？」

「おれは——」

「リチャード！」父親が口を封じた。自分の唇に指を押しあてた。

リチャード・ムーンは一瞬だけ父親を見て、ふたたびうなだれた。Tシャツの襟ぐりから汗が流れ込んだ。「ノーコメント」小さな声で繰り返した。「ノーコメントだ」

「警部？」

全員がそろって向き直った。

ターナーが冷凍用ポリ袋に入れられた分厚い封筒を手にドアロに立っていた。「便所の貯水タンクにありました」

「なら、開けてみろ」

ターナーがポリ袋のジッパーを開けて、怪訝そうにのぞき込んだ。「書類です。大半は」

「そんなものがなぜ貯水タンクにあるんだろうね、ミスタ・ムーン？　書類をしまっておくには場ちがいだと思うが」

「ノーコメント」

「いいかげんにしろ。ターナー、それをよこせ。手袋はあるか?」ターナーは封筒をテーブルに置き、自分のポケットから手袋をひと組取り出した。キャフェリーはそれをはめてから封筒を振って中身を出した。おもに請求書で、エドワード・ムーンの名前が繰り返し現われた。「では……えー——これはなんだ?」キャフェリーは問いかけるように眉を上げた。「興味深いな」彼は親指と人差し指を使ってパスポートを引き出した。指先で開いた。「失くなったパスポートだ。驚いた。おそろしい偶然だな。どこぞのくそ野郎がここに押し入ってあんたたちの持ち物をすべて盗みだし、数年後に戻ってきて便所にこれを置いていく。私はハッピーエンドが大好きだ」

ムーン父子はぼんやりと彼を見つめ返した。ピーター・ムーンの顔は、青黒味を帯びるほど深い赤色になっていた。キャフェリーには、それが怒りのせいなのか恐怖のせいなのか、判断がつかなかった。たくさんの請求書といっしょにパスポートをテーブルに放った。「無犯罪証明書が取れるように、弟にこれを使わせてやったのか? あんたには犯罪歴がないが、弟にはある。私に言わせれば、とりわけ卑劣な犯罪の履歴がな」

「ノーコメント」

「いずれコメントせざるをえなくなる。あるいは、同房者がエイズにかかってないようにと祈りはじめることになるぞ、このデブ男」

「息子をそんなふうに呼ぶな」

「おや」キャフェリーは父親に向き直った。「ようやく口をきく気になりましたか?」

一瞬の間があった。ピーター・ムーンは口を閉じて、言葉を飲み込もうとしているのか、唇を上下に動かした。顔が真っ赤なこぶしのようだ。

「どうなんです?」キャフェリーはうやうやしく首を

傾けた。「息子さんの居所を話してくれるんですか？」

「ノーコメント」

キャフェリーはテーブルに両手をたたきつけた。「いいだろう——もうたくさんだ。ターナー？」キャフェリーはソファに座っているふたりの男を顎で指した。「彼らを連行しろ。もううんざりだ。警察で本格的な事情聴取を受けてもらおう、ミスタ・ムーン。供述でノーコメントを通せば、どうなるか……」キャフェリーの言葉が尻すぼみに消えた。

「警部？」ターナーは手錠を取り出してキャフェリーの指示を待っていた。「どこへ連行します？　地元署ですか？」

キャフェリーは答えなかった。請求書の一枚に目が釘づけになっていた。

「警部？」

キャフェリーはおもむろに目を上げた。「作戦部門と相談する必要がある」ぼそりと告げた。「手がかりかもしれない」

ターナーがそばへ来た。キャフェリーが手にしている書類を仔細に見た。低い口笛を漏らした。「驚いた」

「まったくだ」書類は商業不動産の貸借契約書だった。それによれば、テッド・ムーンは少なくともこの十一年間、グロスターシャー州のとある施錠管理可能な自動車修理工場を借りている。錠のかかるスチール製のシャッターがついていて、百平方メートルの広さがある自動車修理工場だ。すべて仕様書に記載されていた。物件住所はグロスターシャー州タールトン。

サパートン・トンネルからほんの半マイルだ。

48

キャフェリーは偶然の一致など信じていない。彼にしてみれば、テッド・ムーンの自動車修理工場は、法執行官のもとへまっすぐ飛んでくる具体的な手がかりに等しかった。別の刑事がムーン父子に黙秘権の告知を行なったあと車に連行し、キャフェリーはみすぼらしく狭いフラットで何本か電話をかけた。十分と経たないうちに、ふたつの支援部隊を自動車修理工場へ向かわせ、現地で落ち合う段取りをつけていた。「令状を取ってる時間はない」彼はモンデオに乗り込みながらターナーに向かって言った。「第十七条を適用する。生命の危機だ。判事をわずらわせる必要はない。では、現地で」

キャフェリーはターナーのシエラのあとについて、車列を出たり入ったりする赤いブレーキランプの並んだ朝の通勤ラッシュのなか、できるだけ車を飛ばして、A四三二号線からM四号線へと進んだ。自動車修理工場まであと四マイル足らずとなったとき、キャフェリーの携帯電話が鳴った。彼はイヤホンを耳に挿して電話に出た。コステロ一家の家族連絡担当官ニックは取り乱した声だった。「たびたびお邪魔して申し訳ないのですが、ほんとうに心配で。三本も残したメッセージでも言いましたが、ほんとうに異常事態だと思います」

「ちょっとばかり取り込んでいた。電話はマナーモードにしてたんだ。なにがあった?」

「いまコステロ一家のところにいます。新しいほうの――」

「わかっている」

「様子を見るために一時間ばかり顔を出すことになっ

ていたんですが、来てみるとなかへ入れないんです」

「留守なのか？」

「なかにいると思うんですが、ドアロに出てこないんですよ」

「きみはキーを持ってるんだろう？」

「ええ。でも、ドアが開かないんです。チェーンがかかっているみたいで」

「巡査は詰めてないのか？」

「いません。昨夜プロディ刑事に任務を解かれたそうで。でも、プロディ刑事は、帰るときに地元署への連絡を忘れたにちがいありません。交代要員がだれも来てませんから」

「プロディに電話しろ」

「しました。電源が切られています」

「では、コステロ夫妻だ。かけてみたのか？」

「もちろんです。コーリーとは話しましたが、彼はフラットにいないんです。ゆうべもいなかったと言っています。ジャニスと喧嘩したんでしょう。いま、こっちへ向かっています。彼もジャニスに電話をかけてみたけど、やはり出ないそうです」

「くそっ」キャフェリーは指先でステアリングを打った。A四六号線の出口に近づいていた。左折してサパートンへ向かうか、右折してコステロ一家のフラットがあるパックルチャーチへ向かうか。「くそっ」

「正直に言います——怖いんです」ニックの声が乱れた。「なにか変です。カーテンはすべてぴったり閉じられています。応答はまったくありません」

「いまから向かう」

「突入チームが必要です。ドアチェーンはすごく頑丈なので」

「わかった」

キャフェリーは右にハンドルを切り、A四六号線の南行き車線に入って携帯電話を取り出した。ターナーの番号を押す。「予定変更だ」

「なぜです？」

「支援部隊を集めて自動車修理工場を監視させろ。包囲するんだ――広範囲で――だが、まだ手を出すな。私の指示を待て。それと、コステロのセーフハウスにも突入チームを手配してくれ。異常事態が起きているようだ」

「突入チームを三つ？　作戦部門が気に入るでしょうね」

「まあ、死んだら天国へ行けると言ってやれ」

49

パックルチャーチへ向から道路の制限時速は四十マイルだ。うっとうしい通勤車輛の車列が空くたびに、キャフェリーは時速六十マイルで飛ばした。フラットに着いたとき、あたりは明るくなりはじめ、街灯もすでに消えていた。ニックは千鳥格子のコートにしゃれたハイヒールのブーツといういでたちで、玄関へ続く通路に立っていた。爪を嚙みながら道路の左右を見ている。キャフェリーを認めると、はじかれたように車道ぎわへ出てきて運転席側のドアを開けた。「異様なにおいがするんです。開けられるかぎりドアを開けて、すき間に顔をつけてみたら、妙なにおいが」

「ガスか？」

「いえ、むしろ溶剤のにおいです。シンナー吸引者のようなにおい――わかりますか?」

キャフェリーは車を降りてフラットを見上げた。閉ざされた窓と、ぴたりと閉められたカーテンを。ニックは二本のチェーンをぎりぎりまで伸ばしてドアを開けていた。キャフェリーがのぞくと、内階段のブルーのカーペットと壁のいくつかのすり傷が見えた。彼は腕時計に目をやった。突入チームがもう着くはずだ。そんなに遠方から来るわけではないのだから。

「これを持て」彼はジャケットを脱いでニックに渡した。「よそを向いてろ」

ニックは数歩下がり、片手で目をふさいだ。キャフェリーは肩から当たるように向きを変えてドアに体当たりした。ちょうつがいを軸にドア板が弾んで大きな音をたてて震えたものの、チェーンが持ちこたえ、キャフェリーは通路のほうへ跳ね返された。片脚で跳ねてバランスを回復し、ふたたび体当たりした。小さなポーチに面した木のドア枠を両手でつかんで体を構え、ドアを蹴りつけた。一度。二度。三度。彼が蹴るたびにドア板は震えて裂けるような大きな音をたて、そのつど跳ね返ってドア枠に収まった。

「くそっ」キャフェリーは汗まみれで通路に立っていた。肩が痛み、何度もキックを繰り出したせいで背中もきしんでいた。「もうこんなまねをする年ではないな」

「セーフハウスはこうでないと」ニックは目もとの手を下ろし、もったいらしくドアを見た。「現にそうですね。安全《セーフ》だという意味です」

キャフェリーはまた窓を見上げた。「そのとおりだといいんだが」

白い装甲を施したメルセデス・スプリンターが停まった。キャフェリーとニックが見つめるなか、六人の男が暴徒鎮圧用の装備で降りてきた。七二七――フリーの隊だ。

「またお会いしましたね」チームの面々がバンから赤い破壊槌を引き出すあいだに、ウェラードが進み出てキャフェリーと握手を交わした。「私に気があるのかと思いはじめてますよ」

「そう、まあ、無骨な作業衣が好みなもんでね。今日もきみが代行か？」

「そのようです」

「巡査部長はどこにいる？」

「正直に言いましょうか？　わからないんです。今日は出勤してません。彼女らしくないんですが、最近はことごとくそんな調子なので」ウェラードはバイザーを上げて家の横手を見上げた。「なかにだれが？　この家は知ってる気がします。性犯罪被害者用のセーフハウスだ。そうでしょう？」

「証人保護プログラムにより、被害者家族がいる。この女性が」彼は身ぶりでニックを指した。「三十分ほど前にここに着いた。来ることは伝えてあったが、だれもドアロに出てこない。チェーンがかかっている。妙なにおいもする。溶剤らしい」

「人数は？」

「三人だと思う。三十代の女性、六十代の女性、それに幼い少女。四歳だ」

ウェラードが眉をつり上げた。もう一度フラットを見上げてから、ニックとキャフェリーを見て、無言で部下たちを手招きした。彼らは両側から破壊槌を抱えて、小走りでやって来た。ドアに対して体を横向きに構え、破壊槌を打ちつけた。大きな音を伴う三撃でドアがふたつに裂けた。半分は二本のドアチェーンから、半分はちょうつがいからぶら下がっている。

ウェラードとふたりの部下が盾を構えてドアロから玄関ホールへ入った。流れるような動きで階段をのぼりながら、ムーンのフラットのときと同じく大声で叫んだ――「警察だ、警察だ！」

キャフェリーはあとに続き、鼻をつくにおいに顔をしかめた。「だれか、窓を開けろ」とどなった。

階段をのぼりきると、廊下の先でウェラードがドアを開けたまま押さえているのが見えた。「六十代の女性です」

キャフェリーはドアロからのぞいてベッドの女性を見た——ジャニスの母親だ。クリーム色のパジャマ、日焼けした顔からうしろへ流した白い短髪。横向きに寝て、片腕は頭の上方へ伸び、もう片方の腕はだらりと顔にかかっている。ゆっくりと重そうな息づかいを見て、キャフェリーはホスピスやRTC療法を連想した。彼女はこの騒ぎに身じろぎして目を薄く開け、手をわずかに持ち上げたものの、はっきりと目を覚ますことはなかった。

キャフェリーは階段から身をのりだし、階下にいる隊員たちに大声で言った。「大至急、救急隊を呼べ」

「成人男性を発見」別の隊員が叫んだ。キッチンのドアロだ。

「成人男性?」キャフェリーは隊員のそばへ言った。

「ニックの話だと、亭主は……」最後まで言わなかった。キッチンの窓は少し開いていた。水切り台に洗った皿やマグカップ、その横にラップをかけた料理の皿、冷蔵庫の上に空のワインボトル。男がひとり、キャビネットに頭があたっているせいで首を妙な角度に曲げて床に横たわっていた。白いシャツは嘔吐物にまみれている。だが、この男はコーリー・コステロではなかった。プロディ刑事だ。

「なんてことだ——ポール? おい!」キャフェリーは身をかがめて彼を揺すった。「起きろ。目を覚ませ」

プロディは顎を上下に動かした。口から長いよだれが垂れた。片手を持ち上げて、力なくよだれをぬぐおうとした。

「いったいなにがあった?」

プロディの目が開きかけ、すぐに閉じた。頭が垂れた。キャフェリーは廊下へ戻った。刺激臭で目に涙がにじんでいる。

「救急隊はこっちへ向かってるのか?」階下に向かってどなった。「まだだったら許さん。もう一度言うが、だれか窓を開けてくれるか?」キャフェリーはわめくのをやめて廊下のつきあたりを見た。ひとりの隊員が——バイザーを下ろしたままのウェラードだ——またドアを開けたまま立ちつくしている。今度はフラットの表側の部屋だ。道路を臨む部屋のはずだ。ウェラードがゆっくりと手招きをした。こちらへ向き直りもしないのは、目の前の光景に目が釘づけになっているからだ。

　キャフェリーは一瞬、混じりもののない完全な恐怖を覚えた。不意にここから出ていきたくなった。突如として、ウェラードの見ているものだけは知りたくないと思った。

　心臓が低い音で激しく打つなか、キャフェリーは廊下を進んでウェラードの横に立った。室内は暗かった。カーテンが引かれ、窓は閉じられている。薬品臭がほかの部屋よりはるかに強い。二台のベッドがはっきりと見えた。窓ぎわにぴたりとつけられたシングルベッド——空《から》だ——と、乱れたダブルベッド。女性がひとり、横たわっている——もつれた黒髪から察するに、ジャニス・コステロだ。背中が上下していた。

　キャフェリーが向き直ると、ウェラードは奇妙な表情を浮かべた。「なんだ?」キャフェリーは嚙みついた。「成人女性だ。予想していたはずだろう?」

「ええ。でも幼い少女は? 成人女性ふたりと成人男性ひとりは確認しましたが、幼い少女の姿は見てません。警部はどうです?」

50

コーッという小さな村に夜明けが訪れた。朝焼けもまだらに浮かんだ雲もない、中途半端な冬の夜明け。単調な灰色の光が、家並みの屋根の上方に力なく上がり、近くの教会の塔を過ぎ、木々のてっぺんを横切って、バサースト・エステートにある森の奥の小さな空き地に霧のように舞い降りた。運河の百フィート上方で、草だらけの立坑を、昼と夜の黒い境界線がゆっくりと這い下りた。それは、地の底へと向かいながら、トンネル内にできた壁のような二カ所の落石に両端をはさまれた洞窟に達した。散り広がった群れのような光は、黒い水を見つけ、ロープの端に揺れもせずにぶら下がっているキットバッグの下に影を作り、こぶのような形の石やがれきの上に腰を下ろした。

一方の落石の壁を隔てた場所で、フリー・マーリーは夜明けに気づいていなかった。この洞窟の寒さと長い年月を経た淀んだ沈黙以外、なにも気づいていなかった。彼女は落石の底のごつごつした出っぱりに寝ていた。アンモナイトの化石のような格好に体を丸めて、頭を隠し、暖を取ろうと両手を脇の下にはさんでいた。疲れ切って頭が働かず、まどろんでいた。闇が指先のようにまぶたを押さえる。複雑な構造をした目の奥のどこかで、光が踊り、パステルカラーの奇妙なイメージがいくつも浮かんだ。

しばらくケイビング用ライトは使わない。あの落石で無事だったのは大型懐中電灯と小さなヘッドランプだけだ。バッテリーの節約のために、フリーはどちらも消していた。父の古いカーバイド・ランプをつけるはめにならないように。どのみち、なにも見えないのだ。懐中電灯の光がなにをとらえるかはわかっている

——天井から何トンもの土と石がはがれ落ちた跡だ。がれきがところどころで三フィートばかり床をかさ上げし、洞窟の両端にもともとあったがれ場を土と石が覆っていた。どちらの脱出ルートも消え失せていた。今回は手で掘るだけでは追いつかない。すでに試してみた。おかげで体力を消耗した。この厚い壁を掘り通すことができるとすれば、空気ドリルかブルドーザーだけだろう。カージャック犯が戻ってきても、もう彼女のところまで来られない。だが、それはあまり重要ではなかった。彼女自身、どこへも行けないのだから。ここに閉じ込められてしまったのだ。

だが、フリーは地中で多くのことを学んだ。これ以上寒さを感じないと念じるだけで寒さを感じなくなるということを学んだ。チェルトナム・アンド・グレート・ウェスタン・ユニオン鉄道の列車が早朝にも走っていることを知った。貨物列車だろう。夜も十五分おきに轟音をたてて通過し、ドラゴンのように地面を震わせて、トンネル内の目に見えないくぼみから石をいくつか落下させた。フリーは列車が通過する合間に断続的に眠り、うとうととして目を覚まし、不安と寒さに駆られて身を震わせた。手首にはめたシチズンの防水腕時計が人生の残り時間を刻んでいた。

ジャック・キャフェリーの姿が頭に浮かんだ。彼女に向かってどなっているジャック・キャフェリーではなく、穏やかに彼女に話しかけているジャック・キャフェリー。一度だけ肩に置かれた彼の手——シャツを隔てても温かかった。ふたりは車のなかに座っていた。彼がフリーの肩に手を置いたのは、フリーが開いた扉の前に立ってまったく新しい世界へ一歩を踏み出そうとしているからだと、あのときは思っていた。ところが、人生がするりと身をかわしてページがめくられると、残されるのはときとしてもっとも強く優秀な連中だけだ。やがて、新聞の第一面からほほ笑みかけるミスティ・キットスンの顔が頭に浮かぶと、フリーは、これは大きな罰なのかもしれないと考えた。ミスティに起きたことを彼女とトムがまんまと隠しおおせたので、至高の存在が償いを求めることにしたのだ、と。ミスティの死体を埋めたのと同じ葬られかたで償うことになるなんて、皮肉なものだ。

フリーはようやく目が覚めた。凍えた両手を脇の下から出して、イマーションスーツの防水ポケットの携帯電話を触った。圏外。だめだ。構造図を見たから、自分のいる場所はおおよそ把握できている。メールにおおまかな位置を知らせる文字を次々に打ち込んで、思いつくかぎりの相手に送信した。だが、メールはすべて、頭に〝再送信〟のアイコンがついて送信箱に残っていた。結局、電話がバッテリー切れになることをおそれ、電源を切ってビニール袋のなかにしまった。十一時とプロディに伝えた。七時間も過ぎている。なにか手ちがいがあったのだ。彼はメッセージを受け取っていない。そうだとすれば、神の与えた厳しい現実はこうだ――ケイビングロープの端はトンネルの入口だ。車は、どうしてもバックでは入れない村の共有緑地のいちばん端に停めた。ケイビングロープか車にだれかが気づいて、彼女の居場所に関してなんらかの結論を導き出すまでには、何日もかかるかもしれない。

フリーは苦痛に耐えて体を伸ばした。体の位置を変え、両足を大きく広げて、最後の数インチを滑って下りた。水中に着地すると、ケイビングブーツが水を跳ねる音が大きく響いた。なにも見えなくても、水面にごみが浮いているのはわかる。落石の前に立坑から落ちて、風によっていま彼女の立っているところへ吹き寄せられたにちがいない。フリーは手袋を脱いで腰を折り、凍えて荒れた手で水を少しすくってにおいを嗅いだ。油のにおいはしない。大地のにおいだ。木の根や葉、陽のあたる林間地のにおい。舌先で舐めてみる。かすかに金属の味がした。

半透明なものが目の隅に留まった。フリーは両手の水を捨てて、ぎこちない動きで体を左へ向けた。

十フィートほど先に、ぼんやりした円錐形の光が見える。おぼろげな幽霊のような光。フリーは体をひねって落石にもたれかかり、手探りでリュックサックを見つけてケイビング用ライトを引っぱり出した。手を目にかざしてライトを上へ向けた。洞窟に光が満ちた。すべてのものにカクテルブルーの輪郭が現われた――なにもかもが大きく、輪郭線がはっきりしている。フリーは手を下ろして、さっき光を感じた場所に目を向けた。捨てられたバージ船の船体だ。

ライトを消して、船体を見つづけた。網膜に残っていた形や映像が徐々に消えた。瞳孔が開いた。今度はまちがいない。落石の壁の向こう側からバージ船を通して陽光が射し込んでいる。

またライトをつけると、それを粘土の上に置いて落石の壁を照らし、用具類をリュックサックに戻した。手袋をはめてリュックサックを背負い、バージ船へ歩いていき、かがんで船体内をライトで照らした。バージ船は落石の下敷きになっており、船首は立坑のあった側へ突き出している。船自体は百年以上前に作られたものだろう――船体も甲板も鉄板で、それを鋲で留めてある。フリーは、甲板の裏面を見上げながら、ビクトリア時代の技師たちはすぐれていると思った――落石の重量を受けながら、甲板はたわんですらいない。ただし、船自体は柔らかい泥にめり込んで心持ち後方へ傾いているため、隣の洞窟にある船首のほうが高くなっている。船尾側の水位は、甲板の裏面から一フィート弱のところまである――だが、甲板の傾斜のおかげで、船首側のほうが水面の上の空間が広くなっている。

八フィートほど奥で、隔壁から大きな梁が突き出して、船首側へ進むのをはばんでいる。フリーは船体内を照らして出口を探した。ライトの光が、鋲や、垂れた天井にいくつも張っているクモの巣をくっきりと浮かび上がらせ、水面に浮かぶ雑多なごみをきわだたせた——買い物袋、コークの缶。毛皮の生えている動物らしきもの。おそらく肥大化したネズミだろう。だが、ハッチや脱出口はない。フリーはライトを消した。今度は目が闇に慣れるのを待つ必要はなかった。すぐに、陽光がどこから射し込んでいるのかがわかった——隔壁に長方形の輪郭が見えた。フリーは大きく息を吐き出した。「探したのよ」

半分ほど水に浸かった隔壁のハッチだ。おそらく、区画間で石炭を移動させるために設けられたものだろう。錠をかける理由は断じてない。カージャック犯はさっきは向こう側の洞窟にいなかったが、この数時間内に戻ってきていないとはかぎらない。とはいえ、フリーの選択肢ははっきりしていた——このバージ船の向こう側へ出てカージャック犯と対決するか、こっち側に閉じ込められたまま死ぬかだ。

フリーはリュックサックを引っかきまわして、古いアーミーナイフと、この前の夜に見つけた舫《もや》い釘を取り出し、両方を引きひも式の防水ウエストポーチに差し込んだ。

伸縮ひものヘッドランプを頭につけて泥に膝をつき、水面が胸に達するまでゆっくりと身を沈めた。両手を水中に伸ばして障害物をかき分けながら、膝立ちで船体内に入った。頭が錆びのついたクモの巣をかすめるが、口が水中に入らないように顎を上げていた。仮にカージャック犯が向こう側にいるとしても、動きまわる懐中電灯の光を見られる心配はないと思った。向こう側は明るいから懐中電灯の光は見えないはずだが、音は聞こえるかもしれない。すぐに使えるように舫い釘に軽く手をかけた。

口で息をしながら慎重に進んだ。狭い空間で、自分の息の苦いにおいを感じた。なにも食べずに過ごした恐怖の一夜のにおいが、船体内に漂っている石炭のかすかなタールのにおいと混じった。

隔壁に達すると、ハッチは少なくとも二フィートが水に浸かっているとわかった。手袋越しにおおよそ手探りできた。残りの部分は感覚のないケイビングブーツのつま先で推測するしかない。シームのまん中あたりに掛け金があった——錠はかかっていない。ハッチを閉ざしているのはおそらく何十年にもわたって蓄積された錆びだろう。隔壁のどちらの側にも水圧はかかっていないはずだ。こっち側の障害を取りのぞくことができれば、ハッチが開かないはずがない。大切なのは、できるかぎり音をたてずに開けることだ。

舌を軽く嚙んで、ハッチと隔壁のすき間にアーミーナイフの刃を差し込み、てこの要領でそっと錆びをはがした。底の部分の錆びは足で取りのぞいた。手袋は脱がなかった——感覚のない指先をハッチの縁から差し入れるのに苦労した。重い足を上げて隔壁に押しあてて踏んばると、指先に全力を込め、歯を食いしばって引っぱった。不意に大きな音がしてハッチが開いた。

わずかな錆びがフリーの体に降りかかり、ハッチから流れ込んだ暖かい水が腹のまわりに達した。

ハッチの開いた音は、フリーの耳には素手で繰り出したパンチの命中音のように聞こえた。あまりに大きい音なので、ひさしぶりに怖じ気を覚えた。身動きできなかった。その場にじっとして、かがんで半身を水中に沈めたまま目を見開き、ハッチの向こう側から返ってくる物音を待った。

51

狭い通りの家並みの壁を青色灯が横切り、遠くから悲しげなサイレンの音が聞こえた――ジャニスと母親を乗せた救急車が朝の通勤車輛の流れに加わった。近隣に住む五十人ほどが通りに出てきて、外側の立ち入り禁止テープのところから、警察官の集まっている目立たない建物でなにが起きているのか見ようとしていた。

前庭の芝生にいる全員が青い顔をしていた――深刻な顔で押し黙っていた。だれもが信じられない思いだった――自分たちの鼻先でエミリーが連れ去られるなんて。警察が動いていたのに。このとんでもない大失態を自分の目で確かめるために警察本部長じきじきにやって来るという噂だった。マスコミは増える一方で、この嵐の中心にいる人物がポール・プロディ刑事だった。

彼は、家の前の芝生の枯れた一画に置かれた、場ちがいな小型のピクニックベンチに腰を下ろしていた。だれかが貸してくれたTシャツに着がえたので、もう嘔吐物のにおいはしない――もともと着ていたシャツは、足もとの、口を結んだ買い物袋のなかだ――が、救急隊に体を触らせるのを拒んだ。彼は平衡感覚を失っていた。片腕をテーブルに載せて座り、地面の一点を見つめている必要があった。ときどき体がゆらゆらするので、だれかがまっすぐに戻してやらなければならなかった。

「漂白剤とアセトンで作ったクロロホルムの一種らしい」キャフェリーは煙草を吸いたい欲求にまたしても負けていた。ベンチの反対側に座って、きつく巻いた煙草を吸いながら、煙に細めた目でプロディを見ていた。「ノックアウト・ガス。昔からある手口だ。吸い込みすぎると腎臓をやられることがある。だから、病院で診てもらったほうがいい。たとえ自分では大丈夫だと思っていても」

　プロディはぎこちなく首を振った。そんなわずかな動作でさえも、体のバランスを失わせかねないように見えた。「放っておいてください」ひどい風邪にかかっているような声だ。「ジャニスが私に同じ病院にいてもらいたがると思いますか？」

「では別の病院へ行け」

「いやです。ここに座っています。新鮮な空気を吸うんです」

　彼はこれ見よがしに肺いっぱいに空気を吸い込んだ。吸って吐いてを繰り返す。痛ましい。キャフェリーは無言で見ていた。プロディは被害者であるジャニス・コステロと夜を過ごした。その点には、キットスン事件に関するごたごたと同じくらい腹が立っている。事情がちがえば、プロディの失態をいい気味だと思ったかもしれないが、こんなミスを犯した彼が気の毒に思えてならなかった。プロディがジャニスやその母親と同じ病院にいたがらない理由はわかる。エミリーが連れ去られるのを阻止できなかったからだ。

「じきによくなります。十分もらえれば大丈夫」プロディは充血した目を上げた。「やつの居所をつかんだそうですね」

「断定はできない。タールトンの自動車修理工場、あの運河の近くだ。すでに捜索させた」

「なんらかの形跡は？」

「まだ出てない。捜索チームは撤退させた。やつはいま、エミリーを連れてそこへ向かっているかもしれない。だが……」キャフェリーは目を細めて、通りの先、遠くなるにつれて小さくなる家並みを見やった。「ちがう。むろん、やつはそんなことはしない。それでは簡単すぎる」

「私の携帯電話を持っていかれたことは?」

「知ってる。電源は切られてるが、位置情報の分析を始めさせた。やつが電源を入れれば、三角測量で位置を割り出すことができる。まあ、前にも言ったが、やつは利口だ。電源を入れるとすれば、なんらかの理由があるはずだ」

プロディが身震いした。うなだれたまま、暗い目を道路の一方の先へ向け、続いて反対側へ向けた。寒いが晴れた日だ。仕事へ向かう人びとはすでに家を出ている。子どもを学校へ送った母親たちは帰宅し、車は私道に行儀よく停まっている。彼女らは家へ入らずに立ち入り禁止テープのところへ来て、腕を組んで警察のバンや救急車を見ていた。彼女らの目は、まるで釘のように、キャフェリーとプロディが腰を下ろしている場所に突き刺さった。答えを求める目だ。

「完全な不意打ちでした。なにも覚えてないんです。私のミスです」

「そのとおり。きみは大きなミスを犯した。だが、きみのミスは犯人を阻止できなかったことではない。そのことではない」キャフェリーは、指先で煙草の端をつまんで、ニックにもらったペーパーナプキンに灰を落とした。ペーパーナプキンをたたみ、しっかり押さえて火を消すと、吸い殻といっしょに内ポケットに入れた。フラットにはだれもいない。突入チームは徹底的にエミリーを捜して――ロフトまで捜して――彼女の姿がないと確信するや、まだ到着していない現場捜査班のために、できうるかぎり汚染しないようにフラットを封鎖した。そこらじゅうに吸い殻を放って、彼らが来たときに怒らせたくない。「そうではない。きみの最大のミスは、そもそもこのフラットにいたことだ。きみはこの事件を担当している刑事だ。夜、勤務時間後にここにいるべきではなかった。いったいなぜそんなことになった?」

「警部に言われて、午後にここへ来ました。彼女は…

……」ブロディは力の入らない手を振った。「彼女は——わかるでしょう。だから私はここに残りました」

「彼女がなんだというんだ？　魅力的だから？　求めに応じたから？」

「独りだったから。くそ亭主は仕事へ行っちまいやがって」

「言葉に気をつけろ」

ブロディは言いたいことがあるのに口に出せないような顔でキャフェリーを見つめた。「妻と娘がこんな事件の渦中にいるというのに、亭主は仕事に行ってしまう——ふたりを放ってね。ふたりは怯えていた。警部ならどうしましたか？」

「ロンドン警視庁にいたころ、訓練でたたき込まれた。こういう女性——すでに被害者である女性——の弱みにつけ込んで誘惑するのは、痛手を負った動物を狩るようなものだ」

「弱みにつけ込んだりしてません。気の毒に思ったんです。彼女と寝てませんよ。ここに残ったのは、警部にとって人件費の節約になると考えたのと、私がいれば安心できると彼女が言ったからです」彼は皮肉めかして首を振った。「彼女の期待をみごとに裏切った。そうでしょう？」

キャフェリーはため息をついた。この事件にまつわるものすべてが、じめじめして不快な敗北のにおいを放っている。「もう一度、説明してくれ。コステロは午後になって出かけたのか？　仕事に？」

「パトカーで送ったそうです。ニックが手配して」

「彼はそのまま帰宅しなかったのか？」

「いえ——帰ってきました。十分ほど。午後九時ごろです。酔っぱらってたんだと思います。家へ一歩入るなり彼女をなじるんですから」

「なぜ？」

「それは——」ブロディは言いかけてやめた。

「なんだ？」

プロディの顔の一部がこわばった。なにか言いかけたように見えた——辛辣な言葉を。だが、口にしなかった。すぐに、のっぺりした顔に戻った。「わかりません。夫婦喧嘩は、私がとやかく言うことじゃないので。ふたりで上へ行ったかと思うと、彼女が亭主をどなりつけ、亭主が悪態をつきながら階段を駆け下りて出ていった。ドアをたたきつけるように閉めて。彼女はすごい勢いで追ってきて、ドアのチェーンを二本ともかけた。私が〝ミセス・コステロ、私ならそこまでしませんよ。それではご主人を怒らせてしまいます〟とかなんとか言うと、彼女は〝かまわないわ〟とだけ言った。案の定、亭主は三十分ほどしたら戻ってきて、チェーンがかかっているのを知って大声でののしったりドアを揺すったりしはじめた」

「きみはどうした?」

「相手にするなと彼女に言われたので、そうしました」

「そのうち彼は立ち去ったんだな? きみがなかにいるのに?」

「最後には。思うに彼は……こう言いましょうか。彼には一夜を過ごすことのできる場所がほかにあったんだと思います」

キャフェリーはポケットからたたんだペーパーナプキンを出した。吸い殻をためつすがめつした。ペーパーナプキンをたたんでポケットに戻し入れた。「われわれはきみをキッチンで見つけた」

「はい」彼は開け放たれた窓を見上げた。「キッチンに入ったのは覚えています。みんなにココアを作ってあげて、飲んだあとカップを洗うためにキッチンへ持っていったんですよ。覚えているのはそこまでです」

「時刻は?」

「さあ。十時ごろでしょうか。騒ぎでエミリーが目を覚ましていたので」

「侵入経路は窓だ。ガラスに跡が残っていた。はしごの跡だ」キャフェリーは、突入チームが三つの可動式フェンスに警察のテープを結んで設置し、立ち入り禁止の印とした場所に顎をしゃくった。「横手へまわったほうが人目につかない。やつは最初にきみを襲ったんだろう。キッチンで。物音は聞こえなかったはずだ、ほかの部屋には——」キャフェリーは途中で言葉を切った。警察車輛のビーマーが速度を落として歩道脇に停まった。コーリー・コステロが降りてきた。コートのボタンをはずしているので、高価なスーツが見えている。身なりもきちんとしている——ひげを剃り、シャワーも浴びていた。昨夜どこで過ごしたにせよ、戸外のベンチではなかったらしい。キャフェリーのモンデオの車内で電話をかけていたニックがはじかれたように車を降りて、コーリーを止めた。二言三言交わしたあと、コーリーは、この場に集まっている警察官と野次馬を見まわした。彼の視線がキャフェリーとプロディをとらえた。どちらも動かない。座ったまま、彼の視線を受けていた。一瞬、通りが沈黙に包まれた。娘を奪われた父親。なんらかの手を打つべきだった二人の警察官。コーリーがふたりに向かって歩きだした。

「なにも言うな」キャフェリーはプロディに顔を近づけ、いかめしい声で口早に命じた。「言うべきことがあれば私が言う」

プロディは答えなかった。彼の目は数フィート向こうで足を止めたコーリーに注がれている。

キャフェリーはコーリーに向き直った。コーリーの顔はなめらかで、額にしわのひとつもない。小さな顎、女性っぽい鼻。澄んだグレイの目はプロディの横顔に注がれている。「げす野郎」低い声で言った。

キャフェリーは右手のどこかで、ニックがあわてだし、これから起ころうとしていることに対してパニックに陥りかけているのを感じた。

「げす野郎。げす野郎。げす野郎」コーリーの顔は穏やかだ。つぶやくような小声だ。「げす野郎げす野郎

げす野郎げす野郎げす野郎げす野郎げす野郎」

「ミスタ・コステロ……」キャフェリーが口を開いた。

「げす野郎げす野郎げす野郎げす野郎げす野郎」

「ミスタ・コステロ。そんなことを言ってもエミリーは助けられませんよ」

「げす野郎げす野郎げす野郎げす野郎、このげす野郎めが」

「ミスタ・コステロ！」

コーリーがはっと身震いした。半歩下がって、とまどった目でキャフェリーを見た。その瞬間、自分が何者でどこにいるのかを思い出したようだった。袖口を整え、向き直って通りを見渡すと、この家を買うつもりで近所の様子を見定めようとしているかのように、道理をわきまえた愛想のいい表情を浮かべた。と、コートを脱いで地面に放った。首に巻いていたマフラーをはずし、それをコートの上に落とした。そこで手を止め、そんなものがあることにいささか驚いた様子で、コートとマフラーをまじまじと見た。次の瞬間、いきなり三歩でピクニックベンチの脇をまわってプロディに飛びかかった。

キャフェリーが立ち上がったときには、プロディはベンチから放りだされて芝生にあおむけに倒れていた。彼は抵抗しなかった——倒れたまま両腕を持ち上げて顔をかばいながら、コーリーの好きにさせた。ビジネススーツの男に何発も殴らせた。忍耐強いとも言えるその態度は、あたかもこれが自分に対する罰だと受け入れているかのようだった。キャフェリーがピクニックベンチをまわってコーリーのもとへ行き、うしろから左右の上腕をつかむと同時に、ウェラードと隊員たちが頭から湯気を立てながら芝生を横切って駆けつけた。

「ミスタ・コステロ！」キャフェリーは彼の後頭部に向かってどなった——完璧な髪型の頭に向かって。ふたりの隊員がコーリーの手をしっかりとつかまえた。

「コーリー、彼を放せ。放さなければ、われわれは手錠をかけざるをえない」

　コーリーのパンチがさらに二発、プロディの胸に命中したあと、支援グループの男たちがコーリーの両腕を背中へひねり上げてプロディから引き離した。ウェラードがコーリーを地面に転がして背後からつかまえ、体を横向きにさせ、うなじに自分の頭を押しつけて首をのけぞらせた。プロディはなんとか身を起こし、四つん這いになって何歩か離れた。そこで止まってあえいだ。

「殴られる筋合いはないだろうに」キャフェリーはプロディの横にしゃがみ、彼がかかとをついてしゃがめるように、シャツをつかんで上体を引き起こしてやった。顔はたるみ、口から血が出ていた。「無抵抗で殴られるいわれはない。だが、きみがフラットにいてはいけなかったことに変わりはない」

「わかってます」彼は額をぬぐった。コーリーが髪を引き抜いた箇所から血がしたたっている。泣きだしそうに見えた。「最低の気分です」

「いいか――よく聞け。あそこの若い救急隊員のところへ行って、病院へ行って検査を受け、傷口を縫ってもらいたいと言え――わかったな？　治療を終えたら病院を出て、私に電話しろ。大丈夫だと報告するんだ」

「警部はどうするんですか？」

「私か？」キャフェリーは立ち上がった。上着と、ズボンの膝から土を払った。「さっき言った自動車修理工場へ行って嗅ぎまわるしかないだろうな。ま、やつは見つからないだろう。さっき言ったとおり」

「とても利口だから？」

「そのとおり。いまいましいほど利口だからだ」

52

閑静でのどかな農村だった。コッツウォルズの端にあるこの村落には、地元産出の淡茶色の石で建てられたコテージやマナーハウスが散在する。テッド・ムーンが借りている自動車修理工場は住宅地のなかにあり、周囲の建物から浮いているので、開発業者が解体用の鉄球を持ち込むのも時間の問題だろう。軽量コンクリート製の低い五棟の建物はどれも、苔むした波形鉄板の屋根に覆われていた。かつては牛舎だったにちがいない。商業看板はかかっておらず、なんの動きもみられなかった。使用目的はだれにもわからない。

テッド・ムーンが借りているのは西端の一棟で、それが住宅地と農地の境になっている。こうして秋のきらめく陽射しを受けた特徴のない暗色の建物を目にすると、これが、ここ数年でもっとも緊迫した集中捜索が行なわれたフラットからわずか三十分の距離にあるとは、よもやだれも思うまい。先遣チームは横手のドアから突入し、ものの数分で建物内に警察官がひしめいた。彼らは徹底的に捜索したがなにも見つからなかった。しかし、いま彼らの姿はどこにも見えない。あたりは静まり返っている。とはいえ、警察官たちはまだこの場にいた。沈黙に包まれた木立のどこかで、監視チームの面々がこの建物を包囲している。八対の目がひたと注がれていた。

「なかの信号状況は？」入口に近く、道路から見えない待避所で、キャフェリーは突入チームのスプリンターバンの助手席で体をよじり、シートの背に肘をかけて、チームの巡査部長に質問した。「無線が切れることはなかったんだな？」

「はい。なぜそんなことを？」

「これから見てまわる。やつが現われたら、かならず警告をくれ」

「それはかまいませんが、なにも見つかりませんよ。証拠物件リストは見たでしょう。盗難車輛十台、盗難モペッド五台、大量の偽造ナンバープレート、一般市民が買って箱に入ったままの新品のソニーの大画面テレビとブルーレイ」

「それと、重大犯罪捜査隊のモンデオか？」

巡査部長がうなずいた。「重大犯罪捜査隊の駐車場から許可なく持ち出されたと考えられるモンデオが一台。四輪駆動車が一台――ブレーキディスクの状態から判断して、この二十四時間内に走行しています。それ以外は、錆びの浮いた農機具が隅にいくつかあるだけです。それと鳩。ここは鳩たちの大きな巣箱ですよ」

「とにかく、監視チームがかならず私に警告するようにしろ」キャフェリーはバンから飛び降りた。ベルトに停めた無線が信号を発していることを確認し、上着を着ると、巡査部長に向かって片手を上げた。「頼んだぞ」

ひびだらけの私道に落ちる陽射しのおかげで、ここ数日で初めて大気を暖かく感じるほどだった。砂利のすき間から伸びているサワギクの茎までが、まるで春を待ち焦がれて空に向かって背筋を張っているように見えた。キャフェリーは、どうしても気持ちがはやり、下を向いて足早に歩いた。建物の横手の窓に着くと――唯一ガラスをきれいに割られた窓には、立ち入り禁止テープも含めて警察がここへ来たという形跡はいっさいない――上着の袖で手を覆って腕を突っ込み、掛け金をはずした。慎重に窓を通って入った。この一年で仕事中に上等のスーツを二着もだめにしたので、また一着を台なしにするなんてとんでもない。なかへ入って窓を閉めると、音をたてずに立ったまま、まわりを見渡した。

この建物の内部は爆弾貯蔵所のようだ。ひびが入りくもった窓から射し込むわずかな光が、ほこりだらけの広い床に落ちていた。ひとつしかない電球は天井のフックに吊され、そこから優美なアーチを描いてクモの巣がいくつも張っている。車は——大きさも色もさまざまだ——扉を向いて三列に並んでいた。どれも磨かれて、ショールームの展示車輛さながら光っている。ムーンはその他の盗品を一隅に集め、そうすれば人目を引かないかもしれないとばかりにかためて置いていた。反対側の隅には農機具類。両者のまん中、並んだ車の向こうに、古いフォード・コルティナが一台、ハゲワシどもにほぼ食いつくされた大草原《プレーリー》の動物の死骸のように内臓を見せていた。

キャフェリーは足音の響く建物を横切って、錆びついた農具類のところへ行った。しゃがんで、ぼろぼろになった金属の山のなかをのぞき、なにもないことを確認した。次に反対端へ行き、盗品のコレクションを次々と確かめた。どこへ行くにも、小さな石筍のような鳩の糞のかたまりを踏みつけた。一歩一歩がミニチュアの都市を破壊した。このコルティナは最後に生産された型にちがいない。ビニールルーフ、スラット入りのテールライトを備えた車は、どうやらもう何年もここに停めてあるようだ。開いたままのボンネットとシャーシをクモの巣が結んでいる。ほかの車がどれもぴかぴかに磨きあげられているのに、このコルティナだけがなぜ放置されているのかはだれにもわからない。キャフェリーは盗品の置き場所へ戻り、ペンナイフを使って、ソニーのテレビが入っている段ボール箱の一部を切り取った。証拠物件係が知れば腹を立てるだろうが、またスーツをだめにするよりは、彼を怒らせるほうがましだ。コルティナのところへ戻り、切り取った段ボールを床に敷いてその上に寝そべった。つま先を使って、体を数インチばかり車の下に押し込んだ。

コルティナが動かされていない理由がわかった。

「なるほど――」彼は無線を口もとに引き寄せた。通話ボタンを押した。「だれか、車の下の検査ピットに気づいたか？」

一瞬の沈黙、それに続くノイズ音のあと、巡査部長の声が答えた。「はい、気づきました――ひとり、なかへ入らせました」

キャフェリーはうめいた。ズボンのポケットに手をやった。キーホルダーに小さなLED懐中電灯をつけている。夜に車のドアの鍵穴を見つける役に立つと思ったからだが、たいして明るくない。小型の懐中電灯をピットに下ろし入れると、中密度繊維板《MDF》を張られた壁面が見えた。食器棚の一部を再利用しているようだ。なおもしばらく上から懐中電灯で照らしていたが、開いているドアがあればなかをのぞかずに通り過ぎることが絶対にできない性分のため、なんとか車の下から出ると、長い辺が穴の縁に沿うように段ボールの向きを変えてふたたびその上に寝そべり、ピットのなかへと体を転がして、骨がきしむような音をたてて両足で着地した。

一瞬にして暗さが増した。頭上の錆びついたコルティナが工場内のわずかな光をさえぎっていた。懐中電灯をつけて周囲を照らし、壁板を調べた。食器棚用に成形された油のしみついた安物の板には、取っ手がついていたにちがいない跡が残っていた。コンクリートの床も調べた。踏みつけてみた。なにもない。鍵束を段ボールの上へ放り、体を引き上げようとした瞬間、なにかがそれを押しとどめた。キャフェリーはそっと鍵束を取ってしゃがみ、懐中電灯を持ち上げた。

板はすべて、ドリルでコンクリートに穴を開けて打ち込まれた木製のダボに釘で留められている。だが、この手のピットに板を張る理由はこれといってない。なにかを隠そうというのでもないかぎりは。ピットの後部側の板の底部に指を走らせた。引っぱってみる。びくとも動かない。板と木ダボのすき間にペンナイフを差し込んで手前に引き、板の裏をのぞいた。

キャフェリーの心臓が早鐘を打っていた。この地域には穴や洞窟がいくつもあると、だれかが言っていた。あれは、フリー・マーリーのチームにブリーフィングを行なったサパートン・トンネルのトラストのメンバーだ。そこらじゅうに、アリの巣状につながったトンネルや隠し穴があると言っていた。テッド・ムーンほど屈強な男なら、エミリーのような四歳児をトンネルの奥まで抱えていくことができるだろう。おそらくは、あらかじめ準備を整えておいた場所まで。だれにも邪魔されることなく、自分のやりたいことをできる場所まで。

キャフェリーは体を引き上げるようにしてピットを出ると、無線の音量を小さくしながら窓辺へ行った。

「おい」窓から上体をのりだして無線機に向かって小声で言った。「検査ピットに入ったやつは、板でふさいだ出入口に気づいたのか？」

長い沈黙が続いた。やがて応答があった。「もう一度言ってください、警部。なにか聞き落としたようです」

「脱出用の穴があるんだ。ピットから脱出するための。だれか気づかなかったのか？」

応答はなかった。

「わかった。返事はしなくていい。あそこになにかある。見てくる。こっちへだれかよこしてくれるか？　同行させるためじゃない――百キロもある装備をがちゃがちゃいわせてついてこられたくない。だれかがピットで待機して背後をカバーしてくれているとわかっていれば安心だからだ」

またしても間があった。やがて返事があった。「はい――問題ありません。いま、そっちへ向かっています」

「だが、建物の外はこれまでどおり、だれもいないように見せろ。ムーンが実際に現われた場合、黒ずくめの人間がうようよいるのを見られたくない」

「了解」

キャフェリーは鳩の糞を踏みながらピットに戻り、体を転がすようにして穴に入った。板の上半分をてこの要領で木ダボから引きはがすと、下半分は簡単にはずれた。板を脇に置き、腰を折って、板のうしろから現われたものに目を凝らした。

大人がひとり通れるだけの高さがあるトンネルだ。長身の男でも、腰を少しかがめるだけでまっすぐ入っていける。地面には、見える範囲に汚れた新聞が敷かれている。小型の懐中電灯でトンネルのなかを照らしてみた――世界一の戦争映画『大脱走』に出てきたような、二×四インチの角材で支えられた土の天井が見えた。両壁の距離は約二フィートある。造りは雑だが使用に耐える。だれかが一生懸命、秘密の地下通路を作ったのだ。

懐中電灯の光をたどって何歩か入ってみた。地上よりも暖かく、空気は植物の根のような泥炭のにおいが強かった。物音はしないし、聞こえるとしてもくぐもった音だろう。キャフェリーは慎重にさらに数歩進み、ときどき足を止めて耳をすました。後方の検査ピットの光が徐々に小さくなって灰色の穴になると、懐中電灯を消し、目をきつく閉じてしばらくその場にじっと立っていた。耳に神経を集中して、周囲の闇に耳をすました。

子どものころ、ユーアンといっしょの部屋を使っていたころ、電気を消してはふたりであるゲームをしていた――母親が子ども部屋のドアを閉めて階段をきしませながら下りていくと、ユーアンが足音をしのばせて敷物のない床を横切り、ジャックのベッドに忍び込んだ。兄弟は、笑い声をあげないように、それぞれがあおむけに寝転んでいた。幼かったので女の子の話はしなかった――恐竜や、ブギーマンの伝説、兵士になって敵を殺すのはどんな気分かといったことを話した。

どちらも、相手を震え上がらせようとした。おたがいがいちばん怖い話をするというゲームだった。話し終えると相手の胸に手をあてて、自分の話で鼓動が速まったかを確認する。鼓動がより速まったほうが、その対戦の負けとなる。ユーアンが年上なので、たいていユーアンが勝った。キャフェリーはスチームハンマーのような心臓を持っている。医師の話では、グレンモーレンジ漬けにしないかぎり、強力な筋肉器官はキャフェリーを百歳近くまで生かしてくれるらしい。だがキャフェリーは、心臓を安静に保つことをいまだに学んでいない。いまも胸から飛び出しそうなほど激しく打って、血を全身の血管に駆けめぐらせている。まるで肌に冷や水をかけられたように、この地下に自分のほかにだれかいるという漠然とした勘、まったく根拠のない第六感が働いたからだ。

振り向いて、入口の小さな光の点を見た。バックアップ・チームが向かっている。その言葉を信じるしかない。キャフェリーは懐中電灯をつけ、穴の奥を照らした。弱い光が砕けて影になった。ここにはなにもない。あるはずがない。あの板は釘でしっかりと打ちつけてあった。それでも、周囲の闇のなかで何者かが息をしている光景が目に浮かんだ。

「おい、テッド」試しに言ってみた。「おまえがここにいるのはわかってるぞ」

自分の声が返ってきた。〝おまえがここにいるのはわかってるぞ〟。土の壁に吸収されて鈍くなった声は単調に聞こえた。威圧感を欠いている。キャフェリーはこわばった腕を伸ばして懐中電灯を前に出し、先へ進んだ。うなじの毛が逆立っている。闇のなかでウォーキングマンの顔を思い出した――〝この犯人はどんな人間よりも頭がいい〟。八ヤードも進まないうちに壁に突きあたった。トンネルの終点だ。向き直って入口を見た。周囲を懐中電灯で照らし、天井の桁や木の支柱を見た。行き止まりか？

ちがう。二ヤードほど戻ったあたりの壁面に、ほぼ腰の高さの位置に穴が見える。さっきは素通りしたのだ。

数歩戻り、腰を折って懐中電灯で穴のなかを照らした。別のトンネルの入口だ。四十五度くらいの角度に折れているが、懐中電灯の光では終点がとらえられないほど奥まで続いている。キャフェリーはにおいを嗅いでみた。汚れたままの衣類のような饐《す》えたにおいがした。「そこにいるのか、くそ野郎？　そうなら、おまえの負けだ」

その穴に入り、前かがみになって両手を前に出した。背中と肩が天井をかすめる——このスーツはあきらめるしかない。トンネルは、わずかな傾斜で十フィートほど下ったあと、くり抜かれた小部屋へ——ほかより広くなっている箇所へ——通じていた。キャフェリーは小部屋の入口で足を止めて防御姿勢を取り、なにか飛んできたらすぐにうしろへ下がれるように身構えた。

懐中電灯の明かりが小さな洞窟の奥まで届いた。胸では心臓がまだ飛び跳ねている。

この地下に自分のほかにだれかいるという考えはあたっていた。だが、それはテッド・ムーンではなかった。

キャフェリーはあわててトンネルへ引き返し、無線機を突き出して見通し線を確保した。「えー——バックアップ・チーム？　聞こえるか？」

「はい——はっきり聞こえています」

「トンネルに入ってくるな。繰り返す、トンネルに入るな。ここには現場捜査班に入ってもらう……」キャフェリーは頭を垂れた。指先で目を押さえた。「それから、検視官事務所に言って検死医をよこしてもらえ」

53

現場捜査班は二マイルほど離れた現場で作業中だったため一番乗りで、検死医より先に着いた。彼らは入口を封鎖し、三脚つきの蛍光灯ライトをいくつも置いたので洞窟内に光が満ちた。つなぎの鑑識衣を着てトンネルを出入りした。キャフェリーはだれともろくに口をきかなかった。トンネルを出て検査ピットで現場捜査班を迎えると、ブーツ型の靴カバーを履いて手袋をはめ、彼らといっしょにトンネルへ戻り、腕を組んで壁に背をもたせかけて小部屋に立っていた。

洞窟内には新聞と古い食品容器が散らばっていた。ビール缶、電池。奥の壁ぎわには、産業パレットがふたつ重ねて積んであった。その上に、しみだらけでもろくなり、虫の死骸だらけの汚いシートにくるまれたものがひとつ。その形は見まがいようがない。胸の前で手を組んであおむけになった人間だ。頭のてっぺんから足までの長さは約五フィート。

「なんにも手を触れてないだろうな?」鑑識監督官が入ってきて入口から死体のところまで踏み板を並べた。見映えのいい高飛車な男。コステロ夫妻の車の科学検査をしたやつだ。「もちろん、あんたは利口だからそんな愚は犯さないか」

「顔は近づけた。シートには手を触れてない——そんな必要はなかったからな。死体は見ればわかる。頭の鈍い警察官でも、すぐにわかる。」

「ここへ入ったのはあんただけか?」

キャフェリーは目をこすった。それとなく死体のほうへ手を上げた。「成人ではないな?」

鑑識監督官がうなずいた。積まれた産業パレットの横に立って死体をざっと見た。「成人ではない。成人でないことは断言できる」

「年齢まではわからないだろうな？　十歳の少女の可能性は？　あるいは、もっと下の可能性は？」

「少女？　なぜ女の子だと？」

「男の子だと思うのか？」

鑑識監督官は向き直って、しばしキャフェリーを見つめた。「これもカージャック犯の捜査だそうだな？　あんたはテッド・ムーンを容疑者だと断定したと聞いた」

「そのとおりだ」

「あの殺人事件――シャロン・メイシーという少女の殺害――は、十一年だか十二年だか前に私が初めて担当した警察の仕事だった。一日がかりで床板から彼女の血痕をメスで削り取った。昨日のことのように覚えている――いまでも、あの男の夢を見るんだ」

検死医が到着し、前かがみで入口を通った。髪をすっきりと整え、ベルトを締めたレインコートを着た女医だ。おしゃれな靴の上から靴カバーを履いて手袋をはめた。小部屋に入ると背筋を伸ばして首をそらし、片手を上げてまばゆい光を防いだ。キャフェリーは会釈をして硬い笑みを送った。淡黄色の地毛をうしろで結んだ彼女は若くて感じがよく、こんな仕事をするようには見えなかった。パンやケーキを売ったり、歯科衛生の仕事をするほうが似合いそうだ。

「例のカージャック事件と関係があるの？」彼女がたずねた。

「それを教えてください」

検死医は鑑識監督官に向かって眉を上げ、くわしい情報を求めた。だが鑑識監督官は肩をすくめるだけで、用具箱と踏み板のところへ戻った。「わかった」彼女の声は低く、緊張で震えていた。「そりゃそうよね」踏み板を歩いて慎重に部屋を横切った。死体の頭の脇で足を止めた。「あの――これを切ってもいい？　顔が見える分だけ？」

「はい、これ」鑑識監督官が自分のキットに入っているタフカットはさみを渡した。蛍光灯ライトを下へ向けて彼女の手もとを照らし、カメラを取り出した。

「切ってるところを二、三枚撮らせてくれ」

キャフェリーは体を押し出すようにして壁から離れ、踏み板を歩いて彼女の横で足を止めた。緑色を帯びた光のなかで、彼女の顔は青ざめていた。頬に丸いピンクの箇所がかすかに見えた。

「どうぞ」彼女が気弱な笑みを浮かべたので、まるきり手に余る状況なのだとわかった。若すぎる。大人ぶろうとしている。検死をするのはこれが初めてなのかもしれない。「さあて、なにがわかるかしら」

鑑識監督官が写真を撮り終えると、彼女は手袋をはめた手でシートをつかみ、はさみを挿そうとした。布を裂くような音がかすかに聞こえた。キャフェリーは鑑識監督官と目配せを交わした。シートの裏になにかが張りついている。

〝きみじゃないだろ、エミリー。きみじゃない……〟

女医は震える手ではさみの扱いに苦労しながらなんとかシートに穴を開けた。はさみの刃がシートを突き破るのに永遠に時間がかかりそうに思えた。彼女は一瞬、手を止めた。手首の甲側を額にあてた。笑みを浮かべた。「ごめんなさい。シートが頑丈で」続けて、自分自身に言い聞かせるように言った。「さあて……お次はなに？」シートをまっすぐ十インチほど切った。そろりとめくった。一瞬の間が開いた。次の瞬間、〝さあ、見て。あなたが期待していたものとはちがうんじゃない？〟と問いたげに眉を上げてキャフェリーを見た。キャフェリーは一歩前へ出て、小さな懐中電灯でシートのなかを照らした。顔があると思っていた箇所に頭蓋骨があった。茶色い粉状のものにまみれ、シートに張りついている。死体はマーサでもなかった。だがそれはシートの状態から予期していたのかもしれない。死後数日どころではない。何年も前の死体だ。

キャフェリーは顔を上げて鑑識監督官を見た。「シャロン・メイシーか？」

「それに金を賭けるね」鑑識監督官はさらに何枚か写真を撮った。「ま、私は賭けをしない人間だが。シャロン・メイシーだ。驚いたな。彼女の死体に出会えるなんて思ってもみなかった。一度も」キャフェリーは一歩後退した。粗く削られた壁、古い控え壁に目を走らせた。ムーンは刑務所へ送られる前からこのトンネルを作っていたにちがいない。こんなものを作るには知性と体力が必要だ。これほど複雑で、機能的なトンネルを作るには。この小部屋へ通じる入口はうまく隠されていた——現に、危うく見逃すところだった。ほかにもトンネルや小部屋があるかもしれない。この足の真下に、アリの巣状にトンネルが張りめぐらされているかもしれない。おそらく、エミリーとマーサの死体も、この地下のどこかにあるのだろう。ほら、おまえは〝死体〟という言葉を使った。やはり、ふたりは死んでいると考えてるわけだ。

「キャフェリー警部？」背後のトンネルから男の声が聞こえた。「キャフェリー警部——おられますか？」

「なんだ？　きみはだれだ？」キャフェリーは踏み板を歩いて洞窟の出入口へ行き、トンネルの入口へ向かって叫んだ。「どうした？」

「支援グループの者です。警部宛てに電話がかかっています。若い女性から。警部の携帯につながらないとか——緊急の用件だそうです」

「いま行く」キャフェリーは検死医と鑑識監督官に向かって片手を上げると、向き直って身をかがめ、低いトンネルを戻った。支援グループの警察官が検査ピットに立っており、大きな体が光をさえぎっていた。巨漢がコルティナのシャーシの下に持ち上げている携帯電話の点滅光が見えた。「圏外にならないように、ここまで出てきてください、警部」

キャフェリーは巨漢から電話を受け取り、現場捜査班が設置した軽量の踏み段を上がって検査ピットから急いで出ると、工場を横切って窓ぎわへ行き、壁にもたれて凍える陽射しに目をしばたたいた。「キャフェリー警部だ――用件は？」

「警部、できるだけ早く、こちらへ来ていただけますか？」ブラッドリー家の家族連絡担当官だった。つやのある黒髪をした長身の女性。かすかなウェールズなまりですぐにわかった。「できれば、いますぐに」

「こちらというのは？」

「ここ――ブラッドリー一家のセーフハウスです。お願いします。警部の助言をいただきたいんです」

キャフェリーは耳に指を突っ込んで、背後で現場捜査班がたてている音を遮断した。「なにがあった？ゆっくり話してくれ」

「どうすればいいのかわからないんです。こんな状況設定の訓練は受けていません。十分前に届いたんですが、いつまでも彼女に隠しておくことはできないし」

「いったいなにを、いつまでも彼女に隠しておくことができないんだ？」

「説明します」家族連絡担当官は何度か深呼吸をして平静を取り戻した。「わたしはテーブルの前に腰を下ろしていました――いつもどおりの光景です。ローズとフィリッパはソファに座っていて、ジョナサンが紅茶のお代わりを淹れていた。テーブルの上で、わたしの目の前にあったローズの携帯電話が突然、光りました。ふだん彼女は通知音が鳴るようにしているんですが、メールがあまり来ないのか、通知音をオフにしていました。とにかく、わたしはさりげなく電話を見ました――すると……」

「すると、どうした？」

「彼からだと思います。そうに決まってる。テッド・ムーン。メールです」

「読んだのか？」

「そんな度胸はありません。読めませんよ。件名だけ見ました。どのみち、テキストメールじゃないと思います。MMSなので」

写真だ。くそっ。キャフェリーは背筋を伸ばした。

「やつからだと考える理由は？」

「件名です」

「というと？」

「ほんと、残酷なんです」家族連絡担当官の声が一段階低くなった。彼女の表情が目に浮かんだ。「警部——件名は〝マーサ、おれの生涯の恋人〟です」

「なにもするな。じっとして、メールはローズに見せるな。一時間以内にそっちへ着く」

54

キャフェリーは車へ戻る途中で鎮痛剤二錠を口に放り込み、支援グループの魔法びんに入っていた熱いコーヒーで流し込んだ。体じゅうが痛い。マートルが後部座席で眠そうに寝そべっている車でブラッドリー一家のセーフハウスへ時速二十五マイルで向かいながら、何本か電話をかけた。状況を整理するための電話——上司である警視、警察本部の支援グループの第二指揮官、広報課。重大犯罪捜査隊本部にかけた電話で、プロディがすでに病院を出て、報告を終えて捜査本部室へ戻り、昨夜のミスの埋め合わせをしたくてうずうずしていることを知った。キャフェリーは彼に、フリーがどこかに姿を見せたかどうかをウェラード巡査部長代行に確認しろと命じた。

「まだ姿を見せてないようなら……」キャフェリーは警察本部内のセーフハウスの前に車を停めた。見たところ、いたって正常だ。カーテンは開いている。電気がひとつかふたつついている。家のなかで犬が吠えている。「……自宅周辺の聞き込みをしろ。彼女が親しくしていた人間を探し出せ。どこかに大ばかの弟がいる――そいつに話を聴け。うちの隊で余ってる電話機を見つけて、番号をメールで私に知らせろ。それと、なにかわかったら電話をくれ」

「はい、わかりました」プロディが言った。「心あたりが二、三あります」

玄関ドアを開けたのは家族連絡担当官だった。その顔を見るなり、キャフェリーは、彼女が電話をかけてきたときよりもさらに状況が悪化したのだとわかった。彼女は例の、皮肉めかして見定めるように眉を上げるという反応を見せなかった。キャフェリーの汚れたスーツに対してもなにも言わなかった。たんに頭を振っただけだ。

「なんだ？　なにがあった？」

彼女が一歩下がって壁ぎわに寄り、ドアを大きく開けたので、廊下の奥が見えた。ピンクの部屋着と室内履きというでたちのローズ・ブラッドリーが階段に腰を下ろしていた。両腕で腹を抱えてうなだれている。口からはかぼそい泣き声が漏れていた。フィリッパとジョナサンはリビングルームのドア口に立って、なすすべもなく、無表情な顔でローズを見守っていた。フィリッパはソフィーの首輪をつかんでいた。ソフィーはもう吠えるのをやめていたが、うさんくさそうにキャフェリーを見つめてうしろ脚をぴくぴくと動かした。

「携帯電話は彼女が」家族連絡担当官が小声で告げた。「マーサのこととなると、猟犬なみに鼻がきくみたいで。まんまと奪われました」

ローズは体を前後に揺すっていた。「渡さない。あなたには見せない。わたしの電話よ」

キャフェリーは上着を脱いで、ドアの脇の椅子に落とした。廊下は暑く、かすかに湿気を帯びていた。壁には青い渦巻き模様の浮き出しのある壁紙が張ってあった。遠来の警察本部長たちに用意されたはずの部屋だが、趣味が悪い。ほんとうにセンスが悪い。「彼女はメールを開いたのか?」

「いいえ! 開いてないわ」ローズはさらに激しく体を揺らし、額を膝につけたので、涙が部屋着にしみ込んだ。「まだ開いてない。でも、あの子の写真よ。そうでしょう? あの子の写真よ」

「よさないか」ジョナサンはこめかみに指をあてた。彼はいまにも倒れそうに見えた。「そんなこと、わからないだろう。そうと決まったわけじゃないんだ」

キャフェリーはローズの二段下に立って彼女を見上げた。髪を洗っていないらしく、まずいスパイスのようなにおいがした。「ローズ?」キャフェリーは片手を差し出した。ローズは自分の手か携帯電話を置けばいい。「メールの中身がなんであれ、写真になにが写っているにせよ、マーサを見つけ出す助けになるかもしれません」

「犯人の手紙を見たんでしょう。犯人があの子をどうしたいと言ってるか、あなたは知ってる。おぞましいことが書いてあったんだわ。そうに決まってる。そうでなければ、わたしに見せてくれるはずだもの。犯人が書いてきたとおりのことを実行したとしたら? このメールがその写真だとしたら?」彼女の声が大きくなった。まるで悲嘆の連続で声帯がすり切れてしまったかのように、ただれた硬い声だった。「その写真だとしたら? それがメールの中身だとしたら?」

「見ないことにはわからないでしょう。さあ、電話を渡してください」

「わたしにも見せてくれるのでなければ、渡さない。これ以上、わたしになにも隠さないで。絶対に」

キャフェリーが目をやると、家族連絡担当官はドアに背中を預けて、腕を組んで立っていた。彼女は、キャフェリーの顔を見てその意を汲み取るや、〝あなたの責任でどうぞ〟といわんばかりに、あきらめた様子で両手を上げた。

「フィリッパ」キャフェリーは言った。「きみはノートパソコンを持ってるね？　携帯電話との同期はUSBで？」

「ううん。ブルートゥースよ」

「じゃあ、ノートパソコンを取ってきてくれ」

フィリッパは気が進まない様子で、口のなかが乾いているのか、唇だけ動かした。「写真を見るんじゃないよね？」

「そうでもしないと、きみのお母さんは電話を渡してくれないだろう」キャフェリーは平然と無表情を保った。「お母さんの意志は尊重しなければならないからね」

「そんな」彼女は身震いした。ソフィーをリビングルームへ引っぱっていった。「ああ、くそっ」

彼らはダイニングテーブルについて、フィリッパがノートパソコンを取ってくるのを待った。フィリッパの手は震えていた。ジョナサンはキッチンへ行ってごそごそしていた。おそらくまた洗いものをしているのだろう。メールを見たくないのだ。ローズだけが震えていなかった。冷徹と言えるほどの冷静さを取り戻した彼女は、落ち着き払った様子でテーブルにつき、中空の一点を見つめていた。パソコンが持ってこられると、ローズは組んでいた腕をほどいて携帯電話をテーブルの中央に置いた。一瞬、全員が黙って電話を見つめた。

「ありがとう」キャフェリーは言った。「あとは私が」

フィリッパはうなずいてテーブルを離れた。身を投げだすようにソファに座ると、膝を引き上げ、顔にクッションを押しあてて、その上から大きく開けた目をのぞかせた。ちょうど、怖い映画を観ていて目を離すことができないときのように。

「ほんとうに大丈夫ですか、ローズ？」

「大丈夫よ」

キャフェリーはペアリングを設定し、画像の転送受信を行なった。〝マーサ、おれの生涯の恋人〟の画像だ。全員が食い入るように画面を見つめるなか、写真がゆっくりとダウンロードされて下部から少しずつ表示された。まずブルーのカーペットが見えた。続いて、子ども用収納ベッドの引き出し部分が見えてきた。

「あの子のベッド」ローズが淡々と告げた。「マーサのベッドよ。犯人が撮ったのはあの子のベッドだわ。土台の部分にステッカーが貼ってあるでしょう。そのことであの子とやり合ったの。わたし――」彼女の言葉がとぎれた。写真の残りの部分が画面に表われると、片手を口にあてた。

「なに？」フィリッパがソファからたずねた。「ママ？　どうしたの？」

だれも答えなかった。全員が息をつめていた。みなが顔を画面に少し近づけた。写真に写っているのはマーサのベッド――ステッカーに覆われた白い土台、ピンクのシーツと枕カバー。ベッドの奥の壁紙は、一本の線の上にピルエットをしているバレリーナが並んでいる図柄だ。だが、だれも壁紙を見ていなかった。ベッドカバーも。全員がベッドの上のものを見つめていた。いや、ベッドの上の人物を。

ジーンズとTシャツで、筋肉のついていることがはっきりとわかる男。両手は股間をつかんでいる。顔と首はふさふさの顎ひげがついたサンタクロースのマスクで隠れていた。だがキャフェリーは、マスクに隠された顔を見るまでもなく、ムーンがどんな表情を浮かべているのかわかった。マスクの下で、あの男は満面の笑みをたたえているにちがいない。

55

　正午を過ぎるころ、西の地平線まで下りていた雲堤状の積雲がようやく東へ移動しはじめた。オークヒルの牧師館へ向かう道中、キャフェリーはときどきその雲を見上げた。さながら、未開の異教徒たちの街に建つ塔が押されて空を横切っていくような光景だった。彼は、肩章もネクタイもはずした交通隊員が運転する覆面のメルセデスのバンの助手席に座っていた。キングスウッドの重大犯罪捜査隊でマートルを降ろしてオフィスへ連れていき、自分の車はそこに駐車して、交通隊員に送らせることにしたのだ。後部のベンチシートにはフィリッパとローズが座っている。ジョナサンと家族連絡担当官は、後続のビーマーに乗っている。

ローズはまだマーサが電話をかけてくると思い込んでおり、すぐに出られるところに携帯電話を置いておきたがったが、キャフェリーは、万一ムーンがかけてきた場合にプロが応対する必要があるからと言って、なんとか彼女から取り上げた。じつのところ、唯一、電話を預かるべきプロは人質交渉人だ。キャフェリーはそれを告げなかった。最初から、この件は交渉人に譲らないと決めていた。ローズの携帯電話は、すべての通知音を大にして、自分のズボンのうしろポケットに入れていた。

　一行は一時前に牧師館に着いた。運転役の交通隊員がエンジンを切ると、キャフェリーは助手席からしばし現場を眺めた。カーテンはすべて閉じられ、玄関前の踏み段に空《から》の牛乳びんホルダーが残っているが、それを別にすれば、ここは一家を避難させた日とはまるで様子がちがった。トーントン署から派遣された捜索チームが家じゅうを徹底的に調べていた。警察犬係のバンが停まっており、犬たちが後部窓の格子越しに外を見ていた。犬たちが活動中ではないことに、キャフェリーは内心ほっとした。ムーンが牧師館のなかで両手を上げて待っているなどと期待してはいなかったが、あの男が利口だということは、警察犬に教えられなくてもわかっている。ここまで、警察はどうも精彩を欠いている。またしても追跡犬のジャーマンシェパードが混乱をきたして鼻を鳴らしながら同じところをまわっているのを見るのは耐えがたい、と思った。

ルノーの覆面バンが十メートルほど先に停まっていた。三人の私服刑事が車のそばで煙草を吸いながら話をしている。ブラッドリー一家がここを出たあと、ムーンがまたのこのこと現われることを期待して牧師館を見張っていた監視チームだ。

キャフェリーはシートベルトをはずして車から降り、彼らのところへ向かった。数フィート手前で足を止め、声をかけずに腕を組んだ。なにも言う必要はなかった。迫力ある表情は充分に雄弁だった。会話がやみ、三人がそれぞれキャフェリーに向き直った。ひとりは煙草を背中に隠し、開き直った笑みを浮かべた。ひとりは、キャフェリーが鬼軍曹であるかのごとく、気をつけの姿勢を取ってキャフェリーの肩上方の一点を見つめた。残るひとりは、目を伏せて、びくびくした様子でシャツを整えだした。三者三様だな、とキャフェリーは思った。

「誓って言いますが」ひとりが片手を上げて言いかけたが、キャフェリーは残念そうに首を振りながら目顔で制した。向き直って家へ歩いていくと、ジョナサンが青白く憔悴しきった顔で立っていた。

「私もいっしょに行く。娘の部屋を見たいんだ」

「だめです。それはよくない」

「頼む」

「ジョナサン、そんなことをしてなんになるんです?」

「確かめたいんだ、あの男が……」彼は窓を見上げた。「……あそこでなにもやっていないことを。ただ確かめたいだけだ」

キャフェリーもマーサのベッドルームを見たかった。だが、理由はちがう。キャフェリーは、ウォーキングマンにできることが——その場にいるだけでテッド・ムーンに関する情報を吸収することが——自分にもできるかどうかを試してみたかった。「では、行きましょう。ただし、なににも手を触れないように」

玄関ドアは開いていたので、ふたりはなかに入った。ジョナサンの顔は仮面のように無表情だった。ふと足を止めて、見慣れた廊下や、指紋採取用の黒い粉で覆われたさまざまなものを見まわした。作業を終えた——部屋じゅうの指紋を採取し、マーサの枕からピンセットで毛髪を残らず採取し、シーツと枕カバーをすべてはがした——現場捜査班の鑑識官が、こまごました機材をまとめながら、宇宙服のような鑑識衣でそばを通った。キャフェリーは彼を呼び止めた。「不法侵入の形跡は見つかったのか?」

「いえ、まだ。現時点では謎である」鑑識官は実際に鼻歌で『トワイライトゾーン』のテーマソングを奏で、手遅れになってから、ふたりが硬い表情で見つめていることに気づいた。鑑識官は真顔に戻り、断固たる様子でふたりの足もとを指さした。「入るんですか?」

「靴カバーとニトリル手袋をくれ。心得てるから」

鑑識官はキャフェリーにひと組、ジョナサンにひと組を手渡した。靴カバーと手袋をつけると、キャフェリーは片手で階段を示した。「行きましょうか?」

キャフェリーが先に上がり、ジョナサンが元気なく続いた。マーサの部屋はカージャック犯の写真で見たとおりだった——額に入れて壁にかけられた写真、ピンクの線の上で回転しているバレリーナたち、ベッドの土台に何枚も貼られたTVドラマ『ハンナ・モンタナ』のステッカー。ちがうのは、ベッドカバーをはがれてマットレスがむき出しになっていること。そして、ベッドの土台も壁も窓も、指紋採取用の粉に覆われていることだ。

「ぼろ部屋だ」ジョナサンはゆっくりと体を回転させながら部屋を見渡した。「長く暮らしてると、家が古びていくことに気づかないんだな」彼は窓辺へ行き、手袋をはめた指先で窓ガラスに触れた。キャフェリーはそのとき初めて、この男が痩せたことに気づいた。そんなものだ――元気が必要だと家族に説くくせに、食べものをたくさん口にしているように見えるくせに、首まわりが細くなり、ズボンがぶかぶかになるほど痩せ細ってきたのは、ローズでもフィリッパでもなく、当のジョナサンだ。彼は年老いて病んだハゲワシのような風貌になっていた。

「ミスタ・キャフェリー?」彼は窓から向き直らずに言った。「ローズとフィリッパの前でしてはならない話だと承知しているが、ここは腹を割って聞かせてくれ。あんたは、テッド・ムーンが私の娘をどうしたと考えているんだ?」

キャフェリーはジョナサンの後頭部を見つめた。ウェーブがかかっていると思っていた髪が薄く見えた。この男には嘘を告げてやるべきだと思った。本心を明かせば、こうだからだ、ミスタ・ブラッドリー。〝テッド・ムーンはあなたの娘をレイプした。可能なかぎり何回も。そのあとやつは彼女を殺した――黙らせるため、泣きやませるためだ。殺害はすでに行なわれている――たぶん、連れ去られた当日に。テッド・ムーンには人間らしさなどかけらも残ってないから、殺したあとも彼女を犯したかもしれない。おそらく、できるかぎり長く犯しつづけただろうが、それももう終わっている。エミリーを連れ去ったのがその証拠だ。やつには次の少女が必要だった。マーサについては、おそらく、死体をどうするかを考えているところだろう。やつはトンネル作りがうまい。技術的にすぐれたみごとなトンネルを作って……〃。

「ミスタ・キャフェリー？」

思考の流れが断ち切られて、キャフェリーは顔を上げた。

ジョナサンが見つめていた。「訊いたんだ——犯人が私の娘をどうしたと思うか、と」

キャフェリーはゆっくりと首を振った。「ここへ来た目的を果たしましょうか？」

「あんたがそう考えてないことを願っていたんだが」

「私はなにも言ってないでしょう」

「言ってない。だが、言っている。心配するな。二度と訊かないよ」ジョナサンは気丈な笑みを浮かべようとしたが、できなかった。重い足どりで窓辺を離れて部屋の中央に立った。

ふたりはしばし無言のまま並んで立っていた。キャフェリーは心を無にしようと努めた。音、におい、色を頭のなかに取り込んだ。なにかが起きるのを待った——バナー広告のように、意識のなかへメッセージが送られてくるのを。なにも起きなかった。「どうです？」そのうちにたずねた。「やつはなにか変えてますか？」

「変えてないと思う」

「やつが写真を撮ったとき、カメラはどこにあったと思いますか？」キャフェリーはローズの携帯電話を取り出すと、ベッドに寝そべっているムーンの写真を見ながら、腕を伸ばしてカメラの向きを変え、正しい位置を探った。「三脚を使ったにちがいない。高い位置から撮っている」

「ドアの上に置いたのかも。ドア枠に載せたとか？」

キャフェリーはドアへ一歩近づいた。「壁のそのふたつは？　ねじ釘ですか？」

「何年も前に時計がかけてあったと思う。正直、思い出せない」

「やつが棚でも取りつけたのかな」キャフェリーはマ

ーサのデスクから椅子を引き出してドアにぴたりとつけて置き、その上に立った。「カメラを載せるために」眼鏡をかけてねじ釘を仔細に見た。一方は銀色で、壁から五ミリほど突き出ているが、もう一方はねじ釘ではなかった――穴だ。指を突っ込むと、なかでなにかが動いた。小声で悪態をつきながらポケットを探ってペンナイフを取り出し、爪でピンセットを引き出すと、穴のなかのものを慎重につまんで外へ出した。

椅子から下り、人差し指を突き出してジョナサンのそばへ戻った。指の先に、ペニー硬貨ほどの大きさで、埋め込まれた電気回路の形がかすかに見える小さな黒い円盤状のものが載っていた。片面に銀色の小さなレンズがついている。重さはおそらく二十グラムもないだろう。

「それはなんだ?」

キャフェリーは首を振った。まだ情報を整理中だった。と、たちまち答えがわかった。「くそっ」彼は椅子に上がって円盤状のものを穴に戻した。椅子から下りると、ジョナサンを部屋の外へ連れ出した。

「どうした?」ジョナサンはわけがわからずにキャフェリーを見つめていた。

キャフェリーは口の前に人差し指を立てた。携帯電話のアドレス帳をスクロールした。うなじの毛が逆立っていた。

「あれはいったいなんなんだ?」

「しーっ!」彼はある番号を押して電話を耳にあて、呼び出し音を聞いた。

ジョナサンはマーサの部屋のドアを見つめたあと、キャフェリーに目を戻した。顔をキャフェリーの顔に近づけて小声で言った。「頼むから教えてくれ」

「カメラ」キャフェリーは声は出さずに口だけ動かして伝えた。「あれはカメラです」

「つまり、どういうことだ?」

「テッド・ムーンがわれわれを見ているということで

す」

56

ハッチの開く音にすっかり肝をつぶしたフリーは、そこから先へ進む勇気を奮い起こすまでに三十分近くかかった。音がトンネルじゅうに鳴り響き、黒い水が波と化して立坑をのぼっていき、フリーの居場所を知らしめている光景が目に浮かんで、体が麻痺したように動けなかった。なにも起きず、カージャック犯がいないとようやく確信できると、すき間に肩を差し入れて隔壁に体を預け、ねっとりした長い音をたてながらハッチを引いて、大きく開けた。一気に流れ込んだ長い陽射しと冷たい空気に包まれて、フリーは息を止めた——心の底から湧き上がってくる愚かしい恐怖心を抑えつけた。

前方に見える船首部分に人影はない。船体にかかる岩の重みでわずかに持ち上がり、低い棚だかベンチの座面だかが水面に顔を出している。甲板の裏面に溶接された鉄製の箱――ロープが濡れないようにするための古いロープ・ロッカーだ――と、本来なら舫い綱が通されているはずの穴がふたつあった。陽光はそこから入り込んでいた。二挺の銃から放たれるレーザー照準の光線さながら、二本の光ががらんどうの船体内に十字模様を描いている。百年前の石炭の名残はここにもあった――船体の内壁は、たたけば欠け落ちそうな黒い結晶に覆われていた。フリーは目を上げた。頭上に、またしても光に縁取られたハッチがあった。

無言でそのハッチをにらみ、その向こうの空間と光を切ないほどに求めた。これを開けることができれば、ここから這い出ることができる。クライミング道具が一式あるので、三十分足らずで立坑をのぼることができる。じつに簡単なことかもしれない。ここにいるのが彼女だけだとすれば。

腕を水上に持ち上げて、動く時計の針に無理やり意識を集中させた。トンネルからはなんの音も聞こえない。立坑の若木や草から水滴の落ちる音がするだけだ。十分経って歯が鳴りだし、フリーは確信を持ちはじめた。リュックサックを取りに戻ろうと、向き直って膝立ちでそっと進んだ。水は体のまわりで上下左右に揺れるだけで音をたてなかった。ネズミの死骸が船体にゆるやかにぶつかり、ゆっくりと怠惰なピルエットを始めた。

フリーは、リュックサックを顔の前に水面より高く持ち上げると、ゆっくりとハッチをくぐって船首側の区画の暖かいほうの水のなかへと静かに戻ってきた。膝立ちであと三歩進めば、船体に手をついて体を押し上げるようにして立ち上がることができる。前かがみで進みつづけ、ようやく船首の先端に達して立つことができた。頭が錆びとクモの巣のついた甲板の裏面にすれている。腰まである水のなかで、ふたつの穴から射し込む光を顔に浴び、閉ざされた空間で跳ね返ってくる自分の息を感じながら、フリーは待った。

　甲板の裏面にフックがひとつあったので、リュックサックが濡れないようにそこに引っかけた。保護のために入れたビニール袋のなかから、思いどおりに動かない手で携帯電話を取り出すと、電源を入れて電波状況を確認した。圏外。電波アイコンに斜線が入っている。フリーは、鼻の負担を軽減するために口を開けてゆっくりと呼吸しながら、じりじりと穴の片方に近づいた。最初はおずおずと耳を近づけるだけにして、音の響きやすいトンネル内に想像力を解き放ち、自分のほかにだれかがいる気配を示す音を聞き取ろうとした。やがて、慎重な呼吸を続けながら穴に顔を近づけて向こう側をのぞいた。

　五ヤードほど先に、フックからしっかりとぶら下がったキットバッグが影を落としている。いまははっきり見えるので、苔もごみもついていないことがわかった。最近、使用されたということだ。昨夜はそれに気づくひまもなかった。船体に体を張りつけるようにして、頬が食い込むほど強く穴に顔を押しあてると、トンネルの別の一画が見えた。淡い色のものが見える。子ども用の靴だ。さっき覚えた予感めいた電流は、これまで以上に強かった。犯人に近づいているのだ。マーサはここにいた。それは疑いの余地がない。あの子がレイプされたのはここかもしれない。殺されたのもここかもしれない。

　フリーは携帯電話を穴から外へ出した。できるかぎり腕を伸ばしてトンネル内へ突き出した。画面が自分のほうを向くように傾けた。

　圏外。となると——唇を舐めてちらりと上を見た——残るはハッチだ。

　電話の電源を切り、ビニール袋に入れてリュックサックに戻し、両手を甲板の裏面にあてた。このハッチは上から開けるタイプだ。隔壁のハッチほど簡単には開けられない。しかも錆びついている。フリーはリュックサックから鑿《のみ》を取り出すと、その柄をハッチに打ちつけた。はがれた錆びと炭塵が落ちてきたが、ハッチ自体はびくともしなかった。イマーションスーツからアーミーナイフを出し、接合部分の錆びを削り取りはじめた。錆びは、隔壁のハッチのものよりも固く、厚かった。ナイフが閉じてしまわないように、肘を曲げてドライスーツの袖を引き下ろし、それでナイフをくるむ必要があった。錆びのこびりついた箇所では、甲板を垂直にとらえることはできないまでも、木槌を打つようにナイフを使った。

接合部分がきれいになると、また鑿の柄を三度ハッチに打ちつけた。それでも、びくとも動かない。錆びはもう残っていないので、いまにも開くはずなのに。フリーはもう一度ナイフを開き、もっと力を加えられるように左手で右手を包んで接合部を削った。だが、ナイフはこの手の作業に適していないため、六撃目で刃がはじかれて手から飛び出し、落下して右太ももに着地した。先の折れた刃がイマーションスーツを貫き、太ももの筋肉に突き刺さった。

脚が跳ね上がり、痛みに背中を丸めた。スチール製の刃が筋肉にめり込んで、ブルーのネオプレン素材から突き出た小さなエナメルの取っ手が見えるだけだった。応急処置訓練で習ったことなど忘れて、すぐにナイフを抜いて泥のなかへ放った。くずれるように棚だかベンチだかに座ってイマーションスーツのジッパーを下ろすと、重いケイビングブーツを履いた両足を振って棚に載せて尻を持ち上げ、イマーションスーツの脚部を下ろした。太ももの皮膚は白くまだらになっていて、冷凍した鶏のもも肉のように、硬直した毛が一本一本立っていた。ナイフの刺さった箇所がくすんだ青色になっている。両手の親指で傷口を両側からはさんでのぞき込んだ。そのうちに赤く細い三日月が現われた。それは突然、太くなって膨らみ、傷の表面に血があふれた。血は二本の川となり、持ち上げた太ももを流れ落ちて下着にしみ込んだ。

フリーは唇を嚙み、両手で傷口を押さえた。切れたのは大腿動脈ではない。それなら血は空中に噴き出して船体の側面を打っているはずだ。それでも、少しでも血を失うわけにはいかない。こんなに寒いトンネルのなかで。Tシャツを脱いで傷口に押しあて、太ももの裏面で巻き結びをした。そのあとベンチに脚をまっすぐに伸ばし、両手を股にはさんで上体を傾け、できるかぎり圧迫を加えた。

痛みと戦い、脱出の光景を無理やり頭に思い描きながら、準備運動をしているバレリーナさながら長らくそこに座っていた。

立坑から音が聞こえた。岩に金属がすれる音だ。フリーは頭を上げた。別の音がした——今回は想像の産物ではない。小石かなにかが弾みながら立坑を転がって水中に落ちた音だ。続いてほかのものも落ちてきた——石、木の葉、小枝。

だれかが立坑にものを投げ入れているのではない。だれかが立坑を下りてくるのだ。

57

「あんたの思い過ごしだ。やつは見てないよ。安心していい」

キャフェリーは、ポーティスヘッドのハイテク犯罪捜査課から来た刑事とキッチンにいた。長身で彫りの深い顔をした赤毛の男は、とても警察で働いているようには見えない。細いネクタイを締め、襟幅が細くてみっともない六〇年代のスーツを着ているうえ、手持ちの鞄は模造のワニ革。ショーン・コネリーの映画に出てくるエキストラさながら、ビンテージボルボに乗って登場した。だが、自分の専門分野においてはなんでも知っているようだった。キャフェリーに言って、壁の穴からカメラを取り出してキッチンテーブルのカードの上に置かせた。いまは、ふたり並んでカメラを見下ろしているところだった。

「やつは見てないと請け合うよ」

「だが、裏に装置がついている。無線発信機だろう？」

「まあな。たぶん、高速USBレシーバーにでも接続して、直接ハードドライブに録画できるようにしてあるんだろう。よくわからないが、近辺に車を停めて、そこからすべてをノートパソコンで見るつもりだったのかもしれない。だが、いま近辺にやつはいない」

「確かなのか？」

彼は笑みを浮かべた。落ち着き払った笑みだ。「百二十パーセント、確かだ。周辺をスキャンした。そもそも、このちっぽけなカメラはご立派な代物じゃない。低性能の既製品で、値段も安い。情報局保安部が使う監視カメラはこいつの百倍も高性能だ——マイクロ波回線を使うんだよ。だが、こいつはどうだ？　映像を受信するためにはこの住宅地のどこかにいなければならないし、捜索チームが一帯を調べた。不審な人物はいなかった。残念だ。正直、少しは期待してたんだ。車のなかでソニーのノートパソコンのキーをたたいてる犯人を見つけることになるかもしれないと、本気で思ってたよ」

キャフェリーは彼を眺めまわした。ハイテク捜査課はすでに、ムーンが写真メールを送りつける際に使った電話の番号をつきとめていた。イングランド南部のどこかのテスコで少なくとも二年前に購入されたプリペイド携帯電話だった。電源は切られているが、メールの発信場所もハイテク捜査課がすでに割り出していた。M四号線の十六番ジャンクション付近だ。どこからでも来て、どこへでも行ける場所だ。そのあと、ハイテク捜査課はこの赤毛の男を牧師館によこした。足もとは先の尖った靴、映画『アルフィー』に出てくるような黒縁の眼鏡。キャフェリーは彼の靴をまじまじと見た。続いて顔を見た。「で、あんたをなんと呼ぼう？　映画の007にちなんで、Qか？」

彼は笑った。鼻を鳴らすような、しらけた笑いだった。「またそれか。とうに聞き飽きたよ。重大犯罪捜査隊に関する噂はほんとうだな――まさにドタバタ映画みたいだ。一分に一回は笑うって」彼は鞄のジッパーを開けて、円形の赤いLEDディスプレーがついた小さな箱を取り出した。「ちがう、私は秘密兵器を発明する科学者ではなく、たんなるオタクだ。ハイテク捜査課に来て二年、その前の二年は、重大組織犯罪局の技術支援班にいた――ほら、SOCATだ。隠しカメラによる監視チームを使うんだ」

「検察庁に対して認めることのない捜査を行なっている部署か？」

「おいおい」彼はネクタイの結び目をいじった。鼻の周囲にそばかすがある。淡い色の目。アルビノのようだ。「なあ、いまのは冗談だろう。目が笑ってるからわかるよ」

キャフェリーは腰を折って、またカメラをのぞき込んだ。「こういうものはどこで買うんだ?」

「それ?　どこでも買えるよ。数百ポンド、たぶんもっと安いな。インターネットでも買える。なんの質問もせずに送ってくれる」彼は歯並びのいい小さな歯を見せてほほ笑んだ。「調査熱心なのは違法じゃない」

「私が知りたいのは、やつがなぜ無人のベッドルームを見たがるのかということだ。一家がもうここにいないことは、やつも知ってるのに」

「悪いな。私の得意分野は小道具類だ。心理学部門はふたつ右のドアだ」彼は背筋を伸ばし、両手でネクタイをなでて、キッチンを見まわした。「だが、カメラはもうひとつあるよ——この部屋に。興味があるようなら」

キャフェリーは目を丸くして彼を見た。「なんだって?」

「そう。この部屋にもカメラがあるんだ。あんたにわかるか?」

キャフェリーは四方の壁と天井に目を走らせた。わからなかった。

「気にするな。見つけられっこないんだ。これを見ろ」彼は手を伸ばして小型の懐中電灯と思しきものを見せた。先端に赤色ダイオードが小さな円形に並んでいる。「SOCATでは、調達課を通さずに自由に使える予算をもらっていた。もちろん、一ペニーたりともむだ遣いはしてないよ。購入したものはすべて、時間と人手の節約という形で元を取った。これはスパイファインダーだ」

「ほんとうにジェイムズ・ボンドの映画から抜け出てきたみたいだ」

「なあ、提案がある。その映画の話はやめよう——さしあたりは」彼は、キャフェリーに見えるようにスパイファインダーを傾けた。「先っぽが『未知との遭遇』みたいに光ってるだろう？　カメラのレンズに反応してるんだよ」

「どこだ？」キャフェリーの目が、壁、冷蔵庫、調理器具へと走った。窓台に並んだバースデーカード。

「集中しろ」

キャフェリーはQの固定された視線の方向をたどった。

「時計のなか？」

「そう思うよ。6の文字のなかだ」

「くそ、くそ、くそ」キャフェリーは時計のそばへ行き、両手を脇に下ろしてその正面に立った。なかに光が見えたが、すぐに消えた。とても小さい。彼はくるりと向き直ってキッチンを見た——古い合板の食器棚、すり切れたカーテン。ジョナサンがアップルパイにかけたクリームが入っていたパック容器がそのまま置いてあり、不快なにおいを放っている。重ねた新聞、嘔吐物のにおい。いったいなんだってムーンは、だれもいないこんなキッチンを見たがるんだろう？　やつはこの光景からなにを得ようというんだ？「カメラを設置するのに時間はどれくらいかかっただろう？」

「テクノロジーにどれくらい精通しているかによるね。それに、外へ出て、カメラが作動していること、映像が受信機に映ることを確認する必要があったはずだ」

「犯人は出入りしたのか？　この家を出たり入ったりした？」

「そう、確認のために」

キャフェリーは歯噛みした。「監視チームは警察内でも莫大な経費を使ってる組織のひとつだ。あの連中に経費を割く必要があるのか、疑わしいな」

「わかった気がするんだ」

ふたりは振り向いた。ドアロにジョナサンが立っていた。フィリッパのノートパソコンを両手で持っている。奇妙な表情を浮かべている。狂気の最初のノックに耳をすましているかのように、頭を一方に傾けていた。

「ジョナサン。車にいるはずでしょう」

「いたさ。いま来たんだ。ムーンがカメラを設置したのはマーサを見るためだ。マーサを連れ去る前に設置した。カメラは一カ月以上前からあった。だから監視チームはなにも見なかったんだ」

キャフェリーは咳払いをした。ハイテク課の刑事に目をやったあと、ジョナサンを手招きした。

「それを置いて」キャフェリーはテーブルの上のものをどけた。「ここへ」

ジョナサンはぎこちない足どりでキッチンへ入ってくると、空けてもらった場所にノートパソコンを置いて開いた。一瞬ののち、コンピュータはスリープ状態から復帰した。サンタクロースのマスクをしてベッドに寝そべっているムーンの写真が表われた。拡大されているため、画面には壁の一部と彼の肩の一部しか映っていなかった。「これだ」ジョナサンが画面を指で打った。「わかるか？」

キャフェリーとQは画面に顔を近づけた。「これは？」

「絵だ。娘が描いた絵」

ベッド上方の壁にピンで留めてあるのは、フェルトペンで描かれた絵——幼い少女が描いた神話的世界だ。マーサは上の隅に雲とハートと人魚を描いていた。片側に、白いポニーの手綱を握って立っている自分の姿。そばには、妙な位置に描かれたせいで宙に浮いているように見える二匹の犬。

「ソフィーとマートルだ」

「犬たちがどうしたんです？」

「ネックレスをしてない。花もない」

「えっ？」

「フィリッパの誕生日は十一月一日だ。マーサはあの日、ソフィーにおめかしをさせた。パーティのあと、マーサはここで、絵のなかのソフィーにネックレスと花を描き加えたんだ。ローズが覚えている。フィリッパも。だが、見てくれ。この絵にはバラもネックレスも描かれていない」

キャフェリーは背筋を伸ばした。熱い針と冷たい針で背中を刺されているようだ。いままで確信していたことがすべて考えちがいだった。まったくの見当ちがい、砂上に築いた建物のごとくなんの根拠もない思い込みだった。これまでの捜査が根底からくつがえされたのだ。

58

水をしたたらせているトンネルの壁にキットバッグがときおりぶつかり、その音がバージ船にまで聞こえた。船首部分でフリーは抑えきれずに身震いしながら浅い呼吸をしていた。脚のTシャツをめくってみた。早くも乾きかけた血に張りついている箇所があり、少しずつはがれた。傷口は乾いた血でふたをされた赤い線になっていた。試しに強く押してみた。もう血は出なかった。急いでTシャツを引きはがし、乾いた血の亀裂やかけらを感じながら頭からかぶって着た。元どおりにイマーションスーツを着てそろそろとジッパーを上げ、音をたてないようにベンチから下りると、穴の向こうが見える位置で水中にしゃがんだ。

ロープが揺れたり輪を作ったりしながら長く醜い影を落とした。フリーは水中でさらに深くしゃがみ、泥のなかでひそかに手を動かした。手の感触だけで沈泥や水のなかを探るのには慣れている——それが仕事であり、熟練した彼女の指先は、たとえ分厚い手袋をつけていてもそれができる。あっという間にアーミーナイフを見つけ、Tシャツで泥をぬぐって、マイナスドライバーを出した。水音をたてずに穴の真下へ戻って船体に背中をつけて立ち上がり、立坑のなかまで見えるように頭を傾けた。

だれかが格子に立っている。男だ。茶色のハイキングブーツを履いたうしろ姿が見えた。ハイキングブーツに茶色のカーゴパンツの裾をたくし込んでいる。腰には黒いウエストバッグ。立坑の壁から生えている植物をつかんで体を支えながら二歩ばかり格子の端へ近づき、足もとのトンネル内をのぞき込んだ。フリーに背中を向けているため顔は見えないが、その身のこなしに迷いが感じられた。まるで、自分の行動が正しいのかどうか自信がないというように。男はつかのま考えたのち、身を沈めるようにしゃがんで、すり足で格子の端まで行った。重力に負けて体が滑り落ちはじめた。下の汚い水のなかに着地できるように、男は鎖をつかんでゆっくりと下りた。

暗がりに立って両腕を前に出す防御姿勢を取り、周囲を注意深く見まわした。そのうち腰を折り、影の濃いくぼみに目を凝らそうとした。男の顔と両肩が一瞬だけ光のなかへ出ると、フリーは一気に大きなため息を漏らした。プロディだ。

「ポール!」フリーは穴に顔を押しつけた。呼吸が大きくなり、息が震えている。「ポール——ここよ」

プロディは反射的に彼女の声のしたほうを向き、両手を上げて構えた。一歩下がって、空耳だったのかというようにバージ船を見つめた。

「ここよ。船のなか」フリーは穴から指を出して動かした。「ここ」

「どこです。フリー？」

「ここよ！」

「驚いた」彼はフリーに近づいてきた。ブーツとカーゴパンツに泥がしみ込んだ。「驚いたな、ほんとうに」彼は一フィートほど向こうで足を止め、呆然とフリーを見た。「まったく、なにやってるんです」

「まいったわ」彼女は身震いした。水から上がった犬のように全身を震わせた。「ほんとうにここから出られないの。てっきり、メッセージを聞いてないんだと思ったわ」

「メッセージ？　聞いてませんよ。電話をなくしちゃって。村であなたの車を見て、この前のあなたの様子を考えて……」プロディは首を振った。「あきれたな、フリー。みんな、あなたがどうしたのかって、ひどく心配してますよ。キャフェリー警部――みんなが。それに……」彼は、フリーがそんなところへ入り込むほど愚かだとはとても信じられないといわんばかりにバージ船を眺めまわした。「そんなところでいったいなにをしてるんですか？　いったいどうやってそこへ入ったんです？」

「船尾から。このバージ船は落石の下に横たわってるのよ。わたしは落石の向こうのトンネルを通って来た。でも、出られない」

「トンネルを通って来た？　じゃあ、なぜ……」彼はふとなにかに気づいたようだ。ゆっくりと向き直って立坑を見た。「あなたは立坑にあのロープを垂らしていない？」

「ポール、聞いて」フリーは小声で言った。「ここなのよ。ここに、あの男は彼女を連れてきた。あの子を抱えて草地を横切った。あれは、あの男のクライミング道具よ、わたしのじゃない」

プロディはカージャック犯が背後から近づいてくるのを警戒するようにバージ船に背中を押しつけた。深く息を吸い込み、大きな音をたてて吐き出した。「なるほど。オーケー。わかりました」彼は小さなウエストバッグのなかを手探りしてペン型懐中電灯を引っぱり出した。「オーケー」彼は懐中電灯をつけて、武器でもあるまいに、体の前に突き出した。呼吸が速くなっている。

「大丈夫よ。あの男はいまここにいないわ」

プロディは懐中電灯を水平に動かして、そこここの暗い隅を照らした。「確かですか？　物音は聞いてないんですね？」

「確かよ。でも、見て——あそこの水のなか。靴よ。見える？」

プロディは懐中電灯をそこへ向けた。長らく黙り込み、穴を通して呼吸の音だけが聞こえていた。と、彼は体を押し出すようにしてバージ船から離れ、水のなかを歩いて靴の横で足を止めた。腰をかがめて仔細に見ていた。フリーから顔は見えないが、彼は長らく身じろぎしなかった。そのうち、不意に体を起こした。しばしその場を動かずに腰を心持ちうしろへそらし、消化不良でも起こしているように、こぶしを胸にあてた。

「なに？」フリーは小声でたずねた。「どうしたの？」

プロディはポケットから携帯電話を出して親指でキーボードを押した。画面の淡青色の光を受けた顔が青白い。電話を振った。傾けた。高く上げた。立坑の真下へ移動し、電話を高く持ち上げ、画面に目を凝らして、親指で何度も発信ボタンを押した。数分ののち、あきらめた。電話をポケットにしまってバージ船のそばへ戻った。「携帯電話のプロバイダーは？」

「オレンジ。あなたは？」

「くそっ。オレンジです。それに、いまはプリペイド携帯だし」彼は一歩下がってバージ船を眺めまわした。「あなたをそこから出さないと」

「甲板にハッチがあるわ。試してみたけど、びくともしない。ねえ、ポール？　あの靴がどうかした？」

彼は両手を船べりにかけて体を持ち上げ、震える腕で体重を支えて船体にぶら下がった。すぐに水のなかへ滑り落ちた。

「あの靴がどうしたの、ポール？」

「どうもしません」

「わたしだってばかじゃないのよ」

「あなたをそこから出すことに意識を集中しましょうよ。ハッチからは出られない。甲板に大きな巻き上げ機が置いてあるから」

プロディは手で船体に触れながらバージ船の側面に沿って歩き、ところどころで足を止めて船体を調べた。落石に近いあたりで、船体をこぶしでたたく音がフリーに聞こえた。戻ってきたプロディは額にうっすらと汗をかいていた。濡れて泥だらけの彼が、突如として哀れに見えた。

「いいですか」彼はフリーと目を合わせなかった。「こうしましょう」唇を嚙んで立坑を見上げた。「おれはあれをのぼって電話をかけます」

「立坑のなかは電波が入らなかった？」

「それは……はい。つまり、入ると思います」

「確信はないのね？」

「確認しなかったので」彼は認めた。「立坑のなかまで届かなくても、てっぺんには電波が届いてるはずだし」

「そうね」フリーはうなずいた。「もちろん届いてるでしょう」

「ねえ」彼は、自分の顔が穴の高さになってフリーと目を合わせることができるように、腰を折った。「信じてください。あなたを置き去りにはしない。あいつはここへは戻らない――われわれがトンネルを捜索してたことを知ってるんだから、頭がおかしくないかぎり、戻ってこないでしょう。おれは立坑のてっぺんまでのぼるだけです」

「入口から離れないと電波が入らなかったら？」

「だとしても、そう遠くへは行きませんよ」彼は躊躇した。フリーをひたと見すえた。「顔色が悪いですね」

「ええ」フリーは肩をすぼめて大げさに震えてみせた。

「だって……わかるでしょう。凍えるほど寒いの。それだけよ」

「じゃあ」彼はウエストバッグのなかを探った。セロファンに包まれた、つぶれたサンドイッチと、飲みかけのエビアンを出した。「おれの昼食です。申し訳ない——見場はちょっと悪いけど」

フリーは穴から手を出してサンドイッチを受け取った。水のボトルも。その両方を、甲板に吊したリュックサックに押し込んだ。「そのバッグにウィスキーは入ってないんでしょうね？」

「とにかく、それを食べて」


歩いていく途中で、なにかがプロディの足を止めさせた。振り返って彼女を見た。少しの間があった。そのうち無言で引き返し、穴から片手を差し入れた。フリーは一瞬、その手を——船体内の闇を背景に、白く温かいプロディの手を——見つめたあと、自分の手を上げてそれに重ねた。どちらもなにも言わなかった。やがてプロディは手を引き抜いて鎖の下へ戻っていった。ふと立ち止まって最後にもう一度トンネル内を——水のなかにある名前もない丘や山を——ざっと見たあと、ロープを引いて壁から離し、のぼりはじめた。

59

ジャニス・コステロにはチッペナム近郊の村に住む姉がいる。キャフェリーは午後になってそこへ向かった。眠っているように穏やかな村は、どのコテージの外にも吊り花かごが見られ、パブが一軒と郵便局、〝二〇〇四年度ウィルトシャー州でもっともよく保存されている村賞〟と記された銘板があった。めざす家に着くと——わらぶき屋根と方立てのある連双窓をしつらえた石造りのコテージだ——低い玄関口に出てきたのはニックだった。モーブ色のふんわりしたドレス姿で、足もとはいつものハイヒール・ブーツではなく、借りものにちがいないターコイズブルーの中国風室内履きだった。キャフェリーに声を抑えるように示すため、自分の唇に指先をあてたままにしていた。ジャニスの母親と姉は二階のベッドルームにおり、コーリーは出ていったきりで、行く先はだれも知らないという。

「ジャニスは？」

ニックは顔をしかめた。「裏へ行きましょう」彼女に招き入れられて、キャフェリーは天井の低いコテージのなかを通り、眠っている二匹のラブラドールのうしろで誘うように火が踊っている暖炉を素通りして、寒い裏のポーチへ出た。裏手の芝地はなだらかに傾斜し、その先の低い生け垣が接している石灰質の平原は、耕作地に霜が降り、鉛色の空が広がるコッツウォルズの南端だ。

「彼女は病院を出てからだれとも口をきかないんです」ニックは、コテージに背を向けて肩にキルトケットをかけて小さなバラ園の端に置かれたベンチに腰かけている人物を指さした。黒髪をオールバックにしている。草地のかなた、色づいた木立が空に触れるあたりをぼんやりと見ていた。「母親にさえも」

キャフェリーはコートのボタンを留めて両手をポケットに突っ込み、イチイの並んだ狭い小径を下って、その先の芝地へ向かった。キャフェリーが目の前に立つとジャニスは顔を上げて彼と目を合わせ、その目が焦点を結ぶと身を震わせた。化粧をしておらず、鼻と顎が赤い。首もとでキルトケットをつかんでいる手は寒さで青白くなっている。膝にエミリーのおもちゃのウサギを置いている。

「なに？」彼女はたずねた。「どうしたの？　あの子を見つけたの？　言ってよ、どんな話でも――はっきり言って」

「なにもわかっていません――まだなにもわからないんです。申し訳ありません」

「なによ」彼女はぐたっとなって、片手を額にあてた。「もういや。こんなの耐えられない。ほんとうに耐えられない」

「なにかわかれば真っ先にあなたに知らせます」

「悪い知らせでもいい知らせでも？　どっちでも真っ先に知らせると約束する？」

「悪い知らせでもいい知らせでも。約束します。座ってもいいですか？　話があるんです。そのほうがよければ、ニックを同席させてもいいですよ」

「どうして？　彼女にはなにも変えられない。そうでしょう？　だれにもなにも変えられない。そうでしょう？」

「確かに」

キャフェリーは彼女の隣に腰を下ろし、脚を前に出して足首を交差させ、腕を組んだ。寒さに背を丸めたままだ。ジャニスの足もとの地面に、口をつけていない紅茶のマグカップと、図書館のビニールカバーがかかったハードカバー版の『失われた時を求めて』が置いてあった。「むずかしい本じゃないですか？」しばらくしてキャフェリーが口を開いた。「プルースト?」

「姉が見つけたの。日曜紙が選んだ危機的状況に際して読むべき本ベストテンに入ってたみたい。それかカリール・ジブランがいいって」

「きっと、どっちもひと言だって読めないでしょう」

彼女はそっぽを向いて鼻先を押さえた。ほぼ一分とも思えるあいだ、そのままの姿勢で意識を集中させようとしていた。「もちろん、読めないわ」手を放し、まるで汚染されたかのように振った。「そもそも、頭のなかの悲鳴がやむのを待ってるようなものだから」

「医療スタッフはあわてていましたよ。あんなふうに病院を出てくるなんて。でも、大丈夫そうですね。思った以上に落ち着いている」

「そんなことない。そんなの嘘よ」

キャフェリーは肩をすくめた。「あなたにお詫びしなければなりません、ジャニス。期待を裏切ってしまって」

「ええ、そうよ。裏切られたわ。エミリーもね」

「警察を代表し、ミスタ・プロディに代わってお詫びします。彼はもっとちゃんと職務を果たすべきだった。そもそも、あそこにいてはいけなかったんです。彼の行動はことごとく不適切でした」

「ちがうわ」彼女は憮然として皮肉な笑みを浮かべた。「ポールの行動に不適切な点はなにひとつなかった。不適切なのは、この事件へのこれまでのあなたの対応。夫がポールの奥さんと浮気をしていること。それを不適切と言うの。それこそが正真正銘の不適切よ」

「いま、なんと——」

「そうよ」彼女は突如として大笑いした。「あら——知らなかった? わたしの申し分のない夫はクレア・プロディとファックしてるの」

キャフェリーは横を向き、空を見上げた。悪態をつきたかった。「それは……」咳払いをした。「……深刻ですね。われわれ全員にとって——深刻な事態だ」

「あなたにとって深刻な事態？　わたしの娘が連れ去られたという現実を見てよ。娘が連れ去られたあと、夫がわたしに声もかけてくれないという現実を。それを」彼女は目に涙を浮かべ、キャフェリーに指を突きつけた。「深刻な事態と言うのよ。夫がわたしを慰めもしないことを。エミリーの名前も口にしないことを。夫はあの子の呼びかたを忘れたんだわ」彼女は手を落とし、しばし膝を見つめて座っていた。そのうち、ウサギを持ち上げて額に押しあてた。きつく。そうやって押さえれば涙を止めることができるとでもいうように。

ノックアウト・ガスにやられたにしては口腔内と咽頭に発疹が見られないのは奇妙だ、と研修医が言っていた。ムーンが彼女たちを制圧するために用いた薬物はまだ特定できていない。いくつかの部屋に、テレピン油をしみ込ませたぼろ布が残されていた。あのフラットに充満していたのはクロロホルムではなくテレピン油のにおいだった。だが、彼女たちの意識を失わせたのはテレピン油ではない。

「ごめんなさい」ジャニスは涙をぬぐった。「悪かったわ──責めるつもりじゃ……あなたのせいじゃないもの」彼女はウサギを鼻に押しあてて、においを嗅いだ。そのあと、セーターの襟もとを開けてウサギを肌に押しあてた。あたかも、暖めてやる必要のある生きたウサギのように。手をセーターに入れたままウサギを動かして脇の下に収めた。キャフェリーは庭を見まわした。低い杭柵が農地との境をなしている一隅に、掃き集められた赤褐色の落ち葉の山があった。草地から馬糞のにおいを運んできたかすかな風に、クモの巣が小さく揺れた。それを見て、キャフェリーは、霜と露のついた朝のクモの巣を思い浮かべようとした。シートのなかの頭蓋骨を思い出した。布についていた黄褐色のもののことを。

「じつは、コーリーから話を聴こうとしました。でも、彼は私の電話にも出ません。だれかに質問に答えていただく必要がある。あなたが答えてくれますか?」

ジャニスはため息をついた。髪をうしろでたばね、うなじで団子にすると、両手で顔をなで下ろした。

「さあ、どうぞ」

「お宅には押し込みが入ったことはない。そうですね、ジャニス?」キャフェリーは上着から手帳を取り出し、膝に押しつけてボールペンの芯を出すと、日付と時刻を書きつけた。手帳はたんなる小道具だ。いま書き留めるつもりはない——記入はあとだ。手帳を実際に手にすることが意識を集中する役に立つのだ。「自宅のことです。強盗被害に遭ったことは一度もありませんね?」

「なんですって?」

「自宅に強盗が入ったことは一度もないですねとたずねたんです」

「ないわ」彼女はキャフェリーの手帳を見つめた。「どうしてそんなことを?」

「自宅にはセキュリティ・システムを設置している。そうですね?」

「そうよ」

「あなたがお母さんの家へ行くために自宅を出るときも、セキュリティ・システムはオンにしていたんですね?」

「いつもオンにしてあるわ。どうして?」

彼女の目はまだ手帳に注がれていた。キャフェリーは、不意に理由がわかると同時に、自分を救いようのない間抜けだと思った。手帳のせいで、経験の浅い見習い刑事のように見えるのだ。キャフェリーは手帳を閉じてポケットに戻し入れた。「お姉さんの話だと、あなたがたご夫婦は自宅を改築したとかで、それまではセキュリティ・システムを設置していなかったそうですね」

「改築したのは何カ月も前よ」

「工事期間中はたびたび、このお姉さんの家に泊まっていた。自宅を留守にしたんでしょう？」

「そう」ジャニスの目は、手帳をしまったポケットに注がれている。「だけど、それがなんの関係があるの？」

「プロディ刑事がテッド・ムーンの写真を見せましたね？」

「あの顔に見覚えはなかった。コーリーもよ」

「自宅に来た連中のなかにいなかったのは確かですか？　工事の際に」

「全員と顔を合わせたわけじゃないもの。大勢が出入りしてた――下請け業者やなんかが。作業員をまとめて馘《くび》にして、別の作業員を入れたしね。顔なんて忘れちゃった――紅茶だって何杯淹れたかしら。だけど、まちがいなく――ほぼまちがいなく――あの男には会ったことがないわ」

「コーリーが姿を見せれば、作業員の詳細を教えていただきたい。馘《くび》にした作業員たちの名前を。できるだけ早く彼らに話を聴きたいので。自宅に書類を保存していますか？　詳細を？　あるいは思い出せますか？」

彼女は口を半開きにして、しばしキャフェリーを見つめていた。やがて大きく息を吐き出すと、うなだれて額をこぶしで打った。続けざまに何度も。強く――皮膚が赤くなるまで。まるで頭をたたいて記憶を取り出したがっているようだった。それ以上続いていれば、キャフェリーは彼女の手をつかんでいただろう。だが、始まったときと同じく、突如として止まった。彼女は気持ちを鎮めた――目を閉じ、両手を膝のうえで行儀よく組んだ。「言いたいことはわかるわ。犯人がエミリーを見ていたと言うんでしょう」目を閉じたまま、忘れる前に意識を集中して言葉を発する必要があるかのように急いで言った。「つまり犯人は……エミリーをつけまわしてたってことね？　わたしたちの家に入ったのね？」

「今日ブラッドリー宅で監視カメラをいくつか見つけました。そこで、ミアへも行き――あなたがたの自宅を調べました。同じものを発見しました」

「監視カメラ？」

「残念ながら、そうです。テッド・ムーンは、あなたがたに知られることなく、あなたがたの自宅に監視カメラ・システムを設置することができたんです」

「うちに監視カメラなんてなかったわ」

「あったんです。目にしたことはないでしょう――でも、ありました。この事件が始まるずっと前に設置されたんです。あなたが家を出たあとで侵入したという形跡がないので」

「犯人は、わたしたちがここに、姉の家に泊まっているあいだにカメラを設置したってこと？」

「おそらくは」

「それで、犯人はあの子を見ていた？　エミリーを見ていたってこと？」

「おそらくは」

「なんてこと。気味悪いわ」彼女は両手に顔を埋めた。「こんなこと、耐えられない。耐えられっこない」

キャフェリーはそこに座ったまま顔をそむけて、地平線に関心があるふりをした。彼はまだ、いままでに立てた仮説、これまで目に入らなかったさまざまな点について考えていた。これっぽっちも気づかなかった自分の愚かさを反省していた。ムーンがあっさりあきらめずにふたたびエミリーを狙った時点で、あの男がずっと前から彼女を標的として選んでいたということに気づくべきだった。彼女が無差別の標的ではなかったことに。だが、それにもまして、自分が孤独で子もなく愛する人もいないことに感謝し、客観的立場でいられることをありがたく思っていた。俗に言われていることは真実だ――持つものが増えるほど失うものも多くなる。

60

フリーは空腹ではなかったが燃料補給は必要だった。脚は泥につけたまま船体内の棚に腰かけて、プロディが置いていってくれたサンドイッチを大儀そうに嚙んだ。寒気を覚え、全身が激しく震えていた。はさんである肉は脂っこくて味つけが濃く、軟骨やすじのかけらが混じっていた。ひと口ごとに水を飲んで、痛む喉に流し込む必要があった。

プロディは死んだ。フリーはそう確信していた。最初は、ロープが大きく揺れて壁の苔や粘液状のものに跡をつけるのを見ていた。それは十五分で収まった。彼が四十フィートの立坑をのぼりきったときに、ロープの揺れが止まった。「少し歩いてきます」彼が地上から叫んだ。彼の声はトンネル内でこだまし、跳ね返った。「圏外なので」

当然だと、フリーは苦々しく思った。圏外に決まっている。それでも、唇を湿らせて叫び返した。「オーケー。頼んだわ」

それでおしまい。

地上で彼の身になにかが起きた。この立坑のてっぺんがどういう場所か、フリーは知っている。何年も前、演習で来たことがある。森、馬道、草の生い茂る湿地、さらには、深くて先を見通せない下生えが何ヤードも続いている。プロディは疲れ果てたにちがいない。立坑をのぼりきった疲れから回復するため、おそらく立坑のてっぺんに腰を下ろしたのだろう。マーサを連れ去った犯人にしてみれば簡単な餌食だ。そして、一日が終わろうとしている。立坑がもたらす大きな円い陽射しは、トンネル内で徐々に位置を変え、植物の影を投げかけた。そして、苔に覆われた壁にさえぎられて痩せ細り、笑っている口もとのようないびつな薄片になっていた。トンネル内で影どうしがぶつかりはじめ、フリーが穴からのぞいても、トンネルの隅はもう見えなくなっていた。マーサの靴もほとんど見えない。

プロディはあの靴に妙な反応を示した。彼は以前、普通では考えられないようなありとあらゆる事故の現場にいち早く駆けつける交通警察隊に所属していた。なにごとにも動じないはずの彼が、あの靴のなにかにショックを受けたのだ。

フリーは腕を上げて手を見た。どの指も紫色と白のまだらになっている――低体温症の初期症状のひとつだ。全身が震えるほどの悪寒はいつまでも続かない。死に近づくにつれて収まるはずだ。セロファンを丸めてエビアンのペットボトルに押し込んだ。陽射しはほとんど残っていない。ここを脱出するなら、いまやるべきだ。一時間も泥をすくって、排水孔に転がっていた古いアクロー支柱――鉄製の坑道支柱だ――を見つけてあった。泥まみれだが、さほど錆びていないので、てっぺんのプレート部分をハッチの裏面にあてがった。長さ六インチの頑丈な釘も見つけて作動部分に差し込むことができたので、この二時間はひたすら釘を押してプレート部分を持ち上げ、ハッチを押し上げようとしていた。甲板の巻き上げ機を押しのけるもくろみだった。そのあとは？　地上へ這い出て、強硬手段に打って出た第一次世界大戦の兵士のごとく狙い撃ちに遭うのか？　こんなところで凍死するよりはましだ。

〝ねえ？　どうすれば神さまを笑わせられるか知ってる？　あんたの計画を話せばいいのよ〟

立ち上がると脚がきしんで痛んだ。フリーは大儀そうにリュックサックのネットポケットにペットボトルを押し込んでから、アクロー支柱の作業を始めるべく、釘に手を伸ばした。なくなっていた。

棚にあったはずだ――体のすぐ横に。必死で動かした両手が鉄と泥をかすめた。釘を探して、三十分も泥のたまった船底の排水孔を手探りした。かじかんだ手でリュックサックを探ってヘッドランプを出すときに、釘がいっしょに出てきた。音をたてて棚に落ちた。

フリーは凍りついたように動きを止めた。釘を見つめた。リュックサックに入っていた。でも、棚に置いたはずだ。よく考えてそこに置いたのを覚えている。確かな記憶だろうか？　一瞬めまいを覚えて、頭に手をあてた。釘を棚に置いたのを覚えているのは確かだ。つまり、そのあとの記憶が抜け落ちているということだ。これもまた、体内の機能を停止させる低体温症の症状のひとつだ。

感覚の麻痺した指で釘をつかんだ。そう太くないおかげで、作動部分に簡単に差し込むことができた。さっきは手袋をしていても手のひらに薄く跡が残ったので、いまは痛みを無視してその跡に釘をぴったり合わせて全体重をかけた。動かない。うなり声をあげながら、もう一度やってみた。さらにもう一度。釘はぴくとも動かない。いまいましい。もう一度、押してみた。やはり動かない。もう一度。

「くそっ」

フリーは棚に座り込んだ。寒いのに脇が汗でちくちくする。さっき釘が動いたのは一時間以上も前だ。あのときでさえ、動いたのは五ミリ足らずだった。あきらめろというサインだ。

だが、フリーにはほかに選択肢はない。

イマーションスーツの右足首の折り返しに違和感を覚えた。片手を水中に入れてそっと右足首に触れた。折り返し部分自体に問題はないが、その上のネオプレン素材が、水が浸入したみたいにぱんぱんに膨れている。両手で右脚を泥から引き抜いて棚に載せた。ヘッドランプを頭につけ、かがみ込んでイマーションスーツを調べた。足首の上で風船のように膨らんでいる。脚を動かすと、なかで液体が動きまわるのがわかる。指をなかへ差し入れて折り返し部分を引っぱった。水らしきものが一気に流れ出た。なま暖かい。ヘッドランプの光のなかで赤く見えた。

くそ。フリーは頭を隔壁にもたせかけて、めまいを抑えるために深くゆっくりと呼吸をした。太ももの傷口が開いてしまい、大量の血を失った。だれかがあれだけの血を失うのを見れば、病院へ行かせる。それも、早急に。

まずい。ひじょうにまずい。

61

他人の偏見を打ち砕くという点において、ダミエン・グレアムはみずからマイナス効果をもたらしていた。キャフェリーが午後六時過ぎに小さなテラスハウスに着いたとき、ダミエンは開け放したドア口に立って通りを見渡しながら、よりによって細葉巻《シガリロ》を吸っていた。ディーゼルのラップアラウンド・サングラスをして、キャメル色のロングのピンプコートを肩にかけていた。あとは紫色のベルベットの中折れ帽があれば完璧だ。キャフェリーは心のどこかで、一抹の哀れみを感じずにいられなかった。

小径を歩いていくと、ダミエンは細葉巻を口から離して、歓迎代わりに会釈した。「吸ってもいいか?」

「その代わり、ものを食べてもかまいませんか？」

「もちろん――かまわない。大丈夫だ」

今朝、重大犯罪捜査隊でひげを剃るために鏡を見たとき、やつれた顔をしていると思った。捜査で実際にメモを取るように、なにか食べることと頭にメモした。いまは助手席にサービスステーションで買ったサンドイッチとチョコレートバーを――マーズ、スニッカーズ、ダイム――どっさり積んでいる。食事問題に対する男の典型的な解決策だ。次にマートルを車に乗せるまでに、忘れずにどこかへかたづける必要がある。キャラマック・バーを出して包みを開け、ふたつに割ると、口の端に放り込んで溶かした。キャフェリーとダミエンは家を背にして立ち、通りの車をぼんやりと眺めた。現場捜査班のバン。Qのとんでもなくレトロなボルボ。

「いったいどうなってるのか説明してくれるか？」ダミエンが切りだした。「連中、家じゅうを大捜索してる。ある種のカメラ・システムが設置されてるとか言って」

「そういうことです」ダミエンだけではない。ブラント夫妻も同様の捜索チームに押しかけられている。タトナーはいま、向こうへ出向いて事情を説明している。いや、全員が現場に出ている。プロディをのぞく全員が。プロディには電話で連絡がつかなかった。キャフェリーは彼の居所を知りたかった――フリーのことでなにがわかったのかを。彼のやっていることを――いいかげん検証班のキットスン事件のファイルを嗅ぎまわったりせずにフリーを探していることを――把握しておきたかった。「ダミエン」キャフェリーは口にした。「監視カメラのことですが、設置された経緯はさっぱりわからないんですね？」

ダミエンは歯のすき間から舌打ちの音をたてた。

「なにが言いたい？　おれが取りつけたとでも？」

「ちがいます。何者かがお宅に入って設置したと考えています。ただ、どうやってそんな機会を得たのかがわからない。あなたはわかりますか？」

ダミエンはしばらく黙っていた。やがて細葉巻の吸い残しを狭い前庭の芝生に放った。「そうだな」と答え、肩にかけたコートの前をかき合わせた。「わかるかも。ずっと考えてたんだ」

「というと？」

「押し込みのことさ。ずっと昔の。カージャックに遭うよりも前。おれはずっと、女房と関係があると思ってた――あのころ、女房にはうさんくさい知り合いが何人かいたから。警察には届け出たけど、どうも妙でさ――なにも盗られてなかった。で、いま考えてみると、だんだん……ほら……あやしい気がするんだよ」

キャフェリーはキャラマック・バーの残り半分を口に含んだ。ダミエンの体越しに、廊下の壁に飾られた写真を見やった。額入りの白黒写真はどれも写真館で撮られたアリーシャで、髪をうしろへ流して幅の太いカチューシャをしている。捜査が数時間でゆっくりと宙返りしたせいで、キャフェリーは吐き気を覚えるほど方向感覚が混乱していた。チームは捜査の焦点を切り換えた――テッド・ムーンがあらかじめ標的の少女たちを選んでいることから、ムーン本人について調べるのをやめ、代わりに被害者たちについて調べている。それにより、捜査はまったく異なる様相を呈することとなった。さらに悪いことに、ムーンがすぐにも同様の犯行を繰り返すにちがいないという不安を全員が抱いていた。すでに自宅に監視カメラを設置された家族がどこかにいる、という不安を。その家族がどこにいるのかを、重大犯罪捜査隊は総力を挙げてつきとめなければならなかった――やつがアリーシャ、エミリー、クレオ、マーサを選んだ理由を解明するのが鍵だと、キャフェリーは確信していた。

ダミエンが言った。「なにが起きてるんだ？　呪われてるような気分だ。どうも気に入らない」

「そうでしょうね」キャフェリーは包み紙を丸めると、第二の本能ともいうべき現場保存の精神から、ポケットに収めた。「われわれは何段か階段をのぼったということです。テッド・ムーンを別の観点から調べています。彼は利口だ。そうでしょう？　あなたの家になにをしたか、考えてみてください。やつは、いつでも好きなときにアリーシャを――ほかの少女たちのだれかを――誘拐することができた。だが、そうしなかった。演出した。少女たちを公共の場から連れ去ることによって、行きずりの犯行に見せたんです。少女たちを事前に知っていたという事実を隠すために」

「事前に知っていた？」ダミエンは腕を組んで頭を振った。「ちがう。そんな話は信じない。あの男の写真を見た。知らない顔だ」

「たぶんそうでしょう。しかし、やつのほうはアリーシャを知っていた。経緯はわからない。知り合いを通じて出会ったのかもしれない。彼女はよく泊まりに行きましたか――友だちの家へ？」

「いや。なにしろ、あのころ娘はまだ小さかった。幼い子どもだった。ローナがずっと、おれたちの目が届くところにいさせた。それに、ここにはおれたちの家族もいない。おれの家族はみんなロンドンだし、ローナの家族はジャマイカだ」

「アリーシャにはいっしょに出かけるような親しい友だちもいなかったのですか？」

「あの年じゃあいないよ。いまは母親がどうさせてるのか知らないが」

「もしかして、彼女をひとりで留守番させたようなことは？」

「ないな。ほんとうだ。ローナは――卑劣なところは山ほどあるが――いい母親だった。当時のことをもっと知りたいんなら、あいつに聞いてくれ」

それができればいいが、とキャフェリーは思った。ターナーがインターポールを通じて捜索を試みたが、ジャマイカの警察はまだなにもつかんでいなかった。キャフェリーはチョコレートを飲み込んだ。口のなかにチョコレートの膜ができ、甘さのせいで喉がかわいた。違和感と混乱を覚え、そこに、意識の周辺に漂っているなにかを自分がまだ見落としているというわけのわからない感覚まで加わった。「ダミエン。二階へ行きませんか？」

ダミエンはため息を漏らした。「さあ、どうぞ」彼はなかへ入って玄関ドアを閉めた。ピンプコートを脱いで廊下の掛け釘に引っかけると、ついてこいとキャフェリーを手招きした。太い脚が古い木の踏み段よりも大きく頑丈すぎるため、ダミエンは片手を手すりにかけてつま先立ちですばやく階段をのぼった。キャフェリーはそれよりはゆっくりとあとに続いた。のぼりきったところにQがいた。タフタのような光沢とつやのあるスーツを着た彼は、手すりに載せた小さな電子装置をいじっていた。ふたりが横を通って廊下を進んでも、彼は顔も上げず、気づいたそぶりも見せなかった。

家の表側にあるマスターベッドルームは装飾過剰だった。トリュフブラウンに塗られた三方の壁にはエアブラシで裸婦を描いたカンバスが並べられ、残る一枚の壁にはフロック加工を施した銀と黒の二色遣いの壁紙が張られていた。銀色のクッションが配された、黒いスエードのヘッドボードのあるベッド。鏡張りの扉がついた既成品の衣装だんす。

「いい部屋ですね」

「気に入ったか？」

キャフェリーはポケットからツイックスを出して包み紙を開けた。「独身男の部屋だ。奥さんと暮らしていたときとはちがう。そうでしょう？　あなたと奥さんはここで寝てたんですか？」

「あいつが出ていったあと改装したんだ。あいつの気配を取り払った。でも、ここは夫婦のベッドルームだった。どうしてそんなことを訊くんだい？」

「それ以前はどうでしょう。アリーシャの部屋だったことは？」

「ないさ。娘はずっと、奥の部屋を使ってた。赤ん坊のころから。見るかい？　なにもないけどな、アリーシャのもの以外は。いつかあの子が戻ってきたときのためさ」

キャフェリーは見たくなかった。ムーンがどの部屋にカメラを設置していたのかについては、すでに報告を受けた。ダミエンはまだ知らないが、このベッドルームの天井のどこかに一台ある。屋根裏へ上がって監視カメラを取り払うべく、はしごが届くのをQは待っている。コステロ宅、ブラント宅も同様だったが、どうも納得がいかない——キャフェリーの予想した場所にカメラは設置されていなかった。てっきり、ムーンは少女たちが服を脱ぐ場所に関心があるものと思っていたのだ。ベッドルームやバスルームに。だが、マーサ・ブラッドリーの部屋をのぞけば、少女たちのベッドルームにカメラは一台も設置されていなかった。そうではなく、キッチン、リビングルーム——とりわけ奇妙なことに——両親のベッドルームに設置されていた。ここもそうだ。

「ダミエン、ご協力いただき、ありがとうございました。だれかに連絡させます。費用請求の件で。この——ええっと……家じゅうをひっくり返してしまったので」キャフェリーはツイックス・バーを口に押し込み、両手をぬぐうと、チョコレートを嚙みながら廊下へ出て、Qの横を素通りして階段を下りた。一階に達すると、アリーシャの写真を見上げた。三枚とも服装は異なっているが、ポーズには大差がない。顎にあてた両手。のぞいている歯。幼い少女がカメラに向かって精いっぱい見せようとしている笑顔。玄関ドアを開ける途中で写真のなにかが引っかかって手を留め、その場に立ったまま真剣に考えをめぐらせた。

アリーシャ。マーサと共通点はなにもない。エミリーと共通点はなにもない。アリーシャは黒人だ。キャフェリーの頭の奥で、例の論文の一節——小児性愛者には、肌や髪の色、年齢幅などに好みのタイプがある——が時を刻んでいた。その一節が、繰り返し頭に浮かんだ。ムーンがわざわざ選んだのであれば、なぜ少女たちに共通点がないのだろう？　全員ブロンドの十一歳とか、全員ブルネットの四歳とか。あるいは、黒人の六歳とか。

キャフェリーは口内に舌をめぐらせて歯にはさまったチョコレートを取りのぞいた。マーサの歯がパイに入っていたことを思い出した。すると、手紙のことが頭に浮かんだ。なぜあんな手紙をよこしたんだ、テッド？　ふと、クレオの言ったことを思い出した——カージャック犯が両親の仕事についてたずねたということを。その瞬間、突如としてすべてが腑《ふ》に落ちた。玄関ドアを閉め、壁に手をついて、震える足で玄関ホールに立っていた。わかったのだ。長いあいだ違和感を覚えていた理由がわかった。カージャック犯がクレオにそんな質問をした理由もわかった。やつは、クレオが正しい標的であることを確認していた。

キャフェリーが顔を上げて目をやると、階段の最下段に立っているダミエンは、平たい缶から取り出した細葉巻に火をつけようとしていた。火がつくのを待って、キャフェリーは彼にこわばった笑みを向けた。

「お相伴にあずかっても？」

「いいとも。大丈夫か？」

「一服すれば気分もよくなります」

ダミエンは缶を開けて差し出した。キャフェリーは一本取って火をつけ、煙を吸い込んで、脈が鎮まるのを待った。

「帰るんだと思った。気を変えたのか？　休憩か？」

キャフェリーは細葉巻を口から離して、顔の前にひと筋の長く甘美な煙を吐いた。うなずいた。「ええ、まあ。やかんを火にかけてもらえますか？　もう少しここにいることになるので」

「どうして？」

「真剣に話し合う必要があります。あなたの人生について、おたずねしなければなりません」

「おれの人生？」

「そうです。あなたの人生です」キャフェリーはダミエンに目を転じた。すべてのつじつまが合ったという、ささやかながら心地よい満足感を堪能していた。「われわれはまちがっていたからです。やつの標的はアリーシャではなかった。やつは彼女がどうなるかに関心はなかったんですよ。一度も」

「なら、なんだったんだ？　犯人の関心の的は？」

「あなたです。やつは、あなたに関心があった。やつの標的は親のほうなんです」

62

ジャニス・コステロは、姉の家の奥にある広いキッチンで、大きな木のテーブルについていた。ニックの手を借りて凍えるように寒い庭から移動したあと、午後の大半をここで過ごしていた。紅茶が何杯も淹れられ、食べものが勧められ、ブランデーのボトルがどこからともなく現われた。彼女はそのどれにも口をつけなかった。なにもかもが現実とは思えなかった。他人ごとのような感じだった。物理的な世界に目に見えない境界線があって、日用品は——皿やスプーンやろうそくやポテトピーラーなど——幸せな人間が使うものだという気がした。こんな気持ちの人間が使うものではないと思った。一日がのろのろと進んでいた。

四時ごろ、コーリーが不意に姿を見せた。キッチンへ来てドアロで足を止めた。「ジャニス」とだけ声をかけた。「ジャニス?」彼女は答えなかった。顔を見るのもわずらわしく思っていると、そのうちにコーリーはキッチンを出ていった。ジャニスは彼がどこへ行くのだろうと考えもしなかった。ウサギのジャスパーを脇にはさみ、両腕で自分の体を抱いて座っていた。

エミリーと過ごした最後の瞬間を思い出そうとした。ひとつベッドに寝た。そこまではわかっている。だが、エミリーを包んでやるように横向きに寝たのか、エミリーに腕をまわしてあお向けに寝たのか、あるいは、そう考えるだけでなにもかも増して胸を刺すようだが、エミリーに背を向けて寝入ってしまったのかは、思い出せなかった。プロセッコをポールとふたりで一本空けたことと、自分の思いがエミリーを抱きしめてエミリーのにおいをできるだけ深く吸い込むことよりもリビングルームのソファベッドに寝ているポール・プロディのほうにあったのは、冷酷な事実だ。泳ぎ疲れた人間が力を振りしぼって岸をめざすように、彼女はいま、記憶をたぐろうと懸命に腕を伸ばしていた。エミリーの記憶のかけらを必死で探した。エミリーの髪のにおい、エミリーの息の感触を。

ジャニスは上体を折ってテーブルに額をつけた。エミリー。震えが全身を駆け抜けた。木の天板に額を打ちつけたいという圧倒的な衝動を覚えた。わが身を串刺しにしたい衝動を。思い悩むのはやめなさい。ジャニスは固く目を閉じた。現実的なことに意識を集中させようとした。改築工事中に家を出入りした作業員たち——エミリーは彼らが大好きだった。彼らもエミリーにはしごをのぼらせたり、工具を触らせたり、ランチボックスをのぞいてラップにくるんだサンドイッチや袋入りのクリスプスを物色させたりしていた。ジャニスは彼らのなかにムーンの顔を見つけようとした。ジャキッチンの朝食用カウンターの前に立って紅茶を飲んでいるあの男の姿を思い浮かべようとした。努力はしたが思い出せなかった。

「ジャニス？」

彼女ははっと顔を上げた。赤毛を頭のうしろでねじって団子にしたニックがドアロに立って、疲れた様子で首をさすっていた。

「なに？」ジャニスの顔は氷のようだった。表情を作りたくても、顔の筋肉を動かすことができなかった。

「どうしたの？　なにかあった？」

「なにも。新しい情報はなにもなしよ。でも、あなたと話がしたいの。キャフェリー警部が、わたしから訊いてほしいって」

ジャニスはふたつの死体のような両手をテーブルに置き、椅子をうしろへ押してずらした。ゆっくりとぎこちない動きで立ち上がった。マリオネットのように見えるにちがいないと思いながら、両腕をわずかに前へ出して重い足で歩を進めた。足を引きずりながら広い客間に入った——種火はついているものの暖炉に火は入っていない。大きくて座り心地のいい椅子はどれも、薪の煙のにおいが空中を満たすのを待っているかのように沈黙していた。ジャニスはぼろ切れのように姉のソファに身を沈めた。このコテージの反対端でテレビの音がする。姉とその夫が反対端の部屋で、〝エミリー〟と口に出してもジャニスに聞こえないようテレビのボリュームを上げているのかもしれない。〝エミリー〟と聞こえた瞬間、ジャニスが悲鳴をあげるかもしれないから。ジャニスの悲鳴がコテージじゅうに満ちて窓を揺らし、窓ガラスを割るかもしれないから。

ニックが小さなテーブルランプをつけ、ジャニスと向き合って座った。「ジャニス」と切りだした。

「前置きはいいわ、ニック。訊きたいことはわかってるから」

「えっ？」

「エミリーじゃないんでしょう？　わたしたちよね。

あの男の狙いはわたしたち。そうでしょう？　わたしとコーリー。エミリーじゃない。それがわかったの」

ジャニスは自分の額を指でつついた。「あれこれ考え合わせようとしたから脳みそが汗をかいてるわ。善意はあってもちょっぴり無能な警察が与えてくれる情報を、わたしはすべて持ってる。それを考え合わせて、飛躍させて答えを導き出したの。狙いはわたしたち。コーリーとわたし。ジョナサン・ブラッドリーと奥さん。ブラント夫妻。グレアム夫妻。おとなのほうよ。警察もそう考えている。そうなんでしょう？」

ニックは両手を重ねた。肩を落としてうなだれた。

「頭が切れるのね、ジャニス。ほんとうに頭がいいわ」

ジャニスは身じろぎもせずにニックの頭のてっぺんに目を注いでいた。コテージの反対端では、テレビでだれかが歓声をあげている。路地を一台の車が通り過ぎ、ヘッドライトがわびしい家具を一瞬だけ照らした。ジャニスは今日の午後、庭のベンチに並んで腰を下ろしていたキャフェリー警部を思い出した。青色ボールペンで警部がなにごとか書きつけた手帳を思い出した。あの手帳を見て気分が悪くなった。薄っぺらいボール紙と紙――エミリーを取り戻すための唯一の道具。

「ニック」ややあってジャニスは口を開いた。「あなたのこと、好きよ。とっても。だけど、あなたの属してる警察は信用しない。これっぽっちも」

ニックが顔を上げた。顔色が悪く、疲労のせいで目は落ちくぼんでいる。「ねえ、ジャニス、なんて答えたものかわからないわ。どう反応すればいいのかわからない。こんなこと、初めて。警察だって、どことも同じただの組織よ。綱領では〝公僕〟だと大きく謳ってるけど、わたしはこれまで、ビジネスだと割り切っていた。ただし、それをはっきり口に出すわけにはいかない。そうでしょう？　あなたの顔を見て、捜査は完璧に進められていると言わなければならない。それがなによりつらいわ。まして、あなたを家族のように思いはじめているんだもの。だから、そんな気休めを言うのは、友だちに嘘をつくようなものよ」

「じゃあ、聞いて」ジャニスは、話をするのは多大な努力を伴うと思った。骨が折れた。だが、次にやるべきことはわかっている。「この事件の解決法がひとつあるんだけど、警察がそれをやるとは思えない。だから、わたしが代わりにやる。それにはあなたの協力が必要なの」

ニックの口の端がひきつった。「協力」あいまいな言いかただった。「なるほど」

「くわしい連絡先をいくつか調べてほしいの。それで、電話を何本かかけてほしい。やってくれる？　協力してくれる？」

63

「息子は小児性愛者ではない。悪たれだ。ろくでなしだが、小児性愛者なんかじゃない」

午前零時近かった。重大犯罪捜査隊本部の建物にはまだ明かりがついていた。遠くのオフィスでキーボードをたたいている音や、電話の呼び出し音が聞こえた。ターナーとキャフェリーは二階の廊下のつきあたりにある会議室に座っていた。ブラインドを下ろして蛍光灯照明をつけている。キャフェリーはクリップをいじっていた。テーブルにはコーヒーのカップが三つ。テーブルをはさんだ回転椅子には、ダイヤ柄のセーターを着て、ずり下がったブルーのスウェットパンツをはいたピーター・ムーン。彼は、留置場から釈放するという条件で話をすることに応じたのだった。正式な事情聴取、弁護士の同席は望まないが、ゆうべひと晩考えた結果、事実関係を明確にしたくなったのだという。キャフェリーは彼の思いどおりにさせた。釈放する気はない。彼がすべてを話し終えればすぐに再留置するつもりだった。

「小児性愛者ではない」キャフェリーはげんなりしてムーンを見つめた。「では、なぜかばったんだ？」

「車だ。あいつの問題は車――こと車となるとまるで小さな子どものようになる。これまでに何十台も盗んだ。自分でもどうしようもないらしい」

「盗難車の大半は彼の自動車修理工場で見つけた」

「あいつがここの仕事に就いたのはそのためだ」ピーターはやつれ、うちひしがれている様子だった。肩身が狭そうだ。この男がこの世に遺すのはふたりの息子だけ――ひとりは三十歳にならずして自宅のベッドで、もうひとりは刑務所で死ぬだろう。A4サイズに引き伸ばしたテッドの顔写真が壁のホワイトボードにピンで留められている。警察職員の身分証の写真だ。会議室を見下ろすうつろで無表情な目、わずかに前かがみの肩、伏せた額。ピーター・ムーンがその写真を見るのを避けていることにキャフェリーは気づいた。「あんまりたくさん盗んだもんだから、警察にばれると思ったんだ。ここで働けば――よく知らんが――警察のコンピュータに侵入できると思ったんだろう。記録を書き換えるかなんかできると」ピーターは両手を上げた。「あいつがなにを考えてたのか、まるでわからん――コンピュータの天才かなんかなのかも知らん」

「彼はここのコンピュータ・システムに侵入した――だが、自分の盗んだ車についてわれわれが知っていることを探るため？」キャフェリーはターナーを見た。「腑《ふ》に落ちるか？　盗んだ車の情報を探していたなんて話が？」

ターナーは首を振った。「いいえ、警部。腑に落ちません。あの一家を保護したセーフハウスを探すためだったというほうが納得できます。標的にしていた一家を。それと、交通監視カメラの情報を得るため」

「そうだ――交通監視カメラ。みごとに避けたもんだ」

「みごとでした」ターナーはあいづちを打った。

「いいか、ミスタ・ムーン。あんたの息子はこれまでに四人もの子どもを連れ去った。うちふたりはまだ返していない。警察に一歩先んじたがるのは当然だ」

「ちがう、ちがうんだ。すべての聖人の頭にかけて誓う。あいつは小児性愛者じゃない。わしの息子は小児性愛者ではない」

「彼は十三歳の少女を殺した」

「性的目的のためじゃない」

テーブルには、キャフェリーの字で埋まった一枚の紙が――夕方に電話で話を聴きながら書きつけたメモだ――置かれていた。シャロン・メイシーの検死解剖を終えた病理学者が非公式に短い電話をくれたのだ。公式見解を述べるつもりはない、それはあとで報告書に記すが、いくつか内密に教えてやってもいい、と言って。シャロン・メイシーの死体は腐敗が進んでいるため、なにに対してもだれも百パーセントの確信は持てないが、死因は鈍器で後頭部に受けた損傷あるいは喉を大きく切られたことによる失血だと賭けてもいい。抵抗した形跡があった。右手の指の一本が折れていたが、性的暴行の痕跡となると、なにも発見できなかった。着衣の乱れはなく、死体に性的な展示が施されてもいなかった。

「わかっている」ここに至ってキャフェリーはそう告げた。「彼が小児性愛者ではないことは承知している」

ピーター・ムーンは目をしばたたいた。「なんだって?」

「彼が小児性愛者ではないことは承知していると言っ

たんだ。だが、少女たちを連れ去っている点は？　十三歳以下の少女ばかりだという点は？　偽装工作。偶然の一致。相手は少年でもよかったんだ。あるいはティーンでも。赤ん坊でも」

　キャフェリーは封筒を振って写真のコピーを何枚か取り出すと、立ち上がって、ホワイトボードのテッド・ムーンの顔写真の下に並べて丁寧にテープで留めた。コンピュータ端末の一台を使って、思いつく関連情報を――氏名、年齢、外見の特徴、社会経済階級、職業、背景情報など――すべて含む小さなラベルをプリントアウトしていた。それぞれの顔の下にラベルを張りつけた。「あんたを連行したのは、あんたの息子が被害者のリストを持っていたからだ。彼が恨みを抱く何人もの相手のリストを。だが、彼が恨んでいるのは子どもたちではなく親のほうだ。ローナ・グレアムと夫のダミエン。ニール・ブラントと妻のシモーン。ローズ・ブラッドリーと夫のジョナサン。ジャニス・コステロと夫のコーリー」

「どういう人たちなんだ？」

「あんたの息子の被害者たちだ」

　ピーター・ムーンは長らく写真を見つめていた。

「息子がその人たちを襲ったはずだと、本気で言ってるのか？」

「まあそうだ。連れ去った子どもたちをどうしたのかはだれにもわからない。私は希望を持つのはやめた。とにかく、彼があの子たちの人権など意に介してないのは確かだ。彼にとって子どもは二の次。重要じゃない。彼は人生の現実を知っている――子どもを傷つけるのは親を殺すも同然だということを。それこそが彼の望みなんだ。この人たち全員に対して」キャフェリーは席につき、片手を振って写真を指し示した。「彼らはあんたの息子にとってなんらかの意味を持つ人たちだ。われわれは目下、この人たちについて調べている。被害者学という言葉を聞いたことは？」

「ない」

「もっとテレビを観たほうがいい、ミスタ・ムーン。ときに警察は、はからずも被害に遭った人たちを調べることにより犯罪を捜査することがある。通常は、加害者が何者かを知るためだ。今回の場合、加害者がだれかを知る必要はない。それはすでにわかっている。今回は、彼がこの人たちを選んだ理由を知る必要がある。彼がまたやるから、なんとしても知る必要があるんだ。それも、早急に。なにかが——なんらかの理由があって——あんたの息子の頭のなかでまたやれと告げている。彼らの顔を見ろ、ミスタ・ムーン。彼らの名前を見ろ。あんたの息子にとってどんな意味を持つ？　左の男はニール・ブラント。市民相談局に勤めている。今夕、本人に話を聴いたところ、ときどき人を怒らせることがあるし、相談に訪れた市民から二度ばかり脅迫を受けた経験がある、と言っていた。テッドと市民相談局になんらかの接点は？」


「放火に遭ったときに家内が市民相談局へ行った。だが、十一年も前の話だ」

「テッドの出所後は？」

「わしの知るかぎりでは接点などない」

「彼は営繕作業員として働いている。だが、信用照会をすると、経歴はすべてでたらめだった。建設作業員としての彼の職歴は？」

「腕がいい。すごく腕がいいんだ。どんな仕事でも——

——」

「訊いたのは彼の腕じゃない。職歴をたずねたんだ」

「ないはずだ。わしの知るかぎりでは」

「ミアで仕事をしたことは一度もないのか？　ウィンカントンの近く？　ギリンガム？　立派な家。個人の住宅。名前はコステロ。いちばん下の夫妻だ」

「コステロ？　心あたりがない。ほんとうだ」

「左の男を見ろ」

「その黒人か？」

「彼はクリブス・コーズウェイにある自動車のショールームで働いている——BMWだ。なにか心あたりは？　テッドの車の好みに関係して」

「なにもない」

「名前はダミエン・グレアムだ」

ムーンは写真を見つめて首を振った。ジョナサン・ブラッドリーの顔を指さした。「その男」

「なんだ？」

「牧師野郎だ」

「知り合いだったのか？」

「ちがう。ニュースで見たんだ」

「テッドは知り合いじゃなかったか？」

「なんだってテッドがその男を知ってるんだ？」

「教区牧師に叙任される前は校長をしていた。聖ドミニク校。テッドにあの地域とのつながりは？」

「言っただろう——息子は小児性愛者じゃない。学校の周辺をぶらついたりしない」

「ファーリントン・ガーニー、ラドストックは？　なぜあの一帯にくわしい？　彼はあのあたりの道路を知りつくしている」

「テッドがファーリントン・ガーニーを知ってるはずがない。たとえ地球上で最後の場所だったとしても」「メンディップ・ヒルズにある村だろう？」

キャフェリーは向き直ってテッド・ムーンの写真を見た。彼の目を見つめた——なにかを引き出そうと、「目の奥を探った。「もう一度、写真を見てくれ、ミスタ・ムーン。ほんとうに集中して。なにかないか？　少しでも。ばかみたいに感じる必要はない。言ってみろ」

「なにもない。言ったとおりだ。なにもない。わしは協力しようとしてる」

キャフェリーはいじっていたクリップを放った。立ち上がった。ジャンクフードばかりがっついたせいで胃が痛い。この手の事件が決まって攻撃する場所——

腹だ。窓辺へ行って窓を開け、両手を窓枠にかけてしばらく立ったまま外の冷気を顔に感じていた。

「いいだろう。ここから先は広い心を持ってもらいたい、ミスタ・ムーン。いまから、もっと突っ込んだ質問をさせてもらう」キャフェリーは向き直ってホワイトボードへ行った。マーカーペンのキャップを開け、ペン先をジャニス・コステロの名前の横にあてた。彼女の顔からローズ・ブラッドリーの顔まで、ゆっくりと線を引いた。「この女性たちを見ろ――シモーン・ブラント、ジャニス・コステロ、ローナ・グレアム、ローズ・ブラッドリー。では、つらいことをやってもらおう。奥さんのことを思い出してくれ」

「ソニア?」ムーンは喉の奥を鳴らした。「家内がどうした?」

「この女性たちに、奥さんを思い出させる点があるか?」

「冗談だろう」ムーンは耳を疑っている様子だった。

「冗談なんだろう?」

「だから、広い心を持ってほしいと言っている。私を助けてほしい」

「助けられるもんか。どの女性も家内に似てないんだから」

もちろん、ピーター・ムーンの言うとおりだ。キャフェリーが藁《わら》にもすがるときがあるとしたら、いまがそうだった。女性たちはこれ以上ないくらい外見が異なっている。ジャニス・コステロはさっぱりした顔だちのまぎれもない美人だし、ローズ・ブラッドリーはジャニスよりも年が十五、体重は十数キロも上だ――髪や目の色すら同じではない。ひじょうに身なりのいいシモーンは、確かにジャニスをさらに磨き上げたようなブロンド美人だが、唯一キャフェリーが会っていないローナ・グレアムは黒人だ。正直に言うとローナは、マニキュアを塗って髪にエクステをつけ、どこかのリズム・アンド・ブルース野郎の腕にしがみつきそうなタイプに見える。

　では、夫たちはどうか。彼らに共通点はあるか？　キャフェリーはコーリー・コステロの名前の横にマーカーペンをあてた。ムーンが侵入した夜、ジャニス・コステロとポール・プロディのあいだになにがあったのか知りたかった。まあ、おそらくこの先も知ることはないだろう。だいいち、プロディに腹を立てる筋合いはない。だが、コーリー・コステロがプロディの奥さんとよろしくやってるだって？　プロディは妙な男だ、と思った。秘密主義。彼と話していても、家庭のにおいがまったく感じられない。キャフェリーはコーリーの顔に意識を戻し、改めてまじまじと見た。目を見つめた。そして思った――浮気か。「ミスタ・ムーン？」

「なんだ？」

「話してくれ――話の中身はこの部屋の外に漏れないと保証する。浮気をしたことはあるか？　ソニアが生きているあいだに？」

「なんてことを。ないさ。もちろん、ない」

「もちろん、ない？」キャフェリーは片眉を上げた。鍵はずっとそこにあった。ピーター・ムーンの返答に。間を取ってたずねた。「断言するか？」

「ああ。断言する」

「シャロン・メイシーの母親と会ったりしてなかったんだな？　気軽なデートも？」

　ピーター・ムーンの口が開いて閉じ、また開いた。顔がこわばり、首を動かさずに頭だけ前へ突き出した。トカゲのように。戦慄を頭から振るい落とそうとするように。「わしの聞きちがいかな。なんと言った？」

「シャロン・メイシーの母親と会ったりしてなかったんだなと訊いたんだ。シャロンが殺される以前に？」

「いいか？」ムーンは、なんとか正気を保とうとするように、一瞬だけ口を閉じた。「あんたはなにもわかってない――まったくなにも。そんな質問をされて、わしがどれだけあんたを罵倒したいかってことをな」

キャフェリーは片眉を上げた。「私は接点をつかもうとしているだけだ、ミスタ・ムーン」マーカーペンのキャップをはめた。テーブルに放った。「この夫婦たちの共通点を見出そうとしている。メイシー夫妻とこの人たちの」

「メイシー夫妻？　あのろくでなしのメイシー夫妻？　この事件はメイシー夫妻とはなんの関係もない。テッドがシャロンを殺したのは、ろくでなしの両親のせいじゃない」

「いや、そうだ」

「ちがう！　そうじゃない。あいつがあんなことをしたのは放火のせいだ。あの小娘がソニアにやったことのせいだ」

「シャロンがあんたの奥さんになにをしたんだ？」

ムーンはキャフェリーからターナーに目を転じ、ふたたびキャフェリーを見た。「ほんとうに知らないんだな？　やったのはシャロンだった。放火の犯人だったんだ、あの小娘が。せめてそれくらいは知ってると言え」

キャフェリーがちらりと見ると、ターナーは目を合わせてゆっくりと首を振った。精神科医の報告書にも、テッド・ムーンの出所に際する保護観察官の報告書にも、その記述はなかった。取り調べ記録によれば、ムーンはシャロン・メイシーを殺害した理由を黙秘している。彼は口を開いて犯行を否認することさえしなかった。

ピーター・ムーンは椅子に背を預けて腕を組んだ。警察がこうも役立たずなことに業を煮やしている。「能なしどもめ。毎回がっかりさせられる。そうだろう？　ある方法がだめなら、くるりとまわってよく見せろとか言って、別の方法でがっかりさせる。あのときがそうだった。テッドの頭がおかしいなんて、だれも教えちゃくれなかった」彼は指先でこめかみを打った。「統合失調症。だれもがあいつの頭は単純だと決めつけた。愚かなテッドってな。シャロン・メイシーはあいつを格好の標的だと思ってた。だから、ある日あいつはやり返した。あしざまにののしったんだ。すると、仕返しにあの小娘がうちの郵便受けから灯油を流し込んだ。火をつけやがったんだ。最初は一階の中華料理店が火元だと思ってたんだが、シャロンがうちの息子たちに得意げに白状して、いい気味だと言いやがった。むろん、ダウンエンドには、証言台に立ってシャロンが放火の犯人だと宣誓証言する人間なんかいなかった。あんたもあの小娘と両親に会えば、その理由がわかるさ」

キャフェリーは当時のシャロン・メイシーの写真を向かい側の壁の大きなコルクボードに貼っていた。この写真を見たときの第一印象は、〝機能障害〟という語に人間の顔を描くとしたらこの顔だ、というものだった。十三歳にして彼女はすでに、妊娠中絶を一度と、警察による注意をひっきりなしに受けていた。生気のない目に、彼女の過去も未来も見ることができる。不快な印象を抑え、この娘が殺人被害者であることを忘れないためには、警察官としての職業意識を呼び起こす必要があった。ほかの市民に対するのと同様に彼女のことを気に留める義務があるということを忘れないために。

「あんたはわしと同じことを考えてる。そうだろう?」ムーンの目つきは厳しかった。「当時、反社会的行動禁止令があれば、シャロンはトロフィー・キャビネットに並べるほどくらってたはずだ、と考えてるんだろう。あの小娘は自分の身を守ればよかったんだ、図体もでかかったし。ほら、どっしりしてたんだ。もちろん、テッドのほうがでかかった。それに、テッドのほうが頭がいかれてた。ソニアは自殺だ——どんな気持ちだったか思い出させないでくれ。家内を失うのは、心臓を丸ごと口から引っぱり出されるような気持ちだった。あんたが警察官特有の薄汚い頭でどう考えようと、わしは浮気などしてなかったんだから――だが、家内の自殺は、わしにとって悲しみなら、テッドにとっては悲しみ以上のものだった。あいつはこんな感じだった」ムーンは頭を前に突き出して歯を剝き出し、片手をこぶしに固めた。張りつめた首の腱がくっきりと浮き出ている。「気がつくと、テッドはわしとリチャードに背を向けて〝これ以上じっとしてられないよ、父さん〟と言って出ていった。そのあとやったことを隠そうとしなかった。あの小娘を町じゅう引きずりまわした――みんながそれを見て、あの界隈でよく目にする痴話げんかだと思った。同年代のふたりのことだし、だれも警察に通報しないさ。そうだろう？で、テッドはそのまま止められることもなく、だれにも知られずにあの小娘をベッドルームで殺した。自分のベッドルームで。キッチンナイフで」彼は頭を振った。「わしとリチャードは留守にしてた。だが、隣の連中は壁越しに物音を聞いてたんだ」

長い沈黙が流れた。ムーンはキャフェリーからターナーへ、そしてまたキャフェリーへと視線を移した。「あいつはあの小娘を殺した」彼は両手を上げた。「殺してないと言うつもりはない。息子はシャロン・メイシーを殺した。だが、あの両親を怒らせるためじゃない。それに、わしはあのろくでなしの母親と浮気などしておらん。断じて。ここを切り開いてみろ」彼は自分の胸を軽くたたいた。「切り開いて、科学者どもに見せてみろ。わしの心臓になにがあってなにがないか、科学者どもが教えてくれるだろう。わしはあの女と浮気などしてない」

キャフェリーは淡い笑みを浮かべた。はいはい、好きに言ってろ。あんたは独りよがりな考えに固執すればいい。われわれは真実をつきとめる、という意味をこめて。「ほかにつけ加えておきたいことはないか？」とたずねた。「今夜メイシー夫妻に話を聞くときにわれわれが心に留めておくことは？」

「ない」

「彼らからはまったくちがう話を聞かされるだろうな」

「そんなことにはならない」

「いや、そうなる。あんたがシャロンの母親とセックスしてて、あんたの息子はそのせいでシャロンを殺したと聞かされると思う。そのあとあんたの息子が彼らに対してやったことを聞かされるだろう。シャロン殺害後に彼らに送りつけた手紙のことを」

「いや、そんなことにはならない。あいつが手紙など送りつけるもんか。事件のあとすぐに刑務所へ入れられたんだから」

「いや、そうなる」

「そうならない。犯人はあいつじゃない」ムーンは言った。「わしの息子じゃない」

ノックの音がした。キャフェリーはなおしばらくムーンに視線をとどめた。そのうちに席を立ってドアロへ行った。プロディがいささか息を切らせて廊下に立っていた。キャフェリーが今朝セーフハウスで見た覚えのないすり傷が頬にあった。服装が少しばかり乱れている。

「ひどいな」キャフェリーは会議室を出てドアを閉めた。プロディの腕に手をかけて廊下を何歩か進み、会議室から離れて建物のいちばん奥へ行った。そこはひっそりしていて、メインオフィスで鳴っている電話の音も聞こえない。「大丈夫か？」

プロディはポケットからハンカチを出して顔をぬぐった。「まあなんとか」彼は疲れ果て、消耗しきっているように見えた。キャフェリーは〝ああ、奥さんのことだが。気の毒だったな。くよくよするなよ〟と口にしそうになった。だが、いろいろとまだ腹が立っていた。主として、セーフハウスに泊まった一件だ。加えて、フリーの身にいったいなにがあったのかについて進捗状況を電話で知らせてこないことにも。プロディの腕から手を放した。「それで？　なにかわかったのか？」

「興味深い午後でした」プロディはハンカチをポケットに突っ込み、剛毛の髪をなでた。「彼女のオフィスで長時間過ごしました——で、結局、今日は勤務当番なのに姿を見せなかったんです。隊員たちは少しばかり不安になって、彼女らしくないとかなんとか言いだして。そこで私が彼女の家へ行ってみたら、どこもかしこも閉まってて——錠がかかっていました。車はありませんでした」

「それで？」

「隣家の人たちに話を聴きに行きました。でも、彼らは落ち着いたもので、結局、大騒ぎするようなことじゃないんですよ。昨日の朝、彼女が車に荷物を積み込むのを見たそうです——ダイビング用具とスーツケースを。彼女、週末休暇で出かけると言ってるんです——三日間、留守にすると」

「出勤予定だったのにか」

「ええ。考えられるのは、彼女が当番日を勘ちがいしたか、まちがったプリントアウトを見て、長い年次休暇を取ることにしたかなんかだってことですね。隣人たちがはっきり断言しています。彼女と話したんだそうです。まあ、どちらかが彼女を切り刻んで床下に隠したのなら話は別ですが」

「隣人たちは彼女の宿泊先を知らなかったのか？」

「はい。しかし、電波圏外なのかもしれません。彼女の携帯電話につながらないそうですから」

「それだけか？」

「それだけです」

「それは？」キャフェリーは身ぶりでプロディの頬のすり傷を指した。「その傷はどこでついたんだ？」

プロディは指先をそろそろと傷口に押しあてた。

「ああ——じつはコステロにやられました。自業自得だと思います。そんなにひどいですか？」

キャフェリーはジャニスの言ったことを思い出した——"夫はポール・プロディの奥さんとファックしてるの"。まったく、人生は決して容易ではない。

「家へ帰れ」彼はプロディの背中に手を置いた。軽くたたいた。「この二日、休みなしだっただろう。家へ帰って傷になにか貼れ。明日の朝までオフィスに顔を出すな。わかったな？」

「ええ、まあ。ありがとうございます」

「駐車場までいっしょに行こう。犬に小便させてやらないと」

ふたりはキャフェリーのオフィスに寄り、ラジエーターの下の寝床からマートルを連れ出した。ふたりと一匹は足音もたてずに廊下を進み、感知型照明がつくと犬を先に立たせた。駐車場でプロディはプジョーに乗り込んだ。エンジンをかけた。発車しようとした瞬間、キャフェリーが窓をたたいた。

プロディは迷ったのち、運転席で身をのりだしてキーに手をかけた。彼の顔にわずらわしそうな表情がよぎったのを見て、キャフェリーはふと、彼を信用しない理由を思い出した。この男が侵害者だということを。土足で踏み込んでこようとしたことを。だが、プロディはエンジンを切った。いかにも辛抱している様子で窓を下ろした。淡い色の目は平静だった。「なんです？」

「ひとつ訊きたいことがある。今日の病院のことだ」

「それがなにか？」

「病院でやった検査だが——きみの意識を失わせるためにムーンが用いた薬物をつきとめられないそうだ。きみの場合、主要な吸入因子のどれにも陽性反応を示さないらしい。それに、コステロ家の女性たちとは異なる反応を示したとか。嘔吐したのはきみだけだった。病院と話してくれるか？　もう少しくわしい情報を提供してやってくれ」

「あれ以上くわしい情報を？」

「そうだ。着ていたシャツを提出するだけでもいい。まだ洗ってなければ。病院はきみの胃の内容物を検査するかもしれない。とにかく、電話をしろ。白衣の連中を満足させてやるんだ」

　プロディは大きな吐息を漏らした。それでも、目に動揺の色はない。「まいったな。わかりました。もちろん連絡します。必要ならば」彼は窓を上げた。ふたたびエンジンをかけ、車を通りに出した。キャフェリーは数歩ばかりあとを追ったものの、すぐに足を止め、けだるそうにゲートに腕をかけて、ブレーキランプに赤く照らされたプジョーの小さなライオンのロゴマークが視界から消えるまで見送った。

　向き直ってマートルを見た。頭を垂れている。キャフェリーを見ようとしない。この犬も私と同じようにむなしい気分なのだろうか、と思った。私と同じむなしさと不安を感じているのだろうか。時間があまりない。プロファイラーに教えてもらうまでもなく、次になにが起きるかはわかる。キッチンに隠しカメラを設置された家族がどこかにいる。両親のベッドルームにも。ひしひしと感じる。迫りくる予感がする。いや、残り時間を計測せざるをえないとすれば、次の犯行が起きるまで十二時間もないと断言するところだ。

64

ジル・マーリーとデイヴィッド・マーリーは庭の境界のプラタナスのてっぺんに腰かけていた。「モミジバスズカケ。〝ロンドンの肺〟だ」そう言いながらデイヴィッド・マーリーはほほ笑んでいる。彼は、手の込んだサモワールから優美なボーンチャイナのカップに紅茶を注いでいた。「息を吸い込みなさい、フリー。呼吸を整えなければいけない。どうりでそんなに気分が悪いわけだ」

フリーは両親のもとへ行こうと木をのぼりはじめた。だが、なかなか進めない――葉が邪魔をする。生い茂った葉で息苦しくなる。一枚ずつ色も質感も異なり、口のなかに味として感じるのは、薄くて酸っぱいか、なめらかで喉に詰まりそうかのどちらかだ。葉をかき分けて一フィート進むのに、永遠とも思えるほど時間がかかった。

「呼吸を整えなさい」父の声がした。「自分の姿を見下ろしてはいけない」

その言葉の意味はわかる。腹がどんどん膨らんでいるのがわかる。見下ろすまでもない。感じるのだ。指ほどの太さの色とりどりの虫どもが腸のなかを這い進んでいる。どんどん増殖し、身をくねらせ、成長している。

「食べちゃいけなかったのよ、フリー」木々のどこか頭上から母の声がした。「あのサンドイッチに手をつけてはいけなかったのに。いらないと断わるべきだったわ。きれいなズボンをはいてる男を信用してはいけなかったのよ」

「きれいなズボン?」

「そう言ったの。あなたがきれいなズボンをはいてるあの男となにをやってるのか見たもの」

フリーの頬を涙が流れ落ち、口から嗚咽が漏れた。てっぺんまで木をのぼってきた。だが、のぼりきってみると、木ではない。階段だ――エッシャーの絵さながら、バルセロナ様式の壊れそうな建物から始まってねじれながら屋根上方の空間へ延び、手すりも支柱もなく、雲が駆ける青空へ突き出している階段だ。両親はその最上段にいる。父が何段か下りてフリーに片手を差し出していた。その手を取れば救われるとわかっているので最初は喜んで手を伸ばしたフリーも、いまは泣いていた。懸命に手をつかもうとしても、父に巧みにかわされるからだ。父は話を聞かせたがった。

「くせ者だと言っただろう。くせ者だ」

「えっ？」

「くせ者だよ、フリー。いったい何度言えば……」

フリーの目がはっと開いた。バージ船に戻っていた。夢の最後の部分がむなしく目にぶつかり、父の声がバージ船の周囲にこだましていた――〝くせ者だ〟。フリーは闇のなかに横たわっており、心臓は異常に激しく打っていた。船体に設けられたふたつの穴から月の光が射し込んでいる。腕時計を見た。ここへ這いのぼってから三時間。極度の疲労と血液喪失で体がうずき、頭がぼうっとしている。Tシャツは傷口にきつく巻きつけている――いまのところは出血を抑えてくれているようだが、すでに失った量がダメージをもたらしていた。皮膚はべとつき、純粋なアドレナリンを静脈注射しているかのごとく、心臓はときどき動悸がする。さっき、ハッチの下からアクロー支柱をはずして横向きに棚に置いた。そのあと支柱と船体のあいだに入り込んで、失血のせいで体を引き下ろされるように感じた瞬間、片腕を伸ばして船体に体を押しつけるようにして横向きに寝そべっていた。

アクロー支柱は、フリーが無意識状態で水中に落ちるのは防いでくれるかもしれないが、ここから脱出するための道具としては役に立たない。何時間も奮闘したが、内心では、上に載っている重い巻き上げ機を持ち上げてハッチを開けることなど絶対にできないとわかっていた。別の方法があるはずだ。

〝くせ者だよ、フリー……〟

首をねじって、通り抜けてきた隔壁のハッチを見た。バージ船は下方へ傾いているので、船尾側の区画の水位は天井に達しそうだ。〝くせ者だ〟。アセチレン――炭化カルシウムのかたまりを水に投げ込めば発生するガス――は、空気よりわずかに軽い。両肘をついて上体を起こし、水面の状態と、クモの巣と錆びだらけの甲板の裏面について考えた。顎を上へ向けてロープ・ロッカーを見た。錆びだらけの小さな穴がひとつある。錆びを取りのぞいても時間のむだだろう。ロープを通してあるはずの穴は小さいからだ――さっきライトをあてて調べたところ、こぶし程度の大きさしかなかった。それでも、このロープ・ロッカーはフリーの頭を騒がせる。アセチレンガスはこの程度の箱のてっぺんまではのぼるだろう。船体側へも漏れるだろうが、おそらく――あくまでも推測だが――隔壁ハッチの上方の縁をくぐって船尾側にまで流れ込むことはないはずだ。船尾側へ戻って隔壁のかげに隠れれば。そして、アセチレンガスがこっち側に充満すれば……

危険だし、常軌を逸しているが、父ならば一瞬の躊躇もなくやってのける作戦だ。うなり声をあげながら、てこの要領でアクロー支柱を棚から水中へ落とした。両脚をまわして下ろした。衰弱と死をもたらすほどの血が頭部から胴体へ流れ込むと、心臓がばくばくし、頭が真っ暗になって目がくらんだ。バージ船がまわるのが止まるまで、座って目を閉じ、意識を集中させてゆっくりしたリズムで呼吸をする必要があった。

心臓が本来の位置に収まると、手を上へ伸ばしてリュックサックに入れた炭化カルシウムのかたまりを探した。買い物袋から出そうとしたとき、トンネル側で音がした。立坑から小石が転がり落ちてくる耳慣れた音だ。水を跳ねる音。フリーは首をめぐらせ、口をわずかに開けた。心臓がまた早鐘を打ちだした。化学物質のかたまりを慎重にリュックサックに戻した。その瞬間、何者かはそれまでだってこそこそと忍び寄ってきたわけでもないのに、格子が人間の体重を支えきれずにきしみをあげ、水に落ちる音が聞こえた。もう一度。さらにもう一度。

完全な静寂のなかで、フリーは体を傾けるようにして棚から下りて水に入った。片手を船体につけて体を支え、ゆっくりじりじりと船尾へ進んだ。ときどき、めまいがしそうになると立ち止まり、口から音をたてずに大きく息を吸い込んで、吐き気と体が揺れるような感覚を抑え込んだ。穴から六インチのところで足を止めて、外が見えるように船体に背中を押しつけた。トンネルにはだれもいないように見える。月明かりが流れ込んでいる。だが、遠くの壁でロープが揺れていた。フリーは息を止めた。耳をすました。

穴から伸びてきた手がヘッドランプをつかんだ。フリーはとっさに身を引いた。

「フリー？」

フリーはバランスを取り戻した。大きく息を吸い込んだ。

プロディ？　フリーは首もとのヘッドランプをぎこちない手ではずし、彼の手を自分の手でくるんで穴の向こうへ押しやると、一歩前へ出て彼の顔をヘッドランプで照らした。彼は膝まで水につかって立ったまま、目をしばたたいてフリーを見た。フリーは一気に息を吐き出した。

「死んだと思ってた」フリーの目に涙が浮かんだ。額に指を押しあてた。「ほんとうよ、ポール。あいつに殺されたんだと思ってた。あなたは死んだと」

「死んでませんよ。ここにいる」

「なによ、もう」涙が頬を伝った。「くそ、最低ね」

フリーはなんとか涙を抑えた。「ねえ、ポール――みんな来るの？　ほんとうに、いますぐここを出たいの。血を大量に失ったし、これ以上はもう……」フリーは途中で言葉を切った。「それはなに？」

プロディはビニールシートに包まれた大きなものを持っている。

「えっ？　これのこと？」

「そう」彼女は震える手で洟をぬぐった。ヘッドランプを下ろし、そのなにかに目を凝らした。異様な形をしている。「なにを持ってきたの？」

「いや、べつに」

「べつに？」

「ほんとう。たいしたものじゃない。うちのガレージに寄ったんですよ」プロディはビニールシートをはずし、鎖の下のがれの端にそっと置いた。入っていたのはアングル・グラインダーだった。「あなたをそこから出すのに使えるんじゃないかと思って。電池式だし」

フリーはまじまじとアングル・グラインダーを見た。「上がそんな指示を……」目を上げてプロディの顔を見た。汗をかいている。その汗に違和感を覚えた。指のように長い汗の跡がシャツにしみ込んでいる。フリーの腸で、毒を持つ虫たちがまたうごめきはじめた。プロディは電話で警察に知らせたあと、わざわざ自宅へ戻ってアングル・グラインダーを取ってきた。それなのに、救助隊がまだ到着していない？　ヘッドランプで彼の顔を照らした。プロディは動じることなく彼女を見つめ返した。わずかに開けた口から歯が見えている。

「ほかのみんなはどこ？」つぶやくようなフリーの声は遠くに聞こえた。

「ほかのみんな？　ああ――いま向かってますよ」

「上はあなたをひとりで戻したの？」

「悪いですか？」

フリーは鼻を鳴らした。「ポール？」

「なんです？」

「どの立坑を下りればいいのか、どうしてわかったの？　二十三本もあるのに」

「えっ？」彼は片脚を前に出し、アングル・グラインダーを太ももに載せた。切断用のディスクをはめはじめた。「西端から順にあたって、ようやくあなたを見つけたんです」

「いいえ。それはちがうと思うわ」

「はあ？」彼は顔を少し上げた。「なんと言いました？」

「それはちがう。西端からだと十九本あるのよ。あなたのズボンはきれいだった。ここへ下りてきたとき、ズボンは汚れてなかった」

プロディはアングル・グラインダーを下ろし、嘲笑を浮かべて彼女を見た。ふたりがにらみ合ったまま、長い静寂が続いた。やがて、なんの会話も交わされなかったかのように、プロディは無言で切断ディスクをはめる作業に戻った。ディスクをねじで留め、数秒後、しっかり固定されていることに満足して立ち上がった。また彼女にほほ笑みかけた。

「なに？」フリーは小さな声でたずねた。「なんなの？」

プロディは背を向けて歩きだした。首を不気味なぐらい振り向けてフリーと目を合わせたまま体を前へ進めた。フリーが状況を把握できないうちに、彼はバージ船の側面をまわってフリーの視界から消えた。たちまちトンネル内は静寂に包まれた。

フリーはヘッドランプを消して暗闇に身を投じた。鼓動が速まり、どうしたものかと必死で考えながら、よろよろと二歩ばかり後退した。くそ、くそ、くそ。プロディが？　絡まったロープのように頭が混乱していた。脚は砂でできた柱のようで、腰を下ろしてあえぎたくなった。プロディ？　ほんとうに――プロディが？

　左に十フィートほど離れたところからモーター音が聞こえた。頭のなかをかぎ爪で引っかかれるようなうなり。アングル・グラインダーだ。横によろめき、つかまるものを求めて振りまわした手がぶつかってリュックサックが大きく揺れた。切断ディスクが金属に嚙みつき、甲高い音をたてた。穴を通して見えるトンネル内は、滝のように落ちる火花でガイ・フォークス・ナイトさながらだった。

「やめて！」フリーは叫んでいた。「やめて！」

　彼は返事をしなかった。一片の月明かりとともに、船体に侵入してきたディスクの半分が見えた。フリーと隔壁ハッチの中間あたりにある。ゆっくり動いて鉄製の船体を嚙み切っていく。十インチほど切り進んだ。そこで、なにか硬いものにあたった。アングル・グラインダーが飛び上がって激しく跳ねまわり、火花を空中にまき散らした。火花の一部が船体に跳ね返って、闇のなかで水に飛び込む音がした。落ち着きを取り戻したディスクがふたたび金属に嚙みついたが、どこか様子がおかしかった。モーター音が断続的になった。鉄を削る音が大きくなった。甲高いうなりをあげ、減速して静かになった。

　船の外で、プロディが低い声で悪態をついた。ディスクを引き抜き、つかのまアングル・グラインダーをいじっていた。フリーはほとんど息もせずに耳をすましていた。プロディがまたアングル・グラインダーを作動させた。また音が断続的になった。咳き込むような音をたてた。甲高いうなりをあげ、激しく揺れて止まった。動かなくなった機械から、魚が焦げたような鼻をつくにおいが船体内へ流れ込んだ。

　無関係な言葉がどこからともなくフリーの頭に浮かんだ。〝以前、幼い少女がフロントガラスの外へ投げ出されるのを目撃しました。最後の二十フィート、その子の浮かべていた表情を〟。フリーの飲酒検知検査をした夜にプロディが口にした言葉だ。いま思えば、彼の言いかたはどこか薄気味悪かった。快感の気配があった。プロディ？　プロディが？　あのプロディが？　重大犯罪捜査隊の刑事が？　用具を肩にかけてジムから出てくるのをよく見かけた、あの男が？　パブでのあの一瞬を思い出した――彼に向けた目、ふたりのあいだになにかが起こりそうだと考えたことを。

船の外が急に静かになった。フリーは頭を上げた。涙の浮かんだ目で穴からのぞいた。なにも見えない。そのとき、二十ヤードほど離れたところで水音がした。フリーは体を緊張させ、アングル・グラインダーのうなりに備えた。ところが、彼の足音は遠ざかって消えた――どうやら、洞窟の端、遠いほうの落石へのそばへ行ったようだ。

フリーはぎこちない手で口もとをぬぐい、甘酸っぱい唾を飲み込むと、動きが速くなりすぎないように意識して首をめぐらせ、棚に膝をついて慎重に上がった。右舷側の穴の縁をつかんで体を支え、外をのぞいた。

バージ船のこちら側からだと、落石まで続いているトンネルのこの区画が見える。運河の水が鈍い光を放っていた――月が動き、いまは立坑からまっすぐに光が射し込んでいるのだ。四方の壁が傾いて迫ってきて吐き気を引き起こし、頭がぐらついたものの、プロディの姿ははっきり見えた。二十フィートほど離れたところにいる。ほぼ闇に包まれている。意識を集中しなさい、と消耗した頭が告げた。しっかり見るのよ――彼はなにか重要なことをしている。

彼はわざわざ洞窟の端、トンネルの端へ行ったのだ。そこでは、長年のあいだに水位が下がって、一ヤードほどの幅で地面があらわになっていた――運河の全長にわたって続き、火曜日にウェラードと歩いてきた通路だ。プロディはフリーに対して横を向いた格好だった。シャツは運河の黒い水で汚れ、薄暗くて顔はよく見えないものの、手に持ったなにかを見つめていた。

マーサの靴だ。それを、着ているフリースのポケットに入れ、落とさないようにふたを閉めた。そのあと、不格好にしゃがんで地面を調べだした。フリーは穴の縁をつかむ手にさらに力を加えて顔を押しつけ、口で息をしながら目を凝らした。

彼は落ち葉と泥を大きな手ですくっては、犬がやるように体のうしろに山を築いていた。穴を掘っているのだ。何分か経ち、すくう手を止めた。しゃがんだまま穴に近づき、慎重に土をかきはじめた。そのあたりの土は柔らかい——落石と同じく主にフラー土で、石がひとつふたつ混じっていた——が、彼が表面をきれいにしているのは岩ではないと思った。岩にしては動きが一定すぎる。もっとはっきりした形のもの。しいて言うなら波形鉄板だ。脱力感が波のように全身を駆け抜けた。息が詰まり、頭のなかがぴりぴりした。ピットだ。この前は気づかなかった——気づくはずがない——彼が土をかぶせてうまく隠していたのだから。

だが、ピットの正体は本能的にわかった。墓穴だ。どういうわけかプロディは運河の地面を掘って墓穴を設けていた。マーサはあそこに埋められているのにちがいない。

彼はしばししゃがんだまま穴を見つめていた。そのうち、満足したらしく、土をすくって穴を埋め戻しはじめた。フリーは放心状態から醒めた。リュックサックの下をくぐって、さっきアクロー支柱を落とした場所へ戻った。黒い水のなかへ両腕を伸ばし、やみくもに手探りした。アクロー支柱を船尾側の区画へ引っぱっていけばいい。どこかに立てて、ハッチを閉めてしっかり押しあてる。それで少しは時間稼ぎができるはずだ。だが、充分とはいえない。フリーは上体を起こし、目を左右に走らせた。ロープ・ロッカーが目に留まった。

〝くせ者だよ、フリー……〟

フリーは、そろりとリュックサックに手を突っ込み、固く危険な化学物質のかたまりを押しのけて別のものを探した。鑿《のみ》、クライミング用のカム、父が絶大な信頼を置いていたからフリーもどこへでも持っていく緑色のパラシュート用ロープ。〝パラ用ロープがあれば脱することのできる問題を決して舐めちゃいけないよ、フリー〟。指先が小さなプラスティックに触れた――ライターだ。これも父に教わった必携品だ。いつもはふたつ持っている――いや、今日は三つだ。底にもうひとつあった。フリーは歯を食いしばって、またしてもロープ・ロッカーを見上げた。

バージ船の外から水を跳ね飛ばす音がした。予期した以上に船に近い位置から聞こえた。もう一度。音はさらに近くなった。彼がこっちへ駆けてくるのだと気づいたときには衝撃を感じていた――彼が体当たりをくらわせると、恐怖を覚えるほど船体が持ち上がって揺れた。彼が水中へ跳ね返されて、しぶきの上がる音がした。フリーは身を縮めてリュックサックから離れた。穴の前を行き交う光と闇が見えた。すぐに、またしても静寂が訪れた。

フリーは恐怖にあえぎはじめた。抑えられなかった。隔壁を見やった――何マイルも離れているように見えた。長く狭いトンネルの向こう側を見た。壁が左右に揺れている。なにもかもが現実とは思えない。夢のなかのできごとのようだ。

またしても水を跳ね飛ばす音が連続して聞こえた。今度は背後からだ。フリーはびくっと身を縮めた。体がこわばっている。プロディは、彼女が立っている場所のすぐうしろを正確にとらえて体当たりした。船体が受けた彼の体重を感じるほどだった。衝撃波のように、筋肉と臓器に衝撃が伝わるのを感じた。彼はまるで、このバージ船を揺すって水のなかから出したがっているようだ。

「おい！」彼が船体をたたいた。繰り返し強くたたいた。「目を覚ませ。起きろ！」

フリーは手探りでぼんやりと棚をつかんでそこに座ると、両手で頭を抱えて、脳内の血が引くのを止めようとした。胸が激しく上下し、戦慄が何度も腕を駆け抜けた。

神さま、お願い。これが死なの。わたしは死ぬのね。これで人生が終わるんだわ。

65

砂利を敷きつめた私道にドレッシングガウン姿で立っている女性は、人生の大半をスカイ・ブルーという名前で過ごしてきた。もっとも、ヒッピーだったブルー夫妻がひとり娘に〝スカイ〟という名前をつけるのは当然だ。だれだってそう思うし、実のところスカイは、ブラウンという姓ではなくて幸運だと思っていた。昨年、ナイジェル・スティーヴンスンというほどほどの名前の善良で思いやりのある男性が現われて妻に迎えてくれてようやく、署名をするたびに弁解がましく反ヒッピーのちょっとしたジョークを口にする必要がなくなった。

夫を乗せたタクシーのライトが道路の先へ消えると、

名前以外にもナイジェルに感謝することは山ほどある、とスカイ・スティーヴンスンは思った。ほんとうにたくさん。心の平安、楽しみ、最高のセックス、両腕を伸ばせばいつでも与えてくれる力強い抱擁。それに美しい家も、と考えながらスカイはドレッシングガウンの前をかき合わせ、静かな庭の小径を通って開けたままの玄関ドアへ向かった——出窓のあるビクトリア様式の一戸建て、ボタンの花がいっぱいの前庭、家庭を持ったという実感。窓はガラスを入れ換える必要があるし、次の冬が来る前におそらく新しい暖房システムを入れる必要があるだろうが、スカイにとってここは思い描いていた家庭そのものだった。ナイジェルの走り去った道路に笑みを送ると、なかへ入ってドアを閉め、チェーンをかけた。ナイジェルは二日間の出張で留守にするし、このドアは通りから見えないので、ときどき漠然と不安を覚えるからだ。

つま先ですきま風よけを所定の位置へ動かして冷気が入ってくるのを止めると、一階の各部屋を巧みに通り抜けた。

縫合痕も癒えて、また健康な人間らしく動けるようになっていた。十日前に生理用ナプキンの使用をやめたので、ほんとうに以前の自分に戻っていた。それでも、習慣から階段はゆっくりとのぼるし、いまだにいくぶん満腹感を覚え、体がかさばる感触が残っている。乳房は絶えず痛い。ほんの少しでもなにかに触れるだけで、ところかまわず母乳が漏れ出す。チャーリーが欲しがる以上に授乳したがっていると感じることがあった。

長く寒い廊下をゆっくり進んで子ども部屋へ行き、ドアロに立って、あお向けで両腕を肩の上方へやり、顔を横に向けてぐっすり眠っているチャーリーをしばらく見つめた。チャーリー——ナイジェルに感謝しなければならない、最大でもっとも大切な贈り物。ベビーベッドへ行って笑顔で息子を見下ろした。好きにしていいなら、チャーリーを自分のベッドでいっしょに寝かせたい。そうすれば、この子が目を覚ましたときにすぐにあやしてやれる。この子の頭を抱えて、眠そうな口に乳首を含ませてやれる。だが、保健師や親戚や育児書がうるさいのであきらめた。自分がヒッピーの子であることを自覚して、いまのうちに境界線を引いておかなければチャーリーは自分のベッドと両親のベッドの区別がつかなくなると戒めた。それが一生ついてまわり、この子は回復の見込みのない分離不安障害に悩まされることになる。

「でも、ほんの何分かだけならいいわよね、坊や？あとでここへ戻る約束よ」

彼女は、もう縫合後のひきつれを感じないことに感謝しながらチャーリーをベビーベッドから抱き上げた。チャーリーを肩口に載せてブランケットで包んでやった。それから、片手を小さな温かい頭に、もう片方の手を尻にあてると、慎重に――つまずいてこの子を落としてしまうんじゃないかと、ときどき怖くなるからだ――歩いて、隣の部屋、家の表側にある夫婦のベッドルームへ行った。なかへ入るとドアを蹴って閉め、ベッドに腰を下ろした。電気はついていないがカーテンが開いているため、室内には私道の先にある街灯の黄色い光が満ちていた。

チャーリーを起こさないように気をつけながら、スカイは顔を下ろしてチャーリーのズボンのにおいを嗅いだ。なんのにおいもしない。スリープスーツの脚部のスナップボタンをはずし、指を這わせておむつを確かめた。湿っている。

「おむつを換えましょうね」

スカイは両手を使わずになんとか立ち上がった。チャーリーを抱いて窓ぎわのおむつ交換台へ行った。緑色とオレンジ色の立派なおむつ交換台には、赤ん坊を安全に固定するためのストラップが一本と、いろんなもの――おむつ、使用済みのおむつを入れる袋、お尻拭き、クリームなど——を入れておくための引き出しがたくさんついている。スカイの職場の同僚が買ってくれたものだ。このプレゼントには、男性が大半を占めるソリシタ連中にしてはめずらしく、赤ん坊に対するやさしさが表われている。彼らは同情心から贈ってくれただけだと、スカイは確信していた。チャーリーの誕生は離婚弁護士としての充実した彼女のキャリアの終わりを意味すると、おそらく彼らは考えたのだろう。

そのとおりかもしれない、と思いながらカバーオールのスナップボタンをはずした——最近は職場復帰を考えただけで泣きそうになるからだ。怖いのは長時間勤務だけではない。陰口でもない。スカイがおそれているのは、人間の残酷さの前線に立つと考えることだ。まるで、チャーリーの誕生で保護膜をまとったかのように。もはや、剝き出しにされたなまなましい人間の本性に立ち向かうことができるとは思えなかった。離婚の話し合いを進めるなかで何度か耳にした児童虐待の訴えだけではない。辛辣な言葉、非難の応酬、わが身を守るための残忍な戦い。仕事に対する信念はわずか数週間で消え失せていた。

「あら、おめざなの」彼女はチャーリーを見下ろしてほほ笑んだ。チャーリーはぼんやりと目を覚まし、握った手を軽く上下に動かして、口を開けて泣きだしそうになった。「おむつを換えましょうね。終わったら抱っこしてあげる。そうしたら、ベビーベッドに戻るのよ」だが、チャーリーが泣かなかったので、スカイはなんとか夢うつつのチャーリーのおむつを換えた。着がえさせてベッドのブランケットに寝かせた。枕を整えてヘッドボードに立てかけた。「ねえ、チャーリー、ママのベッドに慣れてはだめよ。そんなことになったらママはナチスに追われちゃう」

彼女は室内履きを蹴って脱ぎ、ドレッシングガウンも脱ぐと、四つん這いでチャーリーの横へ行った。目を覚ましておっぱいを欲しがるかもしれないと思ったが、そうはならなかった。チャーリーはすぐに腕を振るのも唇を動かすのもやめて目を閉じた。顔の筋肉がゆるんだ。スカイは横向きに寝て頬づえをつき、チャーリーが寝入るのを見守った。チャーリー。幼いチャーリーは彼女のすべてだ。

ベッドルームは平穏だった。窓から差す街灯の光が室内のいたるところに反射している――ベッドサイド・テーブルに置かれた水の入ったコップ、鏡、上方の棚に並べたマニキュア。それらの表面がそれぞれ鈍い光を反射していた。だが、この部屋には、仮に気づいたとしてもスカイにはその正体がわかるはずのない光がもうひとつあった。彼女の頭上、しっくい天井の装飾的なバラのひだのあいだに、小さなガラスの円盤があった。休みも瞬きもせずに監視を続けるカメラのレンズだ。

66

バン。バージ船が震えた。錆びた金属の悲鳴がトンネル内に響いた。バン。

プロディはもう水中にいなかった。バージ船の甲板に這い上がって、巻き上げ機を揺すってハッチからどけようとしていた。彼の三フィート下でフリーはハッチを見上げていた。彼が動くたびに、闇を十字に貫いて射し込む月明かりが隠れた。フリーは目を閉じた。胃が締めつけられるような感じがあった――マーサの靴のことを考えると、胃がきりきりと痛んだ。マーサの墓、アングル・グラインダー、モーターが急に止まったことを考えると。なぜ止まったんだろう？　前に肉と骨を切断するのに使ったから？　それに、あのサンドイッチに入っていたのはなんだろう？　プロディに関してあやしくないことはひとつもなかった。ひとつも。

フリーは目を開け、頭を振り向けて隔壁ハッチを見たあと、ロープ・ロッカーを見上げた。ただ手をこまねいて待っている場合じゃない。なにかしなければ——。

上方で、プロディが巻き上げ機を揺するのをやめた。静寂が訪れた。フリーは息を詰めてハッチの輪郭をはっきりと見つめた。しばらくすると、彼が甲板にひっくり返り、月光による輪郭をふさいだ。彼はフリーの真上に寝そべっている。甲板をはさんでわずか数インチの距離のところで。彼の息づかいが聞こえる。ナイロン製のジャケットのすれる音が聞こえる。彼の鼓動が聞こえないのが不思議だった。

「おい！　頭が見えてるぞ」

フリーはびくりとした。できるだけぴたりと船体に体を押しつけた。

「見えてるぞ。どうした？　急に静かになって」

フリーは額を押さえ、こめかみの脈を感じて顔をゆがめながら、この異常な状況を整理しようとした。彼女が返事をしないのでプロディはハッチのすき間に唇を寄せた。彼の息づかいが痙性呼吸に変わった。マスターベーションをしている——あるいは、そのふりをしている。胃の締めつけ感が増した——成人男性が幼い少女を相手にセックスをしたがる理由はもちろん、そもそもセックスのなんたるかも知らないだろう少女のことを考えた。五十ヤードも離れていない墓に横たわる少女、いや、少女の残骸のことを。頭上ではプロディが洟《はな》をすすり、頬の内側を嚙んでいるような音をたてた。なにかが——水滴だ——すき間から漏れて甲板の裏面に垂れた。涙なのか唾液なのか、フリーには定かではなかった。月明かりのなかで震えたかと思うと、ちぎれてバージ船のなかに落ち、かすかな水音をたてた。

フリーは手を下ろして冷然とハッチをにらみつけた。垂れ落ちたのは液体だが、精液ではなかった。それなのに、精液だと思わせる意図があった。彼はフリーに精神的苦痛を与えようとしている。でも、なぜわざわざそんなことを？　どうして、さっさとけりをつけて終わりにしないんだろう？　フリーは、彼がアングル・グラインダーでつけた傷を通して月明かりが射し込んでいる箇所に目をやった。理由がわかった気がした。彼がそんなことをするのは、わたしを殺すことができないとわかっているからだ。

体じゅうにふたたびエネルギーが満ちた。体を押し出すようにして壁から離れた。

「今度はなにをしてるんだ、くそ女？」

フリーは口からゆっくりと呼吸をしながら、足音を殺してリュックサックに近づいた。

「くそ女」

彼はまた甲板をたたきはじめた——バン、バン、バン——が、フリーはひるまなかった。思ったとおりだ。彼はわたしを殺すことができない。ほんとうにできない。フリーはリュックサックから必要なものを取り出しはじめた。炭化カルシウム、パラシュート用ロープ、三つのライター。それをすべて、ロープ・ロッカーの真下の棚に置いた。大事なのは、ロープ・ロッカーから甲板までの穴をふさぐことだ。それは血まみれのTシャツで用をなす——ただし、彼が甲板から離れるのを待たなければならない。いずれそのときが来るはずだ。フリーはそう確信した。彼がいつまでも甲板にいることはないだろう。彼に渡されたペットボトルを見つけ、空《から》になったボトルのキャップを開けると、水に沈めて軽く押しながら、いっぱいになるまで水を入れた。頭上に手を伸ばしてロープ・ロッカーに水を注いでは、またボトルに水を満たすという作業を繰り返した。

「なにをしてるんだ、くそ女?」彼はハッチの上で体の位置を変えた。頭上で、おそろしい巨大グモのように動きまわって、彼女がなにをたくらんでいるのか調べようとしているのがわかる。「教えろ。さもないと、そこへ行って探り出すぞ」

フリーは唾を飲み込んだ。ロープ・ロッカーに一リットルほど水を入れると、ペットボトルを振って、乾かすためにリュックサックのひもに逆さにはさんだ。月明かりのなかで、鑿《のみ》と、アクロー支柱に使った長さ六インチの釘を見つけた。時間をかけて、釘をまっすぐにあて、鑿を適度の力で打ちつけてライターのプラスティック・ケースを三つとも割った。プロディはすべてを聞いていた。頭のすぐ上に彼の息づかいを感じる。身をかがめてライターの中身を慎重にペットボトルに空ける動きを追ってくる彼の冷ややかな目を感じるほどだった。

背筋を伸ばし、ペットボトルを振って、音をたてて揺れる中身を見た。ライターはどれも液化ガスがいっぱい入っていたが、ペットボトルの中身はそう多くない——百ミリリットル足らずだ。パラ用ロープの一部を湿してロウソクの芯代わりにするには充分だし、ロープは船尾側の区画まで届くはずだ。残りは、アセチレンガスの爆発威力を高めるべくロープ・ロッカーに捧げなければならない。

「いったいなにをしてるのか説明しろ。さもないと、そこへ行くぞ」

フリーは唾を飲み込んだ。親指と人差し指を喉にあてて軽く押した。声が震えるのを止めようと努めながら言った。「なら、そうしなさいよ。ここへ来て、自分の目で見なさい」

一瞬の間があった。そんな言葉が返ってきたのが信じられないというように。すぐに彼は、どなったり悪態をついたり蹴りつけたりしながら、ありとあらゆる方法でハッチを開けようとした。フリーはハッチを見上げた。彼はここへ入ってこられない、と自分に言い聞かせた。入ってこられない。目をハッチに固定したままリュックサックのなかを探って、ロープ・ロッカーの水から守るためにライターの液化ガスを入れるものを見つけようとした。プロディは彼女にどなりちらすのをやめた。荒い呼吸をしながら甲板の端へ移動して、運河へ下りた。バージ船の周囲を歩いて入口を見つけようとしているのがわかる。入口など見つかりっこない。またアングル・グラインダーを作動させるか、立坑をのぼって別の動力工具を見つけてこないかぎり、ここへ入ってこられるはずがない。彼が始めたゲームでフリーが勝ちを収めつつあった。

懐中電灯用の電池を入れたプラスティック・トレイを見つけた。それを棚へ持っていき、ペットボトルの液化ガスを空けた瞬間、長い波のような吐き気と脱力感に襲われた。

すぐにペットボトルを棚に置いて座り込み、肩で息をしながら気持ちを鎮めた。口を開けて空気を吸い込んだが、体には回復力がほとんど残っていなかった。ライターのガスのにおい、腐敗と恐怖のにおいに参っていた。かろうじて棚に倒れ込んだ直後、深く冷酷な引力が胸と首を駆け上がって、まずは両足を下へと引っぱり、ついにはすべてが、すべての思考が、すべての衝動が、たんに脳の深部で電気的活動を行なう小さなひとつの赤い点にすぎなくなった。

67

午前四時三十分、チャーリー・スティーヴンスンはまばたきをして、口を開けて大きな泣き声をあげだした。表側の部屋でスカイが目を覚ました。彼女は目をこすり、寝ぼけてナイジェルに手を伸ばしたが、そこにあるのは温かい彼の体ではなく、だれもいない冷たいシーツだった。スカイはうなってあお向けになり、頭を持ち上げて天井に映る数字を見た――4：32。両手で顔を覆った。四時半。チャーリーの好きな時間帯だ。

「勘弁してよ、チャーリー」スカイはドレッシングガウンを引っかけ、眠たげに室内履きに足を突っ込んだ。「勘弁して」

足を引きずるようにして子ども部屋に入った。まるで、くまのプーさんの常夜灯が発する柔らかな光へ向かって進むゾンビのようだ。子ども部屋は暗い。それに寒い――寒すぎる。サッシの窓が開いていた。夢うつつで窓へ行って閉めた。開けたままにした記憶はない――だが、ここ数日、頭はまともに働いていなかった。スカイはひと息ついて、家の横手に延びる、月明かりに照らされた路地を見下ろした。そこに並んだ大型ごみ容器を。二カ月ほど前、この家に押し込みが入った。何者かがリビングルームのフランス窓から侵入したのだ。なにも盗まれなかったが、ある意味それは、すべてが奪われた場合以上にスカイを震え上がらせた。あのあとナイジェルが一階の窓に錠を取りつけさせた。閉め忘れてはいけなかった。

ベビーベッドではチャーリーが顔をゆがめて泣いている。しゃくりあげると小さな胸が上下した。

「困ったおちびちゃんね」スカイは頬をゆるめた。

「ママを起こすんだから」ベビーベッドに手を伸ばしてチャーリーをブランケットで包み、両腕もくるんでやってから抱き上げて、あなたのせいでママは死んじゃうわ、十八歳になってガールフレンドとデートをするようになったら思い出させてやるからね、とぶつぶつ言いながらマスターベッドルームへ運んだ。外は風が強い。表の木々がたわんで揺れるたびに天井に奇妙な形を映し出した。窓から入ってくるすきま風がカーテンをそよがせた。カーテンが膨らんで持ち上がった。

おむつが濡れていないのでチャーリーを枕の上に寝かせ、朦朧とした状態でベッドに上がって息子の横へ行った。授乳用ブラジャーのホックをはずしかけた手を止めた。はっと身を起こし、目を大きく見開いた。完全に目が覚めて心臓が激しく鳴った。チャーリーの部屋の外の路地で、なにかが音をたてた。

スカイは唇に指をあてた。「じっとしててね、チャーリー」そっとベッドを出て裸足で子ども部屋へ戻った。窓が揺れている。窓辺へ行き、ガラスに額を押しつけて路地を見下ろした。ごみ容器のふたがひとつ、地面に落ちていた。風で吹き飛ばされたようだ。

スカイはカーテンを閉めてベッドルームへ戻り、ベッドに上がった。ナイジェルが家を空けているときの問題はこれだ。あらぬ想像が頭のなかを駆けめぐることだ。

「ばかなママね」チャーリーを抱き寄せてブラを下ろし、乳首を出してチャーリーの口に含ませた。あお向けになって、うっとりと目を閉じた。「ばかなママのつまらない思いすごし」

68

午前三時のオフィスの床に放った椅子のクッション四つの上で、夜明けが訪れるころ、キャフェリーは服のまま身を丸めるようにして眠りに落ちた。なんの脈絡もなくドラゴンとライオンの夢を見た。ライオンどもは本物そっくりだった。実った穀物のような黄色い歯は血と唾液にまみれていた。熱い息のにおいを感じ、もつれたたてがみが見える気がした。対してドラゴンどもは二次元的で、鎧《よろい》でもまとっているようなブリキのおもちゃだった。流れるバナー広告を携えて、甲高い声で鳴き、戦場で安っぽい音をたてていた。うしろ脚で立ち、長い金属の首をめぐらせた。巨大だった。ライオンどもを蟻のように押しつぶした。

ときおり夢から覚めかけた。少しばかり意識の表面へ浮き上がって、身を苛むような気がかりの残骸が居すわる場所に近づいた。眠る前に解決できなかった小さな悩みの数々に。ゆうべ車で走り去る前にプロディが浮かべた仏頂面と、それに対するいらだち。フリーが三日間の休暇でクライミングに出かけたことと、それに対する違和感。さらに、テッド・ムーンがいまなお野放しだという情けなくも公然たる事実。事件発生から六日になるのに、マーサとエミリーの行方がいまだわからないままだという現実。

はっきり目が覚めると、寒さと体のこわばりを感じながら目を閉じて横たわっていた。数フィート離れた、マートルが寝ているラジエーターの下から、心地よい老犬のにおいがしている。外の通りを行き交う車の音、廊下で話している人声、携帯電話の呼び出し音が聞こえる。ということは、朝だ。

「警部？」

キャフェリーは目を開けた。オフィスの床はほこりだらけだった。デスクの下にクリップや丸めた紙くずが寄りかたまっている。そして、開いたドアロには、女性の美しい足首と、その下にぴかぴかに磨かれたハイヒール。隣に男物の靴とズボン。キャフェリーは目を上げた。ターナーとロラパルーザだ。ふたりとも山のような書類を持っている。「くそ。いま何時だ？」

「七時半です」

「くそ」キャフェリーは目をこすり、片肘をついて上体を起こして目をしばたたいた。窓の下の間に合わせの寝床でマートルがあくびをして起き上がり、体を振った。オフィス内はまるで電撃攻撃でも受けたように、キャフェリーが徹夜した証拠でいっぱいだった。ホワイトボードは、彼が調べていた写真とメモで埋めつくされていた――シャロン・メイシーの検死解剖の写真から、コステロ一家のセーフハウスのキッチンや割られた窓、ココアを飲んだあと洗って水切り台に置かれたマグカップの写真にいたるまで、すべて。デスクにもいろんなものが所狭しと並んでいた――山積みの書類、犯罪現場の写真を収めたさまざまな色のプラスティック封筒、急いで書き留めたメモの山、いくつあるかわからない飲みかけのコーヒーのカップ。なにも生み出さない混沌。手がかりなし。ムーンが次に現われる場所を知るすべはなにひとつなかった。

キャフェリーは痛む首をさすりながら、目を細めてロラパルーザを見上げた。「なにか答えが得られたのか？」

彼女は渋面を浮かべた。「さらに疑問が生じました。それでいいですか？」

「いいだろう」キャフェリーはため息をつき、ふたりに手招きした。「入れ」

ふたりはオフィスに入った。ロラパルーザは腕組みをして、両足をきちんとくっつけてデスクに寄りかかった。ターナーは椅子を逆向きにしてロデオ・スタイルでまたがり、両肘を椅子の背に載せて上司を見下ろした。

「まずは大事な話からしましょう」見るからにターナーも寝不足らしい。ネクタイはねじれているし、髪を見るかぎり、このところシャワーすら浴びていないようだ。それでも、ピアスはしていなかった。「ロンドン警視庁の死体捜索犬が、自動車修理工場の地下のムーンの巣穴を夜どおし捜索しました」

「で、見つけたのか？　ああ、いや」キャフェリーは打ち消すように手を振った。「答えなくていい。顔を見ればわかる。なにも出なかったんだな。で、次は？」

「ムーンの司法精神鑑定書が届きました。今朝メールチェックをすると入っていました」

「やつが話したのか？　収監されてから？」

「どうやら、だれも止められなかったようですよ。一秒以上じっと立ってるやつはみんな話を聞かされた。十年に及ぶ苦悶の一日一日について話してます」

それは重要だ。キャフェリーは室内の光景がぼやけるのを止めようと、脚を引き寄せてちゃんと座り直した。「で？　やつは供述してるんだな？」

「とはいえ、父親の言ったとおりです。テッドは、放火のせい、ソニアが死んだせいでシャロンを殺した。弁解も自己正当化もなし。白黒はっきりしている。どの精神科医の報告書も内容は同じです」

「くそ。メイシー夫妻のほうは？　見つけたのか？」

ターナーはロラパルーザに向かって顎を引いた。彼の渋面は、今度はあんたが審判を受ける番だ、と告げていた。

ロラパルーザは咳払いをした。「はい。うちのひとりが、午前二時にようやくメイシー夫妻を見つけ出しました——パブから帰宅するところを。さっき彼らとも朝食をとってきたところです」彼女は片眉を上げた。

「とんでもない夫婦です。品位に欠けてて。ほら、車はレンガの一部だと考え、冷蔵庫を置くのにふさわしいのは前庭だと信じてるような連中ですよ。戸外であれこれ楽しんでるにちがいないとしか考えられません。でも、話は聴かせてくれました」

「で？」

「なにも起きてません。シャロンの失踪後、ムーンからなんの音沙汰もなかったそうです。まったくなにも」

「メモも？　手紙も？」

「なにも。テッドの逮捕後も。ご存知のとおり、テッドは公判でなにも語らなかったし、メイシー夫妻も彼から手紙が来るなど期待していなかった。夫妻のどちらも、テッドの名前を口にしようともしないんです。家を捜索させてくれましたよ、警部のご友人のハイテク犯罪捜査課員に。Qでしたっけ？　それが名前だと本人は言ってましたけど、わたしに言わせれば、あの人のユーモア・センスはゆがんでますよ。彼は、持ち込んだありとあらゆる装置を使いましたが、なにも発見できませんでした。監視カメラはありませんでした。夫妻はもう何年もあの家に住んでいて、何度か手を加えてるけど不審なものを見つけたことは一度もないそうです」

「ピーター・ムーンとメイシーの女房については？　なんらかの関係がありそうか？」

「関係なんてありません。それについても、彼女の言葉を信じます」

「くそっ」キャフェリーは髪をかき上げた。ことテッド・ムーンに関しては、どの方向へ進んでも、その先に巨大なレンガ壁が立ちふさがっているように思えるのはなぜだろう？　ムーンとその行動さえもが、どこかちぐはぐだ。接点が見えてきて、それが蜂蜜のようになめらかで自然に感じられるような、収まりのいい事件とはまるでちがう。「その他の被害者夫妻はどうだ？　ブラッドリー夫妻、ブラント夫妻は？」

「いいえ。家族連絡担当官からじかに聞きました。ご存知のとおり、彼らはたいてい真実を見抜きますからね。統計上の変則かもしれませんが、あの人たちは英国内で浮気をしていない数少ない夫妻かもしれませんよ」

「ダミエンは？　彼はいま妻と暮らしていない」

「でも、婚姻関係を終わらせたのは彼ではありません。ローナです。まあ、婚姻関係と言えるならの話です。彼は結婚したと言ってますが、婚姻の記録が見つからないんです。国際捜査を依頼しますか？」

キャフェリーは立ち上がってホワイトボードへ行った。ムーンが押し入ったコステロ一家のセーフハウスの写真をじっくり見た――キッチン、エミリーとジャニスが寝ていたダブルベッド。そろそろ捜査に進展があってしかるべきだ。新たな視点があってもおかしくない。ダークブルーのボクスホールの同型写真、科学捜査班の〝手術室〟で撮られたコステロ夫妻の車の写真を見つめた。被害者たちの顔写真と――コーリー・コステロは大まじめな顔でカメラを見つめている――写真同士や、いちばん上のテッド・ムーンの顔写真とのあいだに引いた線をじっくり眺めた。顔を上げて、またしてもムーンの目をのぞき込んだ。感じるものはなにもない。ほんのかすかにさえも。

なにも言わずに椅子を手に取り、窓辺に置いた。オフィスに背を向け、陰鬱な通りに向いて腰を下ろした。空は一面、鉛色だ。行き交う車は水を跳ねる音をたてながら水たまりを通過している。キャフェリーは年老いた気がした。昔の自分がこの手の事件の捜査にあたれば、次はどんな手を打つだろう？　またしても路上強盗だかレイプ魔だか児童誘拐犯だかが、彼の背後から皮を剝ぎ、骨まで痛めつけた場合に？

「警部？」ロラパルーザが言いかけたが、ターナーがしーっと言って制した。

キャフェリーはふたりに振り向かなかった。しーっの意味はわかる。ターナーはロラパルーザに邪魔をさせたくなかったのだ。キャフェリーが窓辺に腰を下ろすのは考えている証拠だと、ターナーは承知している。錬金術さながら、手にした情報をすべて取り込み、明晰な頭脳を駆使して有益な結論を導き出そうとしているということを。ターナーは本気で、そのうちキャフェリーが椅子を回転させてふたりに向き直り、サーカスで帽子から色鮮やかな花束を取り出すように仮説を披露してくれるものと信じていた。

キャフェリーは悄然たる思いに沈んでいた——粉々に打ち砕かれるほどの失望の世界へようこそ。気に入ってもらえるとありがたいな。当面はそこを住処とすることになりそうだから。

69

夜が明けてまもなく、ヤットン・ケネル村にある広大な庭は霜《しも》に覆われていた。だがコテージのなかは暖かかった——ニックがリビングルームの暖炉に火を入れてくれたので、ジャニスは暖炉脇の窓辺に置いた椅子に腰かけていた。冬のわびしい陽光を受けた彼女の姿は、くっきりした影絵のようだった。約束の時刻に玄関ドアを開けた姉が客人たちをリビングルームに通したときも、ジャニスは身じろぎひとつしなかった。口に出す者はなかったが、全員が瞬時に彼女が何者かを悟った。座りかたが物語っていたにちがいない。みんながおのずと進み出て自己紹介をし、小声であれこれ言葉をかけた。

「お嬢ちゃんのこと、おつらいでしょうね」

「お電話いただき、ありがとう。ほんとうに、ほかの被害者のかたと話したいと思っていたの」

「警察が家じゅうひっくり返したのよ。犯人がわたしたちを監視してたなんて、信じられないわ」

ジャニスはうなずき、握手をし、笑みを浮かべようとした。だが、心は冷静だった。最初に入ってきたのがブラント夫妻。ニールは長身痩軀で、コーリーと同じスコットランド人らしい色——薄茶色の髪とまつ毛と眉毛。シモーンはブロンドで、褐色味を帯びた肌、茶色の瞳をしていた。ジャニスは彼女の目をのぞき込んだ。わたしと彼女の容姿に、ムーンの心のなかのなにかを誘発するような類似点があるかしら？　彼の標的になるようななにかが？　ローズ・ブラッドリーと夫のジョナサンは、新聞各紙の写真で見た以上に憔悴していた。ローズは細いブロンドの髪で、やつれた薄い皮膚は血管が透けて見えるほどだ。実用的なストレッチパンツ、ソフトシューズ、ピンクの花柄セーターというういでたちで、首にピンクのスカーフを結んでいる。そのスカーフには哀れを誘われた——平静を装おうとするいじらしさに。ローズとジョナサンはジャニスと握手を交わすと、肩を落として申し訳なさそうに腰を下ろした。離れた席に座って、暖炉のそばに置いたポットからジャニスの姉が注いでやった紅茶のカップを握りしめている。続いてダミエン・グレアムが入ってくると、肉体的な類似点を探すという考えは浅はかだったとジャニスは確信した。ダミエンは長身の黒人で、たくましい太ももと肩をして、髪を頭皮のきわまで刈り込んでいる。コーリーともジョナサンともニールともまるで似ていない。

「アリーシャの母親は来られないんだ」田舎の邸宅のこんな優美な部屋にそぐわない彼は、少しばかり気おくれしていた。最後まで空いていた椅子に腰を下ろしていた。繊細で装飾的なウイングチェアのせいで彼はいて——

っそうがっしりして見える――そわそわとズボンの折り目を引っぱっていた。「ローナっていうんだ」脚をもう片方の脚の上で交差させて小さな椅子をきしらせた。

ジャニスはぼんやりと彼を見つめ、とてつもない疲労感に襲われた。このようなとき、むなしさを覚えるとか感覚が麻痺するとか、人は言う。そのどちらかでも感じることができればいいとジャニスは思った。どちらであっても、肋骨の下、もともと胃のある場所に激しく鋭い痛みを感じるよりはましなはずだ。「ええっと。みなさんにきちんと自己紹介させてください。わたしはジャニス・コステロといいます。あの隅にいるのが夫のコーリーです」ジャニスは全員が彼のほうを向いて挨拶代わりに手を上げるのを見届けた。「みなさんはわたしたち夫婦の名前を聞いたことはないでしょうね、警察が伏せたから。わたしたちの娘が……娘が連れ去られたときに」

「また事件が起きたことは新聞も報じていたわ」シモーン・ブラントが言った。「事件があったことはだれだって知ってる。あなたがたの名前を知らないだけよ」

「警察はわたしたちを守るつもりで名前を伏せたんです」

「監視カメラ」ローズがぼそりと口にした。「犯人はあなたがたの家にも監視カメラを？」

ジャニスはうなずいた。両手を膝に置いて見下ろした。皮膚を透かして見える手の甲の血管を。声にいかなる感情も熱意も込めることができなかった。ひと言ひと言を口にするのに努力を要した。ようやく、ふたたび頭を持ち上げた。「警察がみなさんに話を聴いたことは知っています。何度も事情を聴くくせに、警察がわたしたちの共通点を見つけられずにいることも。でも、こうして集まれば、あの男がなぜわたしたちを選んだのかをつきとめられるんじゃないかと思ったんです。あの男が次にだれを狙うかを推測できるんじゃないかって。あの男がまたやると思うから。警察もそう考えています。たとえ口に出してそう言わなくても。次に狙われる人をつきとめることができれば、あの男をつかまえるチャンスになるかもしれない――あの男がなにをしたのかがわかるかもしれない、わたしたちの……」彼女は息を吸い込んで止めた。ローズの目を避けた。そこになにが浮かんでいるかがわかっているので、ちらりとでも見れば、心の底に丸めたバネがはずれてしまう。また声を抑制できるようになると息を吐き出した。「でも、こうしてみなさんと会って、自分がばかだと思いはじめています。心のどこかで、わたしたちがよく似てるんじゃないかと期待していました。容姿が似てるか、もしかすると、好みが同じとか、似たような家に住んでるとか、生活状況が似てるんじゃないかと思っていたんです。でも、ちがった。一見してなにもかもちがっているとわかります。ごめんなさい」ジャニスは疲れ果てていた。疲労困憊だった。

「ほんとうに、ごめんなさい」

「いや」ニール・ブラントが身をのりだして頭を突き出したので、ジャニスはやむなく彼の顔を見た。「謝る必要はないよ。勘が働いたのなら、それに執着すればいい。あなたの思ったとおりなのかもしれない。ほんとうに、われわれにはなにか共通点があるのかもしれない。一見してわからないなにかが」

「いいえ。わたしたちを見てください」

「なにかあるはずだ」彼は言い張った。「なにかが。私たちは犯人にだれかを思い出させるのかもしれない。子どものころに知っていただれかを」

「仕事は？」シモーンが言った。「仕事でなにか関係があるのよ」彼女はジョナサンのほうを向いた。「あなたの仕事は知っています、ジョナサン。どの新聞にも出てたもの。でも、ローズ、あなたの職業は？」

「医療秘書よ。フレンチャイで整骨療法士《オステオパス》のチームで働いてるの」彼女はだれかがなにか言うのを待った。だれも発言しなかった。彼女は悲しげな笑みを浮かべた。「たいして興味ないわよね」

「ダミエンは？」

「おれはBMWで働いてる。セールス部門でのし上がってるところさ。セールスが肝心だって、つねづね考えてる。セールスがうまけりゃ世界を手中にできるって。けど、そのためには狩りが好きでなきゃ。殺しが――」彼はあわてて口をつぐんだ――全員が黙って彼を見つめていた。彼は椅子に身を沈めて両手を上げた。「以上だ」ぼそりと言った。「それがおれだ。車のセールスマン。BMW。クリブス・コーズウェイの店」

「あなたは、ジャニス？　仕事はなにを？」

「出版関係の仕事を。以前は原稿整理編集者でした。いまはフリーで働いています。コーリーは――」

「印刷会社のコンサルタントだ」コーリーはだれの顔も見ずに言った。「マーケティング戦略の助言をしている。環境保護を考慮しているという企業イメージを与える方法を伝授してるんだ」

シモーンが咳払いをした。「金融アナリストよ。ニールはミッドサマー・ノートンにある市民相談局に勤めてるわ。離婚に際しての親権問題が専門よ。でも、そんなこと、みなさんのだれにも心あたりはないわね。そうでしょう？」

「そうね」

「残念ながら、心あたりはないな」

「わたしたちはなにか勘ちがいしてるのかもしれない」

全員が声の主を見た。ローズ・ブラッドリーはいくぶんとまどいながらも、折れない強さをにじませて、椅子のなかで背を丸めた。肩まで引っぱり上げていたカーディガンが頭の中ほどまで持ち上がった――大きすぎる皮をまとっておびえているトカゲのようだ。淡い色の瞳が、思い迷っている様子で、伏せた額の下からのぞいている。

「なんて言ったの？」シモーンがたずねた。

「わたしたちはなにか勘ちがいしてるのかもしれないって言ったの。案外、わたしたちは犯人を知ってるのかもしれない」

　全員が目を見交わした。

「でも、犯人を知らないということで意見が一致したばかりよ」シモーンが言った。「だれもテッド・ムーンの名前を聞いたこともないってことだったでしょう」

「彼じゃないとしたら？」

「なにが？」

「連れ去り犯。こんなことをしてる人間。つまり、わたしたちは警察の見立てが正しいと仮定して話をしてるわけでしょう。犯人はテッド・ムーンだと仮定して。でも、警察がまちがってるとしたら？」

「だけど……」シモーンが言いかけてやめた。部屋にいる全員が話も動きも止めていた。全員がぽかんとした顔をしている。その考えが脳に達するまでに長い間があった。ひとりまたひとり、期待を込めた顔でローズからジャニスへと視線を移した。まさしく教師を見る子どもたちの顔だ。主導権を持つ人間が現われて、自分たちの陥った状況を整理してくれるのを待っている。

70

ベビーシートも、チャーリーが生まれたときに雨あられのように降り注いだプレゼントのひとつだ。今回はナイジェルの両親から贈られたものを使う。全体に黄色の錨《いかり》がいくつも浮き彫り加工されたブルーのベビーシートだ。この寒い朝の八時十五分には、廊下の床に置かれ、手にとって車に固定されるのを待っていた。隣のベビーバッグも準備万端だ――おむつ、おもちゃ、着がえ。

大ぶりのセーターを着たスカイは、窓ガラスの結露をぼんやりと見ながら、キッチンで立ったまま三杯目のコーヒーを飲んでいた。庭の木々には霜が降り、スカイは、がたがたと音をたてるサッシ窓のすき間から吹き込む凍えるような冷気を感じていた。昨夜のことを考えた。開いていた窓。ごみ容器のふた。カップをゆすいで水切り台に置いた。サーモスタットの温度設定を少し上げ、窓に錠がかかっていることを確かめた。廊下に出ると、ドアの近くの掛け釘に赤いコート、その隣にハンドバッグが掛かっている。今朝、出かけるのには理由がある。オフィスを訪ねるのだ。パートナーたちにチャーリーを見せびらかすために。いいじゃない。

そう。完全に筋は通っている。

71

火をたいているにもかかわらずジャニスは凍えそうに寒かった。頭が石のようだ。冷たく固い。彼女がなにかするか言うのを期待して、全員が見つめていた。ジャニスは腕を組み、両手の震えを止めようと脇にはさんだ。気持ちを落ち着けようと努めた。

「案外——えー——もしかしたら、ローズの言うとおりかもしれない」歯が鳴った。歯の震えを止められない。「警察があやまりを犯すのはこれが初めてじゃないと思う。テッド・ムーンは犯人じゃないのかもしれない」ここ数年のあいだにエミリーが出会った成人男性のことを考えた。頭に次々と顔が浮かんだ——学校の教師たち、ママたちになれなれしすぎる肌の荒れたひょろりとしたサッカー・コーチ、玄関先でときどきエミリーに話しかける牛乳配達人。「わたしたちみんなが別のだれかと接点があるのかもしれない。これまで思ってもみなかった人物と」

「でも、だれと？」

「わからない……わからないわ」

彼らは長い沈黙に陥った。外では、ジャニスの姉とニックがフィリッパ・ブラッドリーに庭を案内していた。フィリッパはラブラドール犬たちと遊ばせるためにスパニエルを連れてきていた。ときどきフランス窓から、コートとマフラーに身を包み、行ったり来たりしながらボールを投げている三人の姿が見えた。彼女らは霜の降りた芝生に黒い足跡を残した。ジャニスは三人を見つめた。歩きはじめたばかりのエミリーがこの庭で遊んだこと、ラベンダーの花壇に隠れてはジャニスが出てきて〝まあ、たいへん！ 大事な娘がいなくなったわ！ エミリーはどこ？ モンスターに連れていかれたの？〟と怯えた口調で言うので笑っていたことを思い出した。

テッド・ムーンじゃない？　だとしたら、犯人はだれ？　わたしとコーリーをこの五人と結びつける人物はだれ？

部屋の隅でダミエンが抑えた声で口を開いた。「なあ」両手を開いて、背後の人びとに向き直った。「おれもあの写真の男と一度も会ったことはないんだが、言っておいたほうがいいと思って」彼はジョナサンを指さした。「あんただ。こんなことは言いたくないが、あんたとどこかで会った気がする。この部屋に入ったときからずっと考えてるんだ」

全員がジョナサンを見た。彼は顔をしかめた。「新聞で見たのでは？　今週はどの新聞にも顔が出たから」

「ちがう。ニュースで顔写真は見たけど、見覚えはなかった。あれば警察に話してるさ。けど、さっきここに入ってきて、あんたの顔を見たとたん、思ったんだよ――この男とどこかで会った気がするって」

「どこで？」

「思い出せないんだ。おれの気のせいかもな」

「あんたは教会へ行くかね？」

「子どものときに行ったきりだ。ロンドンのデトフォードにある第七日安息日再臨派教会《セブンスデー・アドベンチスト》。実家を離れて以来、行ってないな。冒瀆するつもりはないけど、教会へ行くなんてまっぴらごめんでね」

「で、あんたのお子さんだが」ジョナサンが言った。「娘さんだ。名前はなんといった？」

「アリーシャ」

「そうだった。警察に訊かれたんだ。昔アリーシャという子を知っていたが、アリーシャ・グレアムという名前ではなかった。アリーシャ・モアフィールドだかモートンだかだ。思い出せないが」

ダミエンは目を丸くしてジョナサンを見た。「モアビー。アリーシャ・モアビー。モアビーってのはあの子の母親の姓なんだ——ローナがその名前で入学させた」

ジョナサンの顔に朱が差した。室内の全員がわずかに身をのりだし、ふたりの男を見つめていた。「モアビー。アリーシャ・モアビー。知ってる子だ」

「どこで？　おれたちはあいつを教会へ連れていったことなんてない」

ジョナサンの口が半開きになっていた。いまにも、おそるべき真実が明かされようとしているかのように。最初からずっと目の前にあった事実を彼がもっと早く思い出してさえいれば世界を救うことができたはずだというように。「学校だ」彼は放心状態で答えた。

「教区牧師に叙任される前、私は校長をしていた」

「思い出した」ダミエンが自分の太ももをたたいた。彼に指先を向けた。「ブラッドリー校長——ああ、そうだ。思い出した。いや、顔を合わせたことはないんだけど——アリーシャの学校のことはいつもローナがやってたし。けど、姿を見かけたことはある。見かけてたんだ——校門やなんかで」

ジャニスは椅子のなかで身をのりだした。鼓動が速くなっている。「学校のだれかよ。あなたがたには学校に共通の知り合いがいるんだわ」

「ちがう。おれは学校の行事に参加したことはない」ダミエンが言った。「ほとんどないんだ。学校のことはローナがやってた」

「PTAの会合に出たことも？」

「ああ、ないよ」

「学園祭や慈善バザーは？」

「行ってない」

「ほんとうに、よその親御さんと会ったことはないの？」

「ほんとうだ——とにかく、一度も行ったことがないんだ。うちの家族は昔からそう——学校のことは女がやる」

「でも、奥さんは」ジョナサンは眉も動かさずに言った。「よそのご父兄と親しくしていた。奥さんのことはよく覚えてるからまちがいない。いつも校門のところで集まって話をしてた」

「特に親しくしていた人は？」シモーンがたずねた。

「いないな。しかし……」なにかを思い出そうとするように、ジョナサンが目を上へ向けた。

「どうしたの？」ジャニスは腰を浮かしかけた。「なに？」

「彼女は巻き込まれたんだ。ある事件に」ジョナサンはダミエンを見た。「覚えてるかね？」

「どんな事件だい？」

「あるご父兄と揉めてね。厄介な目に遭ったんだ」

「お菓子の瓶？　あんたが言ってるのはあのことか？」

ジョナサンは襟もとをゆるめ、充血した目をジャニスに向けた。室内が急に暑くなった。充電でもされたように。「学園祭直後の月曜日だった。ミスタ・グレアムのパートナー、ローナが校長室を訪れた。お菓子の瓶を持っていた。バザーに出したものだと言った。妙な話だと思ったから、はっきりと覚えている」

「お菓子の瓶というのは？」

「バザーで売るために、使用済みの瓶にお菓子を詰めて持ってきてほしいとご父兄にお願いしていたんだ。一ポンドかそこらで売るお菓子を。その年の屋根修理にかかる費用を調達するためだったんだが、ミセス・グレアムが自分の瓶を家へ持ち帰ると――」

「メモが入ってたんだ」ダミエンが説明した。「小さなポストイット。なんか書いてあった」

「ローナは、ミセス・グレアムは、そのメモを読むと、すぐに私のところへ持ってきた。警察へ届けてもよかったが、いたずらの可能性もあると心配して。学校の立場を考えてくれたんだ」

「そのメモにはなんと？」

「メモには」ジョナサンは深刻な顔でジャニスを見た。「〝パパがぼくらをぶつ。ママを閉じ込める〟と書いてあった」

〝パパがぼくらをぶつ。ママを閉じ込める〟ですって？　ジャニスはその言葉を聞き、体じゅうの血管に氷を詰められた気がして、息を止めたくなった。「それを書いた子を見つけたの？」

「ああ。うちの学校に通うふたりの児童だった。あの兄弟のことはよく覚えている。たしか、両親が離婚手続き中だったと思う。私はあのメモを真剣に受け止めて、そう、社会福祉局に相談した。すぐに、メモの内容は事実だと判明した。兄弟は父親から虐待を受けていた。お菓子の瓶の一件が起きる数カ月前、兄弟は一週間も学校を休んでいた。ひさしぶりに登校したとき、うちしおれた様子だった」思い出すと寒気がするのか、彼は腕をさすった。「社会福祉局がのりだすと、母親が息子たちの養育権を得た。父親は訴訟を起こさなかった。たしか警察官だったと思う。あっさり引き下がって、親権訴訟など起こさずに……」ジョナサンの声が小さくなって消えた。ジャニス、コーリー、ニール・ブラントが蒼白な顔で身をのりだしていた。「なんだ？」ジョナサンは言った。「私がなにか言ったか？」

足首を交差させて座ったまま、ジャニスは震えだした。

72

ひとりの男、ひじょうに大柄な男が、サウスビルの住宅街にあるオリーブ色の古い電話用スイッチボックスのかげに、だれにも気づかれずにしゃがみ込み、通り向かいの前庭を食い入るように見つめていた。ジーンズにスウェットシャツ、ナイロンのジョギングジャケットというでたち。これといって目を引く服装ではないが、うしろポケットから色つきのゴムが垂れていた。だらりとしまりのない顔。笑みをたたえた口は、サンタクロースのゴムマスク――雑貨店で数ポンドで買えるたぐいのものだ。男のダークブルーのプジョーは数百ヤード離れたところに停まっていた。フルームであの女に家の外に車を停めるところを目撃されて以来、男は車を離れたところに置いたほうがいいと考えるようになっていた。

ひとりの女が玄関ドアから出てきた。真っ赤なコートを着て、バッグをふたつと、ブルーと黄色の二色使いのベビーシートを持っている。女は荷物を車に積んだ――まずはベビーシートを後部座席に固定し、ブランケットをきちんと掛けた。そのあと助手席にハンドバッグを、その足もとにおむつバッグを置いた。グローブボックスからアイス・スクレーパーを取り出し、ボンネットに身をのりだすようにしてフロントガラスの霜を取りはじめた。しばらく通りに背中を向けていたので、男はその機をとらえてスイッチボックスのかげからそっと出た。四方を確認しながら、背筋を伸ばして落ち着いた足どりで通りを横断した。隣の家の私道にすばやく入り込み、霜の降りた芝生を横切った。二軒の境にあたる低木の垣で足を止め、女が車の後部へまわってリアウィンドーの霜を取るためにワイパーを持ち上げるのを見ていた。女は、もう一度ガラスをこすったあと、車の前部へ戻った。足を止めてドアミラーを拭いたあと、運転席に乗り込み、冷たい手に息を吹きかけてキーを挿そうとした。

男はサンタクロースのマスクをつけ、低い石垣をまたぐと——時間をかけるオオカミだ——平然とした足どりで運転席へ近づいた。ドアを開けた。

「降りろ」

女は両手を振り上げるという反応を示した。顔を守るための本能的な反応は、結果的に、男にやすやすと手を伸ばしてシートベルトをはずさせただけだった。女が自分のあやまりに気づいたときにはすでに手遅れだった。男は彼女を運転席から引っぱり降ろそうとしていた。

「降りろ、くそばばあ」

「いや！　やめて！　やめて！」

だが男は力が強かった。女の髪をつかんで引きずり出そうとした。女は両手で頭をかきむしり、両脚をじたばたさせて、必死で踏んばろうとした。ステアリングの下に膝を押し込み、左手をドアの上枠へ伸ばしたが、つかむことはできなかった。腕をひねられて外へ引き出され、よろめいて転び、タイツに包まれた膝を切った。手袋をはめた男の手をつかんで髪から引き離そうとしたが、男は彼女の爪が食い込んでいるのも意に介さず、女をあお向けにして引きずった。女は反動で地面から浮き上がった両足をじたばたさせながらわめいた。女を家の玄関ドアにたたきつけたときに、女の髪がところどころ引き抜けたことに男は気づいた。

「くそったれ」女は力を振りしぼって男を押しのけた。

「あっちへ行け」

男がひと押しすると、女はよろめいてポーチに倒れた。跳ね上がった腕を振りまわし、レンガの柱にぶつかって両手にすり傷ができた。左脚がさっと出て、前のめりになる勢いが止まるかに思えたが、だめだった。

つんのめって倒れ、右肩から着地した。転がって横向きになったとき、男が運転席に飛び乗ってエンジンをかけるのが見えた。ラジオのスイッチが入って、冷たい大気のなか《ウェン・ア・チャイルド・イズ・ボーン》が大音量で流れだした。エンジンの回転速度が上がって排気管からもうもうと排気ガスが出るとハンドブレーキがはずされ、男は体をひねって車をバックさせ、あっという間に私道から出した。

車はプロディがギアを入れかえるあいだだけ通りの中央に停まっていたが、すぐにタイヤをきしらせて走り去った。そのとき、ブレーキのきしみが通りにとどろいて初めて、スカイ・スティーヴンスンの隣人たちは異変に気づいた。ひとりふたりが玄関ドアから飛び出して駆けつけたが、遅きに失した。チェリーレッドの四駆はすでに通りの先の角を曲がって視界から消え去っていた。

73

クレア・プロディは化粧もせず、ぱさついたブロンドの髪を染めてもいなかった。〈ギャップ〉のような中価格帯の大手ショップとは一線を画した淡い中間色の、きちんとした質素な服装。フラットシューズ。ジャニス・コステロと同じ社会経済階級の出身に見える。だが、ひとたび口を開けば、正真正銘の田舎者だった。サマセット州ブリッジウォーターの生まれで、その地からもっとも遠く離れたのは、列車で二度のロンドン行きだけ——一度は《レ・ミゼラブル》、もう一度は《オペラ座の怪人》を観に行ったときだ。小児科で働くことを夢見てブリストル・ロイヤル病院の見習い看護師をしていたときに、ポール・プロディが人生に踏み込んできた。結婚すると、ポールは彼女を言いくるめて仕事を辞めさせ、ふたりの子育て――ロバートとジョシュ――に専念させた。ポールはきちんとした仕事に就いており、クレアは夫に依存していた。何年も虐待を受けつづけてようやく、勇気を奮い起こしてポールと別れる決心をした。

デスクをはさんで座った彼女を、キャフェリーは探るように見つめた。彼女は、キャフェリーの電話を受けたときに最初に手に取ったものをそのまま着てきた――ジョギング用のTシャツとカーキパンツを。どういうわけかブルーの格子縞のブランケットを肩に巻き、それを胸もとで、血の気のない指先で握りしめている。寒さのせいではない。別の理由がある。自分を難民のように感じているからだ。永遠に逃亡を続ける人間のように。体内の血液が不足しているかのごとく顔が青白いが、鼻は荒れて真っ赤だ。三十分前にここに着いてからというもの、胸も張り裂けんばかりに泣いている。たんに、自分がこんな目に遭うことが信じられなくて。とにかく信じられなくて。

「それ以上は思い出せない」彼女の目は、キャフェリーの肩の上方、ホワイトボードに書きつけられた名前に釘づけになっていた。唇が震えている。「ほんとうに思い出せない」

「気にしないで。無理しないでください。そのうち思い出しますよ」

クレアは考えつくかぎりの名前を――夫がおそるべき復讐の相手に含めそうな人の名前を――網羅していた。チームがすでにつかんでいた名前もあれば、未知の名前もあった。いくつか先の部屋では、詰めている捜査員たちが懸命に手を打っていた。地元署への連絡。電話による直接の警告。プロディが次に襲う相手を絶対的な確信を持って断定することなどだれにもできないため、重大犯罪捜査隊は未曾有の緊迫に包まれていた。最大の希望は、彼の次なる犠牲者を特定することにあるからだ。キャフェリーは、怒りゆえに、この建物にいるだれよりもプロディの気配を察知することができると信じており、彼がまもなく次の事件を起こすはずだと考えていた。すぐにも。おそらくこの朝のうちに。

「あの人たちは幸運だった」クレアの目は、名前のリストから離れて、並べて張られた写真に注がれていた。彼女はニール・ブラントとシモーンを見ていた。ローナ・グレアムとダミエンを。「幸運だった」

「彼はあっさり解放しましたね」

クレアは乾いた絶望的な笑いを漏らした。「それがポールよ。周到なの。いつだって、罰は犯した罪に見合ってる。怒らせると事態は悪化する。彼はあまり腹を立ててなかったのよ、アリーシャのお母さんやニール……」彼女はその名前に目を凝らした。「……ブラントに。市民相談局で名前をうかがったはずよね、よく覚えてないけど。顔は見ればわかるけど、名前は聞いてもわからなかった。でも、あの日のことは覚えてる。相談を終えたあと、ポールが外で待ち構えてたから。わたしを殺すと脅したの」彼女は、いまだに自分の愚かさを理解できないというように首を振った。

「全然気づかなかった。ジョナサン・ブラッドリーは以前、ロバートとジョシュが通ってた学校の校長だったのに――マーサが連れ去られたあと、息子たちとオークヒルまで行って家の外に花束を置いてきたのに、結びつけて考えなかった」

「やつはとんでもなく利口なんですよ、クレア。あなたの夫はひじょうに頭がいい。自分を責めないでください」

「あなたは気づいた。あなたはつきとめたわ」

「それはそうですが、私は協力を得たので。だいいち、警察官ですから。接点を見つけるのが仕事です」

ここで名探偵よろしく手の内を披露できればいいのだが、そうはいかなかった。さまざまな断片がぴたりと収まりだしたのは、病院の検査室からの形式的な一本の電話がきっかけだった。ポール・プロディがまだシャツを検査室に提出していない。検査技師たちは吸入物検査をやりつくし、カージャック犯は経口鎮静剤を用いたのではないかと考えはじめていた。プロディの胃内容物を検査対象にぜひとも加えたい。その電話のあとキャフェリーは、昨日あの庭で見たジャニスの口はきれいだったと考えずにはいられなかった。白とピンク、これっぽっちも荒れていなかった。不安を覚えるほどに。と、セーフハウスのキッチンの写真のなにがずっと引っかかっていたのかがわかった。水切り台に並べられたマグカップだ。あのフラットでポール・プロディが最後にやったのは、一家にココアを飲ませることではなかった。ジャニスとその母親とエミリーに。

キャフェリーは立ち上がり、マートルが寝床で横になっている窓辺へ行って、雨模様の空を見た。男性トイレで、ポンプ式ソープとハンドドライヤーを使ってなんとか手早く体を洗い、ファイリングキャビネットに置いている使い捨てカミソリでひげを剃ったものの、スーツはしわくちゃだし、なぜかまだ体が汚れている気がした。まるでポール・プロディが皮膚のなかへ忍び込んだように。答えを待つのは、嵐が来るのを待つのに似ている。どの方角から来るか、どこの屋根に黒雲がそそり立つかがわからない。それでも、プロディがこの雨の冬の日に凍えるような街と田舎を身軽に動きまわっているのが、皮膚の振動のように感じ取れる。事件はすでに起きている――警察はすでに触手を伸ばしている。今日、やつを見つける。やつを見つければ、フリー・マーリーも見つかるはずだ。その不快な現実を、キャフェリーは百パーセント確信していた。ある若手の刑事が一時間前に本部を出てフリーの家へ確認に向かい、潜水捜索隊の全員が、隣のオフィスの電話チームにたたき起こされている。だが、答えはプロディが握っているものと、だれもがうすうす感じていた。

「わたしにとっては最低の夫だった」キャフェリーの背中に向かってクレアが言った。「暴力亭主。目のまわりに何度あざができたか」

「そうですね」キャフェリーは窓に手をあてて考えていた――もう終わりだ、プロディ。おまえはもう終わりだ。「あなたが警察に相談しなかったのは残念です」

「わかってる。もちろん、すごく愚かだったって、いまならわかるけど、ポールの言うことをすべて信じたの――息子たちもそうよ。警察が助けてくれるなんて、一度も思わなかった。すっかり洗脳されてたのよ――警察はクラブのようなところだって。全員参加で、単独行動は許されないところだって。わたし、ポールをおそれる以上に警察をおそれてた。息子たちもそうよ。ただ――」言葉がとぎれた。一瞬の沈黙。と、はっとして小さく息を吸い込む音がキャフェリーの耳に届いた。

彼は向き直った。クレアは恐怖の瞬間を目のあたりにしたような表情で宙の一点を見つめていた。「どうしました？」

「たいへん」消え入りそうな声だ。「たいへんだわ」

「クレア？」

「脱水症よ」彼女はぼそりと口にした。

「脱水症？」

「ええ、そう」彼女はキャフェリーに視線を向けた。目が光っている。「ミスタ・キャフェリー、脱水症で死ぬまで時間はどれくらいあるか知ってる？」

「それは」キャフェリーは彼女の向かい側へ戻って腰を下ろし、慎重に答えた。「条件しだいでしょう。なぜそんなことを？」

「言い争いをしたの。いちばん大きな喧嘩よ。ポールはわたしをトイレに閉じ込めた――窓がない一階のトイレだったから、大声をあげて外へ助けを求めることができなかった。ポールは息子たちを自分の実家へやって、みんなには、わたしが休暇で友人のところへ行ったと説明した」

「続けてください」キャフェリーは、ローズ・ブラッドリーのキッチンへ入っていった瞬間から胸につかえていたなにかが解けるのを感じた。「話を続けて」

「ポールは水道の栓を閉めた。しばらくは貯水タンクの水を飲んでたんだけど、ポールはその栓も閉めてしまった」彼女の顔がこわばり、引きつった。「ポールはわたしを四日も閉じ込めた。よくわからないけど、危うく死ぬところだったと思うわ」

キャフェリーはゆっくりと静かに呼吸をした。デスクに突っ伏して叫びたかった。クレアの言うとおりだと、本能的に察知したからだ――プロディはマーサとエミリーにそれをやっている。つまり、ふたりはまだ生きている可能性がある。可能性は。エミリーは生存の可能性が高い。マーサは――おそらくだめだろう。ロンドン時代にある事件を扱った際、理由があって脱水症について医師たちに話を聴いたことがあり、サバイバル術の心得がどう説いてようと――人間は水なしでは三日しか生きられない――水なしで生きられる限界が十日以上になりうるということを知っている。マーサは子どもだから生存の可能性は低くなるが、間抜けな警察官らしく医師のまねごとをするならば、命があるのは五日、せいぜい六日といったところだろう。もしも宇宙の恩寵が彼女に与えられたならば。

六日。キャフェリーはカレンダーを見た。あの子が連れ去られてからちょうどその日数になる。六日。あと六時間で。

デスクの電話が鳴った。キャフェリーもクレアも、ぴくりとも動かずに電話機を見つめた。マートルまでが身を起こして耳を立て、突如として全神経を集中させた。もう一度鳴ったので、キャフェリーは受話器を取った。心臓をどきどきさせながら相手の話に耳を傾けた。受話器を架台に戻してクレアを見た。彼女は目を大きく見開き、口をぽかんと開けてキャフェリーを見ていた。

「スカイ・スティーヴンスンでした」

「スカイ？　弁護士の？　なんてこと」

キャフェリーは椅子の背から上着を取った。「ひと仕事お願いします」

「赤ん坊がいるの。スカイには赤ちゃんがいるのよ。男の子。まさか彼女が――」

「護衛をつけます。パルッツィ部長刑事。彼女があなたを車で連れていきます」

「車でどこへ？」クレアはデスクをつかんだ――そうすれば動かされるのを阻止できるというように。ブルーのブランケットがはずれて床に落ち、黒いジョギング用Tシャツに包まれた華奢な肩があらわになった。

「わたしを車でどこへ連れていくの？」

「コッツウォルズ。彼の居所がわかったと思います。

これで、彼をつかまえられるでしょう」

74

重大犯罪捜査隊本部の外では雨が降っていた。幹線道路から駐車場へ入る脇道は車で埋めつくされていた。歩道はスーツの刑事たちと制服警官でいっぱいだった。後部ドアを開け放った装甲を施されたスプリンターバンも一台。各車輛のルーフで回転灯が冷たいブルーの光を発していた。

ジャニスはすでに、重大犯罪捜査隊がプロディの犯行だとつきとめたことを知っていた――彼女が被害者家族と顔を合わせたのとほぼ同じころ、キャフェリーは推理をまとめていた。だが、四人――ジャニス、ニック、コーリー、そしてローズ・ブラッドリー――が乗ってきたアウディを停めたとき、警察官たちの深刻な顔を見て、またなにか起きたのだとわかった。彼らが神経を張りつめ、きびきびと短い言葉を交わす様子に不安を覚えた。緊急事態だ。この重々しい空気はジャニスにとって最悪だった。夢ではないということだ。彼をつかまえたのかもしれない。少女たちを見つけたのだろうか。

ニックも同じことを感じ取った。緊張した面持ちでシートベルトをはずした。「ここで待ってて」彼女は車を降り、足早に本部の建物へ向かった。

ジャニスは迷ったのち、シートベルトをはずして車を降りた。雨に肩を丸め、コートを引き上げて頭からかぶるようにして、ニックを追って通りを渡りはじめた。車列の横を過ぎ、大きく開いたままのゲートを通って駐車場に入った。壁ぎわに停められた長く黒い車の横を通り過ぎようとした瞬間、なにかが目をとらえた。ジャニスははたと足を止めた。一瞬、前を向いたまま身じろぎもせずに立ちつくした。

車の後部座席にだれかいる。女だ。淡い色の髪と、悲嘆に暮れ、引きつった顔をした女。クレア・プロディ。

ジャニスはゆっくりと向き直った。クレアが雨に打たれた窓ガラスの奥からジャニスを見返した。火災現場から救出されたばかりのように肩にブランケットを巻き、目には混じりけのない恐怖の色が浮かんでいる――いきなり顔を合わせたからだ、コーリーの妻と。エミリーの母親と。

ジャニスは動くことができなかった。背を向けることも、前へ進むこともできなかった。ただ見返すことしかできなかった。涙も浮かんでこない――目は、決して閉じることがないみたいに乾き、痛かった。言うべき言葉もない。雨のなかでみじめに立ちつくしている気持ちを表現するのにふさわしい言葉などひとつもない。なにもできない。コーリーと寝ている女、エミリーを奪い去った夫を持つ女に見つめられて。だれにも見透かされるほど無力でみじめな気持ちになったのは、生まれて初めてだった。

ジャニスはうなだれた。もはや気力もなかった――立っているだけでも多大な努力を要した。すごすごとアウディへ戻ろうと向き直った。背後で黒い車の窓が音もなく開いた。「ジャニス？」

ジャニスは足を止めた。新たに一歩踏み出すことも、振り向くこともできなかった。綿のように疲れていた。

「ジャニス？」

ジャニスはやっとの思いで顎を上げて振り向いた。車のなかのクレアの顔は、光を発しているかと思うほど白かった。頬にいくつもついた黒い筋は、涙で流れ落ちたマスカラだ。うしろめたさから、表情はやつれ、くもっている。窓から身をのりださんばかりにして、すばやく駐車場を見まわし、だれにも見られていないことを確かめた。そのあと、さらにジャニスのほうへ身をのりだし、小声で告げた。「彼らは彼の居場所をつかんだの」

ジャニスの口がぽかんと開いた。頭を振った。意味がわからない。「えっ?」

「警察は彼の居所をつかんでる。これから、わたしを連れていくって。漏らしてはいけないんだけど、わたし、知ってるの」

ジャニスは一歩、車のほうへ戻った。「なにを?」

「彼はサパートンとかいう場所にいる。コッツウォルズのどこかだと思う」

ジャニスは顔が大きく広がる気がした。締めつけられていた頭の一部が息を吹き返した気がした。サパートン。サパートン。その名前は知っている。警察がマーサを探したトンネルの名前だ。

「ジャニス?」

ジャニスはもう聞いていなかった。水たまりのなかを必死で、全速力でアウディへ駆け戻っていた。コーリーが車から出て、妙な表情を浮かべていた。ジャニスではなく、車に座っているクレアを見ていた。ジャニスは足を止めなかった。気にならなかった。片腕を伸ばして背後を指し示した。「彼女はあなたのものよ、コーリー。好きにすればいい」

ジャニスは運転席に飛び乗った。ローズが疑問に満ちた顔で後部座席から身をのりだした。

「警察は彼を見つけたんだって」

「なんですって?」

「サパートン・トンネル。警察がマーサを探した場所でしょう? 向こうは立ち会ってほしくないだろうけど、そんなの知ったことじゃない」ジャニスはキーを挿してエンジンをかけた。フロントガラスのワイパーが作動し、せきたてるような音をたてて左右に振れた。

「わたしたちも行くわよ」

「ちょっと」助手席のドアが開いてニックがのぞき込み、そこらじゅうに雨粒を落とした。「なにごと?」

ジャニスはカーナビのスイッチを入れて〝サパート

ン〟と打ち込んだ。

「ジャニス。あなたに質問したのよ。いったいなにごとなの？」

「答えは知ってるでしょう。彼らが話したはずよ」

カーナビは与えられた指示を処理していた。ようやくスクリーンに地図が表われた。ジャニスは広域図を見るためにトグルボタンを触ってズームアウトした。

「ジャニス、あなたがなにをするつもりなのか、わたしにはわからない」

「いいえ、わかってるはずよ」

「そんなことをさせるわけにいかない。わたしを連れていきたければ、誘拐するしかないわよ」

「なら、誘拐するわ」

「しかたないわね」ニックは急いで助手席に乗り込み、ドアを閉めた。ジャニスはギアを入れてハンドブレーキをはずし、車を発進させようとした。だが、やむなくブレーキを踏み込んだ。ボンネットの先、雨でかすんで見えにくい位置に、コーリーが立っていた。目が無残なほど腫れぼったく、両腕両手が重すぎるとでもいうのか、体全体がなにかに吊されたようだ。なにがあったのかわからず、ジャニスは彼を見つめた。彼の背後で、黒い車のなかのクレアが冷淡にそっぽを向いている。その顔はようやく色を取り戻していた。頬が真っ赤だ。ジャニスは事情を察した。言い争いになったのだ。

ジャニスがギアをはずすと、コーリーは運転席側へ来た。ジャニスは窓を開けて、品定めするように彼をしばらく見つめていた。ウィンカントンの日焼けサロンで焼いた褐色の肌をまじまじと見た。その皮膚の下は、いまの気持ちのとおり蒼白なのだろうか？　判断はつかなかった。彼のスーツを見た——アイロンがかけられ、こざっぱりしている。ジャニスはわが身を見下ろさないかぎり自分がなにを着ているのかもわからないというのに、なぜか彼には衣服を整える時間があったらしい。おまけに彼は泣いている。エミリーが連れ去られてからずっと、涙など見せなかったのに。一度たりとも。それが、クレアのせいで泣いている。

「彼女はぼくを捨てた。きみが彼女になにを言ったか知らないけど、彼女はぼくを捨てた」

「残念ね」ジャニスは冷静な口調を保った。穏やかな口調を。「ほんとうに残念だわ」

彼女の目を見て、コーリーの唇がかすかに震えた。次の瞬間、顔をくちゃくちゃにゆがめた。背中を丸めた。うなだれて両手を車の側面につき、嗚咽を漏らしはじめた。ジャニスは無言で彼を見つめ、頭頂部のみじめに禿げた箇所を見た。彼に対してなにも感じなかった。哀れみも、愛情も。冷たく硬いしこりがあるだけだった。「残念ね」ジャニスは繰り返した。いまは、本心からすべてを痛ましく思っていた。コーリー、ふたりの結婚、かわいそうな幼い娘。この世のすべてがやりきれなく思えた。「悪いけど、コーリー、もうそこからどいてちょうだい」

75

市内の雨は、ブリストルの北東の田舎にまで達していなかった。絶え間なく吹く風が空を澄みわたらせ、気温を下げているので、昼間だというのに草地の大半はまだ霜に覆われていた。キャフェリーのモンデオをターナーが運転して、プロディがスカイ・スティーヴンスンの四駆を乗り捨てた、テムズ・アンド・セバーン運河の近くの森へと続く小道を飛ばしていた。キャフェリーはひと言も発せず、助手席にじっと座っていた。車が揺れるたびに彼の頭もかすかに揺れた。スーツの下の防弾チョッキが背中に食い込んだ。

「ライオン」キャフェリーがぼんやりと口にした。「それを見落としていた」

ターナーがちらりと視線を向けた。「なんと言いました？」

「ライオンだよ」キャフェリーは顎で指し示した。「気がつくべきだった」

ターナーは彼の視線の先を見た。キャフェリーが見つめているのはステアリングのマークだった。「プジョー？　ライオン？」

「プロディの車はプジョーだ。ゆうべ駐車場から出ていくときに見た。それで思い出したんだ」

「なにを？」

「ドラゴンと見まちがう可能性がある。そうだろう？　車にうとい六十代の女性なら」

「ボクスホールとってことですか？」ターナーはウィンカーを出した。ランデブーポイントに着いたのだ。

「ええ、その可能性はあります」

キャフェリーは、プロディの車がダークブルーのプジョーなのに、捜索チームが一帯でボクスホールばかり探しまわっていたことを考えた。まちがった道を進んでいた――ドラゴンを探して、ライオンの横を通ってもことごとく無視していた。あのコンビニ店の防犯カメラのメモリーチップを手に入れていれば、犯人の車がプジョーだとわかったはずだ。だが、プロディはそこでも先手を打っていた。強盗事件の捜査と称して最初にコンビニ店へ行き、メモリーチップを押収して防犯カメラのスイッチを入れ忘れた警察官がだれだったのか、キャフェリーは賭けてもいいと思った。さらに、ポール・プロディは妻のクレアと十年間もファーリントン・ガーニーに住んでいた――あのときはその偶然にピンとこなかった。いまキャフェリーは、背後に延びる道をたどり直すように、この六日間を振り返っていた。むだにした一秒一秒が見える。情けなくも目を向けそこなったひとつひとつのことがらが。手を止めて淹れて飲んだコーヒー、小便の一回一回にいたるまで。そのすべてが、マーサに残されているかもしれない時間を――分単位であれ時間単位であれ――削っていた。窓ガラスに額を押しあてて外を見た。テッド・ムーンは今朝、母親が命を絶ったのと同じ木で首吊り自殺を図った。いま彼は病院で家族に見守られている。先行きはさらに暗くなるのだろうか？

ターナーがサパートン・トンネルの東側入口近くのパブの駐車場に車を入れて停めた。警察車輛でいっぱいだ――警察犬係のバン、現場捜査班のバン、支援部隊のバン。上空では、航空支援隊のヘリコプターが轟音をたてている。ターナーはハンドブレーキをかけ、いかめしい顔をキャフェリーに向けた。「ねえ、警部。夕方、家内がいつも食事を用意してくれるんです。テーブルについてワインのボトルを開けると、家内は職場でなにがあったかをたずねます。私が知りたいのは、この件を家内に話すことができるだろうかということです」

キャフェリーはフロントガラスのかなた、午後の空が中央部を森の木々の梢によって切断されているあたりと、その上方のヘリコプターの尾部回転翼を見やった。駐車場の五十ヤードほど先が森の入口だ——白濁色の内側立ち入り禁止境界線テープがすでに張られ、風に吹かれてものうげに揺れていた。キャフェリーはシートに体を預けた。「できないだろうな」穏やかな口調で言った。「奥さんはなにも聞きたがらないと思う」

ふたりは車を降り、駐車場にいる連中の横を通り過ぎて、外側立ち入り禁止境界線の通行記録簿に記名して係に通してもらった。立ち入り禁止区域は広く、長い距離を——交通警察隊の車二台に追跡されたプロディが突破した五本のバーを渡した遮断ゲートの先、雨滴のしたたる枝が突き出たわだちのある小径を——歩かなければ、プロディが車をぶつけ、そこから先は歩いて逃げたという場所までたどり着けない。ふたりは無言で歩を進めた。いまいるのは、マーサを連れ去った夜にプロディがブラッドリー夫妻のヤリスを停車した場所からわずか四分の一マイルの場所だ。〝おまえはこの地域をよく知っている。そうだろう？〟と考えながら、キャフェリーはターナーとともに、現場捜査班が踏み板で作った森への入口をたどった。〝いまだって、ここからそう遠くないところにいるんだろう。徒歩ではそんなに遠くまで行けるはずがないからな〟。

衝突現場に着いたときには、ヘリコプターは旋回をやめて、数百ヤード南の深い森の上空でホバリングしていた。それと気づいたキャフェリーは、目を細めてヘリコプターを見上げた。彼らはなにに注目しているのだろう、報告はいつ入るだろう、と考えた。身分証のバッジを見せて内側立ち入り禁止境界線テープをくぐると、ターナーを従えて、単独にテープを張って立ち入り禁止区域にされているスカイ・スティーヴンスンの四駆のある場所へ行った。身分証をポケットにしまい、一瞬だけ足を止めて、事故の現場を見ながら考えた。心臓を落ち着かせようと努めた——胸から飛び出しそうなほど激しく打つのを抑えようとした。

車体は濃い色でチェリーレッドに近く、側面は傷だらけで、取り乱したプロディがこの狭い小径を突っ走ろうとして跳ね上げた泥がついている。そのころにはもう、追尾されていることに気づいていたにちがいない。右側はバンパーが壊れ、タイヤが大きく裂けてなかのラジアル線が見えていた。助手席側のドアと、左右の後部ドアが開いたままだ。助手席側のドア枠からだらりと垂れたブランケットの先には、ひっくり返ってキャフェリーとターナーに底面を見せているベビーシート。ブルーで、黄色い錨の模様が入っている。周囲にベビー服が散乱していた。ベビーシートの曲線部から小さな腕が見えた——握ったこぶしが。

鑑識監督官が顔を上げた。キャフェリーの姿を認めると、フードを下ろしながら近づいてきた。顔が真っ青だ。「あの男は異常だ」

「わかってる」

「交通隊員によると、彼は最後の十マイルは尾行に気づいていたらしい。窓を開けてベビーシートを投げ捨てることだってできたはずだ。だが、そうしなかった。車に積んだままにした」

キャフェリーはベビーシートに目をやった。「なぜ？」

「運転しながらばらばらにした。おそらく、われわれに向かっ腹を立てたんだろう」

彼らはベビーシートのところへ行って見下ろした。スカイがチャーリーの服を着せた等身大の人形は、プロディにもぎ取られたプラスティックの腕と脚だけがベビーシートに置かれていた。一フィート先に、チャーリーのカバーオールで半分ほど覆われた人形の頭が転がっていた。ぺちゃんこに踏みつぶされている。泥による足跡がついていた。

「様子は？」鑑識監督官がたずねた。「あの代役の女性の？」

キャフェリーは肩をすくめた。「ショックを受けている。事前の説明どおりのことが起きるとは、本気で思ってなかったんだろう」

「彼女のことは知ってるんだ。仕事を通じて。優秀な警察官だが、みずから志願してこんな代役を引き受けると知ってたら、電気を消した部屋で横になって考え直せと言ってやったのに。とにかく」彼はしぶしぶといった口調で続けた。「みごとだったな。事件の起きる場所を的中させるとは」

「そうでもない。運がよかったんだ。とても。しかも、全員が自分の役をみごとに演じてくれたのもありがたかった。おかげでうまくいった」

この唾棄すべき事件において、不可知の大いなる宇宙が今回ばかりは自分に味方してくれたと、いま初めてキャフェリーは実感していた——クレアがオフィスへ来て、プロディの被害者にされそうな人たちの名前を教えてくれる前に、キャフェリーとターナーとロラパルーザは次の標的になると思われる三人の名前を書き出していた。その三人には警察から概要を説明し、警告をしてあった。この朝、三人は、身を潜めた監視要員とともにそれぞれ家の外で待機していた。捜査チームはスカイ・スティーヴンスンが狙われることを期待していた。唯一、代役を立てることのできる対象だったからだ。プロディが彼女と顔を合わせるのは今日が初めてだった——プロディが知っていたのは、彼女の自宅の住所と、会社のウェブサイトに載っている写真だけだった。重大犯罪捜査隊につきがまわってきた。

キャフェリーは腰を折って両手を膝にあて、万一スカイの家の外で待機していた追跡車輛がプロディを見失った場合にそなえて彼女の四駆にQが取りつけた発信機をまじまじと見た。

「どうした？」鑑識監督官がたずねた。

「いつもこのタイプの発信機を使うのか？」

「そうだと思うが。なぜ？」

キャフェリーはこれ見よがしに肩をすくめた。「べつに。プロディがコステロ夫妻の車に取りつけたのと同じタイプだから。技術部門からくすねたにちがいない。こざかしいやつだ」

「抜け目がないってことだな」

「そうも言える」

森の奥で犬が吠えだした。ヘリコプターの轟音のなかでも聞こえるほど大きい声で。犯罪現場にいた全員が手を止めた。身を起こして木立の先を見つめた。キャフェリーとターナーは目を交わした。犬の声に、覚えのある調子を聞き取ったのだ。追跡犬があんな声で吠える理由はひとつしかない。対象を見つけたということだ。ふたりは無言で向きを変え、テープをくぐると、犬の声がしたほうへと足早に小径を歩きだした。

森を進むうち、木立のなかから出てきた制服警官たちも合流し、犬の吠えている場所へと向かった。キャフェリーとターナーが赤茶色の松葉のカーペットに足音をかき消されながら静かで穏やかな松の木立を抜けて近づくにつれ、ヘリコプターのローター音が大きくなった。別の音も聞こえた――拡声器による大声だ。キャフェリーは足を速めた。ズボンを泥と落ち葉だらけにして、切り倒されたシダレカンバが点在する空き地を駆け抜け、短い斜面を駆け上がり――木々の葉のすき間から淡い冬の太陽が見下ろしている開けた小径に出た。足を止めた。暴徒鎮圧用の装備でバイザーを上げた長身の男が、制止の合図に腕を高く上げてふたりに近づいてきた。「キャフェリー警部？ 捜査責任者《SIO》？」

「そうだが？」キャフェリーは身分証を示した。「どうなってるんだ？ こっちで追跡犬がなにか見つけたようだが」

「私は今日の第三指揮官だ」彼は片手を差し出した。

「初めまして」

キャフェリーはゆっくり深く息を吸い込んだ。身分証をポケットに戻し、冷静に握手を交わした。「そうだな。よろしく。ここでなにが起きている？　犬たちがやつを見つけたのか？」

「そうだ。だが、どうもまずい」彼の顔に汗が噴き出た。この種の任務では、第一指揮官と第二指揮官は警察本部に詰めて安全な場所で指揮を執ることになっており、気の毒にこの男は、指揮系統のいちばん下にある第三《ブロンズ》指揮官だ。戦術指揮官、現場指揮官でありながら、第一《ゴールド》指揮官と第二《シルバー》指揮官の指示を仰ぎ、それを行動に移さなければならない。この男の立場なら、キャフェリーだって汗をかくことだろう。「やつの居場所はつかんでいるが、まだ逮捕に至っていない。場所がまずいんだ。そこかしこに立坑がある——それがサパートン・トンネルにつながっている」

「知っている」

「とにかく、やつはその一本にビレイロープを垂らしていた。ウサギのように逃げ込んだんだ」

キャフェリーは一気に息を吐き出した。フリーの推測どおりだった。最初から彼女は正解を得ていたのだ。と、不意に彼女の気配を感じた——闇のなかの悲鳴が聞こえるような感じ。第六感に訴えかけるような感じだった。彼女がすぐ近くにいる気がした。キャフェリーは人影のない広い森を見まわした。彼女の家の確認に向かわせたバース署の巡査からはまだなんの報告もない。フリーはまちがいなく、この近辺にいる。

「警部？」

声のしたほうへ向き直ると、フリーの身を案じるあまりキャフェリーが魔法で出現させたかのように、ウェラードが立っていた。彼もダークブルーのカーゴパンツをはいて、騒乱用ヘルメットのバイザーを上げている。荒い息が、凍えるような大気のなかで白く見えた。目の下にくまができている。その顔を見て、この男も自分とまったく同じことを考えているのだとキャフェリーは思った。「彼女からまだ連絡はないんですか？」

キャフェリーはないと首を振った。「そっちは？」

「ありません」

「では、それをどう考えればいい？」

「わかりません」ウェラードは喉もとに指をあてた。唾を飲み込んだ。「しかし、えー、とにかく、このトンネルのことはわかります。知っています。私は前にも入ってるし、構造図もある。あいつが下りていった立坑は、二カ所の落石のあいだにあるやつです。袋のネズミですよ。ほんとうに。出口はないんだから」

彼らは期待を込めた目を現場指揮官に向けた。彼はヘルメットをはずし、袖で額の汗をぬぐった。

「どうだろうなあ。やつはわれわれの呼びかけに応じようとしないんだ」

キャフェリーは失笑した。「なんだって？　拡声器で呼びかけてるのか？　むろん、やつが応じるものか」

「まずは対話を確立するのがいちばんだ。交渉人を入れる。奥さんがこっちへ向かってるんだろう？」

「交渉などくそくらえ。いますぐロープアクセス・チームを突入させろ」

「それは無理だ。ことはそう単純じゃない——リスク評価が必要だ」

「リスク評価？　ばかを言え。容疑者はこの地域を知っている——やつが被害者のひとりをここへ連れ込んだと、われわれは考えている。彼女はまだ生きている可能性がある。それを〝シルバー〟と〝ゴールド〟に伝えろ。〝重大かつ差し迫った危険〟という言葉を使うんだ。それで通じるはずだ」

キャフェリーは現場指揮官を押しのけると、泥を跳ね、水たまりの氷を割りながら小径を歩きだした。数ヤード進んだとき、ヘリコプターと犬たちと拡声器を合わせたよりも大きな音が足もとから立ちのぼった。

地面が動いた気がした。その振動で、葉を落とした枝が揺れて、枯れ葉が何枚か舞い落ちた。ミヤマガラスの一団が鳴き声をあげて飛び立った。

それに続く静寂のなか、三人の男たちは立坑のほうを向いたまま立ちつくしていた。一瞬の間が開いたのち、木立のなかで犬たちが吠えだした。怯えたような甲高い声で。

「いまのはなんだ?」キャフェリーは振り返り、もと来た小径の先にいるウェラードと現場指揮官を見た。

「いったいなにがあった?」

76

ジャニスはアウディのエンジンを切り、パブの込み合った駐車場を見た。即応した警察車輛や専門家チームのバンでいっぱいだ。いたるところで警察官たちが白い息を吐きながら厳粛な面持ちで動きまわっている。森の奥のどこかからヘリコプターの音が聞こえた。

「捜査チームはわたしたちにここで待機してもらいたがるわ」ニックはフロントガラス越しに、森のなかへと消える小径を見やった。「これ以上は近づかせたくないはず」

「あ、そう?」ジャニスはイグニションのキーを抜いてポケットに入れた。「なるほどね」

「ジャニス」ニックは警告口調だった。「わたしはあなたがこんなまねをするのを止めることになってるの。あなた、逮捕されるわよ」

「ニック」ジャニスは自制しながら答えた。「あなたは親切な人よ。これまで会ったなかでも特に親切な人のひとりだわ。だけど、今度のことについてはまったくわかってない。どんな訓練を受けても、半分もわかりっこない。自分の身に降りかからないかぎりね。それで」ジャニスはニックを見つめて問いかけるように眉を上げた。「協力してくれるの、それとも、わたしたちだけでやらなきゃいけない？」

「職を失ってしまうわ」

「なら、この車に残りなさい。嘘をつくの。わたしたちに逃げられたって。なんでもいいから。わたしたち、あなたのいいように証言するわ」

「ええ、そうする」ローズも加勢した。「ここに残りなさい。わたしたちのことは気にしないで」

三人ともしばらく口をきかなかった。ニックはローズからジャニス、そしてまたローズへと視線を移した。そのうち、オイルスキンの上着のジッパーを上げ、マフラーを首に巻いた。「ひどい人たちね。うまくやるにはわたしが必要でしょう。さあ、行くわよ」

三人は小径を進んだ。木立の上方の耳をつんざくヘリコプターの音が、彼女たちの走る足音をかき消した。ジャニスの足もとは、姉の家での会合にそなえ、見苦しくないようにと考えて今朝なんとなく履いたヒールの高いパンプスだ。森のなかを走るにはまったくもって不向きなので、やむなく足を引きずりながら、最初からこうなる覚悟があったかのようにヒールのフラットなウォーキングブーツを履いているニックに必死でついていこうとした。隣ではローズが、こざっぱりしたニットのジャケットのポケットに両手を突っ込み、老けた顔に険しい表情を浮かべてあえぎながらも、荷馬車用の頑健な馬のような動きで駆けている。ピンクの小ぶりのスカーフが首もとで上下に揺れていた。

カーブを曲がると最初の立ち入り禁止境界線が見えた——小径の幅いっぱいに張られたテープだ。その先は、地面に敷かれたオレンジ色の踏み板が木立の奥へと延びている。通行記録係の巡査が立っていた。ニックは足を止めなかった。ローズとジャニスに向き直ってうしろ向きに走りながら、ヘリコプターのローターの音のなかでも聞こえる大声で言った。「よく聞いて。なにがあっても、話はわたしに任せて。いいわね？」

「いいわ」ふたりは叫び返した。「わかった」

三人は早足程度に速度を落とした。ニックは身分証を出して顔の高さで突き出した。「ホリス刑事、重大犯罪捜査隊」近づきながら大声で告げた。「ご家族が通るわ。ミセス・ブラッドリー、ミセス・コステロ」

巡査が一歩前へ出て、ニックの身分証に渋い顔をした。

「通行記録簿」ニックは指を鳴らした。「急いでるの」

巡査はあわててクリップボードを出し、ペンをはずして差し出した。「だれにもなにも聞いてません」女性陣が集まって記名する横で言いだした。「だれもここを通すなと言われています。だって、通常、ご家族は——」

「キャフェリー警部の指示よ」ニックは巡査にペンを返し、クリップボードを押しつけた。「五分以内にこの人たちを連れていかなければ、首が飛ぶことになるの」

「内側立ち入り禁止境界線は絶対に通してくれませんよ」走りだした三人の背後で巡査が叫んだ。「爆発があったんです。ほんとうに、内側立ち入り禁止境界線から先へは……」

ヘリコプターが機体を傾け、森から離れて遠くへ飛び去った……静まり返った森のなかに聞こえるのは、三人の足音と呼吸音だけだった。進みつづけるうちに、平らではない踏み板の上でバランスを保とうとして、速度を落としていた。ジャニスは肺が痛かった。現場捜査班の連中のそばを通り過ぎた。彼らはスカイ・スティーヴンスンの車の鑑識作業に余念がなく、三人が通るのを顔を上げて見たりしなかった。森の奥へと入るにつれて、ジャニスは、黒いすすのようなものが黒い妖精のごとく木々から舞い落ちてくるのに気づいた。歩きながらそれを見上げていた。爆発？　どんな爆発だろう？

空のかなたから聞こえるヘリコプターの音がしだいに大きくなった。木立の上を低く飛んで戻ってくるのだろう。三人は足を止めた。目の上に手をかざして陽射しをさえぎり、カラスのような黒い影が上空を覆い隠すのを見た。

「どういうこと？」ジャニスは大声でたずねた。「警察が彼を見失ったってこと？　彼はこの森にいるの？」

「ちがう」ニックがどなった。「さっきとはちがうヘリコプターよ。航空支援隊じゃない。機体がブルーと黄色じゃなくて、黒と黄色だから」

「どういうこと？」

「たぶん、フィルトンのHEMSヘリコプターね」

「HEMSって？」ローズがたずねた。

「救急医療用ヘリコプター。ドクター・ヘリよ。負傷者がいるんだわ」

「彼？　彼よね？」

「わからない」

ジャニスはふたりを残して駆けだした。心臓が激しく打ち、ヒールが踏み板に引っかかって抜けないので足を止めて靴を蹴って脱ぎ、ストッキングの足で走りつづけた。ウサギよけの管で囲った苗木ばかりの新しい植林地のそばを通った。一面に広がる赤茶色の柔らかいおがくずの上を駆け抜け、木立がまばらになって空が切れ切れに見える場所に出た。その先に空き地がある。ブルーと白の警察のテープがちらちらと見える。あれが内側立ち入り禁止境界線にちがいない。さらに、ジャニスに対して横を向き、目を細めてヘリコプターを見上げている通行記録係の巡査が見えた。さっきの巡査とはちがう。もっと大柄で、もっと深刻な顔をしている。暴徒鎮圧用の装備で、腕を胸の前で組み、足を開いて立っている。

ジャニスは足を止めた。肩で息をしていた。

巡査が顔を向け、冷然と彼女を見た。「ここは立ち入り禁止だ。あんたはだれです？」

「お願い」ジャニスは言いかけた。「お願いだから――」

巡査が近づいてきた。ジャニスの目の前まで迫ったとき、ニックがあえぎながらうしろに現われた。「問題ないわ。わたしは重大犯罪捜査隊の所属よ。このふたりはご家族なの」

巡査は首を振った。「それでも、ここは立ち入り禁止だ。通行できるのは許可を得た人間だけ――そのきわめて短いリストに、あんたたちの名前は載ってない」

ローズが彼をこれっぽっちもおそれずに一歩前へ出た。皮膚のいたるところが火照って汗で光り、真っ赤な顔で息をはずませている。「わたしはローズ・ブラッドリー。この人はジャニス・コステロ。彼が連れ去ったのはわたしたちの娘よ。お願い――面倒は起こさないわ。わたしたち、なにが起きているのか知りたいだけなの」

巡査は思いやりのあるまなざしをゆっくりとローズに向けた。伸縮素材のスラックス、首もとの粋な小ぶりのスカーフを見た。パイプウールの上着、汗で湿ったままほったらかされている髪に目を注いだ。次にジャニスを見た――異星人ではないかと警戒するような慎重さで。

「お願い」ローズが泣きついた。「追い返さないで」

「ふたりを追い返さないで」ニックの口調は懇願するようだった。「お願い。ずっとつらい思いをしてきて、そんな仕打ちを受けるいわれはないでしょう」

巡査は頭を傾けて、頭上の枝の裏面をまじまじと見た。頭のなかで複雑な計算でもしているようにゆっくりと呼吸をしていた。「あそこだ」しばらくすると頭を垂れ、片手を突き出して、もつれて天然の隠し穴のような形になっているイバラの茂みを指した。しゃがめば見つからない場所だ。「あんたたちがあそこへ入っていったとしても、おれは見なかったことにする。ただし」彼は指を一本立ててニックの目の前に突きつけた。「おれを侮るな。わかったな？　侮るな。おれの親切心につけ込むな。あんたたちがどう思おうと、おれのほうがあんたたちよりましな嘘がつけるんだ。それと、音をたてるな。頼むから、静かにしてるんだぞ」

77

トンネルにまで達している立坑は、百フィートを優に超える深さがあった。おおよそ十階建てのビルの高さに匹敵する。十八世紀の技師たちが周囲に積み上げた残土が巨大な蟻塚のようだった。地面から突き出し、中央の穴が深く沈んだ奇妙な形のじょうごだ。たいていは緑陰に隠れていて、普通ならあまり目立たない。

だが、この立坑はひじょうに目立っていた。

立坑自体は落葉の最終段階を迎えたブナやオークの木立に囲まれた天然の空き地のなかにあった。葉を落とした枝の頂でカラスたちが鳴き、足もとの地面は銅褐色の落ち葉が深く積もっている。ゆるやかな傾斜のてっぺんにひそやかに口を開けた大きな穴は、爆発の証拠である黒いタール状のもので側面が覆われていた。いまも漂い出てくる黒いすすは、まるで対流雲に乗ったように上昇し、木立の上の空気の冷えたあたりに達するとゆっくりと舞い下りて、木々や草に降り積もった。すすがあらゆるものの表面を覆っていた――ロープアクセス・チームの白いスプリンターバンまで。

二十人以上が霜の降りた草地を踏みつけた――私服の刑事たち、暴徒鎮圧用の装備をした者、ケイビング用ヘルメットをかぶってハーネスをいくつもつけた者。警察犬係がリードにつないだままのジャーマンシェパードを連れてきて、警察犬用のバンに乗せた。職務がなんであれ、だれもがあの穴のそばに長くいたくないのだと、キャフェリーは気づいた。穴の周囲に張られた防護柵を取りのぞくためにカッターを持ってきたふたりの警察官は、手早く作業を済ませると、だれとも目を合わせずに、さっさと後方へ避難した。それは、たんにこの立坑が地中までまっすぐ落ち込んでいるという心もとない情報のせいではなく、地中から聞こえてくる音のせいだ。救急ヘリが着陸して回転翼を止めたいま、その音は、大きく開いた立坑の口から不吉に響いていた。その場の全員を不安にさせた。罠にかかった動物があえいでいるようなかすかな音。だれひとり、この穴に背中を向けたくはないようだった。

キャフェリーは五人の男たちとともに穴に近づいた。現場指揮官、ドロップカム・オペレーター――撮像管カメラ・システムを載せたステンレスの台車を押している――そしてウェラード巡査部長代行、彼が従えているふたりの部下。凍った落ち葉を踏む音をたてて進むあいだ、だれも口を開かなかった。一様に、気を引き締め、苦い顔をしていた。穴の縁に達すると、横一列になってのぞき込んだ。立坑の直径は約十フィート。そこに渡されているのは、いまでは腐ってほとんど用をなしていない補強用の梁が一本だけだ。穴の縁に生えているオークの根の一本が梁いっぱいに広がって、水分だか栄養分だかを吸い取っている。キャフェリーはオークの木に片手をかけて身をのりだした。白い石灰層が見える。その下は、それよりは色の濃い岩だ。その下は空洞。ただの冷たい闇。そこへ、この世のものとは思えない音がまたしても聞こえた。呼吸音。息を吸って吐く音だ。

カメラ・オペレーターが黄色いケーブルを繰り出して、小型のドロップカムを穴に下ろした。キャフェリーが見守るなか、オペレーターは導線をほどいてモニターをセットした。永遠に時間がかかりそうで、その間キャフェリーは目が痙攣しはじめるのを感じ、オペレーターに向かって「さっさとしろ」とどなりつけたい気持ちを抑えて、ひたすらじっと立っていた。彼の横では、懸垂下降用のハーネスをつけたウェラードが、別の木にロープを固定してひざをつき、片手でオークの根をつかんで穴の上へと身をのりだして、ケーブルにつないだガス検知器を慎重に下ろしていた。穴の向こう側ではウェラードの部下たちが準備をしている――周囲の木々にカーンマントルロープを結びつけ、安全装備を確認し、ハーネスを留め、セルフ・ブレーキ下降器を自分のロープに取りつけていた。

現場指揮官は困り果てて不安げな表情を浮かべて、数歩離れた位置からすべてを見守っていた。彼もこの音に怖じ気づいている。爆発の原因は――事故なのか、プロディが自爆を試みたのかは――だれにも断定できないものの、それにより少女たちがどうなったのかはだれも考えようとさえしなかった。あるいはマーリー巡査部長のことも。彼女たちのうちのだれかがトンネル内にいるのかどうかについても。

「オーケー」オペレーターがカメラを立坑の深部まで下ろし終え、台車に置いたモニターのスイッチを入れた。キャフェリー、ウェラード、現場指揮官がモニターを取り囲んで画面を見た。「魚眼レンズだから映像はゆがんでいる。だが、ここに見えてるのがトンネルの壁だと思う……」オペレーターは唇を歯にはさみ、意識を集中させてカメラのピントをいじった。「ほら。これで見やすくなっただろう？」

徐々に映像が鮮明になった。カメラについているスポットライトが、近づく対象に粗い光の輪を投げかけている。最初に見えたのは古びて苔に覆われ、水をしたたり落としている壁面だった。すぐにカメラがわずかに回転し、スポットライトが運河の黒い水に反射して、水中にあるいくつかのものの形をとらえた。全員が黙りこくっていた。盛り上がった形のものがあれば、それがマーサかエミリーのはずだと、だれもが予期していた。カメラが運河をくまなく探すうちに時間が過ぎた。五分。十分。太陽が雲に隠れた。カラスの群れが頭上の枝から飛び立ち、黒い羽を手のように広げて空を翔けた。とうとうオペレーターが首を振った。

「なにもない。あそこにはだれもいないようだ」

「だれもいない？　なら、あの音はいったいどこから聞こえるんだ？」

「運河からじゃない。地面にも水中にもなにもない。だれもいないんだ」

「だれもいないはずがない」

オペレーターは肩をすくめた。カメラの切り替えボタンをいじった。運河の端を拡大すると、映像の影が濃くなった。

「あれだ」キャフェリーは言った。「ほら、あれはなんだ？」

「わからない」オペレーターは片手でモニター画面を影にして映像に目を凝らした。「なるほど」しぶしぶ言った。「なにかに見える」

「なんだ？」

「あー……わからん。船体？　もしかするとバージ船かな？　くそ——ばらばらになってる。爆発が起きたのはあそこだ」

「あのなかを見ることはできるか？」

オペレーターは立ち上がった。目をモニターに注いだまま、巻いたケーブルを立坑の縁に沿って数ヤード引っぱった。液晶画面を見ながらケーブルに手をかけてしばししゃがんでいた。そのうちに口を開いた。

「できると思う……ああ、ほら。なにか見える」

彼はモニター画面を三人に向けた。キャフェリーと現場指揮官は身をのりだし、ほとんど息もせずに画面を見つめた。キャフェリーは映像を見てもよくわからなかった――バージ船の壊れた金属製の船体がわかるだけだった。

オペレーターが画像を拡大した。「ほら」彼は画面の底の泥と汚れのなかでかすかに動いているなにかを指さした。「これだ。わかるか?」

キャフェリーは目を凝らした。運河でうごめくタール状の泡に見える。なにかがまた動いた瞬間、スポットライトが運河の水に反射して閃光が走った。すぐに、そのなにかが一瞬だけ白くなった。黒くなった。そしてまた白くなった。キャフェリーはものの一秒で、自分の見ているものがなにか気づいた。目だ。まばたきをしている。ハリケーンのようにキャフェリーを直撃した。「くそ」

「彼女だ」ウェラードは、腰につけたペッツル社製の下降器にカラビナをはめ、うしろ向きに穴へ近づくと、渋く硬い顔で縁に立ち、うしろへ体を傾けてロープを試した。「あれは彼女ですよ。今度ばかりは殺してやりたい」

「おい。なにをするつもりだ?」現場指揮官が一歩前に出た。「まだ下りてはいかん」

「ガス検査は異常なしです。なにが爆発したにせよ、あそこにはもうありません。だから下りますよ」

「だが、下には対象もいるんだぞ」

「大丈夫」彼は防弾チョッキのポケットを軽くたたいた。「テーザー銃を持ってます」

「指揮するのは私だ。下りてはいかんと言っている。

あの音の発生源をつきとめる必要がある。これは命令だ」

ウェラードはぐっと口を閉じ、動じることなく現場指揮官を見返した。だが、数歩前へ出て穴の縁から離れ、下降器のハンドルを無意識に握ったり放したりしながら黙って立っていた。

「音の出所を探せ」現場指揮官がカメラ・オペレーターに指示した。「いったいどこからあの音がするのか、つきとめるんだ。彼女ではない」

「了解」オペレーターの顔が引き締まった。「全力をつくすよ。ただ……なんてこった！」彼は画面に身をのりだした。「でも、そう、これだと思う——あんたが探してたものだ」

全員がモニターを取り囲んだ。人間とは思えないものを見つめた。タールと火傷と血にまみれている。これで、運河の水のなかになにも見あたらなかった理由がわかった。プロディは地面にいなかった。爆発により体が持ち上げられ、運河の壁の上方で金属の破片に串刺しになっていた。いわば磔刑だ。カメラを近づけても身動きしない。レンズを見つめ、あえぐように空気を吸い込みながら目を剝くだけだった。

「なんてこった」茫然となった現場指揮官が小声で漏らした。「なんてこった。やつがやられた。完全にやられてる」

画面に目を凝らすキャフェリーの鼓動が速まった。プロディがこれほど利口だとは夢にも思わなかった。彼はこれまで再三にわたって捜査陣を煙に巻いてきた。まんまとこのトンネルに捜査の主力を注がせながら、少女たちは——残されているのが数時間にせよ数分にせよ——まったく別の場所にいる。しかも、彼がここで死ねば、それが最後の謎、警察につきつけられた最後の挑戦状になる。警察になにも自白せずに死ねば。

キャフェリーは背筋をぴんと伸ばした。ウェラードに向き直った。「チームを降下させろ」低い声で命じた。「いますぐだ」

78

とうに陽が沈み、エイボン・バレー地域は静寂とショックに包まれていた。雷の余波が丘陵の斜面を転がりながら離れていった。灰色の雲が低く垂れ込めている。黒油でできた鳥たちが地平線のかなたに集まっていた。

父が不思議そうに空を見上げた。「あれは」ぼそりと言った。「嵐と呼ぶものだ」

フリーは父から数ヤード離れたところにいた。身を切るように寒い。これほどひどい吐き気を感じるのは生まれて初めてだ。嵐が悪臭を伴っていたせいで胸が悪くなった。水と電気、焼いた肉のにおいがした。腸のなかの虫どもは餌を食べて膨らみつづけ、とうとうフリーの腸をつまらせて肺を圧迫しはじめたので、胸が締めつけられるようだった。

バレー地域に新たに訪れた静寂のなかで、ほかの音が聞こえはじめた。耳ざわりなあえぎ。なにものかが必死で生きながらえようとしているようだ。さらに押し殺した声。泣き声だろうか？　フリーは立ち上がって斜面を下った。泣き声は庭のいちばん奥の茂みから聞こえる。近づくにつれて子どもの泣き声だとわかった。洟をすすりあげて泣いている。

「マーサ？」

さらに近づくと、焼け焦げた地面から突き出ている青白いものが見えた。

「マーサ？」おずおずと呼びかけた。「マーサ？　マーサなの？」

一瞬、泣き声がやんだ。フリーはまた一歩近づいた。黒い地面と対照的なほど白く見えるものは子どもの足だった。マーサの靴を履いている。

「お願い」甘い声だ。ひそやかな声。「助けて」

フリーはゆっくりと茂みをかき分けた。顔がフリーを見上げてほほ笑んだ。フリーは枝から手を放してあとずさった。マーサではなく、弟のトムだ。女児用のギンガムチェックのドレスを着た大人のトムが地の精ノームのような笑みを浮かべてフリーを見ていた。髪にリボンをつけ、腕にはぬいぐるみ人形を抱えている。フリーは足を取られて転んだ。尻もちをついたまま草を蹴って茂みから離れようとした。

「行かないでよ、フリー」

トムが靴を引っぱって脱いだ。足もいっしょにはずれた。彼はそれを持ち上げて投げようとした。

「やめて！」フリーは地面を這った。「やめて！」

「死体を見たことある？　死体を見たことあるかい、フリー？　死体が切り刻まれるのを見たことある？」

「フリー？」彼女は振り向いた。だれかが背後に立っている。その人影は父かもしれないし、だれでもありえた。その人影に向かって腕を伸ばしたが、そうしながら自分がもはや丘陵にいないことに気づいていた。押込んだバーにいて、まわりでみんなが空間を求めて押し合っている。「警察だ」隣でだれかが差し迫った口調で言った。「われわれは警察だ」だれかの両手が彼女の体を動かそうとしている。頭上の低い位置には、ガラスの丸い傘が粉々に割れたペンダントランプが太い鎖からぶら下がっている。クライミング用スパイクとハーネスをつけてそれにのぼっただれかが、いまは左右に揺れている。振れるたびに鎖の揺れが速くなってだれかが低くなり、とうとうフリーの顔の前まで下りてきて視界を覆うので、手を上げて押しのけなければならなかった。

「いやあああ」自分のうめき声が聞こえた。「いやあ。やめて」

「瞳孔は正常」だれかがすぐそばで言った。「フリー？」だれかが耳たぶになにかを刺した。釘。親指と人差し指。「聞こえますか？」

「あーっ」彼女は耳もとの手をたたいた。バーの騒音が消えていた。どこか暗い場所にいる。人びとの速い息づかいが反響している。「やぁめてぇ」

「もう大丈夫。静脈路を確保した。ほら」だれかが腕をさするのを感じた。目の奥で明かりが点滅している。いろんな形が。フリーは肺いっぱいに空気を吸い込んだ。「一瞬だけ、ちくっとしますよ。ほら、じっとして。いい子だ。すぐにすみますからね」

頭に手を置かれた。「それでいい、ボス。すぐによくなりますよ」ウェラードの声。子どもにでも言い聞かせるように張り上げている。ウェラードがこのバーでなにをしてるの？　そちらへ向き直ろうとしたが、彼が抑えつけた。「さっ、じっとして」

「いや」針を刺されてフリーはびくりとした。腕を引き抜こうとした。「いや！　いたぁい」

「いいから、じっとして。もう終わります」

「いたいぃ。やめて。いたい」

「ほら。終わりましたよ。すぐに気分がよくなりますって」

朦朧とした意識のなかで彼の腕をつかもうとしたが、だれかの手が彼女の腕を下ろさせた。

「アルミブランケットは？」別のだれかが言っていた。「体が氷のように冷えきっている」

だれかがフリーの指先になにかを留めた。だれかの手がうしろへまわった。首に触れた。ブランケットが音をたてて体を包む。首の下に手を入れて、彼女の体を動かそうとしている。背後に固く暖かいものを感じる。彼らがなにをしているのかわかった——背部損傷を負っている場合にそなえて、彼女の体を脊柱《スパイン》ボードに固定しようとしているのだ。フリーはそれについてなにか言ってやりたかった——冗談を飛ばしたかったが、ふにゃふにゃしてゆるんだ口からは言葉が出てこなかった。

「だめ」なんとか言った。「やめて。引っぱらないで。痛い」

「少しぐらい我慢してもらえ」肉体を伴わない声が言った。「いったいどうやってこんなところへ入り込んだんだ？『Uボート』じゃあるまいし」

だれかが笑った。ふざけてピーンピーンという音をまねた。潜水艦のソナー音のつもりだ。

「笑いごとじゃない。ここはいつ崩落してもおかしくないんだぞ。あの亀裂を見ろ」

「わかった、わかった。こっち側にもうちょっとすき間を空けてくれ」体を揺すられた。身震いがした。水が跳ねた。「よし。これでいい」

続いて、またウェラードの声がした。「うまくいってますからね、ボス。すぐに出られますよ。落ち着いて。さあ、目を閉じて」

フリーは素直に従った。ありがたくも、第三のまぶたのようなものがすばやく目の前に下りてきて、銀幕に浮かぶさまざまな顔のなかへと頭から滑り落ちていくに任せた。トム、ウェラード、ミスティ・キットスン。子どものころに飼っていた小さな猫。と、隣に父がいた――笑顔で片手を差し出している。

「うまくいったな、フリー」

「うまくいったって、なにが？」

「くせ者だよ。うまくいった。爆発した。そうだろう？」

「そうね。うまくいったわ」

「あとは最後の詰めだ、フリー。ここまではよくやった」

フリーは目を開けた。一フィートほど向こうを壁が過ぎていく。シダ類が生え、緑の粘膜がついた石灰石。頭上から射している光が強烈で、目がくらんだ。足が下を、頭が上を向いている。両手を出して体を支えようとしたが、ストラップで脇に固定されていた。すぐ横にケイビング用ヘルメットをかぶった男の顔が見えた。まるでスポットライトでも浴びているように、目を刺すほど色が鮮明で、目がくらむほど線がくっきりしていて、口のまわりには土とすすがついている。男は彼女を見ていなかった。上昇をコントロールすることに意識を集中させて、下方を見つめていた。

「バスケット型ストレッチャー」フリーは呂律のまわらない口で言った。「バスケット型ストレッチャーに固定されてる」

男は少し驚いた様子で、目を上げて彼女を見た。

「なんですって？」

「マーサ。彼があの子をどこに埋めたか知ってるわ。ピット。地下」

「なんだって？」上方から声がした。「今度はなにを言ってるんだ？」

「わかりません。吐き気がするのかな？」男は彼女の顔をのぞき込んだ。「大丈夫ですか？」男は笑みを浮かべた。「すぐによくなります。吐き気がしても大丈夫。無事に保護しましたからね」

フリーは目を閉じた。力のない笑い声を漏らした。「彼はあの子はピットのなかよ」と繰り返した。「彼はあの子の死体をピットに入れた。だけど、あなたにはわたしの言ってることがわからない。そうでしょう？」

「わかってますよ」答えが返ってきた。「心配いりません。処置はしましたから。気分はすぐによくなります」

79

「彼女はなんと言った？　なにを言っていた？」小径の先、百ヤードほど離れた空き地に着陸しようとしている二機目の救急ヘリの音に負けないように、キャフェリーはどならなければならなかった。「〝串刺し〟と言ったのか？」

救急隊員が穴から這い出て、上位部隊のウェラードとふたりの隊員が立坑からストレッチャーを出した。

「吐き気がすると言ってます」救急隊員が大声で答えた。「吐き気《シック》」

「シック？　串刺し《スピット》じゃないんだな？」

「引き上げはじめたときから言ってるんです。吐きたくなるのを心配したんでしょう」彼とウェラードがストレッチャーごと緊急用のベッド・ストレッチャーに載せた。ドクター・ヘリの救急担当医が――黒髪に赤褐色の肌をした小柄で頑固そうな男だ――彼女を診るために前へ出た。携帯型モニターを持ち上げて確認し、親指と人差し指で彼女の爪を押してみて、組織に血流が戻る時間を計った。フリーはうめいた。スパインボードの上で身動きして、手を出そうとした。裂けたブルーのイマーションスーツを着ていると、コーンウォールでサーフィン事故に遭って運び出された負傷者のようだ。爆発の直後に息を吸い込んだときに鼻孔の下についたふたつの黒いしみを別にすれば、顔はきれいだ。髪には泥と枯れ葉がつき、手と爪に血がこびりついている。キャフェリーは彼女に近づこうとしなかった。手を彼女の手に添えてやることも。医師に仕事をさせていた。

「あんたは大丈夫か？」

キャフェリーはちらりと目を上げた。医師は、ストレッチャーをベッドに固定する救急隊員をせっせと手伝っている。だが、手を動かしながら、目はキャフェリーに注いでいた。

「なんと言った？」

「あんたは大丈夫かと訊いたんだ」

「もちろん大丈夫だ。なぜ？」

「彼女は回復する。あんたが心配する必要はない」

「心配などしていない」

「そうか」医師はベッド・ストレッチャーのストッパーを蹴ってはずした。「そうだろうとも」

キャフェリーは、彼らがベッド・ストレッチャーを押しながら斜面を下り、いつでも飛び立てるようにエンジンをかけたまま一機目のヘリコプターが待機している空き地に通じる小道へと彼女を運び去るのを、ぼんやりと見送った。情報の重みがゆっくりとずっしりと胸に収まった――彼女は回復する。「ありがとう」救急隊員たちと救急担当医の背中に向かって小声で言った。「ありがとう」

　腰を下ろせるものならそうしたかった。座って安堵の思いを噛みしめ、今日はもうなにもせずにいたかった。だが、ここで立ち止まるわけにいかない。穴の近くの草地に置いたスピーカーが、まだトンネル内にいるレスキュー・チームの奮闘を伝えている。ヘリコプターの航空救急隊員が――ケイビング用ヘルメットを渡され、ロープアクセス技術の速成講習を受けた――トンネルに入り、串刺し状態で壁に固定されているプロディをひと目見るなり、立坑から切断機を下ろすように指示した。たんに壁からはずして引き上げるというわけにいかない――それでは、ものの数秒で失血死する。まだ胴部に刺さったままのバージ船の断片を切り落としてやる必要があった。この十分、スピーカーは、プロディの苦しげな息づかいと、水圧切断機が鉄を切り進む音を実況で伝えていた。ようやく機械の音が止まり、肉体を伴わない声がプロディのたてている音を制してはっきりと聞こえてきた。「引き上げ準備完了」

　キャフェリーは向き直った。ロールグリス社製の滑車装置がきしみをあげて動きだし、立坑の縁で警察官がロープの巻き取りを監視した。さっきトンネルから出てきたウェラードは、数フィート向こうでハーネスをはずしていた。地獄の悪魔のようにすすけた顔をしている。頬にひと筋、血がついている。こめかみを切ったか、別のだれかの血だろう。

「状況は？」キャフェリーは大声でたずねた。

「いまからやつを引き上げます」ウェラードが大声で返した。「みんな、懸命にやってますよ」

「少女たちは？」

　ウェラードは首を振った。苦虫を噛みつぶしたような顔だ。「手がかりなしです。すみずみまで調べました。バージ船も、隣の区画も。いつ爆発するかもしれません――チームを必要以上に長くあそこにとどめることはできない」

「プロディは？　供述してるのか？」

「いえ。地上へ出たら警部に話すと言ってます。面と向かって話したい、と」

「どう思う？　その言葉を信じるべきか、それとも、やつの言い逃れか？」

「わかりません。私にはなんとも」

キャフェリーは歯のすき間から息を吸い込んだ。うねりのようにこみ上げる不安を抑えようと、両手をぴたりと腹にあてた。立坑の縁を見やった。複雑な滑車装置があえぐような音をたててまわっている。三脚につながっているロープが、立坑の壁面にしがみついている茂みを打ち、穴の縁の柔らかい土に溝を刻んでいた。

「よし、引き上げろ」スピーカーから声がした。「引き上げろ」

五十ヤード向こうの木立の先で、フリーがヘリコプターに積み込まれている。ローターの回転速度が増すと、森がふたたび轟音に包まれた。二機目のヘリコプターの医療チームが立坑の縁に着いた。航空救急隊の男性隊員ふたりと、緑色の飛行服の背中に大きく〝ドクタ〟と描かれていなければ、盛りを過ぎたポールダンサーと言って通りそうな女だ。短身、パグ犬のような醜悪な顔、毛細血管の浮き出た鼻、しかめ面、ブロンドに染めた髪。がっしりして肩幅の広い怒り肩と、内ももの筋肉のせいで足をそろえることができないかのようにわずかに足を開いて歩を進めるのは、サッカーのセンターフォワードの選手の歩きかたにそっくりだった。

キャフェリーは彼女の横へ行った。すぐ近くへ。

「キャフェリー警部です」ぼそりと言って片手を差し出した。

「あ、そう」女医は出された手を取ることも、目を向けることもしなかった。腰に手をあてて、ときおり闇のなかから上がってくるアクセス・チームの黄色いヘルメットが最初に見える位置で立坑をのぞき込んだ。

「負傷者と話をしたい」

「おあいにくさま。この穴から出たらすぐに、あそこのヘリコプターに積み込むわ。現場で治療できるたぐいの負傷じゃないから」

「負傷者が何者か知ってるんですか?」

「何者かが重要?」

「ええ、重要です。あの男はふたりの少女の居場所を知っている。あなたがたが救急ヘリに積み込む前に、やつにはそれを話してもらう」

「一刻も早く治療しなければ死んでしまう。それは請け合うわ」

「まだ息がありますよ」

彼女はうなずいた。「聞こえてる。呼吸が速い。あの分じゃ大量の血を失ってるだろうから、病院までもてばラッキーね。地上へ出たらすぐにヘリに乗せる」

「では、いっしょに行きます」

女医はまじまじとキャフェリーを見た。そのうち笑みを浮かべた。哀れむような笑みだ。「出てきたときの状態を見てみましょうか?」顔を上げて警察官たちを見た。「負傷者が出てきたら、全員が緊急態勢に入る。手順はこうよ。あなたたちは」彼女はふたりを指さした。「ストレッチャーの左右の先頭。ほかの人はうしろにつく。わたしが、まず〝持ち上げ準備〟、続いて〝持ち上げ〟と指示する。そのままヘリコプターへ向かう。わかった?」

全員がうなずき、不安げに立坑をのぞき込んだ。滑車装置のきしみは空き地にまで届いていた。キャフェリーは、この二十分ほど立坑の脇でビデオを撮っている現場捜査班員に向かって大声で言った。「それは音声も録れるのか?」

現場捜査班員はモニターから目を離さなかった。親指を上げた。うなずいた。

「私といっしょにヘリコプターまで走ってもらうぞ。できるだけ近づくんだ——やつのたてるどんな小さな音も、屁の音も聞きたい。いざとなれば、くそったれどもの足を踏んでもかまわん」

「わたしたちをプロらしく扱いなさい」女医がどなった。「そのほうが身のためよ」

キャフェリーは彼女を無視した。立坑の縁に陣取った。三脚のところでロープがきしみをあげている。心臓モニターの音とプロディの呼吸音がしだいに大きくなる。まずチームのひとりが出てきた。地上の警察官の手を借りて穴の縁に這い出ると、今度はふたりでストレッチャーの引き上げに手を貸した。キャフェリーの手のひらに汗が噴き出した。彼はそれを防弾チョッキの胸で拭いた。

「引き上げろ」

ストレッチャーが半分ほど現われ、立坑の縁でななめに傾いて止まった。「頻脈状態」つきそいの救急隊員が、血と土にまみれ、点滴バッグを高く上げて這い出てきた。立ち上がりながらも情報を滔々《とうとう》と医師に伝えている。「脈は一分間に百二十、呼吸数は二十八から三十、パルス酸素濃度計《オキシメーター》は引き上げ中に数値が消えました——四分ほど前です。鎮痛剤投与なし——ああいう状態なので——しかし、晶質輸液は五百ミリ投与」

警察官たちがゆるんだロープを引き、ほんのひと押しでストレッチャーが固く冷たい地面に出ると、石がいくつかはずんで音を響かせながら下方の闇へ落ちていった。プロディの目は閉じられていた。チアノーゼ状態で真っ青になった顔は無表情で、首の副子《ネックスプリント》のひもにはさまれて、まるで鼻の両側が膨らんだボクシング用のフェイスガードでもつけているようだった。ごみと乾いた血にまみれていた。ナイロンのジョギングジャケットは爆発時に火がついて溶け、縮れた断片が彼の首と両手からぶら下がっていた。アルミブランケットの下で、ストレッチャーがどす黒く濡れている。

チームはそれぞれの位置についてしゃがみ、ストレッチャーを持ち上げる準備をした。そのあいだにプロディが身震いしはじめた。

「待って。発作を起こしてる」女医はストレッチャーの横にかがんで携帯型モニターを見た。「心拍低下……」

「なに？」キャフェリーがたずねた。「どうした？」

機械による日焼けをした女医の顔は、固く引き締まった表情を浮かべていた。キャフェリーは口がからからになった。「こいつはたったいままでぴんぴんしてた。なにがあったんだ？」

「ぴんぴんなんてしてなかった」女医は言い返した。「さっき言ったとおりよ。心拍が四十五、四十。もうもたない——あのまま徐脈状態になったの。あとは、あっという間に——」

モニターが長い連続音を発した。

「くそ。心停止よ。だれか、心臓マッサージをして。わたしは気管挿管するから」

救急隊員のひとりが身をのりだして心臓マッサージを始めた。キャフェリーはじりじり近づいてふたりの救急隊員のあいだに入り込み、血で濡れた草地に膝をついた。「ポール」大きな声で呼びかけた。「このくそ野郎。ポール？　私に供述しろ。それだけだ。供述しろ」

「そこからどいて」額に汗を浮かべた女医が、プロディの弛緩した口から気道確保用のラリンジアルマスクを挿入してアンビューバッグを取りつけた。「どいてって。仕事をさせてよ」

キャフェリーはうしろへ下がり、親指ともう一本の指で額をはさんでこめかみを揉みながら長く深く息を吸い込んだ。くそ、くそ、くそ。このままでは負けてしまう。性悪な女医にではなく、プロディに。あのろくでなしに。あのこざかしい男がまんまと勝ち逃げしようとしている。

女医はアンビューバッグを押しつづけ、救急隊員は声を出して数を読みながら心臓マッサージを続けていた。心電図はフラットのまま、モニターのビープ音だけが木立にこだましていた。空き地ではだれも身動きしなかった。この場にいる全員が石と化し、救急隊員が心臓マッサージをしつづけるのを愕然と見つめていた。

「だめね」一分足らずで女医は手を止め、アンビューバッグをプロディの胸に置いた。救急隊員の腕に手をかけて心臓マッサージをやめさせた。「心停止――フラットラインよ。毛細血管の再充満もなし。正直、手のほどこしようがない。処置をやめることに同意してくれる？」

「冗談だろう」キャフェリーは黙っていられなかった。「このままやつを死なせる気か？」

「もう死んでるわ。生き返らない。失血量が多すぎた」

「そんな言い訳、信じるものか。なんとかしろ。除細動だかなんだかをやれ」

「むだよ。体内に血液が残ってない。心臓は停止してる。心臓への刺激を永遠に続けてもいいけど、送り込む血液がない場合は……」

「なんとかしろと言ったんだ」

女医はしばらくキャフェリーを見つめていた。やがて肩をすくめた。「わかったわ」彼女はいらだった険しい表情を浮かべて緑色の救急用リュックを開け、ひと組の箱を引っぱり出すと、ホイルの包みをふたつ振り出した。「いかにむだなことか、見せてあげる。アドレナリン〇・一mg／kg。あのタイタニックをよみがえらせることだってできるわ」最初の包みを歯で破って充填済み注射器を出し、救急隊員に渡した。

「指示はこうよ――アトロピン三ミリグラムを生理食塩水二十五ミリグラムとともに投与」

救急隊員はベンフロンのポートを開け、指示された薬剤を取りつけると、確実に心臓へと流し込んだ。キャフェリーはモニターを見つめた。フラットラインのまま変化はない。ストレッチャーをはさんで、女医はモニターではなくキャフェリーの顔を凝視していた。

「あとは」彼女が言った。「除細動器がある。それを使わせて、この人を操り人形みたいに飛び跳ねさせたい？ それとも、わたしがプロとして判断を下してるんだと納得してくれる？」

キャフェリーは両手を下ろし、なすすべもなく草地に座り込んで、弛緩して黄変していくプロディの体と、蠟で作った仮面のような死の表情が音もなく広がっていく彼の顔を見つめていた。直線のまま動かないモニターの心電図ラインを。女医が死亡時刻を宣告するために腕時計を確認しているのを見て取ったキャフェリーは、そそくさと立ち上がり、できるだけすばやく彼女に背を向けた。ポケットに両手を突っ込んで、凍った草を踏みながら二十ヤードほど離れた。倒れたシダレカンバの山が小径をふさいでいる空き地の端に立った。顎を上げて、梢の先の空に意識を集中しようと努めた。雲に。

本来の自分と冷静さを取り戻して頭を冷やせと願い、祈った。自分の一挙一動を、木立のなかからローズとジャニスが見つめているのを感じる。三十分前から彼女たちがそこにいることは気づいていた。側頭部に穴が開くほど注がれている視線を、ずっと感じていた。だが彼は、挨拶も、ここから追い払うこともしなかった。ふたりは、彼がこの空き地から役に立たないばらばらの事実を受け取って、冷静かつ慎重に行動計画を練り上げるのを待っている。とはいえ、マーサとエミリーに関する手がかりを与えることのできた唯一の人間が死体となって草地に置かれたストレッチャーに横たわっているいま、いったいどうやってそんなことをやれというんだ？

80

　エミリーとマーサを穴から引き上げた男たちは笑みを浮かべている。笑い合い、大声で言葉を交わし、手を上げて勝利の敬礼をしている。少女たちはふたりとも、純白のシーツにくるまれている。マーサの顔は青白いが、エミリーのピンク色で幸せそうな顔はまったく無傷だった。ストレッチャーに起き上がって身をのりだし、人込みに埋もれたジャニスを見ようと、しきりに首を伸ばしている。空き地は金色の光があふれている。光と笑い声、ほほ笑みかけてくれる人びと。ジャニスの夢のなかでは、コートを着た人も、渋面を浮かべた人も、表情を隠すために彼女に背を向けている人もいなかった。ジャニスの夢のなかでは、だれもが夏霞のなかに浮かび、エミリーの手を取ろうと歩いていく足もとにブルーベルが群生していた。

　目の前の意地悪な現実は、空き地に人がほとんどいなかった。ヘリコプターは二機ともとうに飛び去り、捜索チームは道具類をかたづけ、ハーネスをはずし、機材をバンに積み込んでいた。現場指揮官は、捜索にかかわった全員の氏名とくわしい連絡先を記録したあと、チームを解散させた。空き地のまんなかでは、ストレッチャーに載せられたプロディの死体が検視官事務所のバンに積み込まれるところだった。検死医がストレッチャーの横を歩きながら、プロディの顔を観察するためにシーツをめくった。

　ジャニスは凍えそうに寒かった。しゃがんでいたために脚がつり、アドレナリンが流れつづけるせいで筋力も低下していた。破れたタイツを突き破っていくつもとげが刺さり、膝や足から血が幾筋も流れていた。子どもたちはあのトンネルにいない。プロディは死に、キャフェリーとニックの立ちかたから判断して——二十フィートほど離れた木立のなかで、こちらに背中を向け、差し迫った様子で低い声で話している——プロディは警察にいかなる手がかりも明かさなかったようだ。だが、なぜかジャニスは冷静だった。この場に崩れ落ちるのではなく、身じろぎもせずに立ったまま話を聴くのをただ待つだけの強さを、どこからか見つけていた。

対して、ローズは崩壊しつつあった。一ヤードほど向こうの、若いトネリコの木立に囲まれた狭い空き地を歩きまわっている。トネリコの木々は彼女のほうへ傾いて見え、まるで彼女を見つめている、いや守っているようだ。ローズのスラックスは泥だらけで、しゃがんでいた場所の落ち葉や、ひからびたブラックベリーの黒いしみが点々とついていた——彼女は頭を振り、片手で口もとに押しあてたピンクのスカーフに向かってなにごとかつぶやいていた。不思議なことに、ローズがますます正気をなくしたように見え、精神が破綻しそうになるにつれて、ジャニスはますます冷静になり、冷厳なまでに自制が働くようになっていた。ニックが不吉なほど頭を垂れてふたりのほうへ向かって空き地を歩きだすと、ジャニスはその場でじっと待つことができたが、ローズはすぐさまニックの袖をつかんで問いただした。「彼はなんだって？　なにが起きてるの？」

「警察はできるかぎりの手を打ってるわ。手がかりはいくつかあるの。プロディの奥さんが——」

「あの男はなにか言ったはずよ」ローズはたちまち激しく泣きだした。両手を脇に下ろし、口をこわばったOの形に開けて、遊び場にいる無力な幼い少女のように感情をあらわにした。「子どもたちの居場所を話したはずよ。なんでもいい、なんでもいいから教えて」

「奥さんがいくつか手がかりをくれてるし、彼のポケットにキーが何本か入ってて、ある自動車修理工場のものと思われるそうよ。そこを捜索するんだって。それに――」

「だめ！」いきなりローズが叫んだ。甲高くつっかえるような叫び声に、空き地に残っていた全員が顔を向けた。ローズは、別の情報を引き出そうというように、いたたまれない様子でニックの上着を手探りした。

「もう一度トンネルを探して。あのトンネルを探して」

「ローズ！　落ち着いて。あのトンネルはもう捜索したの。あそこにはなにもないのよ」

だがローズはくるりと向き直り、両腕をぎくしゃくと上下に振りながら、空き地に残っている数人の警察官にどなりつけた。「もう一度、探しなさいよ！　探しなさいって！」

「ねえ、聞いて。ローズ！」ニックは、振りまわされる腕をつかもうとした。ローズの脇に押さえつけようとした。やみくもに振り動かされる手をもろにくらうのを避けようと、目を閉じて顔をうしろへ引いていなければならなかった。「またあそこへ入るわけにはいかない――危険すぎるの。ローズ！　聞きなさい！　もう一度あそこへ入るわけにはいかないのよ――ローズ！」

ローズはまだ叫び声をあげながらニックの手を振りほどき、傷ついた鳥がなおも羽ばたこうとするように両手をますます速く動かした。よろよろと何歩か前へ出て木にぶつかりそうになると、別方向へ行くかのようにわずかにそれ、また前を向いて、少しよろめいたように見えた。と、膝を撃ち抜かれでもしたように地面に崩れ落ちた。額が地面に触れるほど体を折り曲げた。両手が出てきて、顔を地面にぶつけようとでもするように、うなじをつかんだ。体を揺らし、凍った地面に向かって咆哮し、口から唾液を長く垂らして土を濡らした。

ジャニスが行ってイバラの茂みに膝をついた。彼女の心臓も鼓動が速くなっているが、自制心が大きくなっていた。ますます大きく、強固になっていた。「ローズ」年上の女性の背中に手をあてた。「聞いて」

ジャニスの声に、ローズは体を揺らすのをやめて静かになった。

「聞いて。わたしたち、進まないと。ここはちがったけど、探す場所はほかにもある。彼の奥さんが手を貸してくれるわ。子どもたちを見つけるのよ」

ゆっくりとローズが頭を上げた。小ぶりのスカーフの上の顔は、赤い肉と粘液が絡み合ったようだった。

「ほんとうよ、ローズ、約束する。子どもたちを見つける。彼の奥さんは好感の持てる人よ。いい人なの。だから力を貸してくれる」

ローズは鼻をぬぐった。「そう思う?」かろうじて聞き取れるほどの小声だった。「ほんとうに、そう思う?」

ジャニスは深呼吸をひとつして空き地を振り向いた。

検視官事務所のバンが出ていくところで、現場指揮官は駐車場へ向かいはじめ、最後まで残っていた捜索チームがバンのドアを閉めた。冷静さの底からなにかが——固く、苦く、悲壮ななにかが——泡のように浮上したがっている。絶対に埋まることのない穴から身をふりほどきたがっている。だが、ジャニスはそれを飲み込んでうなずいた。「思うわ。さあ、立って。それでいいわ。立ち上がって進みましょう」

81

点滴になにが入っているのか定かではないが、もう一本打ってもらうためなら給与の半年分を支払ってもいいとフリーは思った。彼女をヘリコプターのベッド・ストレッチャーに固定した救急隊員にそう言おうとした。回転翼がまわりはじめたときに、大声でそう伝えようとした。彼は前にも同じせりふを聞いたことがあるか、フリーの言葉がまだ意味をなさないのだろう。笑みを浮かべてうなずき、じっとして横になっていろと身ぶりで示しただけだった。だからフリーは伝えようと努力するのをやめた。横になって、ヘリコプターの天井内装材の模様が振動でひとつに溶けるのを見ていた。ハッチから入ってくる、真新しい排気ガスのにおいを嗅いでいた。航空燃料と陽射しのにおいを。

目を閉じた。たゆたうように夢の世界へ戻った。白い羽のように包み込む夢の世界に身を任せた。フリーは空に浮かぶ小さな点にすぎなかった。旋回するタンポポの綿毛。上空は雲ひとつない。眼下に広がる陸地は色とりどりの英国風パッチワークだ。影はひとつも映っていない。混じりもののない緑と茶色。森が見えた。深くフラシ天のような森。鹿たちが草を食んでいる小さな空き地。人間たちも見える。ピクニックをしている人たち。かたまって立っている人たち。トネリコの森に走る亀裂のような、緑に囲まれた小径を、駐車場へ向かって歩いている三人の女が見えた——ひとりはオイルスキン、ひとりはピンクのスカーフ、ひとりは緑色のコート。緑のコートの女は靴を履いていない。スカーフの女の体に腕をまわしている。ふたりともあまりに低くうなだれているので、いまにも倒れそうに見える。

フリーは身をよじって離れた。木立のてっぺんを横切った。立坑の入口が見える。周囲にふんわりと灰が浮かんでいる。この高さからだと、トンネルまで見通すことができる。音が聞こえる。子どもの泣き声。と、記憶がよみがえった。マーサの死体。ピットのなか。マーサはそこにいる。なんとかしなければ。

フリーは頭を持ち上げた。あたりを見まわした――この一帯から離れようとしている警察車輛やその他の車が見えた。黄色く染めたクモの巣を冬景色に広げたように、遠方まで何マイルも延びている道路網が見えた。南の大きな高速道路へ向かって蛇行する道路では、淡い陽光が車のルーフに反射している。小さい車――トンカのおもちゃのようだ。フリーはその車に目を注いで前方へまわり込み、自然力が満ちてそこへ運んでくれるのを待った。自然力が彼女の肩をつかまえると、頭を前にして滑るように空を飛び、雲を突き抜けた。草地や木立が下方を飛び去り、さっきの道路が見えたところで、徐々に近づくと、やがて通り過ぎる路面が粒子にいたるまで見えはじめた。行く手にさっきの車のルーフが見えてきた。近づくにつれて、風が銀色の速い流れとなってルーフの上でうねっているのが見えた。車は、どこにでもあるシルバーのモンデオ。専門家部隊が使うたぐいの車。フリーは速度をゆるめ、車と同じ高さまで下りて併走した。助手席側のドアミラーに手をかけて、窓の外を飛んだ。

車内にはスーツを着た男がふたり。ハンドルを握っているほうはなんとなく見覚えがあるが、彼女の関心を引いたのはこちら側、助手席に座っている男――遠い表情をしている――ジャックだ。ジャック・キャフェリー。この世でただひとり、目で彼女の心臓を粉々に砕くことができる男。

「ジャック?」フリーは窓に顔をつけた。ガラスをノックした。彼はこっちを向かなかった。宙を見つめて座っている。車が揺れるたびに彼の頭も揺れた。「ジャック」

彼はなんの反応も示さなかった。うちひしがれた顔、精力も希望も欠いた顔は、いまにも泣きだしそうに見える。シャツとネクタイの上に防弾チョッキを着ていて、両袖に血がついている。拭き取ろうとしたにちがいないが、位置がそれたのだろう。手首のまわりに赤茶けた線がついている。フリーは窓ガラスに顔を突っ込んだ。鼻を軽くあて、溶けかけて白濁したガラスを突き抜けると、車のなかにいて、暖房がききすぎた車内のむせ返るようなにおいを嗅いでいた。アフターシェーブローションと汗と疲労の混じったにおい。彼の耳に唇を押しあてた。鼻先に彼の髪がちくちくした。

「彼女はトンネルの地面の下よ」フリーは声をひそめて告げた。「彼が掘ったの。彼女をピットに入れた。ピットよ、ジャック。ピット」

キャフェリーは耳に指を突っ込んだ。指をもぞもぞと動かした。

「ピットと言ったの。運河の地面のピットよ」

キャフェリーはプロディの喘鳴が耳から離れなかった。彼の死がとどろいた。その音がどうしても消えない。右耳で鳴りつづけている。指で耳をほじった。頭を振った。だが、すぐそばにだれかが座って耳もとで囁いているようだった。

「ピット」その言葉が不意に頭に浮かんだ。「ピットだ」

ターナーが横目で見た。「なんです、警部?」

「ピット。ピットだ。いまいましいピット」

「それがなにか?」

「わからん」キャフェリーは身をのりだして窓外に目をやり、流れ過ぎる路面標示を見つめた。陽射しの直撃を受けて目がくらむ。頭がまた働きだした。今度は猛スピードで。猛回転している。ピット。その言葉を口にしてみる。その語がなぜ完全な形で頭に浮かんだのかがわからない。〝ピット〟。地面に開けた穴。ものを隠す場所。捜索チームは全方向の徹底捜索をするように訓練を受けている。さっきは、その言葉の罠に引っかかるところだった。彼らの調べる全方向に〝上〟は含まれない。トンネル内でプロディを探す際に上を調べなかったように。だが、〝下〟はどうだ。足もとの地面より下、地中の捜索。いままで考えもしなかった。

「警部？」

キャフェリーは指先でダッシュボードをたたいた。

「クレアが、息子たちは警察を死ぬほど怖がってると言っていた」

「はあ？」

「どういうわけか、やつは息子たちに、警察は敵だと思い込ませた。もっとも頼ってはいけない相手だと」

「なにが言いたいんです？」

「捜索チームがトンネルに入ったとき、最初に叫んだ言葉は？」

「チームが最初に叫んだ言葉ですか？　さあ。たぶん〝警察だ〟でしょう。そうすることになっているので。そうでしょう？」

「チームがトンネル内を捜索しているとき、プロディはどこにいた？」

ターナーは、頭がもうひとつ生えてきた生物でも見るような妙な顔をキャフェリーに向けた。「やつはトンネルにいましたよ、警部。チームといっしょに」

「そうだ。で、捜索が行なわれているあいだ、やつはなにをしていた？」

「やつは……」ターナーは首を振った。「わかりません。なにを言いたいんです？　やつは死にかけてたんだと思います」

「考えてみろ。やつは息をしていた。大きな音で。きみも聞いただろう。だれもあの音から逃れられなかった。爆発直後から、みんながあの穴を出るまで、あの音がやむことはなかった。トンネル内でほかの音は聞こえなかったにちがいない」

「トンネル内は捜索しましたよ、警部。チームが捜索した。少女たちはいなかったんです。なにを考えてるにせよ、なんだってそんなことを思いついたんです?」

「それは私にもわからんよ、ターナー。だが、そろそろ車をUターンさせてくれ」

82

なぜ自分の体がこんなことに耐えられるのか、ジャニスにはわからなかった。骨も筋肉も水のようだ。緊張のあまり頭が爆発するんじゃないかと思った。ローズの手を握ってシダレカンバの幹を背に立ち、ふたりで茫然と空き地を見つめていた。状況は一変していた。ここはもはや、三十分前にあとにした、落胆と沈黙に包まれた場所ではない。立坑の周囲は人がいっぱいだった――警察官たちが大声で言葉を交わし、さっき詰め込まれた機材が急ぎ取り出されていた。新たな医療ヘリが空き地に着陸し、回転翼を止めて待機している。滑車装置がふたつ準備されて、ふたりが立坑を下りた。百フィート下の闇のなかでは穴を掘る音と興奮した叫び声が混じり合っているはずだとわかっているが、ジャニスの腑に落ちないのは、地上にいる人たちの気づかわしげな表情だった。事態はそれほど深刻だということだ。ニックは厳粛な面持ちで、両手をポケットに突っ込んで、ローズとジャニスの少し前に立っている。ジャニスのアウディを駆ってA四一九号線を引き返しているときに、陽光をフロントガラスに反射させて逆方向へ疾走する車列に目を留めたのはニックだった。彼女はそれが重大犯罪捜査隊の覆面車輌だと気づき、その意味するところを悟った。ハンドルを切ってアウディを待避所に停め、二車線を使って方向転換すると、アクセルを踏み込んで車列のあとを追った。今回は、現場を見に行こうとする彼女たちを止める人間はひとりもいなかった。だれにもそんな暇はないようだった。

「ストレッチャー」ニックが唐突に口にした。「ストレッチャーが二台」

ジャニスは身を固くした。ローズとともに頭を突き出して見ると、四人の救急隊員が駆け足で空き地を横切った。陰影を欠いた緊張の面持ち。そこからはなにも読み取れない。「ストレッチャー？」鼓動が大きく響きはじめた。「ニック？　それってどういう意味？　ストレッチャー？　どういう意味？」

「わからない」

「子どもたちが生きてるってこと？　もしも死んでたら、ストレッチャーを持ってこさせるはずがない。そうでしょう？」

ニックは答えずに唇を嚙んでいた。

「そうよね、ニック？　そうでしょう？」

「わからない。ほんとうにわからない」

「また救急隊員が立坑に入っていく」ジャニスの声がうわずった。「あれはどういう意味？　ねえ、教えて」

「わからないわ、ジャニス――ほんとうよ。期待を持たないで。捜索チームのだれかのためかもしれないんだし」

　ジャニスがいままで強固に保っていた核が崩壊し、代わりに弱さと疲労でがっくりと力が抜けた。「もう無理」かぼそい声でそう漏らすと、身をよじってローズを見た。喉が詰まった。「ローズ、もう耐えられないわ」

　今度はローズが強さを見せる番だった。ジャニスの腰に腕をまわして体を支え、預けられた体重を受け止めた。

「ごめんなさい、ローズ。ごめんなさい」

「気にしないで」ローズは足を踏んばって立ち、ジャニスの腕を持ち上げて自分の肩にまわした。額を低くして、ジャニスの額と合わせた。「気にしないで。支えてるから。呼吸を整えなさい。その調子。ゆっくり。呼吸を続けて」

　ジャニスは言われたとおりにして、冷たい大気が鼻孔から肺へと流れ込むのを感じた。涙が頬を伝う。それを止めようとせず、顎の先からしたたって足もとの枯れ葉に落ちるに任せた。ニックが背後へまわり、ふたりの背中に手を置いた。「ごめんね、ジャニス」ニックが低い声で言った。「もっと力になれればいいんだけど。もっと、あなたがたの力になれればいいのに」

　ジャニスは黙っていた。ニックのつけている香水と、オイルスキンの上着の濃厚な木のようなにおいを感じた。ローズの息のにおいと鼓動を感じた。ローズの心臓もわたしの心臓と同じことを感じている、と思った。ふたつの心臓が呼応している。同じように痛みを覚えている。ローズのセーターには花の刺繍がいくつもあった。バラだ。ローズのバラ。ラッセル・ロードの家の壁紙はバラの模様だった。幼いころベッドに横たわって、このまま眠らせてと念じながらその模様を見つめていたことを思い出した。ありがとう、ローズ。あなたがいてくれてよかった。

だれかの叫び声がした。

「ほら」ニックが言った。「なにか出てくるわ」

ジャニスは口を開けたまま、はっと顔を上げた。滑車装置が動いている。キャフェリーは五十ヤードほど離れたところで、彼女たちに背中を向けている。ブルーのヘッドセットをつけて彼のそばに立っている男が片方のイヤホンを持ち上げると、キャフェリーは男に身を寄せてイヤホンでなにか聞いていた。それ以外は全員、穴の縁に立ってなかをのぞき込んでいた。なにかを引き上げている。それは確かだ。キャフェリーが身をこわばらせた――うしろ姿でもそれはわかる。いよいよだ。現実になにかが起きている。ジャニスは、ローズの肩に載せた手を握りしめた。

キャフェリーは青い顔で男から離れた。肩越しに視線を向け、彼女たちが見ているとわかると、表情を目に留められないようにあわてて前を向いた。ジャニスは、自分のなかでなにかが崩れ、脚から力が抜けるのを感じた。フリーフォールに乗っていきなり急降下させられたときのような息苦しさで胸がいっぱいになった。もうおしまいだ。子どもたちは死んだ。それがわかった。キャフェリーはわずかな間を取ってネクタイをまっすぐに直した。上着のボタンを留めて両手で整え、深呼吸をひとつすると、肩を上げて彼女たちに向き直った。ぎくしゃくした動きで歩いてそばへ来たとき、ジャニスは彼の目の下にくまができていることに気づいた。

「座りましょう」

女性陣は倒木の幹に、キャフェリーは向かいの切り株に、おおよそ円になるように座った。ジャニスは両手を髪のなかに入れ、歯を鳴らしていた。キャフェリーは両膝に肘を載せて身をのりだし、彼女たちをひたと見すえた。ニックも耐えられないようだった――目を伏せて地面を見ている。

「娘さんたちを見つけるのにこんなに時間がかかって

しまって申し訳ありません。長らくお待たせせして、申し訳ありません」

「言ってよ」ジャニスが切りだした。「お願い。はっきり言って」

「そうですね」キャフェリーは咳払いをした。「プロディはピットを作っていました。運河の脇の地中に。とても小さく、波形鉄板がかぶせてありました。われわれは、そのピットにトラベルトランクを見つけました。彼はふたりをそこに押し込んでいたんです。ふたりは……」

「神さま、お願い」ジャニスが蚊の鳴くような声でつぶやいた。「お願い」

キャフェリーは憔悴した顔に詫びるような表情を浮かべて彼女を見た。「ふたりはすっかり滅入っています。とても怯えて、腹を空かせています。なにより、お母さんに会いたがっていますよ」

ジャニスが立ち上がった。心臓が高鳴っている。

「ジャニス、待ってください。まずは医師たちに——」

だが、彼女はキャフェリーを押しのけ、ニックを——ジャニスを止めようと、あわてて立ち上がっていた——押しのけて、コートをひるがえしながら空き地へ走っていった。ローズも解き放たれたように駆けだしてあとを追い、口を開けて泣きながら、ぎこちない足どりで斜面をのぼった。彼女たちの右手でだれかが笑い声をあげていた。最高に幸せな歓喜の声。三人の男たちが肩をたたき合っていた。女たちが駆けてくるのを見て、立坑のそばにいたふたりの警察官は、縁から数フィート手前で手を広げて止めようとしたが、今回は一時間前とはちがい、引き締めた渋い顔ではなかった——女たちが息をはずませ、あえぎながら腕のなかに飛び込んできたとき、彼らはほほ笑みかけんばかりだった。

「ここで待ってください。すべて見えるから。とにかく、ここで待って」

滑車はふたつとも三脚の上部で回っていた。ケイビング用ヘルメットをかぶった頭が見え、点滴バッグを持った男が出てきて膝をついた。立坑の縁で向き直り、地上チームがストレッチャーを地面に引き上げて穴から数フィートのところに置くのを待った。アルミブランケットにくるまれたマーサだ。こわばった顔で、この光景と音と光にとまどっている。緑色のスラックスに大きな防水ジャケットを着た女がなにかどなると、どこからともなく現われた救急隊員たちが群がった。ローズは喉が詰まったような音をたて、男たちを振りほどいて進み、引き戻そうとする手を無視した――ストレッチャーの横に膝をつき、マーサの胸もとに上体を伏せて、泣きながら愚にもつかないことをあれこれと話しかけた。

立坑でだれかが大声をあげた。別の地上チームが身をのりだして穴をのぞき込んだ。また赤いケイビング用ヘルメットが見えた。

「引き上げろ」だれかがどなった。「そうだ――引き上げろ」

男の頭がぎくしゃくと数フィート上がった。ジャニスは息ができなかった。男は首を傾け、自分の下方に意識を集中している。その首を汗が伝った。滑車がまわり、ストレッチャーが立坑の縁にぶつかってまわり、裏面が見えた。滑車係が手を伸ばして重みを引き受けた。そのはずみでストレッチャーが少しまわってエミリーの顔が見えた。

ジャニスの胸に閉じ込められていた悲嘆と不安の重い包みが破れた。体じゅうに分散された。手を出して、膝から崩れないようにバランスを保つ必要があった。エミリーの髪は湿って頭に張りつき、顔は青ざめている。だが、目には輝きと生気があった。状況を飲み込もうと、あたりを見渡した。下方の大きな穴。立坑の縁に集まった人びと。いっしょに滑車にぶら下がっている男がなにか言った。軽い冗談だろう。エミリーは振り向き、男の顔をのぞき込んで笑い声をあげた。

笑顔だ。エミリーが笑みを浮かべている。

ジャニスは草地に立ったまま、暖かいものが背中をのぼってきて、光で頭を包み込むのを感じた。暖かいものが胸を開いて心臓を起動し、呼吸を開始させるのを感じた。夢で見たのと同じ光景。エミリーが見ている――まっすぐにジャニスの目を。

「ママ」愛娘がひと言だけ口にした。

ジャニスは手を上げてほほ笑んだ。「お帰り。会いたかったわ」

83

この薬品工場が位置するのは、高地地帯で雨の少ないグロスターシャー州南部のわずかなくぼ地――この州の大半を傲然と占めた王家の狩猟場のせいで工業化を妨げられた一帯だ。警察は、地中レーザー探査装置《GPR》と、ロンドン警視庁から派遣された死体捜索犬を使った。捜索は一日がかりで行なわれ、レーザー経緯儀《セオドライト》を使って地面に碁盤状の線を引いたあと、地道に一インチずつ歩き、必要な場合は機械類を使って、倉庫の壁ぎわを調べた。

この地域では、点在する小さな森は、雑木林《コプス》ではなく、十九世紀の古くさい〝やぶ《コバート》〟という呼びかたをされる。薬品工場にもっとも近く、ちょっとした高台にある森は、パイン・コバートの名で知られていた。この夜、その森は夕日で金と赤に染まっているが、工場から見えない木立のかげにふたりの男が立って、捜索の進展をひそかに見守っていた。キャフェリー警部と、ウォーキングマンと呼ばれる男だ。

「連中はだれを探してるつもりなんだ？」ウォーキングマンがたずねた。「おれの娘じゃないだろう。そう思ってたら、これほど入念な捜索をしないはずだ」

「そうだな。ミスティ・キットスンの捜索だと言ってある」

「ああ、なるほど。あの美人だな」

「あの有名人だ。重大犯罪捜査隊の最大の汚点」

午後じゅう空を這うように低かった太陽は、陽射しはもたらしてくれたものの地面を暖めてはくれず、日没を迎えたいま、捜索チームは報告を終えて解散しはじめていた。三々五々、大きなアーク灯の下にある境界のゲートを通って、待機しているバンや車へ戻っていく。キャフェリーとウォーキングマンには彼らが交わしている言葉は聞こえないが、想像はついた。

「なにも出ない」ウォーキングマンは思案顔でひげをなでた。「娘はここにはいない」

キャフェリーは彼と肩を並べて立っていた。「全力をつくしたんだ」

「わかってる。あんたが全力をつくしてくれたことはわかってるよ」

捜索チームを乗せた最後の車が工場前から走り去ったので、もう安心してたき火をつけることができる。ウォーキングマンが数歩ばかり背後の森へ入り、薪にする枝を拾ってきて山にした。丸太の下からライター用燃料を取り出してその山に振りかけた。マッチを放り入れた。一瞬の間を置いて、着火の音がした。オレンジ色の炎がボール状に膨らんだあと、細くなって枝に広がり、赤々と燃える指で熱と煙を送り込んだ。ウォーキングマンは別の丸太へ行って、その下からあれこれと引っぱり出しはじめた——巻いた携帯寝具、缶詰食品、いつものリンゴ酒の大瓶。

キャフェリーは離れたところから彼を見ながら、オフィスの壁に張った地図のことを考えていた。どこでキャンプをするにせよ、こうした必需品がつねにウォーキングマンを待っている。どういうわけか、すべてが——とてつもない任務、果てなく続く娘の捜索——周到に計画されている。当然だ。わが子の捜索——永遠に続くに決まっている。決して終わるはずがない。連れ去られたわが子を取り戻したときにローズとジャニスの顔に浮かんだ表情を思い出した。決してキャフェリー自身の顔に浮かぶことはないであろう表情。ウォーキングマンの顔に浮かぶこともないのかもしれない。

「あの犯人は見つけた。ほら、あの手紙の送り主だ」

ウォーキングマンはプラスティックのマグカップふたつにリンゴ酒を注ぎ、ひとつをキャフェリーに差し出した。「そうだな。あの草地を歩いてくるあんたの顔を見た瞬間、そうだとわかった。だが、犯人はあんたが思ってたほど単純ではなかった」

キャフェリーはため息をついた。草地の向こう、上空の雲にオレンジ色の光を放っているテットベリーの町を見やった。サパートン・トンネルはあの町の向こう、明かりの灯っていない一帯にある。ヘリコプターへと運ばれていくふたりの少女の姿が脳裏をよぎった。二台のストレッチャー、ふたりの少女。ストレッチャーを結ぶ橋。年上のマーサが腕を伸ばしてエミリーの手を握ってやってできた、触れれば壊れそうな青白い橋。ふたりは四十時間近く、トンネルの地下に埋められた大型トランクのなかでいっしょに横たわっていた。双子の胎児のように抱き合い、恐怖や秘密があらわな息をたがいの顔に吐き合っていた。病院で検査を受けたふたりは、予想以上に良好な状態だった。プロディはふたりに手出ししていなかった。マーサに下着を脱がせたあと、長男のジョギングパンツをはかせていた。紙パックのアップルジュースを何本かトランクに入れてやり、自分は警察官だと告げていた。〝これは、本物のカージャック犯からきみたちを隠すための極秘作戦なんだよ。だって、本物のカージャック犯は想像もできないほど凶悪なんだから。どんなことでもやるし、だれのふりでもするペテン師だ。だから、あいつに見つかりたくなければ、どんなことがあっても音をたてちゃいけない——あいつがだれのふりをしててもね〟。

マーサは彼の話を信じるのにいくらか時間がかかった。エミリーは、セーフハウスでプロディを警察官だと紹介されていたので、彼の説明を鵜呑みにした。この話をしたとき、彼はふたりにお菓子を与えていた。彼はやさしい。ハンサムでたくましく、信用できる。子どもの誘拐事件では、ときにこういう展開がみられる。

「座れ」ウォーキングマンが丸太の下から重ねた皿を取り出した。「座れ」

キャフェリーは薄い携帯寝具の上に腰を下ろした。地面は凍えるほど冷たかった。ウォーキングマンは、火勢が増したらすぐに温められるように、缶詰と皿を火のそばに置いた。自分のマグカップにリンゴ酒を注ぎ足すと、腰を下ろした。

「それで……」彼は片手を振って、捜索が行なわれた柵のなかを指し示した。「これは？　おれのためにこんなことを？　お返しになにをやればいい？　怒りじゃないのは確かだな。怒りは収めて飲み込むしかない」

「なにをくれる？」

「あんたの兄さんを取り戻してやることはできない。あんたがなにを望みつづけてるかは知ってるが、兄さんのことで教えてやれることはなにもない」

「教えられないのか、それとも教える気がないのか？」

ウォーキングマンが声をあげて笑った。「前にも言ったろ、ジャック・キャフェリー。同じことばかり言いつづけて、げっそりしそうだ――おれは超人なんかじゃなく、普通の人間だ。あんたは、西部地方の路上で哀れな人生をむだにしてる前科者が百マイル以上も離れたロンドンで三十年も前にひとりの少年の身になにが起きたか知ることができるなどと、本気で信じてるのか？」

図星だった。実際、キャフェリーは頭のどこかで、この柔和な声をした不可解なホームレスが三十年も前のできごとについてなにか知っているかもしれないと、考えていた。両手を火にかざした。車は百ヤード離れた場所、この森から見えない場所に置いてある。マートルは乗っていない――ブラッドリー家へ戻ったのだ。いまいましいことに、あの犬がいなくてさびしかった。

「じゃあ、環について話してくれ。美しい環。私があの女性を守ることが美しい環だって話を」

ウォーキングマンは笑みを浮かべた。「見返りなしになにかを提供するのは主義に反する。だが、助けてもらったんだから、今回は例外だ。無償で提供しよう――はっきり言うと、あの夜のできごとをこの目で見た」

キャフェリーは目を丸くして彼を見た。

ウォーキングマンはうなずいた。「重大犯罪捜査隊の汚点？　あの美人？　彼女が死ぬのを見たんだ」

「どうやって？　いったいどうやってそんな……？」

「簡単なことさ。その場に居合わせたんだ」彼は節くれだった指を振って南を、ウィルトシャー州のほうを指し示した。「丘の上で考えごとをしてた。前にも言ったとおりだ――頭を開放するだけでいい。開放しておけば、あるとき突然、思ってもみなかった真実が頭のなかに満ちあふれる」

「真実？　くそ――なんの話だ？　真実ってなんだ？」

「汚点の美人を死なせたのはあの女じゃないって真実だ」ウォーキングマンの顔はたき火の炎に照らされて赤かった。目が光った。「死なせたのは男だった」

キャフェリーは規則正しい呼吸を続けた。ゆっくりと。なにも顔に出ないように。男。頭のなかですべてが腑《ふ》に落ち、いまとなっては明らかで単純だと思える形に——長らくこの瞬間を待ちつづけていただろう——収まりはじめた。ミスティを死なせた男？　その男をフリーがかばった？　となると、あのろくでなしの弟だ。まちがいない。こうもあっさりと当然のようにこの結論に達したので、まるで最初からキャフェリーの頭のなかにあって、ごみの山から押し出されるのを待っていただけのように思えた。

「で、わが敬愛する警察官のミスタ・キャフェリー」ウォーキングマンはたき火で赤やオレンジに染まった木々の枝を見上げた。「この真実があんたにもたらすものは？」彼はキャフェリーに視線を戻してほほ笑んだ。「拠って立つ場所？　それとも出発点？」

キャフェリーは長らく黙り込んだ。この真実の意味するところを考えた。そもそもフリーの弟がしでかしたことだった。自分の覚えた怒りを振り返った。彼女にぶつけたかった言葉を思い出した。立ち上がって森の端へ行き、空を向いて立った。はるかかなた、太古の流れエイボン川の源泉とされる忘れ去られたウォー・ウェルの近辺は、かすかに傾斜している。このくぼ地と接するあたりに、テットベリーのはずれにある建物が遠く点々と見えている。民家、自動車修理工場、工業用の建物。病院。フリー・マーリーがヘリコプターで搬送された病院だ。建物の多くには明かりが灯り、木立の蛍のように、暗い高地を照らしている。あのひとつが、彼女のいる病室だ。

「どうなんだ？　拠って立つ場所なのか、それとも出発点か？」

「答えはわかってるだろう」キャフェリーは一インチ

前進したのを感じた。延々たる強い力が全身を駆け抜けた。まるで、走りだす準備が整ったようだった。

「出発点だ」

84

ウォーキングマンのたき火の煙はまっすぐ悠然と夜空へのぼっていった。どんな風にも乱されることなく暗い木立の上方へ伸びる煙は、凍えるような空に浮かぶ灰色のまっすぐな指のようだった。煙は周囲数マイルから見えた。テットベリーの街路からも、バレー地域のはずれに立ち並ぶ農家からも、ロング・ニューントンの農業施設からも、ウォー・ウェルの近くの小径からも。テットベリー病院の個室でフリー・マーリーは眠っていた。運び込まれたときは重度の脳震盪を起こし、失血もひどく、低体温症と脱水症に陥りかけていた。だがCTスキャンの画像は明瞭だった。彼女は回復する。救急病棟を出てこの個室へ移されると、ウェラードがセロファンと紫色のリボンでくるんだユリの花束を持って見舞いに来た。「弔花を頼んでおきました。あなたがまたばかなまねをして命を失って実際に葬儀が行なわれることになっても、参列するつもりはないので」不機嫌そうにプラスティックの椅子に腰を下ろして、ウェラードは一部始終をくわしく話して聞かせた。ブロディの死にざま。あそこに埋められていたのはマーサだけではなく、エミリー・コステロもいたこと。ふたりとも元気で、この病院に入院していて、家族がお菓子やおもちゃ、カードを持ってきたこと。そして、潜水捜索隊は——まあ、鼻高々だ。フリーの行動がまったく問題にされず、大いに称賛を浴びているおかげで。警察本部長など、見舞いに来たがっていると言って、明朝、見舞いに来たがっているから、退院前に会いたいなパジャマを用意しておいたほうがいい。

夢のなかでフリーはいま自宅にいた。嵐雲は消え失せていた。トムはいなくなり、フリーはさらに幼くなっていた。おそらく三歳か四歳だ。ガレージの外の砂利に座り込んでケイビング用ライトをいじり、幼児らしいずんぐりした指で火をつけようとしていた。飼い猫はまだ仔猫で、すぐ横に立ってフリーの手のそばに前足を置き、しっぽを宙に上げて、フリーがやっていることに全エネルギーを注いでいる。数フィート離れた芝生の上で、父が土を掘ってならし、種をまいていた。「よし」父が古めかしいじょうろで水をやった。「これでよし。終わったよ」

フリーはライトを置いた。立ち上がって父のそばへ行き、地面を見下ろした。種のいくつかは、早くも芽が出はじめている。小さなエメラルド色の芽。「パパ？　これはなあに？　わたしが見てるのはなあに？」

「おまえの場所だよ。この世でのおまえの居場所だ」父は片手を上げて、この景色を楽しめと手招きした——西に見える高く積み上がった雲、庭の境になっている並木。矢印のような形で上空を翔《かけ》る鳥の群れ。「ここがおまえの居場所だ。ここで待ちつづけていれば、辛抱強く待っていれば、いいことが向こうからやって来るよ。もしかしたらね。案外、いま向かってきているかもしれない。いまこうしているあいだも」

フリーは足もとの地面が震動するのを感じた。体のなかから湧き上がる興奮にわくわくして、ぽっちゃりした両腕を上げ、地平線に向かって広げた。やって来るものを迎えようと、はやる気持ちで一歩前へ出た。口を開いてなにか言いかけた——その瞬間、病院のベッドで目が覚め、空気を求めてあえいだ。

病室内は静まり返っている。テレビは消え、明かりは薄暗い。カーテンは開いたままなので、ガラスに映った自分のおぼろな輪郭が見える。白くぼやけた顔。ぼんやり見える病衣。その向こうに、雲ひとつない空。星、月——細く、聖書に出てくるようにまっすぐ立ちのぼる煙。

その煙を見つめていると頭が猛回転しだした。煙の秘めた力が大空を渡り、窓ガラスを突き破ってこの部屋に入り、胸に満ちるのを感じた。においまで感じる気がした。ほら——まるで、この部屋でなにかがくすぶっているようだ。怖くなり、肘をついて身を起こし、目を見開いていると、胸の圧迫感が強すぎるせいで、口を開けて息をしていた。夢で父の姿をはっきりと見たせいかもしれないし、脳震盪、あるいは病院で投与された薬のせいかもしれないが、あの煙は彼女になんらかのメッセージを送っているような気がした。

〝なにかがやって来る〟と煙は告げていた。〝なにかがおまえのもとへ向かっている〟。

「父さん?」フリーは低い声でつぶやいた。「なにが来るの?」

〝落ち着け〟と返ってきた。〝もうすぐそこに着くよ〟。

謝辞

本書を完成させるために力を貸してくださったすべてのかたがたに感謝します。エージェントのジェイン・グレゴリー、およびハマースミスにある彼女のすばらしいチームのみなさん。セリーナ・ウォーカーと、もう十年も私の作品を出版してくださっている（頭がどうかしている）トランスワールド出版のみなさん。エリザベス・フランシス・メディコール社のフランク・ウッドには、最後の数章に登場する救急隊員たちに相応の実体を持たせる手助けをしていただいた。警察業務の詳細については、以下に挙げるエイボン・アンド・サマセット警察の専門家のみなさんにご教示を賜った（誤りがあるとすれば、すべて筆者の責任であり、決して彼らに抗議しないでいただきたい）――犯罪捜査課の指導官スティーヴン・ロレンス警部、CAPITのケリー・マーシュ巡査、警察犬係のアンディ・ヘニース巡査、潜水捜索隊のスティーヴ・マーシュ巡査。とりわけ、過去のシリーズ作品同様、本書でも貴重で洞察に満ちたご助言を賜ったボブ・ランダル巡査部長には深く感謝申し上げます。

訳者あとがき

幼いころに喧嘩別れになったまま小児性愛者の餌食になって死んだと思われる兄がいる。遺体は発見されていないが、母親は息子を失った悲しみを乗り越えられず、残された弟をまっすぐに愛することができなかった。やがて弟が成長すると、両親は彼をひとり残して、家族四人で暮らした家を離れた。弟は自分を責めつづけ、警察官となったいまも、小児性愛者に対して憎悪の念を抱いている。そんな暗い過去とトラウマを抱えた弟が、本書の主人公であるジャック・キャフェリー警部だ。長年ロンドン警視庁に勤務していたキャフェリーだが、いまは西部地方へ移り、エイボン・アンド・サマセット警察の重大犯罪捜査隊に属している。

十一月下旬のある日、スーパーマーケットの駐車場で、買い物を終えた女性がゴムマスクをつけた男に車を奪われるという事件が発生した。車に娘が乗っていたとの連絡を受け、重大犯罪捜査隊が捜査にのりだす。その指揮を任されたキャフェリーは、当初、誘拐目的ではなくたんなる車輌窃盗事件だ、娘はすぐに返されるはずだ、と安易に考えていた。だが、以前いっしょに仕事をしたことのある潜水捜索隊のフリー・マーリー巡査部長からの指摘により、未遂に終わったものの過去に同様の事件が二件あったことを知る。念のため二件の被害者たちに話を聴いたキャフェリーは、犯人の目的が車ではなく、車内の少女かもしれないと考えるようになる。やがて犯人から、それを裏づけるような内容の手紙が届く。だが、懸命の捜査を進めるキャフェリーをあざ笑うかのように、犯人はつねに一歩先んじて警察の裏をかきつづけるのだった。やがて、有力な容疑者が浮上するが……

本作はジャック・キャフェリーを主人公にしたシリーズ作品の第五作にあたる。先に述べたように、シリーズの開始当初、キャフェリーはロンドン警視庁の圏内重要犯罪捜査隊に所属していた。処女作『死を啼く鳥』と第二作『悪鬼《トロール》の檻』はともに各国で高い評価を受け、日本でもハルキ文庫より紹介されている（いずれも小林宏明氏の訳）。『悪鬼《トロール》の檻』の訳者あとがきによれば、二作を書きあげた時点で作者モー・ヘイダーは、もうキャフェリー警部ものは書かないと明言していたらしい。現に、その後はシリーズ外の作品 ***Tokyo*** と ***Pig Island*** を上梓している。だが、数年のときを経て、ウォーキングマンという脇役を伴ってキャフェリーを再登場させてくれた。その経緯や理由については、シリーズ第三作となった ***Ritual*** の巻末で作者みずからが語っている。要約すると――毎日のように近所をただ歩いている男と知り合い、話を聴くうちに、自作のなかで重く暗い過去を背負って歩きつづける男（ウォーキングマン）と出会って友情めいたものをはぐくんでいけばキャフェリーがどう変わるだろうと考え、書きたくなった、ということらしい。そこで、キャフェリーはエイボン・アンド・サマセット警察の重大犯罪捜査隊に移り、ウォーキングマンだけではなく、潜水捜索隊隊長のフリー・マーリー巡査部長とも出会うことになる。シリーズ第四作 *Skin* ではふたたびフリーと協力し合い、ふたりの関係に進展のきざしがみられたものの、あるできごとが原因となり、続く本作ではどこかぎくしゃくした状況になっている。キャフェリーとフリーの関係においても、本作中でウォーキングマンが鍵を握ることになる。

このウォーキングマンはじつに不思議な男だ。作中でキャフェリーもたびたび述べているとおり、すべてを見通しているような人間なのだ。もともとは成功したビジネスマンだったが、ある小児性愛者に娘が犯されて殺害され、復讐のために犯人を痛めつけて廃人同然にしたという過去を持っている。娘の遺体はいまだ発見されていない。ウォーキングマンは歩くことによって、キャフェリーは寝食を忘れるほど捜査に没頭することによって、自身の過去と折り合いをつけようとしているのかもしれない。また、作中に書かれているところでは、目の色や足の大きさなど、ウォーキングマンはキャフェリーを映したような男でもある。ふたりでひとりとまでは言わずとも、光と影のように存在しながら、キャフェリーを導くような言葉を与えている。といっても、決して〝できた〟人間ではない。作中でもささいなことでキャフェリーといさかいを起こしている。傲慢で身勝手な人間くささも充分に併せ持っている。

そんなウォーキングマンの存在がクッションとして機能しているからか、年齢を重ねたせいか、キャフェリーは初期の二作に比べると、少しは辛抱強くなったようだ。作者の狙いどおり魅力を増したキャフェリーが、一個の人間としてどう円熟していくのか、ウォーキングマンとの関係、フリーとの今後も含めて、興味が尽きない。作者のホームページによれば、来年四月にはキャフェリーを主人公にした新作が出るようだ。楽しみに待ちたい。

作者モー・ヘイダーについては、前述の『死を啼く鳥』と『悪鬼《トロール》の檻』の訳者あとがきにくわしいが、改めて簡単に紹介させていただきたい。英国生まれのモー・ヘイダーは十五歳で学校をやめ、日本に渡って東京でホステスなどの仕事をしたのち、アジアをまわって英語教師をしていたが、その後アメリカの大学で映画製作、英国の大学で小説創作を学んだ。現在は専業作家となり、バースに暮らしている。

また、二〇一二年度のアメリカ探偵作家クラブ（MWA）賞については、東野圭吾氏の著作『容疑者Xの献身』がノミネートされ、日本でもずいぶんと話題になったことは記憶に新しい。本書は、その東野氏の作品を破っての受賞作である。じっくりとご堪能いただければ幸いだ。

二〇一二年十一月

HAYAKAWA POCKET MYSTERY BOOKS No. 1866

北《きた》野《の》寿《す》美《み》枝《え》

神戸市外国語大学英米学科卒，英米文学翻訳家
訳書
『再起』ディック・フランシス
『ボトムズ』ジョー・R・ランズデール
『すべては雪に消える』A・D・ミラー
（以上早川書房刊）他多数

この本の型は，縦18.4センチ，横10.6センチのポケット・ブック判です．

〔喪《そう》失《しつ》〕

2012年12月10日印刷　　2012年12月15日発行

著　者　モー・ヘイダー
訳　者　北野寿美枝
発行者　早川　浩
印刷所　星野精版印刷株式会社
表紙印刷　大平舎美術印刷
製本所　株式会社川島製本所

発行所 株式会社 **早川書房**
東京都千代田区神田多町2－2
電話　03-3252-3111（大代表）
振替　00160-3-47799
http://www.hayakawa-online.co.jp

（乱丁・落丁本は小社制作部宛お送り下さい
送料小社負担にてお取りかえいたします）

ISBN978-4-15-001866-5 C0297
Printed and bound in Japan

ハヤカワ・ミステリ〈話題作〉

1858
アイ・コレクター
セバスチャン・フィツェック
小津　薫訳

子供を誘拐し、制限時間内に父親が探し出せなければ、その子供を殺す——連続殺人鬼を新聞記者が追う。『治療島』の著者の衝撃作

1859
死せる獣
—殺人捜査課シモンスン—
ロデ＆セーアン・ハマ
松永りえ訳

学校の体育館で首を吊られた五人の男性の遺体が見つかり、殺人捜査課課長は休暇から呼び戻される。デンマークの大型警察小説登場

1860
特捜部Q
—Pからのメッセージ—
ユッシ・エーズラ・オールスン
吉田　薫・福原美穂子訳

海辺に流れ着いた瓶から見つかった手紙には「助けて」と悲痛な叫びが。「ガラスの鍵」賞を受賞した最高傑作。人気シリーズ第三弾

1861
The 500
マシュー・クワーク
田村義進訳

首都最高のロビイスト事務所に採用された青年を待っていたのは華麗なる生活だった。だが彼は次第に巨大な陰謀に巻き込まれてゆく

1862
フリント船長がまだいい人だったころ
ニック・ダイベック
田中　文訳

漁業会社売却の噂に揺れる半島の町。十四歳の少年は、父が犯罪に関わったのではと疑いはじめる。苦い青春を描く新鋭のデビュー作